DEVIENS CE QUE TU ES

DEVIENS CE QUE TU ES

DEEP IMPACT II

PIERRE SCHREIBER

IN LIBRIS VERITAS

ISBN : 978-2-9575393-2-1

Vendu au prix unique de 19,90 €

1ère édition

Dépôt légal : Juin 2021

Internet : www.pierreschreiber.com

Couverture : Brian Merrant — www.bmgraphisme.com

« Partout où j'ai trouvé du vivant, j'ai trouvé de la volonté de puissance ; et même dans la volonté de celui qui obéit, j'ai trouvé la volonté d'être maître. Et la vie elle-même m'a confié ce secret : vois, m'a-t-elle dit, je suis ce qui doit toujours se surmonter soi-même »

Nietzsche — Ainsi parlait Zarathoustra

PROLOGUE

Océan Indien — Février 2010

« Whiskey Juliet zéro unité deux*, de *Mauritius regional center*, descendez et maintenez vingt mille pieds. »

L'instruction du contrôleur aérien sembla lointaine, presque inaudible. Le pilote du Falcon 900 porta la main à son casque et constata que celui-ci était en place. Il jeta un regard sur sa droite, s'apprêtant à demander au co-pilote s'il avait compris le message.

— *Whiskey Juliet zéro unité deux*, de *Mauritius regional center*, je répète : descendez et maintenez vingt mille pieds... *Whiskey Juliet zéro unité deux*, vous me recevez ?

Le pilote cligna des yeux pour accommoder sa vision, mais il avait bien vu : son co-pilote ne bougeait pas d'un pouce, comme endormi. Il tenta d'appuyer sur le commutateur de la radio pour demander au contrôle les dernières instructions, mais rien ne se produisit.

Trois secondes plus tard, le pilote perdit connaissance à son tour.

Dans la salle de la tour de contrôle de l'aéroport de

Maurice-Plaisance, Sydney Desvaux était à son poste depuis deux heures. Affecté au centre de contrôle régional, il assurait la sécurité du trafic aérien dans une partie du ciel de neuf millions de kilomètres carrés plus ou moins centrée sur l'île Maurice. Malgré la taille impressionnante de la zone, il y avait assez peu d'avions à surveiller, car les routes aériennes dans cette partie de l'océan Indien étaient peu nombreuses. Pour l'heure, il n'avait que deux vols sur son écran : un Airbus d'Air Mauritius qui venait de décoller et qui faisait route vers Singapour, et un Falcon 900 de la compagnie *Worldjet* qui se dirigeait vers l'île Maurice.

D'après son plan de vol, le *jet* était maintenant censé entamer sa descente pour se poser vingt minutes plus tard. L'ennui c'est que pour le moment les pilotes ne répondaient pas, et que selon les indications du radar, ils n'avaient pas non plus changé d'altitude.

— *Whiskey Juliet zéro unité deux*, vous devez maintenant descendre vers vingt mille pieds. Pouvez-vous collationner mes instructions ?

Le contrôleur fronça les sourcils devant le nouveau silence de l'avion d'affaires. Une heure auparavant, le vol WJ012 avait quitté le centre de contrôle de Melbourne pour contacter l'île Maurice. Sydney Desvaux lui avait transmis les dernières prévisions météo et avait récapitulé la procédure à suivre avant de se poser. Il arrivait parfois que des pilotes distraits ne répondent pas au premier message d'un contrôleur, surtout lorsque les communications étaient rares dans un espace aérien peu actif, mais trois fois en moins d'une minute signifiaient sans aucun doute un sérieux problème.

Sydney attrapa d'une main le recueil de procédures et alerta son superviseur.

— Chef, on a un problème avec le *Falcon* qui vient de Kuala Lumpur. Pas de changement de trajectoire, mais je n'ai plus de contact radio.

— Il est toujours identifié radar ? demanda le supérieur de Sydney en s'appuyant sur le dossier de son siège.

— Oui, rien à signaler de ce côté-là.

— Quels sont les paramètres de vol ?

— Il fait route à l'ouest. Cap deux, sept, zéro. Altitude trente-cinq mille pieds. Il est actuellement à l'est de l'île et il doit commencer sa descente pour atterrir dans trente-sept minutes sur la piste 14.

— OK. Appelle-le toutes les trente secondes et préviens-moi s'il change de trajectoire.

Dans la cabine arrière du *Falcon*, Louise Lambart était assoupie. Après une semaine passée en Malaisie, elle rejoignait son mari pour quelques jours de repos à l'île Maurice. La température était franchement basse, à présent, mais sous l'effet conjugué du *Bloody Mary* et de la fatigue, elle ne s'en était pas aperçue. Louise Lambart semblait dormir à poings fermés.

La tension monta d'un cran dans la tour de contrôle. *WJ012* rencontrait peut-être des problèmes avec sa radio, mais le pilote aurait dû entamer sa descente. Il n'avait que deux possibilités pour se poser dans le coin : l'île de la Réunion ou l'île Maurice. Et même en cas de panne de ses moyens de communication, il n'était pas normal qu'il poursuive son vol à une altitude de croisière. En continuant ainsi, il ne pouvait pas se poser sur un aéroport de secours. Il ne ferait que survoler l'immensité de l'océan Indien. L'aéroport le plus proche de sa position actuelle était situé à une heure de vol, il se trouvait sur l'île de Diego Garcia, dans l'archipel des Chagos.

— Oh putain ! jura Sydney à haute voix. Il peut se détourner sur Diego Garcia !

— Qu'est-ce que ça veut dire ? Il a modifié son plan de vol ? demanda le superviseur.

— Non, il est censé se poser à Maurice, mais sa trajectoire

est toujours vers l'ouest. Il sera plein travers de Diego Garcia dans quelques minutes.

— Qu'est-ce que l'on sait de son autonomie ?

Sydney consulta le plan de vol déposé par *Worldjet* pour cet appareil. Il indiquait que le *Falcon 900* avait fait le plein en partant de Kuala Lumpur. Il avait presque deux fois ce qu'il lui fallait pour rallier l'île Maurice depuis la Malaisie, mais cela n'avait rien de surprenant : mieux valait avoir suffisamment d'autonomie lorsque l'on survolait l'immensité de l'océan dans une boîte de conserve de vingt mètres de long. Il avait en tout cas plus que l'autonomie nécessaire pour rejoindre la base américaine de Diego Garcia... S'il changeait de cap maintenant, il y serait dans une heure environ. Dans un contexte international de lutte contre le terrorisme, il y avait fort à parier que les militaires américains verraient d'un œil peu complaisant l'incursion d'un *jet* non identifié dans leur espace de jeu.

Sydney et son patron décidèrent de prévenir le commandement de la base de l'incident qui touchait le vol WJ012.

Le capitaine John Patrick Lutz, officier de quart cette nuit-là à Diego Garcia, prit la communication.

— Vous dites que vous avez perdu le contact il y a vingt minutes ?

— Affirmatif, confirma Sydney Desvaux.

— De quel type d'appareil s'agit-il ?

— Un *Falcon 900*, capitaine. Cinq personnes à bord : les deux pilotes, une hôtesse et deux passagers.

— Vous connaissez les identités.

— Négatif. Nous savons juste que l'appareil appartient à une compagnie française d'aviation d'affaires. L'immatriculation le confirme, du reste.

Le militaire américain consulta l'opérateur radar de la base. Il demanda qu'on lui confirme la trajectoire du *jet*, puis, conformément à la procédure, il escalada l'incident auprès de la chaîne de commandement. En attendant qu'on lui transmette des ordres, il décida de déclencher l'interception.

Quelques minutes plus tard, le lieutenant Mike « Head » Hartman fit décoller son chasseur F-16 et prit le cap de la dernière position connue du *jet* français. Celui-ci n'était pas armé et suivait une trajectoire rectiligne depuis plusieurs heures. Tout le contraire d'un avion hostile qui aurait cherché à s'approcher discrètement de leurs installations. Le fait que les pilotes ne répondent pas aux messages radio justifiait toutefois une interception. Hartman ressentit une légère excitation en poussant la manette des gaz. Une mission réelle est toujours l'occasion d'éprouver le solide entraînement qu'il subissait depuis son entrée dans l'*US Air Force*. À douze mille mètres d'altitude, il prit le temps de contempler les dernières lueurs du jour qui s'estompaient au-delà de l'horizon. À près de deux mille kilomètres-heure, le chasseur mit une quinzaine de minutes à rejoindre le *Falcon 900*. Dès que l'écho radar fut identifié, le pilote américain décrivit une grande courbe à gauche et vint se placer dans le sillage du *jet*, légèrement en dessous toutefois, pour pouvoir distinguer l'appareil à travers sa verrière. Hartman voyait à présent les feux de navigation du *Falcon* ainsi que la lumière perçant des hublots. Tout avait l'air normal.

— Ici Hartman, pour la base. Je suis en position derrière le *Falcon*. Rien ne bouge. Le « bandit » a l'air inoffensif. À vous.

Éclairé par la lune, le pilote de chasse américain manœuvra pour faire le tour du jet en commençant par son côté droit. Il s'étonna que l'avion n'ait toujours pas modifié sa trajectoire : son radar anticollision aurait dû lui signaler le F-16 en approche, et le pilote civil aurait dû chercher à identifier le danger. Au lieu de ça, il continuait imperturbablement son vol rectiligne, à vitesse constante.

— C'est bizarre les gars, reprit le pilote de chasse, je suis en stand-by à moins de quinze mètres sur la droite et je ne vois rien à travers les hublots.

Sa voix était lointaine mais précise. Le chuintement provoqué par son masque à oxygène donnait un ton métallique à ses intonations. Il poursuivit :

— Je vois de la lumière, mais rien ne bouge à l'intérieur. Comme s'il y avait de la buée… Je continue.

Effectuer le tour d'un jet volant à plus de huit cents kilomètres-heure, à bord d'un avion de chasse, n'était pas aussi simple que de faire le tour de sa voiture pour vérifier que la galerie de toit était bien arrimée. Hartman prit son temps pour assurer la sécurité de la manœuvre, tout en observant le *jet*.

Sur la base de Diego Garcia, le capitaine Lutz était à présent en communication avec un homme qui se présenta comme un agent de la DGSE, les services secrets français. Pour une raison qu'il n'avait pas à connaître, l'alerte qu'il avait escaladée avait fini par aboutir sur le téléphone de Jean-Robert Maréchal, et les Américains l'avaient autorisé à parler directement au capitaine Lutz.

— Quelle est la situation ? demanda Maréchal avec un fort accent français.

— Ce n'est pas clair, mais l'appareil ne semble pas constituer une menace.

— Je ne peux pas vous dire qui se trouve à bord, mais je suis autorisé à vous prévenir que mon gouvernement ne ferait pas d'histoire si nous étions amenés à perdre cet appareil…

Lutz était dubitatif. Qu'est-ce que les services secrets français venaient faire dans cette histoire ? Et pourquoi avaient-ils leur mot à dire au sujet de cette alerte ?

Il reprit la communication avec son pilote.

— Hartman, vous voyez de la buée à l'intérieur ?

— Affirmatif. Il y en a sur tous les hublots, on dirait.

— Et sur le cockpit ? Vous voyez quelque chose ?

— Attendez, je vais dépasser ce zinc pour voir… Putain, oui, le cockpit est recouvert aussi !

Le capitaine Lutz réalisa qu'à cette altitude et avec l'air conditionné dans l'avion, il ne s'agissait certainement pas de buée. Plus probablement de givre. L'avion était dépressurisé et la température avait dû chuter de manière vertigineuse à l'intérieur. Si tel était le cas, les pilotes étaient probablement morts congelés.

— Pas de trace de vie, à l'intérieur ? demanda Lutz de façon sinistre.

— Rien que je puisse distinguer, en tout cas. J'attends les instructions, se contenta de répondre Hartman.

— On fait le point et on vous rappelle. Maintenez votre position.

La situation était critique pour le vol *WJ012*. Pour une raison inconnue, l'avion s'était dépressurisé et il était probable que les pilotes et les passagers avaient perdu connaissance par manque d'oxygène. La température dans l'appareil avait dû descendre jusqu'à s'équilibrer avec celle de l'air extérieur : moins cinquante-deux degrés Celsius. Tous les passagers devaient être morts de froid, à l'heure actuelle.

Pourquoi les pilotes ne se sont-ils aperçus de rien et pourquoi n'ont-ils pas mis en œuvre les procédures appropriées ? se demanda Lutz. Le *Falcon 900* était sur pilote automatique et compte tenu de son autonomie, il allait tomber en panne sèche et s'écraser quelque part en Afrique.

Que faire à présent ? Soit il donnait l'ordre à Hartman d'abattre le *Falcon,* mais il faudrait affronter les réactions de l'opinion internationale, et expliquer pourquoi un avion de chasse américain avait été obligé de descendre un appareil civil… Soit il se contentait de faire escorter le *jet* jusqu'au moment où, à court de carburant, il plongerait inéluctablement dans l'océan… ou s'écraserait sur une ville africaine. Il reprit la communication avec l'agent français.

— Les passagers sont probablement morts. Si ça ne tenait qu'à moi, je laisserais l'avion finir sa course naturellement. Pour récupérer les morceaux... Mais quelles sont vos instructions ?

— Nous ne savons pas exactement quelle est la cargaison de l'appareil, précisa le Français. Rien n'indique qu'il n'y ait pas d'explosifs à bord... Faites ce que vous avez à faire, capitaine.

Lutz s'agaça du ton précieux de l'agent français. C'était toujours la même chose avec les Européens. Ils n'étaient jamais clairs. Qu'est-ce que c'était que cette triple négation grotesque ? Ils voulaient abattre ce foutu appareil ou pas ?

Le silence du capitaine Lutz durait. Hartman comprit ce que cela signifiait. Il positionna son chasseur derrière le *Falcon* et commença intérieurement sa routine de combat. Entraîné à effectuer des manœuvres automatiques, il déverrouilla la sécurité de ses missiles air-air *AIM-9 Sidewinder*. Le tir ne serait pas difficile contre un avion civil désarmé, mais sur le plan psychologique, c'était une autre histoire. Il devrait vivre avec ça.

Un crachotement se fit entendre dans le casque du pilote de chasse :

— OK Hartman, il va falloir dévier la trajectoire du *Falcon* pour qu'il chute sans exploser.

— Bien reçu.

Et je fais comment moi ? Je le prends par la main et je lui demande de descendre gentiment ? pensa Hartman avec une certaine amertume. On lui demandait d'abattre en plein vol un appareil civil dont rien ne prouvait qu'il soit animé d'intentions malveillantes. La manœuvre n'était pas aussi simple que de faire un carton sur un stand de foire. Il s'agissait de viser l'extrémité de l'aile d'un avion volant à huit-cent-cinquante kilomètres-heure, à l'aide d'un canon crachant des obus de vingt millimètres à raison de plusieurs milliers par minute. À cette idée, il fut parcouru d'un long frisson glacé.

Il plaça son F-16 à la même altitude que le *Falcon,* de

manière à ce que son canon soit aligné avec l'extrémité de l'aile du *jet*. Il fit mouche à la première rafale.

Privé de stabilité, le *Falcon* partit dans un grand virage à droite, puis s'inclina dangereusement pour entamer une vrille très rapide. Les moteurs se coupèrent automatiquement et l'appareil mit près de trois minutes à perdre les dix mille mètres de son altitude de vol. Il percuta l'océan à très grande vitesse et se disloqua instantanément.

Vingt minutes plus tard, le sous-marin nucléaire d'attaque français, le Rubis, arriva sur les lieux de l'impact. Des nageurs de combat en sortirent et mirent moins d'un quart d'heure à localiser puis à repêcher les boîtes noires et l'ordinateur des passagers.

1

VOCATIONS

Thaïlande, île de Koh Tao — 2015

L'aube commençait à poindre à l'est de la petite bâtisse de bois. Les premiers rayons du soleil effleuraient les feuilles de palmier tressées qui composaient le toit. Les piliers du ponton étaient léchés par le clapotis de l'eau turquoise et poissonneuse, tandis qu'au loin, les premiers pêcheurs arpentaient la passe entre Koh Tao et Nag Yuan Island. Pour éviter le centre de l'île encombré de touristes à la recherche des plus beaux spots de plongée, Alice et Arno avaient choisi cette maison isolée pour abriter leur retraite.

Arno jouissait du spectacle en sirotant une infusion glacée à la citronnelle. Comme tous les matins ici, il se réveillait juste avant l'aube. Suivre le rythme du soleil l'apaisait. En Occident, le fracas permanent de ses missions l'obligeait à vivre en partie la nuit. Depuis qu'il était arrivé à Koh Tao, il avait découvert la joie de laisser son horloge biologique se caler sur l'alternance des jours et des nuits.

Il entendit le froissement d'un tissu derrière lui. Immédiatement après, les pieds nus d'Alice frôlèrent le ponton.

— Bonjour toi ! Tu as bien dormi ? Tu n'as pas entendu l'orage ?

Arno était subjugué par la grâce de son visage. Ses grands yeux noirs pétillaient et ses pommettes saillantes possédaient une jolie couleur cuivrée. Elle était vêtue d'un short et d'une brassière de sport. Arno fixa son regard sur sa poitrine. Alice esquissa un sourire.

— Tu ne veux pas me regarder dans les yeux quand je te parle ?

Dire qu'Arno était amoureux d'Alice était un euphémisme. En réalité, il était raide-dingue d'elle, et les années passées n'avaient pas érodé l'attirance qu'il éprouvait. Son coup de foudre datait de leur toute première rencontre à Bangkok, quelques années auparavant, tandis qu'il travaillait à la déstabilisation d'une société de vente de voyages en ligne. Puis il y avait eu cette affaire sordide au cours de laquelle Alice avait été poursuivie par Étienne Chevalier, le fils de l'homme responsable des traumatismes adolescents de la jeune femme. À l'aide des moyens de sa société, *Deep Impact*, Arno s'était transformé en enquêteur de police et avait déjoué les plans machiavéliques de Chevalier-junior. Cela avait abouti à une scène irréelle au cours de laquelle Alice avait choisi de donner une seconde chance au fils de son bourreau. Arno y repensait souvent : quelque part en Asie, un criminel et violeur récidiviste courrait toujours.

— Tu es vraiment très belle, ma Princesse, dit-il en ouvrant ses bras en grand.

Alice ne répondit rien. Comme chaque fois qu'il lui adressait un compliment, elle réprima un rougissement et accepta en silence la marque de tendresse d'Arno. Elle se contenta de s'asseoir en travers de ses jambes et de lui chuchoter : « J'ai envie de nager. Tu viens avec moi ? »

Ils remontèrent le ponton et, dans un même élan, plongèrent dans l'eau tiède et salée. Des centaines de poissons multicolores les entourèrent immédiatement. Arno était un excellent nageur et Alice mettait un point d'honneur à caler ses mouvements sur les siens, au moins pendant les trois cents premiers mètres. Au bout de cinq minutes, Arno prit pied sur un rocher affleurant. Il se retourna et attendit qu'Alice le rejoigne. Légèrement essoufflée, elle accosta à son tour sur l'îlot improvisé et colla sa poitrine contre son torse. Leurs lèvres se trouvèrent et un long baiser au goût de sel fit monter le désir d'Arno. Quelques instants plus tard, solidement agrippés l'un à l'autre, ils faisaient l'amour doucement au milieu de cette étendue liquide et mouvante. Comme chaque fois, leurs gestes étaient un mélange de tendresse et de fluidité. La partition que jouaient leurs corps était belle et vive, mais pas trop... *Allegro ma non troppo*.

Arno se souvint du moment où leur relation avait basculé. Peu après leur séparation aux Émirats arabes unis, tandis qu'Alice était retournée en Thaïlande pour achever sa reconstruction, elle l'avait appelé un matin pour lui dire que « s'il était toujours prêt à réveiller les papillons qui sommeillaient en elle, elle serait heureuse de partager du temps avec lui ». Elle y avait mis une condition : que cela se passe en Thaïlande et nulle part ailleurs. Arno avait laissé en plan ses affaires et avait sauté dans le premier avion pour Bangkok. Il avait toujours su que leurs astres étaient trop attirés l'un par l'autre pour ne jamais se rencontrer. Mais il savait également que cette collision ne pourrait être qu'à son initiative à elle. Il avait patiemment attendu.

Ils s'étaient retrouvés à l'aéroport Suvarnabhumi de Bangkok, et au début, l'un comme l'autre s'était senti gêné de ce face-à-face au bout du monde. Aucun des deux ne savait comment se comporter vis-à-vis de cette intimité nouvelle. Ils avaient vagabondé d'île en île et passé des heures à parler de tout et de rien, de leur vie et du regard si particulier qu'ils portaient sur le monde. Des traumatismes d'Alice, également.

Quelques semaines plus tard, ils avaient atterri dans cette petite maison louée à un pêcheur de Koh Tao.

Un soir, Alice avait fait le premier pas. Une fois chacun couché dans sa chambre, elle s'était relevée et s'était glissée dans le lit d'Arno. Ils n'avaient pas fait l'amour tout de suite, se plaisant à découvrir chaque centimètre carré de la peau de l'autre par des baisers et des caresses délicates. Elle s'était endormie tendrement dans les bras d'Arno en profitant de la douce sensation de se sentir pour une fois en sécurité.

Lorsqu'elle s'était réveillée le lendemain, elle avait pris la main d'Arno et l'avait posée sur sa poitrine. Elle avait attendu qu'il émerge, puis, laissant monter son désir, elle lui avait chuchoté : « je crois que je suis prête. »

Depuis, Arno interrompait deux fois par an ses activités d'espion économique et venait la retrouver au bout du monde.

— Que penses-tu d'aller passer quelques jours à Bangkok ? demanda Arno lorsqu'ils furent allongés sur la terrasse pour se sécher.

— Je ne sais pas... Je n'ai pas envie que ce moment se termine... je sais qu'une fois revenus à la civilisation, rien ne sera plus jamais comme maintenant.

Arno comprenait ce qu'elle voulait dire. Ils n'évoquaient jamais le futur, et avaient fixé comme règle tacite de vivre chaque moment de leurs robinsonnades comme s'il était le dernier. Or à cet instant, Arno était sincèrement animé du désir de donner un cadre plus stable à leur vie. Il n'était pas conscient en revanche des antagonismes profonds qu'ils auraient à résoudre pour y parvenir.

— Tu penses que l'on peut passer des années à ne se voir qu'ici ?

— Non, je sais qu'il va falloir que tu poursuives ta route et que je ne vais pas te garder pour moi éternellement. C'est juste que mes projets et ma vie sont ici, tu comprends ?

— Oui, je comprends... Mais toi, comment vois-tu la suite ?

— Je n'en sais rien, Arno.

— Tu sais, quoi que je fasse à l'avenir, j'ai envie de décider en fonction de toi.

— Tu te trompes. Tu n'es pas fait pour conduire ta vie en fonction de quelqu'un d'autre. Moi, en tout cas, je ne me vois pas appartenir à un homme et faire mes choix en fonction de lui.

Arno fut déstabilisé.

— Tu veux dire que ce que nous vivons aujourd'hui ne compte pas pour tes choix d'avenir ?

— Non, ce n'est pas ce que je dis, le coupa-t-elle sèchement. Je dis juste que nous devons décider chacun de la suite à donner à notre vie, puis regarder ce que nous pouvons faire ensemble. Mais je ne pense pas que tu seras heureux avec les projets qui sont les miens. Tu as besoin de mettre ton ambition au service de projets ou de causes qui te stimulent, et crois-moi, ce que je veux faire, ici en Thaïlande, est une épreuve longue et difficile pour laquelle il vaut mieux ne pas trop réfléchir...

Arno se renfrogna. Il était blessé qu'Alice refuse ne serait-ce que *d'envisager* de construire sa vie avec lui. Il lui posa tout de même la question qui lui brûlait les lèvres.

— Tu ne veux pas fonder une famille un jour ? Avoir des enfants ?

Le visage d'Alice se durcit, ses traits se figèrent. Elle tenta de contenir des larmes, puis elle parvint à articuler.

— Non. Je ne peux pas avoir d'enfant... Je ne pourrai plus jamais...

Elle ferma les yeux et se mit à pleurer. D'abord en silence, puis secouée par de gros sanglots. Arno la prit dans ses bras. Il aurait donné son âme pour pouvoir la consoler, pour extraire d'elle la douleur que lui avaient provoquée ces hommes. Mais il n'avait pas les mots, et il était lui-même rattrapé par une peine infinie. Nous n'aurons jamais d'enfant ensemble, mais cela ne change rien à notre amour, tenta-t-il de se convaincre.

Il comprit également ce que cela signifiait : Alice ne s'accomplirait jamais en tant que mère. Or il était vital pour elle de prodiguer le bien autour d'elle. De construire son projet de vie autour de gens qui avaient besoin de l'immense humanité qui l'habitait.

De son côté, il pensait qu'Alice valait tous les sacrifices. Que depuis qu'il la connaissait, il était capable de renoncer au pouvoir et à l'argent que lui procurait *Deep Impact.* Il se trompait.

Plus tard, tandis qu'ils chassaient leur peine en marchant sur la plage, Arno prit la main d'Alice et la força à le regarder.

— Tu es la femme de ma vie, Alice. Même si je sais que notre lien ne ressemble à aucun autre, même si je sais que nous ne constituerons jamais un couple normal et que nous ne fonderons jamais de famille, je te promets que je veillerai sur toi jusqu'à la fin de mes jours. Je suis *là*...

Ils s'étreignirent tendrement et prolongèrent ce moment jusqu'à ce qu'Alice crie grâce : elle s'était hissée sur la pointe des pieds pour embrasser Arno et elle commençait à avoir des crampes dans les mollets.

Leur éclat de rire leur rappela qu'ils étaient vivants et heureux de poursuivre le premier jour du reste de leur vie.

Le reste était secondaire, pensaient-ils.

Seychelles, île de Praslin

La femme de sa vie, Adrian Lambart l'avait perdue cinq ans plus tôt. C'est précisément à elle qu'il pensait, seul sur cette sublime plage de sable blanc. Il fixait l'océan Indien de ses yeux froids et secs en pensant à Louise. Louise dont il n'avait jamais pu inhumer le corps. Louise qui devait reposer au fond de l'immensité glaciale de cet océan pourtant tellement paradisiaque en surface. Louise qu'*ils* ne lui avaient jamais rendue. Car il le savait : des hommes dont il avait contrarié les intérêts étaient à l'origine de la mort de sa femme. Le risque dans son métier était toujours le même : que les intérêts qu'il servait entrent en conflit avec d'autres, qu'il soit démasqué, puis que l'on cherche à lui faire payer ses engagements.

Adrian Lambart était ce que l'on peut appeler un officier de renseignement. Un agent secret au service d'une puissance politique ou économique dont il veillait, dans l'ombre, à la préservation des intérêts. Quelques dizaines d'années auparavant, Adrian aurait été appointé par un gouvernement. Il aurait été recruté puis rémunéré par le ministère de la Défense de son pays et envoyé en mission en tant qu'agent clandestin. Mais les choses avaient changé depuis la fin de la guerre froide. Les conflits étaient devenus asymétriques, les états ne se contentaient plus de se faire la guerre entre eux, ils affrontaient des ennemis polymorphes : multinationales ou organisations terroristes qui contestaient le fait de laisser la marche du Monde à la seule main des nations. Dès lors, toutes ces entités avaient commencé à faire appel à des officines privées. Souvent anciens officiers de renseignement ou militaires des forces spéciales, leurs agents sillonnaient la planète au gré des missions clandestines qu'on leur confiait.

Adrian n'avait jamais été salarié d'un service spécial, il n'appartenait à aucun pays en particulier. Il possédait la double nationalité franco-anglaise et avait commencé sa carrière en tant que gestionnaire de fonds d'investissement. Cette particularité, associée à un entraînement physique et psychologique hors du commun, avait fait de lui un agent de renseignements extrêmement efficace lorsqu'il s'agissait de s'attaquer au financement du terrorisme ou à la corruption internationale. Il était en outre doté d'un caractère rigoureux et entier qu'il avait mis au service de différents commanditaires pendant près de trente ans.

Il trottina le long du chemin qui conduisait à sa chambre. Depuis plusieurs années, il vivait le plus souvent à l'hôtel, changeant régulièrement d'établissement et de pays. Il avait bien une planque quelque part en Asie, mais il s'y rendait rarement. Il préférait rester mobile pour garantir sa sécurité. L'organisation qu'il avait mise en place et ses moyens financiers lui permettaient de s'exfiltrer de n'importe quel endroit du monde dès qu'il en ressentait la nécessité. Pour l'heure, il avait posé son sac de voyage dans un hôtel luxueux de l'île de Praslin, aux Seychelles.

Adrian effectua un footing jusqu'au village voisin. Il passa un moment avec un pécheur du coin qui lui servait d'informateur. En échange de quelques centaines de roupies, le vieil homme lui indiquait tous les mouvements suspects sur l'île. Qu'un passager bizarre débarque du DHC-6 Twin Otter qui assurait la liaison avec Mahé, ou qu'un bateau de pêche inconnu des autochtones accoste sur Praslin, Adrian en serait immédiatement averti.

— Vous repartir' kan, lui demanda le pêcheur à la peau burinée.

— Je ne sais pas, Peter. Je dois retourner dans mon pays, mais j'attends encore des informations.

« Son pays » n'était pas précisément défini pour Adrian. Il ne pouvait pas s'agir de la France dans le contexte actuel, mais il pouvait choisir de retourner en Europe ou au contraire de s'embarquer vers l'Asie du Sud-Est. Cela dépendrait de ce qui se passerait dans les prochains jours.

Il s'assit sur une pile de casiers de pêche et contempla l'horizon en silence.

— Elle vous manque, n'est-ce pas ? demanda le pêcheur.

— Oui… mais je sens sa présence chaque fois que je suis dans ton pays, tu sais ?

Louise et Adrian avaient effectué de nombreux séjours aux Seychelles. À l'époque où il travaillait pour un fonds d'investissement, mais également lorsque ses activités avaient pris un chemin plus clandestin. Louise adorait la plongée sous-marine et les eaux seychelloises regorgeaient de récifs poissonneux. Elle admirait particulièrement les Napoléons, ces gros poissons vert et bleu qui pouvaient peser plus de cent kilos. Un des plus gros spécimens de récif du monde. Quelle ironie que Louise repose à présent au milieu d'eux, songea Adrian.

— Je me souviens de madame Louise, reprit le pêcheur, une femme très distinguée et toujours un mot gentil pour nous ! Vous ne m'avez jamais dit ce qui lui était arrivé.

— C'est une longue histoire, Peter. Il vaut mieux que tu ne la connaisses pas, crois-moi. Sers-moi donc un « café seychellois ».

En fait de café, le café seychellois était un banal whisky-coca, mais lui donner ce nom de code autorisait à en boire dès le matin. Adrian estima que l'alcool lui permettrait d'éloigner quelques instants ses pensées sombres.

— Tu as du neuf pour moi ? demanda-t-il, son gobelet de plastique à la main.

— Non, c'est calme en ce moment. Quelques arrivées de touristes deux fois par jour, mais c'est tout.

— Et du côté de la pêche ?

— Ça va. On a sorti quelques « bouledogues » avec mon cousin, hier.

Le pêcheur évoquait la chasse, autorisée par le gouvernement seychellois, de requins-bouledogues qui approchaient un peu trop près du rivage de l'archipel. Cette espèce était parfois à l'origine d'attaques de surfeurs sur l'île de la Réunion voisine. Mais tandis que les autorités françaises déployaient des « plans requins » visant à protéger les nageurs tout en préservant les squales, les Seychellois, eux, avaient choisi une méthode plus radicale : ils exterminaient systématiquement tous les spécimens de cette espèce, pourtant protégée, qui s'approchaient de leurs côtes. Cela avait le mérite d'éviter les accidents aux Seychelles, et de rassurer les touristes.

Adrian se nota mentalement d'y resonger pour la suite de son plan.

Il réfléchissait jour et nuit à ce projet. Il en avait posé les premières briques, et les gens qui travaillaient pour lui se consacraient également à sa matérialisation. Adrian était animé d'une détermination en acier trempé pour gagner ce combat. Près de trente ans d'actions clandestines au service de commanditaires variés s'étaient achevés sur une humiliation qu'il ne pouvait pas digérer. Alors il avait décidé de se venger. De punir ceux qu'il pensait être à l'origine de son honneur bafoué, et au passage, de s'assurer une vie conforme à ses idéaux pour les années qui lui restaient à vivre.

Pour cela, il lui manquait encore une brique essentielle. Son équipe n'était pas tout à fait au complet. Sa prochaine recrue avait disparu pour le moment, mais Adrian savait où elle se trouvait, et comment l'atteindre. Il fallait juste qu'il se montre méthodique.

Paris, siège de *Deep Impact*

Les locaux de *Deep Impact* étaient situés dans le quartier d'affaires de La Défense, en bordure ouest de Paris. Lorsqu'Arno de Wilder avait créé la société, dix ans auparavant, ses actionnaires avaient suggéré qu'il l'établisse dans l'un de ces buildings anonymes et austères afin que la discrétion sur leurs activités soit assurée. Le quartier avait connu son heure de gloire dans les années 80 au cours desquelles il était du plus grand chic pour une multinationale de posséder une tour à son nom. Mais la mode était passée. Les sièges sociaux s'éloignaient toujours plus du centre de la capitale, investissant les nouvelles zones de développement économique imaginées par les communes de la grande couronne parisienne. La Défense devenait *has been*, mais cela ne nuisait aucunement aux activités de *Deep Impact*.

L'envie de se mettre à son compte avait pris Arno au bout de dix ans à travailler dans le milieu des fonds d'investissement. Il aimait raconter une histoire naïve qui faisait sourire les interlocuteurs qui lui demandaient comment lui était venue l'idée de monter un cabinet d'intelligence économique. Il affirmait que son ancien métier lui avait appris que les transactions entre sociétés dépendaient en partie, mais en partie seulement, de critères objectifs et économiques tels que le chiffre d'affaires, le bénéfice ou la part de marché. Pour le reste, une opération de fusion-acquisition dépendait essentiellement de la valeur que lui accordait l'acheteur. C'était le principe de l'économie de marché : une entreprise pouvait valoir cent millions d'euros selon des critères et des ratios économiques, mais si personne n'était prêt à payer ce prix, on pouvait dire que l'entreprise valait zéro ! Bref, pour qu'il y ait transaction, il fallait qu'un acheteur ait envie de dépenser beaucoup d'argent pour s'en porter acquéreur. La mission de *Deep Impact* était de rendre la mariée la plus belle possible pour que le fiancé ne puisse pas résister. Il illustrait son propos en racontant l'histoire du mariage de sa cousine : « Avant la noce, j'avais observé pendant de longs mois le manège de ma tante qui déployait des trésors d'ingéniosité pour mettre sa fille en valeur auprès de son futur gendre. Alors que j'avais connu ma cousine un peu timide, boulotte et pour tout dire, pas très attirante, voilà qu'elle était devenue en quelques mois, une sorte de femme fatale. Elle s'était fait refaire les seins, s'habillait chez Zadig et Voltaire, et, cerise sur le gâteau, elle buvait beaucoup de champagne, ce qui lui donnait une attitude légèrement entreprenante qui plut beaucoup à son futur mari. Lorsque le jour de leur mariage, j'ai vu la taille du diamant qu'il lui avait offert, j'ai compris que la cote de ma cousine avait largement dépassé sa valeur réelle, et je me suis dit qu'on pouvait faire la même chose avec les entreprises ! »

Dès le départ, il s'était associé avec Julien Vangelis. Julien était aussi désordonné et fougueux qu'Arno était calme et méthodique. Ils constituaient un duo détonnant dans le milieu policé des fonds d'investissement, mais leurs clients avaient fini par admettre que leur méthode était bonne et permettait d'obtenir des résultats rapides.

D'ordinaire, Arno s'occupait de la partie commerciale et se montrait à l'aise dans les discussions convenues entre dirigeants de sociétés et gestionnaires de fonds d'investissement, ces derniers étant invariablement prétentieux et arrogants. Arno s'y adaptait parfaitement. Question d'éducation, certainement. Cinq ans auparavant, quelques mois après avoir fait la connaissance d'Alice, il avait toutefois dû se transformer en agent de terrain pour déjouer la menace qui planait sur elle. Il n'avait pas hésité à utiliser tous les moyens de *Deep Impact* pour identifier, puis pour neutraliser Étienne Chevalier. Depuis, Arno faisait un peu plus de « mission terrain », même si Julien savait que dans la majorité des cas, c'était pour aller retrouver Alice en Thaïlande.

Pendant les absences d'Arno, Julien essayait de tenir la baraque.

Ce matin-là, il reçut un interlocuteur mystérieux qui avait demandé à voir un dirigeant de *Deep Impact* au sujet de la vente d'une compagnie d'aviation d'affaires.

— Bonjour, monsieur Vangelis, je pensais que nous rencontrerions également Arno de Wilder, entama l'homme.

— Arno est en voyage pour le moment, mais je suis parfaitement capable de vous renseigner sur nos activités. Dites-moi en quoi nous pouvons vous être utiles.

L'homme fit une impression mitigée à Julien. Il possédait des manières policées et courtoises, il était strictement vêtu d'un costume trois-pièces et d'une cravate de laine bleu marine, mais quelque chose dans son physique indiquait qu'il travestissait la réalité. Comme s'il était déguisé pour ce rendez-vous. Des muscles épais saillaient du col de sa chemise, son regard perçant et sa mâchoire carrée lui donnaient un air presque menaçant. Julien aurait juré que ce type était un ancien militaire.

— Pouvons-nous parler librement ? entama l'homme en désignant le tableau accroché au mur comme s'il eût dissimulé un micro.

— Tout à fait. Vous pouvez être tranquille, *Deep Impact* a construit sa réputation sur le soin que nous apportons à garder secrètes les affaires de nos clients.

— Bien. Je m'appelle Oscar Watson. Je représente une organisation qui aimerait s'attacher vos services pour étudier le rachat d'une compagnie d'aviation d'affaires.

— Une organisation ? Quel genre d'organisation ?

— Je ne peux pas vous le dire pour le moment. Sachez simplement que vous serez entièrement payés d'avance par un virement sur le compte de votre choix.

Julien n'aimait pas ça. D'ordinaire, *Deep Impact* travaillait pour des fonds d'investissement parfaitement identifiés. Les missions qu'ils conduisaient étaient secrètes, bien sûr, dans la mesure où il s'agissait de manipuler l'image de sociétés afin d'en modifier la valeur. Mais les clients, eux, avaient pignon sur rue. Et *Deep Impact* faisait systématiquement une enquête préliminaire pour déterminer si tel ou tel nouveau client n'était pas en réalité une structure offshore de blanchiment d'argent sale. Il encouragea toutefois son interlocuteur à poursuivre.

— Comme je vous le disais, nous souhaitons acquérir une compagnie de *jets* privés immatriculée dans votre pays.

— Je comprends, monsieur Watson, mais il y existe d'excellents cabinets d'audit qui pourraient vous éclairer sur les comptes de votre cible.

— En effet. Mais nous n'avons pas de problème avec la comptabilité...

— Avec quoi, alors ?

— Nous nous interrogeons sur un incident qui s'est produit au sein de cette compagnie d'aviation, il y a cinq ans.

Julien garda le silence afin qu'Oscar Watson poursuive.

— La perte d'un appareil au-dessus de l'océan Indien...

Cette fois, l'affaire devenait intéressante, pensa Julien. Si les acquéreurs d'une compagnie aérienne s'interrogeaient sur un accident survenu à ladite compagnie, c'est qu'ils n'avaient pas dû obtenir toutes les informations qu'ils souhaitaient. *Deep Impact* pourrait enquêter, en effet, et au besoin établir une vérité qui arrangerait son mystérieux client.

— Y a-t-il eu une enquête officielle sur cet accident ? reprit Julien. Si l'avion était français, le BEA a dû intervenir, non ? Vous avez pu vous procurer leur rapport ?

— Malheureusement, non. Pour une raison qui nous échappe, cet accident n'a fait l'objet d'aucune couverture médiatique ni d'aucune enquête officielle. Nous savons juste qu'un appareil est sorti de la comptabilité de l'entreprise en 2010, avec une mention dans leur document de référence indiquant un « accident d'entraînement au-dessus de l'océan Indien après un décollage de Kuala Lumpur ».

— Je vois... Qu'attendez-vous de nous, au juste ?

— Nous aimerions que vous repreniez l'enquête sur cet accident. Vous êtes Français, après tout. Tout comme la compagnie que nous souhaitons racheter. Et d'après ce que nous savons, vous disposez des bonnes connexions au sein de vos administrations chargées du transport aérien, n'est-ce pas ? Le BEA, la DGAC et même le constructeur du *jet* : Dassault Aviation.

Julien avait besoin de réfléchir. Avant même qu'ils ne parlent de son prix, la mission promettait d'être intéressante, mais elle concernait un crash aérien qui avait manifestement été dissimulé. Il devait en apprendre plus sur cette compagnie et sur son client.

— Comment s'appelle cette société, monsieur Watson ?

— *Worldjet*. Mais pour vous faire gagner du temps, et parce que j'imaginais bien que vous nous le demanderiez, je vous ai apporté une documentation complète, dit Oscar en sortant un volumineux dossier de sa sacoche.

Il ne restait plus à Julien qu'à étudier soigneusement les documents. Et à en parler avec Arno, qui, comme chaque année à cette période, roucoulait à Koh Tao. Il avait demandé que l'on ne le dérange qu'en cas de menace de tsunami massif dans le golfe de Thaïlande.

Thaïlande, île de Koh Tao

Les jours défilaient paresseusement dans la petite maison de pêcheur. Arno était parvenu à chasser de son esprit les affaires de *Deep Impact*. Lors de ces séjours avec Alice, il s'imposait de ne pas consulter ses emails ou son téléphone portable. Cette discipline avait été difficile à acquérir, mais au fil de ses voyages en Asie, il avait compris que ces bulles hors du temps étaient nécessaires à son équilibre. Pas seulement parce qu'il partageait la vie d'Alice, mais également parce qu'il commençait à se lasser des missions de *Deep Impact*. Sur un plan matériel, Arno aurait pu s'arrêter de travailler depuis longtemps. Il avait toutefois décidé de conserver sa société pour les défis intellectuels qu'elle lui proposait. Il avait besoin de résoudre des problèmes et de gagner des combats. D'une certaine manière, il était accro à l'adrénaline que lui procuraient ces victoires. Cette addiction finirait par lui porter préjudice, il le savait, mais c'était plus fort que lui : gagner était sa raison de vivre. Dût-il pour cela franchir parfois la ligne rouge.

À Koh Tao, les journées douces et lascives apaisaient les cicatrices de son âme. Il parvenait auprès d'Alice à prendre du recul par rapport à la vie insensée qu'il menait en Occident. Elle lui avait appris à cuisiner thaï et la salade de papaye verte — le *Som Tam* — était devenue sa spécialité. Chaque matin ou presque, Arno se rendait en moto au marché local et ramenait fruits, légumes et poissons frais. Il n'était pas rare qu'il découvre des variétés qu'il ne connaissait pas.

Arno accrocha son casque sur la patère en bois flotté. Alice était occupée à hacher de longues tiges de citronnelle. Elle avait l'air contrariée.

— Ton téléphone n'a pas arrêté de sonner, dit-elle sans se retourner.

— Je suis désolé. J'ai dû oublier de le couper... Je l'avais allumé pour les résultats sportifs.

Son excuse était misérable. Elle était pourtant vraie. Arno avait promis à Alice de ne pas se préoccuper de ses affaires lorsqu'ils étaient ensemble, et il tenait parole. Elle avait simplement consenti à le laisser se tenir informé de l'actualité du rugby, l'autre passion d'Arno.

— Ne t'excuse pas, reprit-elle. De toute façon, je dois te parler de quelque chose...

Arno sentit distinctement l'odeur d'une mauvaise nouvelle. Lorsqu'elle prenait ce ton sérieux, lorsqu'elle serrait les lèvres de la sorte, c'est qu'elle avait pris une décision qui ne lui plairait pas. Arno sentait cela. Il avait appris à reconnaître les moments où Alice était habitée par un dilemme.

— Si tu me disais ce qu'il se passe, dit Arno en la saisissant tendrement par les hanches.

— Je dois retourner à Bangkok, aujourd'hui.

— Un problème ?

— Je dois rencontrer quelqu'un... c'est au sujet du temple.

Arno connaissait l'engagement d'Alice dans ce temple. Le temple des Derniers jours, comme les Thaïs l'avaient appelé, un lieu destiné à accueillir les malades du sida abandonnés par leur famille. La Thaïlande était un des rares pays où une couverture santé universelle permettait à tous les malades d'avoir accès aux traitements rétro-antiviraux, pourtant la maladie était encore perçue comme honteuse au sein de la société. Les porteurs du virus tardaient à se faire diagnostiquer, et lorsqu'ils le faisaient, il était souvent trop tard. Couverts de honte ou carrément rejetés par leur communauté, certains trouvaient refuge au temple des Derniers jours. Alice y était bénévole depuis un an.

— Je peux faire quelque chose ? demanda Arno.

— Tu as déjà fait beaucoup. Je dois apprendre à me débrouiller toute seule.

Lorsqu'Alice lui avait parlé de ce projet, Arno avait tenu à lui verser chaque mois une sorte de rente pour qu'elle n'ait pas à se soucier de ses moyens de subsistance. Elle avait accepté dans un premier temps, mais il était clair que dépendre financièrement de lui ne lui plaisait pas du tout.

— Je dois rencontrer un homme qui a promis de m'aider à monter une fondation, précisa Alice.

— Alors, je peux venir avec toi. Je pourrais peut-être t'aider à négocier.

— Ce n'est pas le tout de donner de l'argent, Arno. Si tu veux m'aider, je veux que tu le fasses avec ton cœur. Je veux que tu te rendes compte par toi-même de ce que vivent ces gens.

— D'accord. Allons à Bangkok honorer ce rendez-vous, puis je t'accompagnerai au temple pour quelques jours.

La réaction d'Arno sembla rasséréner Alice. Elle lui sourit finalement, et consentit à échanger un long baiser avant de rassembler ses affaires. Ils prirent un bateau pour l'île de Koh Samui, et de là, ils embarquèrent dans un vol pour Bangkok où ils arrivèrent en fin de journée.

Pour Arno, le retour à la ville fut synonyme de retour aux affaires. À peine furent-ils arrivés dans le petit appartement qu'occupait Alice à Bangkok, à quelques encablures de *Silom Road*, qu'il ouvrit son ordinateur pour la première fois depuis trois semaines. Il y trouva un mail de Julien, son associé resté à Paris, qui lui demandait, entre autres choses, de le rappeler de toute urgence. Il donnait aussi quelques explications sur les raisons de son empressement.

« [...] Ce type veut racheter une compagnie d'aviation, Worldjet, qui a perdu un avion il y a cinq ans au-dessus de l'océan Indien. J'ai regardé la doc, il y a clairement un mystère là-dessous. Tu rentres quand ? »

Thaïlande, 150 km au nord de Bangkok

La chaleur n'était pas encore suffocante en cette saison, pourtant, le visage de l'homme était baigné de sueur. Il reposait sur un vulgaire matelas de paille, les membres fins comme des lianes s'enfonçant à peine dans l'épaisseur du grabat. Chaque partie de son corps n'était que souffrance. Il attendait la délivrance avec impatience, trop pressé d'être libéré des tourments de cette vie-là pour avoir réellement peur. Ce qui le rattachait encore au monde des vivants se résumait aux gestes précautionneux de la femme qui lui épongeait doucement le front.

Alice changea de serviette et continua de lui murmurer des mots en français. Le malade ne comprenait pas, mais au moins emporterait-il dans l'au-delà des paroles douces, sans doute les seules qu'il ait entendues depuis longtemps. Alice lui disait qu'il n'était pas seul, que là où il allait, quoi qu'il croie, les gens seraient bons avec lui ; que sa maladie n'était pas une punition et qu'il n'allait pas être réincarné en animal ; que sa prochaine vie serait heureuse... Alice n'était pas devenue bouddhiste depuis le temps qu'elle vivait en Thaïlande, mais elle avait appris les mots qui rendaient le *passage* moins effrayant. Elle avait l'habitude de les dire en français d'abord, puis en thaï, comme pour montrer à cet homme que le monde entier se préoccupait de lui au moment où il allait mourir.

Alice avait les larmes aux yeux, à présent. Elle ne pleurait pas la fin inéluctable de ce mourant, comme tant d'autres avant lui, non, elle était plutôt révoltée qu'une fois encore, cet homme meure seul, abandonné par les siens. Pourquoi dans ce pays si souriant, où la famille comptait tant, les malades du sida étaient-ils rejetés par leur entourage ? C'était précisément cette peur d'être abandonné, cette honte d'être atteint d'un mal qui les ferait mourir seuls, qui empêchait les Thaïlandais touchés par ce virus, de se faire dépister à temps, puis de se faire soigner. C'est lorsqu'elle avait perçu le caractère révoltant de cette réalité qu'Alice avait voulu donner de son temps pour ces malades. Elle passait des semaines entières au temple des Derniers jours, simplement pour que ceux qui allaient mourir soient moins seuls.

Le plus écœurant à ses yeux était que même les moines qui administraient le temple ne se préoccupaient pas des malades au moment de leur fin. Ils étaient bien trop occupés à mettre en scène tout ce barnum pour récolter des dons.

Quelques pas derrière Alice, Arno luttait pour contenir une nausée qui ne le quittait pas depuis qu'ils étaient arrivés. Il avait voulu voir dans quel cadre vivait son amoureuse lorsqu'il vaquait à ses affaires en Europe ou ailleurs ? Eh bien il n'était pas déçu ! Curieusement, cette scène renforça son admiration pour elle. Lâchement, il aurait préféré être fier d'Alice pour des exploits sportifs ou des missions secrètes, mais ce n'était pas essentiel : elle avait choisi sa voie et il essayait de l'accepter.

Le malade ne bougeait plus, à présent. Il semblait respirer encore un peu, mais son souffle douloureux et rauque se transforma en un tout petit filet d'air entre ses lèvres desséchées.

— Je suis toujours là, *khun* Sangsan... ne t'en fais pas... tu es un homme bon, je le sais... tu peux partir en paix.

Sa peau avait changé de couleur et Alice n'était pas sûre de distinguer encore le soulèvement de sa poitrine. Elle chercha son pouls... en vain. L'homme était mort.

— Ses souffrances sont terminées, dit-elle en se tournant vers Arno. Va chercher le moine, s'il te plaît.

Alice se releva du bord du lit. Ce qui allait suivre était ce qu'elle détestait le plus dans le rituel. Elle ne voulait pas l'imposer à Arno. Elle se recueillit quelques instants pour dire au revoir à Sangsan, puis elle marcha à la rencontre du moine qui arrivait déjà. Il restait quelques heures avant le coucher du soleil : ils auraient le temps de préparer le corps aujourd'hui.

— Ça va ? demanda-t-elle en prenant Arno par le bras.

— J'ai connu des jours meilleurs. Tu as l'air habituée à ces scènes.

— On ne s'habitue jamais. Disons que j'ai appris à vivre avec les émotions qu'elles provoquent.

— Cette patience dont tu fais preuve à l'égard de ces malheureux, cette bienveillance… c'est incroyable.

— Dis tout de suite que je ne suis pas patiente avec toi, sourit-elle pour détendre l'atmosphère.

Mais Arno était encore retourné par ce qu'ils venaient de vivre

— Il va y avoir une crémation ?

— Hélas, non. Viens par là.

Alice l'entraîna à l'écart. Ils s'assirent à l'ombre d'un arbre à banyans et elle lui tendit une canette de soda.

— Je vais t'expliquer ce qui va se passer maintenant…

La charité autour des malades du sida était un business extrêmement organisé au temple des Derniers jours. L'objectif était de récolter le maximum de dons pour financer l'agrandissement du temple et sa capacité à accueillir toujours plus de patients. Pour cela, il fallait communiquer. Et pour communiquer, il fallait utiliser des images fortes, quitte à choquer.

— Ils vont embaumer le corps et l'exposer aux yeux des visiteurs.

— C'est épouvantable ! Pourquoi font-ils ça ?

— Ce n'est pas à toi que je vais apprendre que pour récolter de l'argent, il faut faire du marketing. Eh bien, c'est ce qu'ils font ! Du marketing.

Alice expliqua que le temple des Derniers jours était

devenu un lieu de visite et d'exposition. Des touristes, des lycéens et des étudiants venaient visiter ce lieu d'accueil des malades du sida en fin de vie. De façon obscène, ils découvraient des mourants en phase terminale, mais aussi des empilements de cercueils censés témoigner du grand nombre de victimes que faisait la maladie. Le clou du spectacle était constitué d'une salle entière de corps embaumés et figés dans des postures de souffrances abjectes. « Après un tel spectacle, je peux te dire que les visiteurs se précipitent pour faire un don... sans doute pour soulager un peu leur conscience. »

— Je comprends mieux ce rendez-vous à Bangkok, remarqua Arno. Ce type que nous avons rencontré, tu veux qu'il finance une fois pour toutes les travaux, et qu'il épargne aux visiteurs ce musée des horreurs.

— Il y a de ça. Mais je voudrais aussi transformer ce temple. Je voudrais qu'il change de nom, qu'il devienne le temple de la Seconde chance. Un endroit où l'on n'accueillerait pas seulement des malades en phase terminale, mais aussi des personnes qui pourraient se faire dépister précocement et, s'ils sont contaminés, avoir accès à une trithérapie.

— Tu n'as pas peur de faire de ce lieu un ghetto à séropositifs ? Et de les stigmatiser encore plus ?

— On n'a pas le choix, Arno. Dans ce pays, les malades tardent à se faire soigner à cause du regard des autres. C'est culturel : ils ont peur de se confronter à la maladie, alors ils se la cachent. Autant créer un endroit où ils seront bien ! Mais pour ça, il faut de l'argent... beaucoup d'argent.

Alice regarda tristement une malade progresser lentement vers le dortoir. Une jeune fille famélique qui devait en avoir pour trois mois, tout au plus. Elle marchait encore, péniblement, mais bientôt la maladie la garderait clouée sur son lit. Ses poumons étaient touchés et toutes sortes d'infections atteignaient sa peau. Dans quelques semaines, elle viendrait rejoindre la collection morbide à l'entrée du temple, pensa-Alice. Il fallait que cela cesse.

— Tu repars quand ? demanda-t-elle pour changer de sujet.

Arno avait décidé de ne pas rentrer en Europe tout de suite. La mission qu'était en train de décrocher Julien lui donnait l'occasion de rester un peu en Asie, il n'allait pas s'en priver.

— Je dois faire un saut à Kuala Lumpur, mais ça ne devrait pas me prendre plus de trois jours. Je reviens après.

Alice sourit. Même s'ils avaient écourté leur séjour à Koh Tao, Arno allait rester un peu en Asie. C'était la première fois que cela arrivait, et elle dut bien reconnaître qu'elle en était heureuse. Elle allait pouvoir profiter encore un peu d'Arno, crut-elle.

Seychelles, île de Praslin

Adrian Lambart se sentait bien aux Seychelles. Il se sentait en sécurité sur une île. Loin d'éprouver l'enfermement ou le manque d'action d'un quotidien entouré de palmiers et d'insulaires nonchalants, il appréciait de pouvoir fuir par la mer à la moindre alerte. Au cours de sa carrière, presque toutes ses exfiltrations s'étaient faites par les airs, en avion ou en hélicoptère. Mais au fil des années, il s'était senti moins vulnérable sur une embarcation. Un avion dans le ciel était comme une tache de confiture sur une nappe blanche : on ne voyait que lui, il était simple de s'en débarrasser. Tandis qu'en bateau, on pouvait toujours se dissimuler derrière les vagues, se fondre avec la surface mouvante de l'océan. C'était bien connu : un avion ne restait jamais caché dans le ciel. Lorsqu'il tombait en revanche, et qu'il fallait retrouver les morceaux à la surface de la mer, c'était une autre affaire.

Il repensa à une mission faite avec Louise, quelques années auparavant. Ils avaient prêté main-forte aux *Royal Marines* anglais dans une sombre affaire de piraterie maritime au large de la Somalie. Ils n'avaient pas fait appel à lui pour ses aptitudes au combat, quoiqu'encore à l'époque, il ne fût pas complètement rouillé. Les Anglais les avaient infiltrés directement dans un village somalien, presque à l'extrémité du golfe d'Aden. Là, sous la couverture d'un couple de biologistes marins, ils avaient pu alerter la *Royal Navy* de quelques projets de piraterie fomentés par ces villageois miséreux.

À l'époque, Adrian ne se posait aucune question sur la légitimité des actions qu'on lui demandait de mener. Il était un « agent de renseignements sous contrat privé », comme on dit. Un homme qui mettait ses talents et son besoin irrépressible d'adrénaline au service de causes présumées justes. En l'occurrence, la protection par les marines occidentales des navires marchands ou de plaisance qui transitaient par le golfe d'Aden.

Mais les choses avaient changé depuis quelques années.

D'abord, Adrian déplorait que les nations qui possédaient des services secrets dignes de ce nom ne les mettent pas plus souvent au service des populations. Des populations de leur pays d'origine qui les payaient, après tout. Et des populations des pays dans lesquels ils intervenaient pour — soi-disant — rétablir et maintenir la paix. Quelle foutaise ! pensait-il. Les nations occidentales n'en avaient absolument rien à foutre des drames qui se jouaient sur le terrain. Qu'au Niger, dix pour cent des jeunes filles enceintes meurent dans d'atroces souffrances parce que leur pays ne disposait pas du matériel nécessaire pour les césariser était à peu près égal à la majorité des puissances occidentales. Ils étaient là pour protéger les mines d'uranium qui fournissaient le combustible de leurs putains de centrales nucléaires.

Ensuite, Adrian avait pu constater avec beaucoup de peine que les agents de renseignements agissaient rarement pour préserver noblement les intérêts du pays qui les payait. Que foutaient les agents français au Mali, ou les services secrets américains en Afghanistan ? En réalité, ils étaient là pour sauver les fesses des politiques qui avaient vendu à leurs électeurs « une traque inlassable et impitoyable des terroristes qui menacent notre démocratie ». Quelle connerie, encore une fois, pensait Adrian. Pourquoi dépenser autant de l'argent des contribuables pour maintenir sur le terrain des agents qui servaient en réalité l'égo boursouflé des politiques ?

Trente ans à faire ce constat amer avaient définitivement fait basculer Adrian Lambart du côté des hommes qui allaient consacrer leurs dernières années à livrer un combat noble.

Et pour ce combat, il lui manquait encore un équipier.

La nuit commençait à tomber. Le vent faisait doucement balancer les palmes d'un cocotier de mer. Dans quelques minutes, on pourrait voir les premières étoiles s'allumer dans le ciel tropical. Adrian chassa le sable blanc qui avait colonisé ses orteils et pénétra dans son bungalow. Dans le coffre-fort de la chambre, il se saisit d'un téléphone qui ne le quittait jamais. L'appareil, semblable à celui utilisé par le président français par exemple, lui permettait de communiquer sans aucun risque d'être écouté. Du moins pas via le téléphone, pensa-t-il. En revanche, si quelqu'un avait sonorisé son environnement, il n'y pouvait pas grand-chose. Peu lui importait, en réalité. Sa couverture était crédible : Adrian Lambart était un homme d'affaires richissime, en villégiature aux Seychelles. La stricte vérité.

— *What's up*, Oscar ? demanda-t-il lorsque son interlocuteur eut décroché.

— Tout va bien, monsieur. On se gèle les os, ici, mais le rendez-vous s'est bien passé. J'espère que vous profitez de la plage !

— Un peu, en effet. Je n'ai que ça à faire, de toute façon. Dis-moi que nos nouveaux amis ont plongé.

— Ils ont plongé, assurément ! J'ai rencontré un certain Julien Vangelis. Le bras droit du patron de *Deep Impact*, d'après ce que j'ai compris. Je lui ai remis la documentation et il m'a promis d'en parler à son associé. Ce dernier est revenu vers moi le lendemain. Il se trouve en Asie pour une affaire privée, mais il m'a assuré qu'il allait effectuer quelques recherches à Kuala Lumpur, pour commencer.

— Parfait. Quelle impression t'a laissée leur société, *Deep Impact* ?

— Elle est conforme à ce que l'on en savait, monsieur. Des bureaux classiques dans une tour banale de leur quartier d'affaires. Peu de personnel présent sur le site lors de mon rendez-vous, mais des détecteurs biométriques à chaque porte et une batterie d'antennes sur le toit. À mon avis, ils sont *borderline* : pas officiellement une agence de renseignements, mais suffisamment équipés et malins pour faire de l'espionnage dans le milieu du business.

— Ils sont connus des services secrets français ?

— C'est là que j'ai un doute, monsieur. Aucun des fonctionnaires que j'ai rencontrés ne m'a confirmé qu'ils avaient déjà fait appel à eux. Mais ils sont intervenus dans quelques affaires de survalorisation de sociétés publiques, comme *Aéroport de France*, une compagnie qui gère des infrastructures dans le monde entier.

— OK. On va les laisser avancer seuls de leur côté, puis je me manifesterai auprès du boss. Comment s'appelle-t-il, déjà ?

— De Wilder, monsieur. Arno de Wilder.

— Merci, Oscar, laissons ce monsieur de Wilder faire des étincelles, puis nous passerons à la suite du plan. En attendant, essaie de savoir quel est le pedigree exact de notre homme.

— Entendu, monsieur, je vous rappelle dès que j'ai du nouveau.

Adrian raccrocha. Il sourit en pensant à Oscar, cet ancien combattant solide comme un roc, capable de tuer n'importe quel adversaire à mains nues, mais qui se transformait en assistant servile dès qu'il s'adressait à lui. Car telle était la force d'Adrian Lambart : impressionner n'importe qui. Un mélange de charisme, d'autorité et de charme qui faisait de lui, même à soixante ans, un homme que l'on n'oubliait pas lorsque l'on avait la chance, ou la malchance, de le croiser.

Malaisie, Kuala Lumpur

Le vol Thaï Airways avait décollé de Bangkok une heure auparavant. Il longea le détroit de Malacca. Plongé dans le dossier *Worldjet*, Arno ne prêta pas attention au corridor maritime parcouru par un flot continu de porte-conteneurs. Comme depuis plusieurs siècles, les navires remontaient la Malaisie après avoir fait escale à Singapour, en provenance de Shanghai ou Hong-kong : les nouvelles routes de la soie, ces voies commerciales inventées par la Chine pour envahir le monde de leurs produits à bas prix. L'avion dépassa Kuala Lumpur pour se poser cinquante kilomètres plus au sud, en bordure d'une jungle épaisse et foisonnante.

Arno referma son ordinateur. Il avait à présent une idée précise du profil de la société *Worldjet*, une compagnie d'aviation d'affaires de taille moyenne créée en France et possédée par des fonds d'investissement variés. Son activité consistait à acheter en leasing des *jets* à différents constructeurs, puis à les louer en morceaux à des entreprises, clubs de foot ou agences étatiques pour leurs besoins de vols privés. Par « louer en morceaux », il fallait entendre mettre à disposition de chaque client un quota d'heures de vol annuel calibré en fonction de ses besoins. Ainsi, une multinationale qui utilisait ce type d'avions deux cents heures par an n'avait pas besoin de se porter acquéreur d'un appareil entier, avec tout ce que cela impliquait en matière d'entretien, d'embauche de pilote ou d'assurance. *Worldjet* était raisonnablement profitable et possédait à l'évidence de belles perspectives de développement commercial. Il n'était pas idiot de vouloir s'en porter acquéreur lorsque l'on s'intéressait au business de l'aviation d'affaires.

En attendant son bagage sur le tourniquet cahotant du hall des arrivées, Arno appela Julien.

— Déjà levé ? remarqua-t-il, lorsque son associé décrocha à la seconde sonnerie.

— Je savais que tu allais m'appeler... et que tu ne te laisserais pas attendrir par le fait que nous sommes encore en pleine nuit, ici !

— T'as raison : tu as écourté mes vacances, je peux bien écourter un peu ta nuit ! Bon, dis-moi ce que tu sais de notre mystérieux client.

— Pas grand-chose. Oscar Watson dit qu'il travaille pour un homme d'affaires qui cultive le secret comme les Afghans cultivent le cannabis. Il tient à rester discret sur la mission qu'il nous confie pour le cas où l'affaire ne se fasse pas. Notre facture a bien été réglée, en revanche. Cinq cent mille dollars depuis une holding située à Jersey.

— Je vois... Et dans le contrat, il a des exigences particulières ?

Les clients de *Deep Impact* étaient généralement sourcilleux sur les questions de confidentialité. La contrepartie des sommes indécentes que facturait Arno était souvent une clause extrêmement stricte, sans limites de temps et d'espace, accompagnée de pénalités dissuasives en cas de fuite.

— Que du classique, répondit Julien. Ah, si ! Il a tenu à indiquer que tu devais t'occuper personnellement de la phase préliminaire d'enquête.

— Tu veux dire qu'il souhaite qu'un associé de l'agence soit son interlocuteur ? C'est bien le cas, avec toi, non ?

— Pas seulement ! Il a mentionné ton nom. Tiens, je te lis : *« les parties conviennent que monsieur Arno de Wilder assurera personnellement la phase préliminaire en Asie du Sud-Est. »*

Étrange, pensa Arno, mais il n'allait pas se formaliser pour si peu. C'était bien ce qu'il avait l'intention de faire, de toute façon. Et puis une petite enquête sur le terrain en échange de cinq cent mille dollars, ce n'était pas pour lui déplaire.

— Tu retrouves Dave ? demanda Julien pour conclure.

— Dès que j'aurai passé la douane, oui. Bon, je te rappelle très vite.

Arno se saisit de son sac de voyage et franchit rapidement le sas. Les douaniers n'avaient pas l'air d'être sur le pied de guerre dans ce pays, constata-t-il en avisant un groupe d'hommes sanglés dans des uniformes tachés et jouant aux dominos. Une fois à l'extérieur, Arno fut saisi par la chaleur moite et poisseuse. En quelques instants, sa chemise blanche colla à son dos et ses lunettes de soleil se voilèrent d'une fine pellicule de buée. Il fit quelques pas avant d'apercevoir l'homme qui l'avait précédé de quelques jours en Malaisie et qu'il était venu retrouver : Dave Lewis.

Dave était un solide Américain d'une quarantaine d'années. Invariablement affublé d'une casquette à l'effigie du FBI et mâchonnant des chewing-gums à la cannelle.

— Tu n'as pas peur de te faire repérer avec ça, rigola Arno, en désignant le couvre-chef.

— Tu plaisantes ! Au contraire, je brouille les cartes ! Qui pourrait penser qu'un agent du FBI se balade avec une casquette… du FBI ?! Et puis le *Bureau*, c'est plutôt pour les affaires internes aux US. Ici, je te garantis que ça fait touriste !

Arno avait beaucoup de plaisir à retrouver Dave. L'américain avait rejoint *Deep Impact* deux ans auparavant, à l'issue d'une mission où Arno avait eu besoin d'organiser une rencontre secrète en Afrique entre deux de ses clients. Il avait fait appel à un pilote capable de poser un *jet* sur une piste de terre de sept cents mètres, ce qui, heureux hasard, entrait dans les compétences de Dave. Ce dernier était un ancien pilote de l'*US Air Force*, mais également diplômé d'un MBA en management de l'université de Californie. « Pourquoi cette double formation ? » avait demandé Arno. « Bah, les avions c'est bien pour draguer les filles avant trente ans. Après, il vaut mieux un métier qui rapporte des dollars ! » avait répondu Dave.

Bref, Arno et Dave avaient sympathisé et *Deep Impact* faisait appel à l'Américain dès qu'une mission nécessitait des compétences aéronautiques.

Les deux hommes s'engouffrèrent dans un pick-up vert et prirent la direction de Kuala Lumpur. En route, Arno put constater combien la végétation était différente de celle qu'il connaissait en Thaïlande. Située quelques degrés à peine au nord de l'équateur, la Malaisie était baignée d'un climat tropical légèrement tempéré par les entrées maritimes. Fortement arrosée par les pluies de mousson deux fois par an, la végétation était riche et luxuriante.

À l'entrée de Kuala Lumpur, Dave laissa la ville sur leur gauche et prit la direction du nord.

— On ne visite pas la capitale ? demanda Arno.

— Plus tard. Pour le moment, j'ai pensé à un endroit plus tranquille pour rencontrer nos informateurs.

Dave avait fait du bon boulot. Il avait contacté tout ce que la Malaisie comptait de personnes susceptibles d'avoir des informations sur l'avion de *Worldjet*, et moyennant quelques centaines de dollars, il avait convaincu un homme de venir leur parler dans un coin reculé du parc de Taman Negara. Depuis l'accident mystérieux du vol MH370 un an auparavant, les autorités malaisiennes étaient extrêmement chatouilleuses sur tout ce qui concernait les enquêteurs privés posant des questions sur des accidents aériens. L'affaire qui intéressait *Deep Impact* était bien antérieure, pourtant. Du reste, aucune enquête n'ayant été diligentée sur la disparition du vol de *Worldjet*, les Malaisiens n'avaient pas vraiment à se sentir concernés. L'avion avait décollé de Kuala Lumpur, point.

Arno trouva l'endroit parfaitement adapté à leur entretien discret. Au bord d'une rivière paresseuse en dehors de la période de mousson, un modeste complexe de bungalows avait été construit pour les touristes. Quelques singes avaient élu domicile sur les toits, tandis que l'on entendait, sortant de la jungle toute proche, des milliers de cris d'animaux qui se répondaient en une mélopée harmonieuse.

— Ça peut faire flipper cet endroit, remarqua Arno en avisant une araignée grosse comme le poing, sur la branche basse d'un camphrier majestueux.

— T'inquiète pas, notre salle de réunion est climatisée et les serpents ne sortent que la nuit !

Voir… se dit Arno. Mais bon, ils étaient venus rencontrer un informateur, pas faire un safari dans la jungle. Autant s'y mettre tout de suite.

Leur interlocuteur était un petit homme ventripotent, portant de grosses lunettes de myope, et visiblement mal à l'aise de se retrouver ici. Il se présenta toutefois dans un anglais parfait.

— Faisons vite, je dois être de retour à Kuala Lumpur avant ce soir, dit-il en lissant sa grosse moustache grise.

Arno jugea utile de le laisser mariner quelques instants.

— Où l'as-tu trouvé, celui-là ? demanda-t-il à Dave, en français.

— Monsieur Hishiam est responsable des archives à la CAAM, l'autorité de l'aviation civile malaisienne. Il se trouve que monsieur Hishiam a depuis peu une nouvelle et jeune amie qui a des besoins financiers, disons… conséquents. Alors, pour ne pas l'obliger à puiser dans les économies qu'il destine à sa femme et à ses deux filles, je lui ai proposé mille cinq cents dollars en échange de deux ou trois recherches pour nous.

Un grand classique, pensa Arno. Dave était un as pour débusquer des informations sur les réseaux sociaux et détecter rapidement les « mises en relation » incongrues. Il avait assez facilement repéré les fonctions de M. Hishiam sur un réseau professionnel… puis il avait fait le lien avec ce même M. Hishiam sur des réseaux plus privés.

Dave déposa l'enveloppe devant le fonctionnaire malaisien.

— J'ai pu retrouver les mouvements du vol qui vous intéressait, se pressa d'annoncer ce dernier.

— Merci, monsieur Hishiam, nous vous écoutons.

— Le vol *Worldjet 012* a décollé de Kuala Lumpur en fin de matinée, le 2 mars 2010. Sur le plan de vol, il est indiqué qu'il devait se rendre à l'île Maurice avec cinq personnes à bord. Après avoir quitté notre contrôle aérien, il est passé avec Djakarta, puis avec Melbourne qui gère toute la traversée de l'océan Indien.

— Aucun de ces centres de contrôle en route n'a signalé d'incident ? demanda Dave.

— Non, je n'ai rien retrouvé dans ce sens.

— Mais théoriquement, un plan de vol ouvert doit être clôturé, non ? Sinon, il est de votre responsabilité de donner l'alerte.

— Exact. Mais dans ce cas précis, le plan de vol a bien été clôturé.

— Clôturé ? Mais par qui ?

— Eh bien, par le pilote, j'imagine.

Voilà un premier indice suspect, pensa Arno. Si le vol *WJ012* avait bien disparu « lors d'un vol d'entraînement au départ de Kuala Lumpur et au-dessus de l'océan Indien », comme l'indiquait la documentation de la compagnie, qui avait bien pu clôturer le vol ?

— Vous avez pu identifier les pilotes ? demanda Dave. S'agissait-il de ceux qui sont arrivés à Kuala Lumpur avec l'appareil ?

— Non, je ne crois pas, affirma le Malaisien. L'appareil était chez nous depuis un mois. Il venait de subir une opération de maintenance importante.

— Et pour son premier vol, il embarque des passagers ? C'est absurde, remarqua Dave. D'ailleurs, connaît-on l'identité de ces passagers ?

— Il faudrait voir avec les douanes. Nous, on ne consigne pas les passagers des vols d'aviation d'affaires.

Monsieur Hishiam ne leur apprit rien de plus. Ils le laissèrent repartir et s'attablèrent autour d'une bière glacée pour débriefer l'interrogatoire.

— On progresse, constata Arno, on avait un avion disparu, on sait maintenant que son plan de vol a bien été clôturé, et qu'il a embarqué des passagers pour un vol directement consécutif à une opération de maintenance… À creuser.

Autour d'eux, la jungle faisait un bruit de plus en plus assourdissant. La nuit était tombée et des millions d'insectes et d'oiseaux étaient entrés en phase maximale d'alerte aux prédateurs.

2

MISSION

Malaisie, parc de Taman Negara

Arno prolongea la soirée sur le petit balcon de son chalet. Tous les sens en alerte, il jouissait des sensations procurées par la jungle toute proche. Les singes avaient disparu et avaient été remplacés par des chauves-souris de la taille d'une planche à repasser. Un puissant projecteur éclairait l'avant du pavillon. Lorsque son faisceau accrochait les arbres, Arno voyait scintiller des centaines de points phosphorescents, autant de rétines d'araignées, de serpents et d'oiseaux nichés dans la végétation, et attendant que leur repas du soir passe à proximité. La jungle en Asie du Sud-Est était la source d'abondantes fables. Des esprits y habitaient, de nombreuses personnes, bien réelles cette fois, y avaient disparu. C'était le cas de Jim Thomson, un ancien agent américain dont Arno avait découvert la légende en visitant avec Alice sa maison devenue un musée, à Bangkok. Dans les années 50, Jim Thomson avait été à l'origine du renouveau de l'exportation de la soie thaïlandaise. Un homme au destin fascinant, mi-espion, mi-philanthrope, qui avait disparu en 1967 dans la jungle malaisienne, sans qu'aujourd'hui encore, la CIA n'accepte de déclassifier le dossier.

Arno s'interrogeait souvent sur sa propre trajectoire. Sur ses choix professionnels, sur son histoire avec Alice. Qu'est-ce qui faisait qu'un parcours de vie se transformât en destinée ? se demandait-il. Allait-il encore longtemps manipuler l'image d'entreprises pour le seul profit de ses clients — des fonds d'investissement cyniques et déshumanisés — et de son compte en banque ? Il connaissait beaucoup de réussite dans ce qu'il entreprenait, principalement grâce à sa faculté à travailler jour et nuit et à sa détermination à chercher l'information par tous les moyens, fussent-ils malhonnêtes. Mais tout cela allait-il continuer à l'intéresser longtemps ? Pour une raison qui lui échappait, il eut l'intuition que la mission dans laquelle il mettait les pieds était d'une tout autre nature. Qu'elle pouvait lui permettre d'accomplir quelque chose de différent. L'ennui c'était qu'il allait falloir annoncer à Alice qu'il ne reviendrait pas tout de suite en Thaïlande. Comment le prendrait-elle ?

Il décida de rentrer se mettre à l'abri des bestioles.

Dave avait compilé une abondante documentation sur les *jets* de la marque de celui qui avait disparu et sur leur programme d'entretien. Arno s'y plongea consciencieusement. Il apprit que les appareils subissaient différents types d'opérations de maintenance. Certaines toutes les cent heures de vol, d'autres, plus lourdes, nécessitaient l'immobilisation de l'avion durant plusieurs jours. C'était l'une de ces « grandes révisions » qui avait été effectuée sur l'appareil de *Worldjet*, dans les ateliers d'une société spécialisée de Kuala Lumpur.

Dave entra sans s'annoncer, une nouvelle bière glacée à la main.

— Hey boss ! Tu es encore en train de travailler ?

— Je dois comprendre ce qui a pu se passer sur ce foutu avion pour qu'il disparaisse juste après la maintenance.

— Si tu veux mon avis, tu perds ton temps. Tu supposes que

c'est un problème technique qui a causé la perte de l'appareil. Or, si ç'avait été le cas, on aurait entendu parler de l'accident : les contrôleurs aériens auraient reçu un *mayday*, ou bien on aurait retrouvé les boîtes noires.

— Je veux bien, mais c'est la seule piste que l'on ait.

— Je ne suis pas d'accord, viens avec moi… J'ai une surprise pour toi.

Dave tendit à Arno une veste de treillis et une lampe torche. « Tu vas avoir besoin de ça. »

Les deux hommes s'éloignèrent du campement et empruntèrent une sorte de piste en caillebotis qui s'enfonçait dans la jungle. L'environnement devint de plus en plus menaçant. Des toiles d'araignée de la taille d'un parasol pendaient en travers du chemin, tandis que de part et d'autre de la piste, un bruissement ininterrompu signalait la présence de reptiles tapis dans la végétation. Le cœur d'Arno s'accéléra. Il continua pourtant à suivre Dave qui savait manifestement où il allait. Au bout de quinze minutes de marche, simplement éclairés par le puissant faisceau des torches, les deux hommes empruntèrent une échelle de corde, puis un pont de singe qui traversait la canopée.

— Jolie balade, mais ça fait un peu flipper…

— C'est le but, tu vas voir. On est presque arrivés.

Ils étaient partis depuis une heure, maintenant, et Arno ne comprenait toujours pas le but de ce périple.

Soudain, un cri strident se fit entendre. Dave se figea et intima à Arno d'en faire de même. « Des singes, dit-il… s'ils crient comme ça, c'est qu'il y a un prédateur. »

— Tu penses à quoi ? demanda Arno, plus du tout rassuré.

— Peut-être un tigre… ou bien nous, tout simplement !

Les deux hommes reprirent leur progression. Dix minutes plus tard, ils arrivèrent dans une clairière à peine illuminée par les rayons de la lune. Les guides du parc y avaient construit une cahute en bois percée de larges fentes horizontales : un poste d'observation des animaux de la jungle. Du moins en plein jour...

— Nous y sommes, déclara Dave.

Ils pénétrèrent dans l'abri et dans la pénombre, Arno distingua un homme attaché... *mister* Hishiam !

— Qu'est-ce que c'est que cette histoire Dave ?

— Qu'est-ce que tu crois ? Monsieur Hishiam estime qu'il nous a dit tout ce qu'il devait pour mille cinq cents dollars... Mais ça ne veut pas dire que c'est tout ce qu'il sait. N'est-ce pas, monsieur Hishiam ? déclara Dave avec un regard menaçant à l'adresse du Malaisien.

Ce dernier avait perdu toute sa superbe. Sa moustache saturée d'humidité pendait sur sa lèvre supérieure, et il avait manifestement satisfait un besoin naturel à même le sol. Arno n'était pas du tout à l'aise avec l'initiative de Dave, mais il comprenait soudain pourquoi il avait voulu conduire l'entretien au beau milieu de la jungle et pas dans un bureau aseptisé de Kuala Lumpur. Dave posa son téléphone portable sur le sol et enclencha l'enregistreur vocal.

— Nous aurions pu vous payer un peu plus, certes, mais nous n'aurions jamais été certains que vous nous disiez tout ce que vos recherches vous ont appris. Là au moins, le deal est clair : vous nous dites tout ce que vous savez et on vous laisse aller rejoindre votre poupée-jolie. Ça vous fera un truc à lui raconter !

Hishiam était terrorisé. Il lançait de grands regards désespérés vers Arno.

— Vous avez, raison, j'ai autre chose à vous dire, finit-il par concéder. Mais je risque ma carrière !

— Certes, mais si vous ne dites rien, c'est votre vie que vous risquez... À vous de choisir.

Le fonctionnaire malaisien se décida à parler : « Le vol qui vous intéresse a décollé de Kuala Lumpur, ce jour-là, et il a été pris en charge par le contrôle aérien jusqu'à son contact avec les Mauriciens. Là, il semble que le pilote n'a plus répondu aux instructions et que l'alerte a été donnée. »

— Pourquoi cette alerte n'a-t-elle pas été suivie d'effet ? demanda Dave.

— Je vous l'ai dit : parce que quelques heures plus tard, le plan de vol a été clôturé !

— Clôturé par… ?

— Oh là là ! je suis foutu moi, se lamenta le Malaisien avant de se décider à parler. Il a été clôturé par un officier américain de la base de Diego Garcia. Il a expliqué que l'avion avait connu une avarie et qu'il avait été autorisé à se poser d'urgence sur leurs installations.

— C'est tout ce que vous savez ?

— Non, je peux aussi vous donner l'identité d'un passager. L'avion avait été affrété pour ramener à l'île Maurice un cadre de la compagnie aérienne nationale : Vincent Weber, le directeur de leur politique d'achat et de couverture de kérosène.

— Très bien, monsieur Hishiam, voici un renseignement précieux, dit Dave, à présent doux comme un agneau. Vous nous avez dit qu'il y avait cinq passagers dans ce vol. Qui étaient les autres ?

— En plus de Vincent Weber, il y avait les deux pilotes, une hôtesse et une femme inconnue. Je vous jure que je ne sais rien de plus ! cria Hishiam pour prévenir toute nouvelle action de coercition.

— Je crois que cette fois, il nous dit la vérité, nota Dave en français. On va le laisser partir et on va se mettre en quête de savoir où a bien pu passer Vincent Weber, depuis cinq ans… et qui était la passagère qui l'accompagnait ?

Arno fut soulagé que cela se termine comme ça.

Thaïlande, temple des Derniers jours

Alice avait veillé tard pour s'occuper d'un nouveau malade en phase terminale, pour qui il n'y avait hélas plus rien à faire non plus. Découragée, elle s'était couchée sans prendre le temps de dîner et n'était pas parvenue à fermer l'œil avant quatre heures du matin. Le message d'Arno l'avait cueillie dans son premier sommeil.

Expérience incroyable dans la jungle ! je te raconterai ! Tout va bien ? Je prolonge un peu mon séjour en Malaisie. Luv. Arno

Tu as énormément de chance de t'amuser dans la jungle, mon chéri, pensa-t-elle. Pendant ce temps-là, moi, je compte les morts, ici. Et si tu veux tout savoir, je suis épuisée de me battre dans le vide... Alice pensa à lui envoyer un message de cette teneur, mais elle renonça. Il ne servait à rien de passer ses nerfs sur Arno. Il avait la chance de faire un métier qui le passionnait, et même si elle pensait que son argent n'était pas toujours loyalement gagné, elle ne se sentait pas le droit de le lui reprocher. Pas après ce qu'il avait fait pour elle.

Elle se leva du lit bancal sur lequel elle passait ses nuits dans ce temple, et se rapprocha de la fenêtre. Une simple ouverture sans carreaux, à peine séparée de l'extérieur par une moustiquaire. Comment parvenir à apporter plus de réconfort à ces malades ? se demanda-t-elle. Comment trouver les moyens de générer des dons autrement qu'en exposant les cadavres embaumés de malades du sida ? Son rendez-vous à Bangkok lui avait appris que seule la compassion pouvait provoquer la générosité de riches donateurs, mais elle ne parvenait pas à se résoudre à susciter cette compassion via une exposition morbide. Elle voulait créer une fondation ! Une structure qui pourrait mener des actions de sensibilisation autant qu'augmenter les capacités d'accueil du temple des Derniers jours. D'ailleurs, il était urgent de rebaptiser le temple. Le temple de la Seconde chance... elle trouvait que c'était plus positif. Donner une seconde chance à ces malheureux qui avaient souvent dû se prostituer pour survivre et faire vivre leur famille, et qui avaient contracté le sida.

Elle alluma le petit brûleur et fit chauffer une casserole d'eau. Elle pila quelques bâtons de citronnelle auxquels elle ajouta deux gros morceaux de gingembre. Elle les enferma dans un lambeau de gaze et attendit que l'eau soit chaude pour faire infuser le tout. Elle aurait aimé rajouter un peu de miel, mais le miel était hors de prix en Thaïlande.

Sa tasse à la main, Alice sortit dans la cour du temple. Elle était décidée à tenter de monter cette fondation et il lui fallait réfléchir au meilleur moyen d'approcher de riches donateurs. Elle aurait bien eu besoin des conseils d'Arno dans ce domaine. Il n'avait pas son pareil pour convaincre un interlocuteur de le suivre dans des projets auxquels il croyait. Mais force était de constater que le temple de la Seconde chance était le cadet de ses soucis. Tant pis, elle se débrouillerait toute seule. Comme elle l'avait toujours fait. Comme lorsqu'elle s'était expatriée en Thaïlande pour échapper aux hommes qui la poursuivaient.

Cette sensation d'être seule au monde lui fit monter les larmes aux yeux. Elle reprochait à Arno de ne pas se montrer à la hauteur de ses promesses d'amoureux. Tant qu'elle ne lui avait pas donné ce qu'il voulait, il avait été le plus élégant des gentlemen. Il avait redoublé d'efforts pour prendre des nouvelles d'Alice, pour faire en sorte qu'elle ne manque de rien malgré son choix de vivre auprès de ses malades. Mais maintenant qu'ils passaient chaque année plusieurs semaines retirés du monde sur l'île de Koh Tao, Alice déplorait qu'il ne se montrât pas plus concerné par ses projets à elle. Elle essaierait de lui en parler, à l'occasion. Lorsqu'il voudrait bien rentrer de son escapade malaisienne.

Elle prit l'autobus pour Bangkok, le lendemain en fin de matinée. Serrée entre les villageois qui montaient à la capitale pour travailler ou pour vendre les objets artisanaux dont ils espéraient tirer quelques bahts, elle regardait défiler le paysage. Les vitres du bus étaient ouvertes, laissant passer un air chaud et odorant durant les cent cinquante kilomètres du trajet. En arrivant dans son petit appartement bangkokois, elle se sentit poisseuse et fatiguée, mais elle se mit immédiatement à la tâche : elle devait recenser les riches familles thaïlandaises à qui elle allait pouvoir vendre son projet de temple de la Seconde chance.

Seychelles

Adrian Lambart approchait du but. D'après ses informations, *Deep Impact* avançait rapidement dans la résolution de la disparition du vol *WJ012*. Encore un jour ou deux, et ils apprendraient que Louise était à bord. Ils apprendraient également pourquoi Vincent Weber avait disparu et, s'ils n'étaient pas trop stupides, pourquoi l'on n'avait jamais retrouvé l'appareil. Il avait eu raison de miser sur cet Arno de Wilder, se dit-il. Ce garçon avait d'indéniables qualités de raisonnement et d'action, dommage qu'il ne les mette qu'au service de fonds d'investissement qui ne faisaient rien d'autre que de l'argent avec de l'argent. Quelle minable ambition ! Lui, Adrian Lambart, allait se charger de donner un objectif plus audacieux à ce garçon.

Adrian regroupa ses affaires près d'un baril de plastique bleu. Il emballa dans de vieux chiffons son téléphone intraçable, les disques durs qui contenaient toutes les informations lui permettant de rester en vie, et le révolver *Glock 17* dont il prit soin au préalable de démonter chaque pièce. Il enferma le tout dans le baril et chassa l'air à l'aide d'une petite pompe à vide artisanale. Une fois lesté de ceintures de plomb, le baril prit la direction de la plage. Adrian s'équipa pour une plongée qui nécessiterait une certaine concentration. Dix minutes de nage plein nord, puis quinze en direction de l'ouest, en enfin dix autres vers le nord/nord-ouest, lui permirent d'atteindre un point aux coordonnées géographiques connues de lui seul, et auquel le baril attendrait gentiment le retour de son propriétaire. Bien sûr, il aurait pu atteindre cet endroit en bateau ou encore en nageant en ligne droite, mais ce n'est pas ce qu'on lui avait appris lors de son entraînement de nageur de combat.

Arrivé à l'endroit convenu, Adrian s'allongea sur le haut-fond et contempla le tombant qui descendait sur près de quatre-vingts mètres vers les profondeurs de l'océan Indien. Il arrima solidement le baril dans une cavité naturelle, puis se débarrassa de sa bouteille d'oxygène. Il conserva le détendeur en bouche le temps de camoufler le tout à l'aide d'une bâche verte percée de centaines de minuscules trous. Tel un Petit-Poucet clandestin, il venait de se constituer un nouveau chemin secret qui lui servirait un jour ou l'autre. Adrian remonta à la surface en prenant soin de vider l'air de ses poumons, puis il regagna la rive à la nage. Pour quiconque l'aurait observé depuis la plage, il ressemblait à un vacancier revenant de sa séance de natation matinale. La dernière avant de quitter ce paradis sur terre que constituaient les Seychelles.

Trente minutes plus tard, Adrian se présentait à la réception pour régler sa note.

— Vous nous quittez déjà, monsieur Lambart ? demanda l'employée métisse vêtue d'une robe en lin aux couleurs du palace.

— Malheureusement, mes affaires m'appellent. Mais je reviendrai.

Il ne lui restait plus qu'à effectuer un court vol vers Mahé, l'île voisine où se trouvait l'aéroport international, puis un long-courrier pour Dubaï, et enfin une correspondance pour Kuala Lumpur.

Peu après le décollage, confortablement installé en première classe, Adrian contempla le paysage. Les flots bleus et moutonnants de l'océan Indien s'éloignaient rapidement à travers le hublot. Déjà, les îles seychelloises n'étaient plus que de minuscules esquifs verts retenant de gros nuages cotonneux dans leurs aspérités montagneuses. Les hauts-fonds bleu clair, presque blancs, parsemaient l'immensité plus sombre de la mer. Quelques navires de commerce prenaient leur élan en direction de l'Afrique ou du sous-continent indien, mais il fallait bien avouer que cette partie du globe n'était pas envahie par le trafic maritime.

Du côté de son père, sa famille descendait de colons britanniques qui avaient souvent emprunté la route des Indes pour se rendre en Asie. Cette route commerciale maritime passait dans les environs après avoir contourné le cap de Bonne-Espérance. À cette époque, les Seychelles, l'île Maurice et la Réunion, seules escales possibles pour les navires en route vers l'Extrême-Orient, furent le cadre de batailles navales sanglantes entre les Anglais et les Français. Puis les Français avaient percé le canal de Suez, les navires avaient pu suivre une route plus directe entre l'Europe et l'Asie, et cette partie de l'océan Indien était devenue bien moins intéressante pour les grandes puissances occidentales.

Tant mieux, pensa Adrian, c'est ce qui faisait ses affaires, à présent. Et c'est ce qui rendait possible son projet complètement fou.

Fou, mais pas irréalisable.

Thaïlande, Bangkok

Alice repassa soigneusement sa plus jolie tenue. Une robe de soie vert d'eau échancrée le long de la jambe et enserrant sa poitrine en laissant apparaître son épaule droite. À gauche, une large bretelle brodée d'or donnait au vêtement une allure de tenue princière. Elle jugea sa mise un rien guindée, mais parfaitement appropriée à sa rencontre du jour avec M L Rambai Chumbala.

Rambai était une princesse thaïlandaise, en effet. Descendante de la dynastie Chakri qui régnait depuis 1782, elle était une nièce éloignée du roi Rama IX, actuellement sur le trône. Alice avait fait sa connaissance en assistant à un concert de musique classique consacré à l'œuvre de Frédéric Chopin, son compositeur préféré. Elle avait pris son courage à deux mains et avait osé lui demander un rendez-vous pour lui parler de son projet de fondation.

Elle arriva à l'heure et patienta dans un petit salon de la demeure princière. Les murs étaient recouverts de photos de Rambai Chumbala en compagnie de rois, de reines, de présidents et de Premiers ministres du monde entier. Les vitrines étaient remplies de porcelaines chinoises rares et entourées d'antiques sculptures de bois. Alice se sentit très intimidée.

La princesse lui apparut chaleureuse dès les premiers instants. Elle la salua d'un *wai* respectueux avant de lui donner une accolade sincère, à l'occidentale.

— Je suis heureuse de rencontrer une Française qui se préoccupe du sort de notre peuple, dit-elle en guise d'introduction. Et puis s'il vous plaît, pas de protocole entre nous, nous avons le même âge. Appelez-moi Dao.

— Je suis très heureuse de vous rencontrer, Excellence… je veux dire, Dao… « Etoile », c'est un magnifique surnom !

— Vous très bien parlez notre langue. Je suis certaine que l'on va s'entendre toutes les deux, poursuivit la princesse en anglais.

Alice était venue avec une présentation formelle imprimée et reliée avec les moyens du bord, mais elle n'en eut pas besoin. Rambai la précéda dans un patio ombragé par de magnifiques frangipaniers multicolores. Elle la fit assoir dans un profond canapé aux coussins recouverts de soie et brisa la glace.

— Votre projet de fondation est très courageux, Alice. Mon pays a beaucoup fait pour rehausser le niveau de vie de notre peuple, mais malheureusement, nous ne pouvons pas être partout. Nous laissons parfois des gens sur le bord de la route.

C'est le cas avec les victimes de cette maladie. Les initiatives privées, dussent-elles être étrangères, sont toujours les bienvenues, vous savez ?

Alice expliqua avec enthousiasme ce qu'elle imaginait. Une fondation qui mettrait tout d'abord en place des campagnes de dépistage systématiques et anonymes. « Il ne faut pas stigmatiser les malades, il faut créer des endroits où ils peuvent se soigner et vivre lorsqu'ils sont rejetés par leur famille. »

— Vous avez raison. Mais vous savez, dans notre culture, la maladie reste honteuse. Elle frappe surtout les personnes de petite vertu qui ne respectent pas les principes de Bouddha.

Alice savait cela, elle désirait juste amorcer des actions concrètes le plus rapidement possible. Elle détailla les opérations auxquelles elle avait pensé avant de poser la question fatidique : « Croyez-vous pouvoir m'aider à monter cette fondation ? Et contribuer à son financement ? »

— Je vous aiderai, naturellement, Alice. Mais je ne peux pas associer officiellement mon nom à votre fondation. Et puis, si je suis prête à vous soutenir financièrement au début, vous devrez trouver d'autres donateurs. À l'étranger de préférence. Après tout, ce sont eux qui ont introduit cette maladie chez nous, il est normal qu'ils contribuent à soigner notre peuple, n'est-ce pas ?

Tout le paradoxe de la haute société thaïlandaise était là : sincèrement préoccupés du bien-être de la population, ils désiraient partager avec les *farang* la responsabilité de pourvoir à ses besoins. Alice ne se démonta pas. « Peut-être pourriez-vous me présenter quelques riches philanthropes qui accourent aux dîners que vous donnez régulièrement ? »

— Je peux en tout cas vous y inviter. Je crois que vous n'aurez pas besoin de moi pour séduire vos interlocuteurs, dit Rambai, en soulignant du regard le charme que dégageait la Française. Et puis, vous pourrez également vous faire aider par une ou deux amies...

Alice ne comprit pas immédiatement ce que la princesse sous-entendait. Elle lui demanda de préciser.

— Parmi les trésors de notre royaume, il y a la beauté et la douceur de nos filles. Vous savez bien que c'est la première motivation des hommes occidentaux, riches ou misérables, qui visitent la Thaïlande. Rien ne s'oppose à ce que vous utilisiez cette particularité...

Alice fut choquée. Rambai lui suggérait ni plus ni moins d'utiliser la prostitution pour financer son œuvre caritative ! C'était parfaitement immoral, et même si elle avait compris que cette activité était généralement librement consentie par les filles, ici, elle persistait à la considérer comme l'exercice de la domination répugnante des hommes sur les femmes.

Elle pensa à Arno. À plusieurs reprises, il n'avait pas hésité à utiliser des méthodes illégales pour arriver à ses fins. Comme cette fois où il avait provoqué un accident de bus pour ternir l'image d'une société touristique. Bien sûr, elle l'avait convaincu par la suite d'indemniser les victimes. Mais ce principe de la fin qui justifiait les moyens l'avait profondément choquée. Cette part sombre qui habitait son âme était-elle propre à son parcours de vie, ou bien finalement, était-ce un point commun à l'ensemble des êtres humains ? Elle savait depuis longtemps qu'il en existait également une trace chez elle. Malgré sa volonté de pardonner, de choisir le bien plutôt que la vengeance, elle constatait avec effroi que le désir de faire payer les hommes qui l'avaient brutalisée n'avait pas complètement disparu de son psychisme. Après tout, si elle avait le blanc-seing de gens à qui elle demandait conseil, pourquoi ne pas emprunter cette voie ?

Alice rentra chez elle satisfaite d'avoir obtenu le soutien de Rambai pour sa fondation. Elle quitta ses chaussures à talon et sa robe de soie pour enfiler un pantalon à poches extérieures et un débardeur à bretelles. Ce look d'aventurière collerait mieux à l'endroit où elle décida de se rendre.

Elle négocia contre une centaine de bahts qu'un chauffeur de *tuk-tuk* la conduise à l'autre bout de la ville, dans une rue connue pour ses bars à filles et ses cabarets crapuleux.

Soi Cow-boy ressemblait à un Far West du sexe, où de toutes jeunes filles venues des différentes provinces thaïlandaises se vendaient à des expatriés ou à des touristes en mal de tendresse tarifée. La rue était constituée d'un alignement de *go go bars* aux néons criards et de cabarets licencieux. Alice n'aimait pas ce qui se passait à *Soi Cow-Boy*, mais là encore, elle avait appris à considérer ce business comme un élément intangible du décor thaïlandais. Elle faisait avec, et en l'occurrence, elle allait doublement faire avec.

Elle entra dans l'un des cabarets choisis au hasard, et se dirigea vers le shérif des lieux, en l'espèce, une solide femme thaïe qui trônait derrière le bar en surveillant, telle une vigie, le va-et-vient des hôtesses entre la piste de danse et les tables des clients.

— Je voudrais voir votre plus belle fille, demanda-t-elle en thaï à la *mamasan.*

— C'est pour toi, ma belle ? Tu veux une fille qui aime les femmes ?

— Non, c'est pour un homme très riche qui cherche de la compagnie pour plusieurs jours.

Alice posa deux billets de mille bahts sur le comptoir.

— Pour ce prix-là, tu peux choisir, dit la *mamasan*. Viens avec moi.

Elle la conduisit dans une salle située à l'arrière du cabaret dans laquelle les filles se reposaient entre deux numéros de striptease. Alice eut un pincement au cœur en constatant que certaines étaient vraiment très jeunes. La *mamasan* fit taire son cheptel avec autorité, avant de leur expliquer en thaï que la *farang* cherchait une *lady* douce et attentionnée pour un homme très important.

Alice détailla chaque fille. Certaines étaient magnifiques

et auraient fait se damner tout homme à peu près normalement constitué. Ce n'était toutefois pas le premier critère. Elle en choisit trois qui avaient l'air un peu moins juvéniles que les autres et leur adressa quelques mots en anglais. L'une d'elles répondit immédiatement et sans hésiter, elle aussi dans un anglais académique : « Moi ! Je viens avec toi, *khun Alicee*. Il y a bien longtemps que je ne cherche plus de mari... »

Les deux femmes ne s'attardèrent pas dans le cabaret, et bientôt, Alice entraînait la jeune thaïe loin de *Soi Cowboy*. Elles s'installèrent sur une petite table métallique, dans l'un des nombreux restaurants de rue qui jalonnaient les environs.

— J'ai un projet lucratif à te proposer, entama Alice, mais auparavant, j'ai besoin de te connaître. Comment t'appelles-tu ?

— Toy... C'est mon nom depuis que je suis à Bangkok. Ma mère ne m'appelait pas ainsi, mais elle est morte, à présent. Pour tout le monde, je suis Toy.

La jeune Thaïe était superbe. Elle possédait des courbes marquées mais harmonieuses, une peau légèrement mate tout le long de ses membres fins. Ses yeux en amande pétillaient d'un sourire sincère sur un visage de statue chinoise encadré par des cheveux soyeux et épais. Une beauté. Alice constata également qu'elle parlait très correctement anglais. Elle s'exprimait avec des mots simples, mais sans fautes de grammaire et avec un très léger accent.

— Tu as déjà voyagé à l'étranger, Toy ?

— Oui, il y a longtemps. J'ai connu un *farang* qui m'avait promis de m'épouser. Un Anglais qui m'a fait venir dans son pays. Mais au bout de quelques mois, je suis devenue très triste... Il passait son temps au *pub* avec ses copains... Et puis, il n'était pas vraiment avocat comme il m'avait dit. Il travaillait dans un cabinet d'avocat, oui, mais comme assistant. Je suis rentré dans mon pays et j'ai repris mon travail à *Soi Cowboy*... Il ne faut jamais croire les *farangs*... Ils ne sont là que pour le sexe.

Ils ont beaucoup de mots dans la bouche, mais ce n'est jamais sincère.

Toy n'avait pas l'air triste de ce constat. Juste lucide. Elle voulait profiter des quelques années que lui laisserait son corps pour gagner autant d'argent que possible, puis elle retournerait dans son village pour ouvrir un commerce ou un petit restaurant. « Certains *farangs* ont beaucoup d'argent, dit-elle, il faut juste leur faire croire qu'ils sont importants, leur donner ce qu'ils veulent, et ils payent sans discuter. »

— C'est exactement ce que je te propose, Toy : un projet qui fera payer les *farangs* pour ce qu'ils ont fait de ton pays. Je vais t'expliquer.

Malaisie

Arno attendit que le soleil fût levé en France pour appeler Julien. Il était déjà quatorze heures en Malaisie.

— Qu'est-ce que l'on a trouvé sur ce Vincent Weber ? demanda-t-il à son associé.

— Pas grand-chose. L'histoire officielle raconte qu'il a disparu en 2010. Mais pas dans un accident d'avion. Selon ses proches, il serait sorti faire de la voile dans le lagon mauricien, et l'on n'aurait jamais retrouvé sa planche.

— C'est aberrant ! Qui raconte une chose pareille ?

— Weber était célibataire. Il travaillait depuis plusieurs années pour la compagnie aérienne de l'île Maurice et il vivait là-bas. Sa mère habite en région parisienne ; elle aurait reçu un appel de son employeur pour la mettre au courant de l'accident. La pauvre femme a essayé d'en savoir plus, mais personne ne lui a jamais rendu le corps de son fils… Et pour cause : nous savons qu'il a disparu avec le vol de *Worldjet*.

— C'était quoi son métier, exactement ?

— Il était ingénieur-chimiste. Pétrochimiste, pour être précis. Mais il avait évolué vers des fonctions de direction : il s'occupait des achats de kérosène pour la compagnie aérienne. Et surtout des contrats de « couverture ».

— C'est quoi, ça ? demanda Arno, même s'il en avait déjà une petite idée depuis qu'il avait parcouru le dossier de rachat de *Worldjet*.

— Ce sont des contrats d'achat de kérosène « à terme ». En gros, tu paries aujourd'hui sur le prix auquel tu achèteras dans un, deux ou trois ans, le kérosène dont aura besoin la compagnie. Tu sécurises un prix pour plusieurs années, mais tu peux aussi te planter et t'engager sur un prix élevé alors que le pétrole chute et que tu aurais mieux fait d'attendre.

— Weber était bon dans son métier ?

— Excellent. D'ailleurs, il revenait d'une négociation avec *Petro-Malaisie*, la société pétrolière de ce pays.

Arno se frotta les ailes du nez. Ils avaient donc un cador du *trading* de kérosène disparu en même temps qu'un *jet* privé, mais dont l'employeur prétendait qu'il était mort dans un banal accident de planche à voile. Ledit trader rentrait à l'île Maurice dans un avion qui venait de passer plusieurs semaines en maintenance, et dont on contestait la disparition, puisque le plan de vol avait été faussement clôturé par un officier américain de la base de Diego Garcia... Tout cela devenait extrêmement nébuleux. Quel était le rôle de *Worldjet* dans tout ça ? Et que fallait-il dire au client de *Deep Impact* qui voulait racheter la compagnie ?

Arno frappa à la porte du bungalow de Dave. L'ancien pilote était en train de faire des pompes comme tous les matins.

— Dave, il faut que l'on aille à Kuala Lumpur. Il faut que l'on comprenne ce qui s'est passé avant le décollage de l'avion de *Worldjet* en 2010.

Les deux hommes parcoururent en sens inverse le trajet entre Taman Negara et Kuala Lumpur. Arno abandonna sans regret la jungle malaise. Il avait apprécié cette petite escapade, mais laisser cet environnement hostile et sa faune menaçante aux bobos amoureux de « connexion avec les éléments de la forêt » lui allait très bien. Sur le trajet, Arno tenta de joindre Alice. Sans succès.

Ils s'installèrent dans un petit hôtel à proximité d'anciens bâtiments coloniaux anglais qui constituaient encore aujourd'hui, le centre de décision politique de la capitale malaisienne. Ils se mirent à la tâche, et au bout de deux jours, ils parvinrent à identifier un homme au profil intéressant. Il ne restait plus qu'à bâtir un scénario pour le rencontrer sous un prétexte quelconque.

La cible fut « tamponnée » au Royal Selangor Club, un club social hérité de la période où les Anglais gouvernaient la Malaisie. Ancien lieu de rendez-vous de la bonne société coloniale britannique, l'établissement accueillait à présent l'élite malaisienne de la politique et des affaires, dans un complexe de maisons blanches à colombage et de pelouses rases d'un vert éclatant.

Arno repéra immédiatement leur cible. Un homme d'origine malaisienne qui était en train de s'entraîner au cricket. Ils le laissèrent terminer sa partie, attendirent qu'il eût retiré son chandail blanc immaculé et ses jambières de protection, puis l'abordèrent avec le plus grand naturel.

— Monsieur Aziz Abdul Rhaman ? On nous a dit que nous vous trouverions ici. Pouvons-nous vous offrir un rafraîchissement ?

Les membres du club privé étaient censés être soigneusement sélectionnés. Aziz Abdul Rhaman n'avait aucune raison de se méfier. En tant que patron de la division aéronautique de *Petro-Malaisie*, il avait l'habitude que des étrangers s'adressassent à lui pour traiter d'affaires pétrolifères.

— Que me vaut l'honneur ? demanda Abdul Rhaman d'un ton précieux.

— Nous sommes sur le point de racheter une compagnie

d'aviation. Or notre attention a été attirée par un détail curieux sur lequel nous aimerions avoir votre avis.

— Je vous écoute, gentlemen.

— La compagnie en question s'appelle *Worldjet*. Elle aurait perdu un appareil il y a cinq ans, au départ de Kuala Lumpur...

— Je connais *Worldjet*, en effet, mais j'ignorais qu'ils avaient connu pareil déboire. Je ne vois pas comment je peux vous aider.

— En fait, poursuivit Arno, le vol en question transportait un homme qui sortait d'un rendez-vous dans vos bureaux... Vincent Weber, le directeur des achats de kérosène pour la compagnie mauricienne... Vous voyez de qui je veux parler ?

Abdul Rhaman voyait très bien. Arno le perçut immédiatement. Le petit clignement des yeux, la pomme d'Adam qui remontait plusieurs fois comme pour donner à l'homme le temps de réfléchir...

Le Malaisien choisit pourtant l'esquive.

— Vous savez, je rencontre beaucoup de personnes dans mon travail. Peut-être l'ai-je rencontré, oui... en tout cas, je ne m'en souviens pas.

En réalité, l'évocation du nom de Vincent Weber alluma une alarme rouge vif dans le cerveau d'Abdul Rhaman. Il se souvenait bien de cet ingénieur taciturne. Un homme intelligent au large front dégarni qui était venu lui poser des questions embarrassantes sur les activités de *Petro-Malaisie* à l'île Maurice. Que ces deux Occidentaux viennent l'interroger n'était pas bon signe. Il tenta une nouvelle fois l'évitement.

— Gentlemen, ne m'en veuillez pas, mais le devoir m'attend.

Abdul Rhaman laissa en plan son verre de *martini-on-the-rocks* et fila tout droit vers la sortie du club.

— Le moins que l'on puisse dire, c'est qu'on a mis le doigt sur quelque chose, commenta Dave.

— Assurément. Tu as vu son air à l'évocation de Weber ? Ce

type nous cache un truc, et derrière lui, il y a *Petro-Malaisie*. J'ai bien envie de mettre mon nez dans leurs affaires.

Thaïlande, Bangkok

Alice relooka sa jeune élève des pieds à la tête. Elle lui acheta de sages robes imprimées pour remplacer les hauts à lacets qu'elle portait habituellement. Les talons de ses chaussures perdirent cinq bons centimètres, tandis que son maquillage à paillettes disparut au profit d'une couche de poudre de teint éclaircissante. Toy venait d'Issan, une province pauvre et agricole du nord-est de la Thaïlande. Comme beaucoup de filles de la campagne, elle avait la peau mate et un type plus laotien que siamois. Elle raconta à Alice qu'elle était issue de l'union d'une paysanne thaïlandaise avec un soldat américain venu prendre sa retraite au pays du sourire. Son père habitait toujours au village et faisait vivre la moitié de la famille de Toy grâce à sa pension de l'*US Army*. L'autre moitié profitait de l'argent que la jeune prostituée envoyait chaque mois. Le métissage avait donné à Toy une peau claire et des traits adoucis qui plaisaient beaucoup aux hommes. Elle maîtrisait également très bien l'anglais.

Alice lui apprit à se tenir convenablement dans un canapé profond, ainsi qu'à faire un usage correct des couverts et des verres qui encombraient la table des grands restaurants dans lesquels elle dînerait prochainement. « Tu vois, Toy, les hommes aisés détestent par-dessus tout que la femme à leur bras leur fasse honte à l'extérieur. Comme tout ce qu'ils possèdent, ils veulent que leurs amis les remarquent pour leur distinction. Leur voiture, leur montre, leur maîtresse... tout doit briller, mais surtout ne pas faire de bruit », expliqua Alice. Toy s'amusait de la mise en scène. Au lit, elle savait depuis longtemps donner à un homme ce qu'il désirait. Le valoriser en société en revanche était nouveau pour elle. Ça lui plaisait beaucoup. En outre, elle comprit ce qu'Alice attendait d'elle. Et elle avait immédiatement adhéré à l'idée. Trop de ses amis avaient contracté le virus du sida et étaient obligés de vivre seuls dans un taudis immonde après avoir été reniés par leur famille. Des filles comme elle, bien sûr, mais également des garçons qui avaient eu le tort de monnayer leurs corps auprès d'Occidentaux. Toy était heureuse de participer au projet d'Alice. Ce n'est pas ce dont elle rêvait lorsqu'elle était petite fille, mais au moins, cela donnait-il un sens à sa vie puisqu'elle n'avait pas pu trouver d'homme pour l'épouser.

Il restait aux deux femmes à déterminer comment approcher les hommes que Toy allait envoûter au point de les faire payer pour ses services, mais également pour la cause chère à son cœur : le temple de la Seconde chance. Pour cela, elle accepta la proposition de Rambai Chumbala. La princesse et la pute… Comment les deux femmes allaient-elles réagir au contact l'une de l'autre ? se demanda Alice, non sans inquiétude.

En réalité, la société thaïlandaise était ainsi cloisonnée que Rambai et Toy n'auraient jamais dû se rencontrer de toute leur existence. Rambai côtoyait la haute société bangkokoise — la « Hi So » —, tandis que Toy ne connaissait de la capitale que le quartier rouge de Sukhumvit et ses *go-go bars* scintillants. Il y avait toutefois une chose qui pouvait les réunir. C'est ce qu'Alice savait parfaitement, et c'est ce qu'elle allait utiliser : les riches occidentaux, hommes d'affaires ou diplomates, qui fréquentaient les dîners de galas donnés par Rambai, ne détestaient pas s'encanailler auprès de poupées thaïlandaises à la sexualité débridée. Avec Rambai, ils se sentaient importants et puissants… Avec Toy, ils se sentiraient beaux et vigoureux. Une triste constante chez le mâle occidental, pensa Alice.

La première rencontre eut lieu dans le quartier de Rattanakosin. Alice donna rendez-vous à Rambai dans un bar à cocktails situé à quelques encablures du Grand Palais et du temple du Bouddha d'Émeraude. Elle arriva accompagnée de Toy.

La scène fut digne d'un roman du moyen-âge évoquant la rencontre entre une reine et une paysanne. Lorsqu'elle comprit qu'elle avait à faire à une représentante, même éloignée, de la famille royale, Toy se prosterna à genoux. Elle n'osa pas regarder le visage de Rambai et joignit les mains contre sa poitrine dans un *Wai* fébrile. Elle finit par reprendre le contrôle des tremblements qui l'agitaient lorsqu'Alice lui chuchota que Rambai était là pour les aider. La princesse confirma et proposa que leur conversation se déroulât en anglais. Débarrassés d'une partie des mots de respect et de déférence qui ponctuent la langue thaïe, leurs échanges n'en furent que plus simples.

— Ainsi, voici votre première recrue, souligna Rambai en dévisageant Toy. Je suis certaine qu'elle aura beaucoup de succès.

— Toy va beaucoup nous aider, mais elle a encore deux ou trois choses à apprendre...

— À commencer par le fait de maîtriser sa timidité face à des gens impressionnants, dit Rambai avec un sourire bienveillant.

Alice et Rambai devisèrent amicalement, et bientôt Toy s'immisça dans la conversation.

— Vous savez, jeune fille, les hommes adorent qu'on les valorise. Il ne s'agit pas seulement de les flatter sur leur physique ou leurs prouesses au lit... vous devez aussi vous intéresser à leurs affaires, à leurs hobbys, leur faire sentir que ce sont d'importantes et puissantes personnes. Si vous savez les complimenter juste ce qu'il faut, et que vous vous effacez lorsqu'ils parlent entre eux, ils vous mangeront dans la main. Je vous le garantis.

Toy posa des questions sur le fonctionnement de cette espèce étrange. Elle connaissait toutes les habitudes de l'homme occidental lorsqu'il était nu et à sa merci dans un lit, mais le reste du temps, au restaurant ou lors d'une réunion, elle ignorait tout de son comportement social.

— Vous devez affirmer certains aspects de votre personnalité, poursuivit la princesse. Ils doivent comprendre que vous avez vous aussi vos objectifs dans la vie. Que s'ils ne vous aident pas à les atteindre, ils vous perdront... et ce faisant, ils perdront tout le prestige de posséder une si belle femme.

L'anglais de Toy était vraiment très bon, pensa Alice. Il ne lui manquait plus que quelques codes et elle pourrait se lancer dans le grand bain...

Lors du prochain dîner donné par Rambai.

Alice pensa à Arno. Ce qu'elle était en train de faire allait-il choquer le consultant ? Certainement pas pour le côté moral, en tout cas, Arno ayant de nombreuses fois prouvé qu'il s'affranchissait régulièrement de l'honnêteté pour atteindre ses objectifs. Elle était consciente en revanche de son désir de passer plus de temps avec elle, peut-être même, voulait-il qu'elle travaille pour d'autres missions de *Deep Impact*... Mais elle n'en avait pas l'intention. Elle avait choisi de vivre en Thaïlande, et à présent, de développer le temple de la Seconde chance. Et tant pis si elle employait pour cela des chemins de traverse. Maintenant qu'elle avait pris sa décision, rien ne l'arrêterait plus jamais.

Et puis, pour paraphraser les conseils de Rambai : si Arno ne l'aidait pas à atteindre son but à elle, il la perdrait.

Kuala Lumpur

Les tours jumelles de *Petro-Malaisie* constituaient l'une des attractions phares de Kuala Lumpur. Érigées à la fin du vingtième siècle, reliées par un pont à mi-hauteur qui avait failli être arraché par une tempête tropicale, elles étaient censées propulser la Malaisie dans le camp des nations qui comptaient au sein du monde impitoyable des affaires. Adrian Lambart savait que tout cela n'était que de la poudre aux yeux. Que les principaux dirigeants de *Petro-Malaisie* étaient corrompus jusqu'à la moelle.

Être de retour au pied de ces buildings, l'endroit où tout avait commencé et où tout avait fini, ne lui provoqua pas d'émotion particulière. Adrian n'était pas du genre à s'appesantir sur le passé. La partie s'était mal terminée pour lui, cinq ans auparavant, mais en réalité la partie n'était pas encore terminée. Les responsables de ce scandale payeraient tôt ou tard. Il en avait fait le serment.

Adrian déambula tranquillement sur la petite étendue de jungle percée d'un lac qui s'étalait au pied des tours. L'air était chaud et saturé d'humidité. L'être humain n'était pas fait pour vivre dans un climat pareil, pensa-t-il. Du reste, ce n'était que lorsque l'on avait inventé la climatisation que la démographie avait pu s'envoler dans les pays d'Asie tels que la Malaisie, l'Indonésie ou Singapour.

Il vérifia une fois encore les informations transmises par Oscar : les agents de *Deep Impact* avaient rendez-vous chez *Petro-Malaisie* vers dix heures. Ils en auraient pour une heure, puis ils prendraient un taxi pour rencontrer le représentant de leur client… Lui.

Adrian décida de les surprendre. De leur montrer qu'il tirait les ficelles et que c'était lui qui menait la partie. Il patienta donc, un gobelet de café glacé à la main, pile en face de l'entrée des tours. À onze heures dix, Arno de Wilder et Dave Lewis sortirent de la tour nord. Adrian s'avança à leur rencontre et les interpella avant qu'ils n'aient eu le temps de monter dans un taxi.

— Vous devez être monsieur de Wilder, dit-il à l'adresse du moins grand des deux.

Arno marqua un temps d'arrêt, il tenta de masquer sa surprise, puis se composa un sourire distant.

— Vous êtes… ?

— Adrian Lambart, l'homme pour qui vous travaillez.

— Je pensais que nous devions nous rencontrer à l'hôtel.

— C'est exact, mais j'ai préféré venir à votre rencontre. Disons qu'une conversation en plein air me semblait préférable.

Arno n'aimait pas improviser. Il préférait avoir le temps de réfléchir au scénario de toute nouvelle rencontre. Il aurait aimé mettre à profit le trajet en taxi pour discuter avec Dave de ce qu'ils venaient d'apprendre. Or Lambart ne leur en laissait pas le temps et cela le déstabilisa.

— Comme vous préférez, articula-t-il, finalement.

Lambart s'éloigna en direction du parc planté d'espèces tropicales. Comme s'il connaissait parfaitement les lieux, il dirigea le groupe à l'abri d'un bosquet, à proximité d'un banc de bois et d'acier rivé dans le sol. Il resta debout.

Arno regroupa ses pensées. Adrian Lambart l'impressionnait. Malgré son âge — il devait approcher de la soixantaine —, il possédait la carrure d'un ancien athlète qui n'aurait jamais cessé de s'entraîner. Les cheveux gris, presque blancs, coupés très courts, les traits de son visage étaient anguleux. Son t-shirt noir laissait apparaître une longue cicatrice sur la peau bronzée de son biceps droit. En outre, l'expression de ses yeux témoignait d'une détermination inébranlable. Cet homme ne devait pas souvent ressentir le doute, pensa Arno.

— Si vous n'y voyez pas d'inconvénient, je préfère avoir cette conversation en français, dit Adrian sans un regard pour Dave.

Arno saisit le message : lors de cet échange, Lambart entendait « neutraliser » Dave. Si le pilote américain comprenait un peu le français, il ne le parlait pas suffisamment bien pour intervenir à propos dans la discussion. Arno serait seul à affronter l'homme d'affaires. Car il en était certain : même s'il était le client de *Deep Impact*, même s'ils étaient censés jouer dans le même camp, cet homme concevait chaque rapport humain comme une lutte, comme une bataille qu'il fallait gagner. Adrian Lambart possédait une faculté innée de prendre l'ascendant sur ses interlocuteurs dès les premières secondes d'une conversation.

— Bien... vous avez donc évalué *Worldjet* ? Êtes-vous arrivé à la conclusion que la société est intéressante pour mon groupe ?

— Monsieur Lambart, vous ne nous avez pas tout dit à propos de *Woldjet*, n'est-ce pas ?

— Comment l'aurais-je pu, nous ne nous sommes encore jamais rencontrés ?

— Je veux dire : pourquoi nous avez-vous confié la mission d'enquêter sur la disparition d'un avion de cette compagnie, pour soi-disant évaluer la valeur de *Worldjet*... alors que cette société est déjà à vous.

Lambart ne broncha pas. Intérieurement, il jubilait. Cet Arno de Wilder avait réussi le premier examen de passage haut la main. C'était exactement ce qu'il voulait.

— Comment en êtes-vous arrivé à cette conclusion ? se contenta de demander Lambart.

— Pardonnez-moi, mais voulez-vous bien répondre à ma question auparavant : pourquoi avez-vous fait cela ?

— C'est moi qui pose les questions, jeune homme. Je suis votre client, et si je veux dépenser mon argent pour vous faire enquêter sur des choses que je sais déjà, si tel est mon bon plaisir, eh bien j'en ai le droit... Je répète ma question : comment avez-vous appris que *Worldjet* m'appartenait ?

OK, ce type veut m'embarquer dans une partie d'échecs. Allons-y, pensa Arno.

— Vous vous êtes renseignés sur *Deep Impact*, n'est-ce pas ? Vous savez que nous travaillons pour des fonds d'investissement, certains appartenant à des états. Vous ne serez donc pas surpris d'apprendre que nous avons les moyens de tracer les flux financiers entre différentes sociétés... Nous avons détecté un virement très récent entre *Worldjet* et votre société holding à

Jersey... la même société qui a réglé nos honoraires, il y a quelques jours.

— C'eût très bien pu être un paiement de *Worldjet* à ma société qui est, par ailleurs, prestataire de services.

— Certes, mais en l'occurrence, *Worldjet* a effectué deux autres virements du même montant et le même jour... vers deux autres sociétés basées dans des paradis fiscaux. J'en déduis qu'il s'agit de dividendes que *Worldjet* règle à ses actionnaires. Je me trompe ?

Adrian acquiesça, admiratif. Il n'avait pas encore l'intention de répondre aux questions d'Arno, mais il devait reconnaître qu'il était allé très vite pour mettre à jour l'appartenance de *Worldjet* à son groupe.

— Très bien. Et sur la perte de l'appareil, vous avez appris quelque chose ?

Arno garda son calme. Il était engagé dans une partie d'échecs avec un adversaire dont il ne connaissait pas les intentions, mais qui, à l'évidence, poursuivait un objectif qu'il devait découvrir. Le mieux était de l'obliger à se dévoiler.

— Oui. Nous avons découvert l'identité des personnes qui étaient à bord ce jour-là. Vincent Weber, un cadre de la compagnie aérienne mauricienne, et...

Arno marque un temps d'arrêt pour observer la réaction de Lambart.

— ... Louise Lambart. Votre épouse.

Une nouvelle fois, le visage d'Adrian Lambart ne trahit aucune émotion. Il demeura impassible. Au bout de quelques secondes, il commenta : « Voici donc une raison qui aurait pu me pousser à vous faire enquêter sur cet accident, non ? »

— C'est une éventualité. Toutefois, je ne peux m'empêcher d'être intrigué par la troisième chose que nous avons découverte...

— Je vous écoute.

— L'appareil qui vous appartenait, celui qui a disparu en

2010 et à bord duquel se trouvait votre épouse, sortait d'une longue opération de maintenance. Nous pouvons penser qu'il a été victime d'une avarie en vol consécutive à cette opération.

Cette fois Adrian esquissa un rictus qui pouvait être pris pour un début de sourire. « Vous avez donc tout découvert, monsieur de Wilder. Félicitations ! »

Arno enfonça le clou.

— Ne me prenez pas pour un imbécile, monsieur Lambart. Je n'ai découvert que des choses que vous savez déjà. La question à cinq cent mille dollars est : à quel jeu jouez-vous ? Pourquoi avez-vous dépensé autant d'argent pour faire enquêter *Deep Impact* sur une affaire dont vous connaissez déjà les conclusions ?

Adrian fixa les deux gigantesques tours qui couvraient de leur ombre le jardin tropical. Il prit le temps de chasser les émotions qui resurgissaient du fond de son âme. Puis il répondit d'une voix grave et claire : « parce qu'après cette petite mise en jambes, je vais avoir besoin de vous pour une opération beaucoup plus intéressante, monsieur de Wilder. »

Thaïlande, Bangkok

Arno essaya de la joindre à trois reprises. Chaque fois, Alice jeta un coup d'œil à son téléphone, puis rejeta l'appel. Elle n'avait pas le temps de lui parler. De son côté, il avait l'air profondément occupé par ses affaires, elle ne voyait pas pourquoi elle aurait dû mettre de côté ses activités pour lui répondre. Elle le rappellerait plus tard, lorsqu'elle aurait fait le tri parmi toutes les émotions qui la traversaient.

Et qu'elle aurait pris une décision.

Un léger parfum de subversion régnait dans son appartement. Toy y avait élu domicile, abandonnant provisoirement le studio dépourvu de climatisation qu'elle occupait dans le quartier de *Sukhumvit*. Il était pratique lorsqu'elle devait se rendre chaque soir pour danser à *Soi Cowboy*, mais le confort du logement d'Alice était infiniment préférable pour ses préparatifs.

Toy appliqua une couche de fard à paupières violet pâle sur ses yeux étirés. Son regard se transforma de façon diabolique. Suffisamment en tout cas, pour faire fondre l'homme sur lequel elle jetterait son dévolu dans quelques heures.

— Souviens-toi qu'il faut du temps pour rendre un homme dépendant, Toy. Si tu lui donnes ce qu'il veut tout de suite, il se détournera de toi pour chercher autre chose. Les hommes sont comme ça : c'est le manque qui provoque le désir, et c'est le désir qui conduit à l'amour. Une fois qu'ils ont obtenu ce qu'ils désirent, ils n'éprouvent plus de manque, et ils en aiment une autre. C'est triste, hein ?

Ce raisonnement élaboré échappait un peu à la jeune Thaïe, mais son expérience lui avait en effet appris qu'un homme à qui elle sortait le grand jeu dès la première fois ne revenait jamais. Elle s'était toujours arrangée pour qu'il demeure une pointe de frustration chez ses clients.

Alice tendit des sous-vêtements à Toy à travers la porte entre-ouverte de la salle de bain. Un ensemble culotte et caraco bleu foncé. Le blanc et le noir, couleurs favorites des femmes occidentales, manquaient d'allure sur la peau mate des Asiatiques. « Tu vas être sublime avec ça ! Bon... même si ce n'est pas ce soir que nos gogos découvriront tes atours. » Toy sourit. Elle avait bien intégré l'objectif de la soirée : « tamponner » quelques-uns des hommes qui assisteraient à la réception, mais surtout, ne sortir avec aucun. Pas le premier soir.

La frustration, Toy, la frustration...

Les deux femmes descendirent dans la rue et Toy héla un taxi. « Au Mandarin Oriental, Ka », indiqua-t-elle au chauffeur.

Le *Mandarin Oriental*... Alice y avait passé des moments particuliers quelques années auparavant. Elle y avait été *Public-Relations manager* lorsqu'elle était arrivée en Thaïlande. C'est dans cet hôtel également qu'elle avait fait la connaissance d'Arno... Et c'est cet hôtel qu'elle avait dû quitter précipitamment pour fuir la menace d'Étienne Chevalier, le fils de son violeur qui avait fait, par une sorte de mimétisme atavique, une fixation sur elle en 2010. Qu'était devenu Étienne ? se demanda-t-elle de façon fugace. Elle n'avait aucune nouvelle de lui depuis la lettre qu'il lui avait envoyée après qu'elle lui eût donné une seconde chance. Il l'avait simplement informée qu'il disparaissait sous une nouvelle identité.

Alice jeta un regard vers Toy et la trouva sublime. La peau satinée de ses jambes, le galbe de ses mollets soutenu par des chaussures à talon élégantes, jusqu'à sa poitrine qui tendait le tissu noir de sa robe moulante... cette mise en scène n'était rien d'autre qu'une seconde chance pour Toy aussi.

Le taxi emprunta la rampe d'accès au *Mandarin Oriental*. Il déposa les deux femmes à l'entrée réservée aux invités de la réception privée qui s'y tenait : la prise de fonction à Bangkok du nouvel ambassadeur de France.

Plus tard dans la soirée, Toy et Alice rirent comme deux gamines en détaillant la pile de cartes de visite récoltées par la jeune Thaïe. « J'ai fait exactement comme tu m'as appris, khun Alicee ! J'ai dit d'accord pour boire un verre un autre jour, s'ils acceptent que je leur parle de la fondation. Ils sont tous d'accord ! » Alice se tenait les côtes et Toy en rajoutait de son rire éclatant et lumineux. « L'un d'eux m'a dit : pour une soirée avec vous, je vendrais ma maison, et si ça ne suffit pas, les actions de ma société, aussi ! »

— Voilà comment sont les hommes occidentaux, Toy, blablabla et blablabla... toujours de belles paroles pour que tu te sentes comme une princesse. Mais ça ne les empêche pas de te traiter comme une moins que rien dès qu'ils ont obtenu ce qu'ils voulaient. Bon, ce n'est pas grave, le tout c'est de le savoir. Qui est cet homme qui t'a parlé des actions de sa société, au fait ?

Toy désigna l'une des cartes de visite au style soigné : le

directeur général de la filiale thaïlandaise d'un laboratoire pharmaceutique français. Parfait, se dit Alice. Si en plus notre premier gogo travaille dans la santé, il y a une chance qu'il soit sensible à notre cause. En plus d'être attiré par les courbes de Toy, naturellement.

Arno avait encore essayé d'appeler quatre fois pendant la soirée. Alice ne pouvait plus reculer, il fallait qu'elle lui réponde. Elle savait qu'il serait question de leurs retrouvailles et au fond d'elle, elle n'en avait pas envie. Elle ressentit une pointe de culpabilité à l'idée de faire de la peine à Arno. Il était toujours prévenant à son égard, mais elle sentait qu'au fil des mois, et même des années à présent, ses promesses de s'éloigner de ses affaires pour se consacrer à une vie plus simple auprès d'elle tenaient sur du sable. Il ne pouvait pas s'empêcher de replonger dès qu'un défi intéressant se présentait et lui rapportait quelques centaines de milliers d'euros supplémentaires. Non pas qu'il fût obnubilé par l'argent, mais Alice savait qu'il considérait les dollars comme un moyen de mesurer les combats qu'il remportait. Car c'était ça qui animait Arno : l'adrénaline du combat et l'ivresse de la victoire. Quels que soient les moyens utilisés. Il tenait certainement cela de son enfance, mais Alice n'avait jamais trouvé les causes exactes de cette faille. De son côté, elle ne voulait pas d'une vie comme celle-là. Des combats, oui, si possible des victoires, mais pour une cause juste. Comme celle de faire financer son temple de la Seconde chance.

Elle se résolut finalement à répondre au nouvel appel.

— Hey, ma chérie, tout va bien ? Figure-toi que j'ai fait une rencontre formidable à Kuala Lumpur. Tu sais ce client qui nous fait enquêter sur un avion disparu...

Alice n'avait pas envie de l'entendre raconter ses prouesses d'agent secret du business. Pour tout dire, elle aurait voulu qu'il s'intéressât un peu à ce qu'elle faisait, elle. À ce qui l'animait, ce projet dont elle avait pris la peine de lui faire découvrir les contours : le temple des Derniers jours qu'elle voulait transformer en temple de la Seconde chance. Mais en l'état actuel des choses, Arno était surexcité et n'aspirait qu'à raconter ses exploits. Dommage.

— Arno, je vais couper la communication, je suis fatiguée.

— Comment ? Que se passe-t-il, Alice ? Quelque chose ne va pas ?

— Rien, dit-elle d'un ton lugubre. C'est juste que j'ai moi aussi mes préoccupations. Je suis fatiguée, je te l'ai dit.

— Alice, ne le prends pas comme ça. Je suis désolé. S'il te plaît...

La jeune femme mit brutalement fin à leur conversation. Elle éteignit son téléphone.

Elle ne le rallumerait pas avant le lendemain.

3

INFILTRATION TROPICALE

Malaisie

Adrian Lambart et Arno déposèrent Dave Lewis à l'aéroport de Kuala Lumpur, puis ils prirent la route de Taman Negara. Adrian conduisait avec souplesse un pick-up Toyota, dépassant régulièrement des camions à plateau chargés de travailleurs agricoles en route vers le nord. L'autoroute serpentait entre les collines densément boisées des abords de la capitale. Ils quittèrent bientôt la route principale pour des pistes larges et cahoteuses qui s'enfonçaient dans la jungle. Sur le parking en terre d'une petite épicerie de village, ils abandonnèrent le 4x4 pour une pirogue en carbone équipée d'un puissant moteur. Arno reconnut vaguement la rivière empruntée quelques jours plus tôt, mais les arbres montaient à plus de soixante mètres de hauteur. Reconnaître une rangée de palétuviers d'une autre relevait de la gageure. La lumière pénétrait difficilement dans la forêt primaire. Adrian Lambart avait pourtant l'air de savoir parfaitement où il allait.

— Je vous emmène dans un endroit moins touristique que

le lodge que vous avez visité. Mais vous verrez, c'est tout aussi pittoresque.

Arno ne desserra pas les dents. Il était encore sous le coup de sa brouille avec Alice. Quelle mouche l'avait piquée ? Les choses lui semblaient limpides depuis trois ans : ils se retrouvaient plusieurs fois par an dans un endroit reculé de Thaïlande pour profiter l'un de l'autre et refaire le monde. Le reste du temps, Arno développait les activités de *Deep Impact* sans que cela ait jusqu'ici posé un problème à Alice. En outre, il l'aidait à se consacrer à ses malades sans qu'elle ait besoin de travailler. Il pensait que cet équilibre leur convenait à tous les deux. Ce n'était manifestement pas le cas.

Poussé par l'intuition qu'il y avait un défi hors du commun à relever, il avait accepté de suivre Lambart dans son « camp d'entraînement », et de l'écouter expliquer son « opération importante ». « C'est la dernière chose que je vous demande avant de pouvoir considérer que votre mission est terminée », avait-il dit. Arno n'était pas certain de comprendre à quel jeu jouait Lambart. *Deep Impact* avait mis en évidence quelques mystères sur la disparition du vol de *Worldjet*, mais l'homme d'affaires connaissait déjà ces informations. Il avait paru s'en contenter.

— Vous cherchez de la compagnie pour vos activités d'aventurier, c'est ça ? demanda Arno, tandis que l'embarcation était sur le point d'accoster.

— Soyez patient, vous allez comprendre.

Adrian jeta les deux sacs de voyage sur la rive, puis il aida Arno à débarquer sur un rivage pentu et glissant. Il avait beaucoup plu et de larges feuilles vertes gouttaient encore abondamment. « Faites attention aux sangsues, elles adorent se laisser tomber sur les mammifères qui passent à leur portée », dit Adrian. Les deux hommes marchèrent cinq minutes sur un chemin gadouilleux, puis débouchèrent dans une clairière garnie de cabanons de bois sombre. Quelques hommes armés montaient la garde. Ils se mirent au garde-à-vous devant Adrian qui donna à chacun une accolade virile.

Arno comprenait de moins en moins ce qu'il fichait là. Son goût de l'aventure et du risque se limitait jusqu'alors au monde des affaires. Il adorait cuisiner des informateurs ou monter des coups pour que les clients de *Deep Impact* fassent des affaires florissantes, mais ici, il eut l'impression qu'il s'agissait d'autre chose. Ces hommes étaient armés et l'environnement était vraiment hostile. Arno put entendre des animaux tout proches, prêts à se jeter sur eux dans le but d'en faire leur repas. Lambart lui indiqua l'un des cabanons au confort spartiate. Il y déposa ses affaires avant de rejoindre son hôte autour d'un feu de bois.

— Bienvenue dans mon petit camp de vacances, dit Adrian.

— Je comprends qu'il vous faille payer pour avoir des clients qui acceptent ça, dit Arno en désignant les latrines rudimentaires. Vous ne devez pas avoir beaucoup de *repeaters*.

— Je suis certain que vous vous y sentirez très bien. On ne va pas rester très longtemps, de toute manière.

Adrian Lambart s'exprimait à présent exclusivement en français. Il le parlait parfaitement, même si une pointe d'accent britannique laissait penser que ce n'était pas sa langue natale. Il tendit à Arno une canette de bière et entama la discussion.

— Quelles sont les valeurs qui vous animent dans la vie, Arno ? demanda-t-il sans préambule.

— Voilà une vaste question ! Je serais bien tenté de vous retourner la question, mais j'ai compris que vous ne me répondrez que lorsque vous l'aurez décidé. Alors, disons que j'ai grandi avec l'idée que seuls les plus malins s'en sortent dans notre monde de compétition et de combats à tous les étages. Que dans toute relation humaine, privée ou professionnelle, il y a toujours un rapport de force. De manipulation, si vous préférez. Alors je fais en sorte que ce soient mes clients qui l'emportent dans les combats qu'ils ont l'amabilité de me confier. En revanche, vous concernant, je ne vois pas très bien comment je peux vous aider. J'ai fait ce que je pouvais pour comprendre ce qui était arrivé à votre avion, puis je me suis aperçu que vous saviez déjà tout. Qu'attendez-vous de moi, au juste ?

— Je vais vous raconter une partie de mon histoire, Arno. Je prends un risque en le faisant, mais ce début de mission était précisément destiné à vous tester. À évaluer si je pouvais vous faire confiance. Je crois que je le peux.

Adrian Lambart se lança dans l'explication de son pedigree.

« Je suis le fils d'un couple franco-britannique. Mon père était un lord anglais à la fortune colossale. Il possédait des milliers d'hectares de terres et d'élevages dans le nord de l'Angleterre. Des centaines de milliers de porcs, de moutons, des centaines d'exploitations agricoles dont le fermage était sous-traité, lui rapportaient chaque année des revenus inimaginables. Comme cela fait plusieurs générations que ça dure, son patrimoine a finalement atteint près d'un milliard de livres sterling. À sa mort, j'ai hérité de tout cela par le biais d'un *trust*. Une structure typiquement anglaise destinée à ce que les grosses fortunes soient administrées par des gestionnaires compétents, les *trustees*, tandis que les bénéficiaires, moi en l'occurrence, ne peuvent percevoir que les intérêts. Bref, je vous explique cela pour vous dire que je n'ai jamais eu besoin de travailler pour vivre. Une chance, n'est-ce pas ? J'ai donc occupé mes jeunes années à des causes que j'estimais plus excitantes. J'ai tout d'abord travaillé dans la finance — tout comme vous, je crois —, puis, pour des raisons qu'il serait trop long d'expliquer, j'ai été recruté en tant qu'officier de renseignements. »

Arno décida que pour aller à l'essentiel, il fallait rendre cet entretien interactif.

— Agent secret au service de l'Angleterre, donc ?

— Non, je n'étais pas appointé par un gouvernement. Ni par l'Angleterre ni par la France dont j'ai la nationalité par ma mère. J'ai travaillé pour des intérêts privés, mais j'ai aussi été impliqué dans plusieurs affaires qui concernaient des gouvernements.

— Agent de renseignements privé. OK, je vois, commenta Arno. Vous agissez pour ceux qui vous payent. Un peu comme moi, finalement.

— Sauf que dans mon cas — pardon d'être brutal —, l'argent n'est pas une motivation. J'en ai à ne plus savoir qu'en faire. J'ai donc pu me payer le luxe de choisir mes combats.

— C'est une chance, en effet. Et parmi vos combats, il y a celui de me recruter pour passer des vacances dans ce morceau de jungle ?

Adrian sourit pour la première fois.

— De vous recruter, oui. Mais pas pour aller défier les mygales ou les cobras. Je veux que vous intégriez mon organisation pour une mission qui me tient à cœur. Une mission dont j'aimerais qu'elle marque mon destin à jamais.

— C'est beaucoup d'honneur. Mais pourquoi moi ?

— Parce que vous êtes animé des mêmes ambitions que moi, Arno. Je vous observe depuis quelques années. Je pense que le moment est venu de mettre vos talents au service d'autre chose que vos fonds d'investissement cupides.

L'idée n'avait jamais vraiment effleuré Arno, mais à vrai dire c'est surtout parce qu'il n'y avait pas pensé. *Deep Impact* lui procurait sans trop de difficultés de quoi vivre confortablement. Il avait aussi fait la connaissance d'Alice qui était devenue sa raison d'aimer. Il pensait que cela suffisait à son bonheur.

— Le monde est dirigé par l'argent, reprit Adrian, mais il devrait l'être par les intérêts des peuples, de chacun des individus qui vivent sur notre planète. C'est idéaliste, bien sûr, et par certains côtés, un peu naïf, mais quand on a la chance, comme moi, de ne pas avoir besoin d'argent pour survivre, on a la responsabilité de choisir des combats qui apportent un peu de bonheur à l'humanité.

— Le milliardaire-agent-secret philanthrope... Voilà un beau personnage de roman, commenta Arno, avec un brin d'ironie.

— Précisément... C'est en effet ce que j'aspire à être, et c'est ce que je vous propose de devenir.

Adrian Lambart dévoila à Arno un projet finalement assez banal, puis il précisa ce qu'il attendait de lui : qu'il pose ses valises quelques mois au cœur de l'océan Indien. « J'ai besoin de vous pour préparer une opération clandestine de déstabilisation. Mais avant cela, j'ai deux ou trois choses à vous apprendre », conclut-il.

L'entraînement commença dès le lendemain matin. Avant le lever du jour, Adrian débarqua en treillis et t-shirt kaki dans le cabanon d'Arno. Il était accompagné de deux Malaisiens malingres et secs.

Arno n'avait presque pas fermé l'œil de la nuit. Malgré la lotion dont il s'était enduit la peau, il s'était fait dévorer par les moustiques. Il avait ensuite gambergé durant des heures à propos des derniers événements de sa vie. La distance mise entre eux par Alice, tout d'abord, puis la proposition d'Adrian dont il ne comprenait pas encore les tenants et les aboutissants. L'étrange agent free-lance ne lui avait promis ni la gloire ni la fortune, il s'était contenté d'asséner « qu'il était temps que quelqu'un comme vous se consacre à des combats ambitieux et dignes de son intelligence ». Arno avait promis d'y réfléchir, mais au petit matin, tandis qu'il était question d'entamer un entraînement qui promettait d'être physique, il était toujours aussi confus.

— Nous allons commencer par tester vos limites, dit Adrian en lui tendant une paire de rangers usée jusqu'à la corde.

Les dix premiers kilomètres de course semblèrent faciles. Arno était dans sa zone de confort : il trottinait derrière Adrian et les deux Malaisiens. Malgré le chemin défoncé parsemé de branches mortes, malgré l'air saturé d'humidité, il trouvait ce décrassage agréable. Au bout d'une heure à ce rythme, Adrian arrêta la troupe et tendit une gourde métallique à Arno. Au moment où il la porta à la bouche, son coach donna un grand coup de pied qui projeta la bouteille au loin.

— Première leçon : sur le terrain, on ne mange ni ne boit rien dont on n'est pas absolument sûr. Qui vous dit que je n'ai pas mis une drogue à l'intérieur ?

— Parce que je vous fais confiance, Adrian. Vous ne voudriez pas empoisonner un homme tellement indispensable à vos rêves de grandeur...

— Faux. Je pourrais très bien avoir mis un laxatif pour vous tester. Pas mortel, mais assez handicapant pour ce qui va suivre.

Arno hocha la tête, dubitatif. Il n'avait pas demandé à suivre ce pseudo-entraînement commando, et il commençait à s'agacer de ces leçons ridicules.

— Bien, on va prendre le chemin du retour, maintenant. On boira une fois arrivé au campement.

OK, deux heures de footing au total, même sans boire, c'est à ma portée, songea Arno.

Le soulagement fut de courte durée.

— Au fait, nos deux amis se sont blessés, dit Adrian en désignant les deux Malaisiens. Il va falloir les porter.

Il joignit le geste à la parole et empoigna l'un des deux autochtones pour le placer en travers de ses épaules. Sans attendre que son élève fasse de même avec le second, il fit demi-tour et se mit à trottiner. Arno jaugea le Malaisien restant qui semblait en pleine forme. Devant son air désolé et légèrement narquois, il se résolut à le mettre également sur ses épaules. Le type ne devait pas peser plus de soixante kilos, mais très vite, son poids constitua un sérieux handicap pour tenir l'allure d'Adrian. Il se demanda comment Lambart, malgré ses soixante ans, parvenait à progresser à cette vitesse avec un Malaisien détendu et rigolard sur le dos. Au bout d'un kilomètre, Arno n'en pouvait plus. Sa respiration était saccadée, sa nuque lui faisait mal et il commençait à trouver saumâtre le principe de cette randonnée matinale.

— Dites donc, Adrian, on ne pourrait pas faire une petite pause ? demanda-t-il hors d'haleine.

— Non on ne peut pas. La nuit va bientôt tomber et il faut qu'on soit rentrés au camp avant.

La nuit va bientôt tomber ! Mais il se fout de ma gueule en plus ! Le soleil vient de se lever...

— Adrian, je veux bien faire un effort pour entrer dans votre petit jeu, mais ne poussez pas trop quand même : on a toute la journée pour atteindre le camp.

— Vous réfléchissez trop. C'est moi qui décide du scénario : si je vous dis que la nuit va bientôt tomber, vous ne posez pas de questions et vous avancez ! Compris ?

Ils reprirent leur course. Arno progressait péniblement, s'arrêtant tous les cent mètres pour repositionner son passager et pour reprendre son souffle. Au bout de trente minutes de ce rythme, ses poumons étaient sur le point d'éclater. Tous les muscles de ses jambes lui faisaient horriblement mal et ses pieds étaient couverts d'ampoules marinant dans des *rangers* inconfortables.

— Adrian, ça suffit, maintenant. Si vous voulez que j'adhère à votre projet, il va falloir vous montrer un tout petit peu plus vendeur... Je ne pourrais pas aller plus loin.

Arno déposa de force son baluchon et s'assit par terre.

— Bien. Leçon numéro deux : ce que je vous demande d'accomplir n'est possible qu'à la condition que vous soyez déterminé à ce que ce soit possible... J'ai au moins vingt ans de plus que vous et je suis en train de vous montrer qu'on peut porter un homme sur ses épaules sur dix kilomètres. Alors, dites-vous que vous pouvez le faire. Débranchez votre cerveau et contentez-vous d'avancer sans vous poser de questions. Dites-vous que votre vie et celle de gens que vous aimez en dépendent. Du reste, c'est bien le cas, dit Adrian en pointant du menton un magnifique serpent vert fluorescent qui rampait sur une branche basse.

Avec une énergie insoupçonnée, Arno agrippa à nouveau son passager et reprit sa progression. Bientôt, sa vue se brouilla, ses bronches menacèrent d'exploser, chacun de ses pas provoquait un arc électrique qui l'irradiait du talon au sommet du crâne. Il serra les dents pour retenir les gémissements de douleur que lui arrachaient les genoux du Malaisien dans son dos. Il finit par s'arrêter une nouvelle fois et il vomit tout ce qu'il avait dans le ventre. Il n'en pouvait plus. Il maudit intérieurement Adrian de lui imposer ce jeu cruel et stupide.

Ce dernier lui accorda toutefois une petite récompense : il tendit à Arno une bouteille d'eau scellée.

« Celle-là est sans danger. On repart dans trois minutes. J'espère que vous serez plus affûté lorsque vous arriverez à l'île Maurice. »

Île Maurice

Arno mit à profit les deux vols depuis Kuala Lumpur pour réfléchir à ce qu'il venait de vivre dans la jungle malaisienne. Ce stage de survie en milieu extrême lui avait permis d'éloigner la tristesse qu'il ressentait en pensant à Alice. Elle lui avait envoyé un minuscule message lui demandant de ne pas chercher à la contacter pour le moment. Elle avait besoin de temps pour réaliser un projet qui lui tenait à cœur, et elle le rappellerait quand elle se sentirait prête à le revoir. Puis plus rien... Elle n'avait répondu à aucun des innombrables appels d'Arno.

Les épreuves imaginées par Adrian avaient malmené son corps. Il avait terminé ces quinze jours dans la jungle épuisé et courbatu, mais curieusement plus en forme que lorsqu'il était arrivé. Cette immersion en milieu hostile lui avait également appris à « débrancher son cerveau », comme disait l'espion. À concentrer son esprit sur une tâche ou un objectif à réaliser à très court terme. Comme celui d'attraper derrière la tête et avec une pince dérisoire un cobra au venin mortel. Arno s'était également pris d'affection pour Tajuddin, le Malaisien qui avait fait office de sac à dos humain. Il l'avait d'abord maudit de constituer un handicap dans la réussite aux épreuves imposées par Lambart. Puis, tout doucement, au gré des kilomètres parcourus dans la jungle, ils avaient sympathisé. Tajuddin était un ancien guide du parc de Taman Negara qui avait fait la connaissance d'Adrian lors d'une mission mystérieuse. Un jour, il avait été mordu au mollet par un cobra. Adrian l'avait sauvé en n'hésitant pas à trancher à la machette un morceau entier du muscle de Tajuddin, juste pour que le venin ne se propage pas. Le Malaisien lui devait la vie et les deux hommes se considéraient comme des frères d'armes. Ou de sang. Arno avait appris à porter Tajuddin sur ses épaules, chaque fois que sa jambe blessée et atrophiée l'empêchait de courir plus longtemps. Il n'aurait jamais imaginé être capable de souffrir autant pour aider un homme qu'il ne connaissait pas quelques jours plus tôt. Finalement, dans ces moments extrêmes, Arno avait appris que l'abandon n'est pas une option. L'abandon et sa conséquence inéluctable, la mort, ne pouvaient être que l'ultime voie lorsque l'on avait essayé toutes les autres. Cet apprentissage faisait manifestement partie du plan d'Adrian.

L'Airbus A380 d'*Emirates* se posa sur l'aéroport de Maurice-Plaisance en tout début de matinée. Arno passa les contrôles douaniers sans encombre et sortit de l'aérogare. Une voiture conduite par un chauffeur à la tenue stricte l'attendait à l'extérieur. L'île Maurice était significativement différente des autres pays tropicaux qu'il avait pu visiter. Située dans l'hémisphère sud, à vingt degrés de latitude, son climat était plus varié. Lors de l'hiver austral, entre juin et septembre, les températures pouvaient descendre jusqu'à 10 °C sur les hauteurs.

La voiture prit la direction de Port-Louis, la capitale, avant de bifurquer à gauche vers la côte ouest. Arno put admirer le relief découpé à la serpe. Avec l'île Rodrigues et la Réunion, Maurice formait l'archipel des Mascareignes, un minuscule chapelet d'origine volcanique perdu dans l'immensité de l'océan Indien.

Le chauffeur fit la conversation à Arno dans un anglais mâtiné d'accent créole. Il devait certainement parler français, mais il avait manifestement reçu l'ordre de ne s'adresser à Arno qu'en anglais. Il badina sur le plaisir d'accueillir *mister* de Wilder dans son beau pays qui adorait les touristes. Il demanda quel était le club de foot préféré d'Arno, puis s'il était content de venir se reposer à *l'île Mauwice*.

Quarante-cinq minutes plus tard, le chauffeur déposa Arno devant une villa à l'allure tropicale. Située dans ce que les Mauriciens appelaient un *morcellement* — l'équivalent local d'un lotissement —, la maison était adossée au Morne Brabant, une montagne de près de cinq cents mètres, à l'extrême sud-ouest du pays. « Vous verrez, le panorama est sublime », lui avait dit Adrian.

Et de fait, elle l'était. Depuis l'une des deux terrasses situées en espalier, Arno découvrit un paysage à couper le souffle. Immédiatement sous les contreforts du Morne, un hôtel de luxe déployait le vert vif de son parcours de golf et celui, plus foncé, des grandes feuilles de palmier qui surplombaient des toits de chaume. Au-delà, un fin ruban de sable blond bordait un lagon aux eaux verte et turquoise, tandis que plus loin, de puissants rouleaux venaient se fracasser bruyamment sur un récif de corail. L'intérieur du lagon ressemblait à une piscine chaude, mais le large rappelait que l'océan Indien était un environnement turbulent et par certains côtés, hostile.

S'établir dans un endroit pareil était invraisemblable pour commencer une mission de renseignement. C'était pourtant bien ce qu'avait prévu Adrian Lambart.

« Voilà pourquoi j'ai besoin de vous, avait-il dit à Arno au retour d'une séance de musculation dans la jungle. Je voudrais vous confier une mission inédite : dégrader durablement l'image d'un pays ennemi. »

Arno avait ouvert de grands yeux. Comment l'île Maurice, ce paradis tropical connu pour ses plages de sable fin et ses hôtels de luxe au service impeccable, pouvait-elle être un ennemi ? Et de qui, d'abord ? Il avait posé la question avec candeur.

— Ce serait un peu long à expliquer. Disons que mes intérêts dans cette région du monde sont aujourd'hui regroupés aux Seychelles. Or, dans la lutte que se livrent ces destinations paradisiaques pour attirer toujours plus de touristes, j'ai besoin que les gens se détournent de l'île Maurice pour lui préférer les Seychelles.

Arno avait éclaté de rire.

— Vous voulez dire que depuis dix jours, je bouffe de la boue, je me fais dévorer par des sangsues, et je n'ai plus aucun muscle qui ne me fasse pas horriblement souffrir, tout ça pour aller « dégrader durablement » l'image de l'île Maurice ! Honnêtement, vous feriez mieux de m'entraîner à la descente de Pinacolada, ou à supporter la démangeaison du sable dans mon maillot de bain !

— Cessez de jouer au gamin. Je vous ai expliqué les principes de la couverture d'un agent sur le terrain : vous devez avoir une légende crédible pour le cas où les choses tourneraient mal. Dans votre cas, vous êtes consultant en intelligence économique, vous êtes déjà intervenu sur une mission dans le domaine du tourisme, il est parfaitement possible qu'un fonds d'investissement qui possède des intérêts aux Seychelles vous demande de déstabiliser sa concurrente, l'île Maurice. Vous me suivez ?

Arno suivait très bien, en effet : Lambart lui confiait une mission qui pouvait entrer dans les cordes de *Deep Impact*. Dans la galaxie des sociétés financières qu'Adrian contrôlait, il était probable que certaines aient investi dans l'hôtellerie seychelloise. Mais Arno était certain d'une chose : cette histoire n'était qu'une fable, une couverture destinée à dissimuler le véritable dessein de Lambart. Ce qu'il cherchait à faire avait-il un lien avec la perte de l'avion de *Worldjet* qui devait atterrir à Maurice ? Ou avec la disparition de Louise Lambart ? Ou de Vincent Weber ? Arno allait exécuter sa mission de déstabilisation de l'île Maurice comme un bon soldat, mais il allait aussi enquêter pour comprendre qui était Adrian Lambart et quel but il poursuivait réellement.

Le challenge l'excitait, finalement.

Il lui permit aussi d'oublier qu'Alice jouait toujours aux femmes fantômes.

Thaïlande, Bangkok

Toy convainquit ses premiers clients de faire un don à la fondation du temple de la Seconde chance. Elle s'était depuis longtemps résolue à louer son corps pour de l'argent, mais le faire pour obtenir de ces hommes qu'ils vinssent en aide à son pays rendait un peu plus acceptables ces séances de sexe pas toujours très délicates. Les hommes se comportaient bizarrement avec les filles thaïes. Ils étaient d'abord attirés par leur plastique incroyablement excitante. Pour une raison ou pour une autre, ils pensaient que les Thaïes prenaient du plaisir à s'occuper de leur virilité déclinante. En réalité, Toy, comme beaucoup de ses semblables, simulait systématiquement : non seulement elle n'éprouvait aucun plaisir à se faire baiser par ces hommes qui auraient pu être son père, mais elle trouvait la majorité des Occidentaux repoussants avec leur ventre proéminent et leurs poils partout sur le corps. Elle avait appris à faire semblant, et ses clients ne se doutaient de rien pendant qu'ils couraient pathétiquement après un instant de plaisir fugace. Une fois qu'ils avaient joui, Toy avait pu observer que les clients étaient comme rattrapés par un remords coupable. Ils venaient de baiser une fille de l'âge de leurs enfants qui devait rêver de se trouver ailleurs. La sordide réalité les rattrapait violemment. Ils se confondaient en mots gentils et en attentions bienveillantes à l'égard de Toy, comme pour faire oublier qu'ils avaient abusé de son besoin de survivre. C'est ce moment qu'elle choisissait pour leur parler de la fondation de la Seconde chance.

Le processus était rôdé : Toy se connectait depuis son téléphone sur une page web développée par Alice et couplée à un système de paiement par carte bancaire. Elle expliquait à son client combien il était important pour les femmes thaïlandaises que les *farangs* soient généreux avec les malades du sida. Le client ne discutait jamais. Parce qu'Alice et Toy ne ciblaient que de respectables pères de famille ou des hommes notoirement mariés, la culpabilité leur faisait dégainer leur carte bancaire et virer quelques centaines de dollars sur le compte de la fondation. Toy touchait dix pour cent des sommes qu'elle collectait.

Alice recruta une autre fille qui, comme Toy, adhéra immédiatement à son projet. Contrairement à Toy, Bim ne venait pas de la campagne. Elle avait grandi à Bangkok et se considérait comme une véritable citadine. Elle avait étudié à l'université et même occupé des fonctions de cadre dans l'hôtellerie. Comme Toy, elle avait rencontré un étranger qui l'avait assommée de promesses de mariage et de vie heureuse aux États-Unis, avant de la renvoyer dans son pays au bout de quelques mois, lorsqu'il eut terminé de la trouver exotique et bandante. Elle était retournée à Bangkok où son ancien employeur l'avait déjà remplacée, et elle n'avait pas eu d'autre choix que de courir les boîtes de nuit à la mode pour traquer le touriste fortuné. Se prostituer pour survivre. Comme toutes les autres.

Alice avait ouvert un compte bancaire au nom de sa fondation, mais elle était consciente que le volet juridique de son affaire laissait à désirer. Non seulement sa structure n'avait pas d'existence légale, mais en plus, si elle réfléchissait bien, ses revenus ressemblaient furieusement à une activité de proxénétisme. Sur le plan moral, elle s'en accommodait très bien : personne n'obligeait personne et les fonds n'étaient pas destinés à son enrichissement personnel. Sur un plan juridique, c'était une autre histoire... Elle aurait bien eu besoin des conseils d'Arno dans ce domaine, mais elle ne pouvait plus rien lui demander à présent.

Elle se contenta de laisser s'accumuler sur le compte les virements des clients de Toy et de Bim.

Un soir que ses deux « collaboratrices » étaient occupées dans le même hôtel de luxe du quartier de *Sukhumvit*, Alice fut abordée par un homme à l'allure classique mais au faciès inquiétant. L'éclat qu'elle perçut dans ses yeux lui donna immédiatement des frissons.

— Bonjour miss Alice, dit-il dans un anglais tinté d'accent thaï.

— Nous sommes-nous déjà rencontrés ? demanda-t-elle, immédiatement sur ses gardes.

— Jamais, en effet, mais j'ai un message à vous délivrer.

Ils étaient dans un lobby d'hôtel. Les allées et venues incessantes et le personnel de sécurité auraient dû rassurer Alice. Pourtant, l'homme était entré comme s'il était chez lui. Le staff s'était incliné avec cérémonie sur son passage, si bien qu'Alice comprit qu'il devait être important et respecté. À moins qu'il ne soit craint. Une trentaine d'années, le type thaï marqué, mais un costume occidental à la coupe impeccable. Son teint était pâle, presque fiévreux, et ses yeux injectés de sang brillaient dans la semi-obscurité du hall. Ce type est sous l'emprise de drogues, pensa Alice.

— Je vous écoute, reprit-elle.

— Bim est ma *gilrfriend*, dit-il d'une voix rauque. Elle m'a dit qu'elle avait une nouvelle amie, vous, et depuis elle disparaît sans cesse. Où est-elle ?

Alice était embarrassée. Bim n'était pas censée avoir de petit-ami, et encore moins un Thaï membre de la « Hi-So », la *high society* de Bangkok qui trustait le pouvoir économique dans ce pays. Bim ne lui avait rien dit en acceptant de travailler pour elle. Juste que son ancien fiancé, un Américain, l'avait laissée tomber. Elle sortait tous les soirs en boîte de nuit et couchait avec les hommes qui voulaient bien l'entretenir, pour un jour ou pour un mois. Toute l'ambiguïté de la prostitution en Thaïlande était là : les filles ambitieuses ne louaient pas leur corps seulement pour une passe. Elles tarifaient le fait de devenir une *girlfriend*, une petite amie. En Occident, on aurait appelé cela une *escort-girl*, mais ici, c'était plus compliqué : la stratégie de ces filles pour se faire entretenir était variable et pouvait même inclure une période d'essai gratuite... C'est sans doute ce qu'avait fait Bim avec ce garçon.

— Comment vous appelez-vous ? Je suis Alice, dit-elle en saluant poliment le Thaï d'un *wai* respectueux.

— Je m'appelle Prasert, dit-il en lui rendant son salut. Ma famille possède de nombreuses usines et mon oncle travaille dans la police.

Cet homme n'était pas seulement en train de lui dérouler son pedigree, il formulait une menace à peine voilée. Elle pria pour que Bim ne débarque pas dans le lobby au bras de son client du soir. Elle ne tenait pas à être mêlée à une rixe dans cet hôtel de luxe.

— Enchantée de vous rencontrer, khun Prasert. Je ne sais pas où est Bim. Nous sommes censées nous retrouver plus tard dans la soirée pour aller boire un verre. Voulez-vous que je vous appelle lorsqu'elle m'aura contactée ?

— Bim est une pute de toute façon. Si j'étais vous, je ne traînerais pas avec elle. Il ne faudrait pas que la police croie que vous profitez de son travail...

Une autre menace, pensa Alice. Ce Prasert lui signifiait sans ambiguïté que le proxénétisme était sévèrement réprimé en Thaïlande. Personne ne pouvait profiter du travail d'une prostituée, du moins officiellement. Ainsi, les patrons de bars à filles ne percevaient-ils aucun pourcentage sur les transactions à caractère sexuel. Ils se contentaient de facturer au client un *bar-fine*, un dédommagement destiné à compenser le fait que la fille qu'il sortait du bar ne serait plus à son poste pendant quelques heures.

Alice remercia Prasert et quitta l'hôtel. L'air était chaud et la circulation bruyante. Elle fit signe à un chauffeur de moto-taxi. Elle allait attendre Toy et Bim dans son appartement, puis elle envisagerait de faire évoluer les pratiques de sa brigade de collecte de dons. Si elle ne voulait pas s'attirer de sérieux ennuis, Alice ne pouvait plus se contenter de ferrer de potentiels donateurs en leur mettant une fille dans les jambes pour une nuit de débauche. Elle avait besoin d'une approche plus subtile. Toy, Bim et les autres filles qui ne tarderaient pas à rejoindre son écurie ne devaient pas seulement être des *escort-girls*. Elles devaient se transformer en véritables intrigantes, en agentes clandestines de la manipulation au long cours.

Cela supposait qu'Alice identifiât au préalable des hommes capables de financer durablement le temple de la Seconde chance. C'était plus compliqué que de trouver un *fareng* prêt à payer quelques dizaines d'euros pour une partie de jambes en l'air de quelques heures. Mais c'était infiniment plus intéressant, pensa-t-elle.

Et puis Arno serait fier d'elle : manipuler des gens pour une bonne cause était ce qu'il prétendait faire en permanence, non ?

Île Maurice

Igor était un Franco-Mauricien de vingt-sept ans. Non pas qu'il possédât la double nationalité, mais il appartenait à la communauté blanche de l'île Maurice, issue des familles néerlandaises, françaises puis britanniques qui s'étaient succédé depuis le XVIe siècle. On les appelait les « franco », mais ils n'avaient rien de français à part une bonne connaissance de la langue de Molière qu'ils parlaient avec un accent créole traînant et ondulant. Solidement bâti, une allure sportive et soignée, Igor avait passé presque toute sa vie à pratiquer les sports nautiques à un niveau tout à fait correct.

Il chargea son matériel de plongée dans la benne ouverte de son pick-up et prit la direction du Morne Brabant. Juste après la sortie de Tamarin, il s'arrêta à Grande-Rivière Noire, un petit village où vivaient bon nombre de « franco » et d'expatriés d'Afrique du Sud. C'était là également qu'habitaient sa sœur Victoria et son mari, David Paulson, un Sud-Africain du même âge qu'Igor. Il stoppa son engin sur le parking du *Big Willy's* et entra d'un pas nonchalant dans l'établissement.

— Salut Igor ! lui lancèrent une demi-douzaine de clients attablés.

Il se dirigea droit vers la table occupée par sa sœur et son beau-frère.

— Hey, le plus beau ! entama la jeune femme.

Victoria avait deux ans de moins qu'Igor. À vingt-cinq ans, elle était déjà mariée, et aux yeux d'Igor, ce n'était pas plus mal. Avec son corps de liane, ses seins généreux et sa peau cuivrée d'avoir grandi au soleil, elle donnait le tournis à plus d'un homme. Igor avait toujours veillé sur elle. Depuis qu'elle avait quitté l'enfance, il estimait qu'il était de sa responsabilité de protéger sa petite sœur en surveillant ses relations amoureuses. Lorsqu'elle avait rencontré David — qui avait immédiatement succombé à ses charmes —, Igor avait mis de longs mois à accorder sa confiance à son futur beau-frère. À présent, ils travaillaient ensemble et rien ne pouvait plus les séparer.

— Comment ça va ? demanda Igor pour la forme, en s'affalant sur une chaise.

— Chaud ! commenta David. L'hôtel est plein et c'est pareil pour tout le monde, de Bel-Ombre à Flic-en-Flac.

— La haute saison va être bonne, ajouta Victoria. Avec la

météo en Europe, les touristes ont besoin de soleil et de sable chaud !

Une serveuse s'approcha de leur table et déposa un whisky-soda glacé. Elle connaissait les goûts de chaque habitué du *Big Willy's* et savait que même en milieu de journée, Igor ne détestait pas un petit remontant alcoolisé. Du reste, comme beaucoup de filles du coin, elle connaissait assez bien les autres goûts du jeune homme.

— On n'irait pas passer une soirée tous les deux à l'île aux bénitiers, Igor ? dit-elle en lançant une œillade équivoque.

Il se contenta de la dévorer du regard.

— Je crois qu'elle me drague un peu, dit-il lorsque la serveuse se fut éloignée.

— Tu as prévu de sortir en mer ?

— Ouais, j'ai un plongeur à encadrer. Puis je dois bricoler sur le bateau.

— Igor, j'aimerais bien que tu passes à la maison ce soir, intervint David. Je voudrais te parler de la situation politique de l'île.

Igor acquiesça. Son beau-frère n'était pas né à l'île Maurice, mais en Afrique du Sud. Il vivait pourtant là depuis plus de vingt ans. Depuis que sa famille se fût installée à Maurice pour fuir les attaques de fermiers blancs perpétrées par des groupes extrémistes noirs. À l'âge de dix ans, David avait vécu l'une de ces attaques au cours de laquelle un oncle et un cousin avaient perdu la vie. Son père avait alors fui l'Afrique du Sud et s'était installé à l'île Maurice où il exploitait depuis un hôtel de charme. David avait grandi avec la douleur d'avoir été chassé de son pays. Il n'était pas spécialement revanchard, mais il entendait reconstituer avec sa famille un empire foncier aussi solide que possible. Il avait épousé Victoria en grande partie pour obtenir la nationalité mauricienne et le droit qui y était attaché : posséder des terres.

— OK, je passe pour l'apéritif. Prépare les toasts de marlin fumé, dit Igor en posant un baiser sur la joue de sa sœur.

Il siffla son verre et s'éclipsa rapidement. Avant de sortir du *Big Willy's*, il effleura la fesse de Jenny, la serveuse aux grands yeux bleus. « Ce n'est pas l'heure de ta pause, toi ? » lui chuchota-t-il à l'oreille.

Quinze minutes plus tard, dans son pick-up garé entre deux champs de canne à sucre, la bouche de Jenny s'affairait avec appétit sur son sexe.

Il se sentirait tout à fait détendu pour plonger.

Île Maurice

Située légèrement en hauteur, sur les contreforts du Morne, la villa d'Arno dominait le lagon. Une haie de bougainvilliers roses et oranges encadrait le portail d'entrée. Un petit chemin descendait de quelques mètres et permettait l'accès à l'étage supérieur de l'habitation. Une cuisine ouverte, un grand salon en L et une terrasse suspendue agrémentée de mobilier de jardin en osier constituaient ce niveau. À l'étage du dessous, Arno disposait de deux chambres et d'un bureau qui ouvrait sur le jardin et la piscine en ardoises vertes. L'endroit ressemblait à une retraite de luxe pour écrivain en mal d'inspiration. Rien à voir avec la planque d'un agent de renseignements infiltré. Il était pourtant là en service commandé, et son « officier traitant » lui avait attribué une mission très précise.

L'île Maurice comptait principalement sur le tourisme pour développer son économie encore fragile. Une bonne partie du littoral était occupé par de luxueux hôtels dont les architectes étaient pourtant parvenus à préserver le cachet des lieux. Les Mauriciens formés aux savoir-faire de l'hôtellerie internationale étaient gentils et prévenants. Les riches touristes européens venus passer leurs vacances d'hiver sous les tropiques revenaient enchantés de l'île Maurice.

C'est à cette image idyllique et paradisiaque qu'Arno allait devoir s'attaquer.

Après avoir parcouru les environs et s'être familiarisé avec son nouvel environnement, il appela Julien.

— Les vacances de Môsieur se passent-elles bien ? demanda son associé, ironique, qui se débattait avec les affaires courantes de *Deep Impact* à Paris.

— Mon séjour en Malaisie n'a pas été de tout repos, tu sais.

— Tu vas avoir du mal à me convaincre qu'un combiné Thaïlande, Malaisie, île Maurice, représente un voyage professionnel pénible... Que puis-je faire pour Sa Seigneurie ?

Arno ne releva pas le sarcasme. Il avait le beau rôle dans cette affaire. Ne fut-ce que la dispute avec Alice qui le perturbait beaucoup, il découvrait, depuis sa rencontre avec Adrian Lambart, un contexte et une mission qui l'enchantaient. Il tenta d'expliquer tout cela à Julien, sans toutefois trop lui en dire. « Lambart m'a l'air d'être un drôle d'oiseau. Il est riche à milliards, mais il effectue régulièrement des missions de renseignements pour le compte d'on ne sait pas trop qui... »

— Un espion free-lance ? demanda Julien.

— Quelque chose comme ça, en effet. Je peux te dire qu'il a subi un entraînement militaire ultra poussé et qu'à soixante balais, le gars pète le feu. J'en ai bavé comme jamais dans la jungle !

— Mon pauvre chou. C'est pour ça que tu as besoin de te reposer à l'île Maurice, maintenant ?

— Arrête Jul'... Le truc, c'est qu'on a découvert que, petit un, il était déjà propriétaire de *Wordljet*, et que, petit deux, sa femme était dans le vol qui a disparu il y a cinq ans.

— Oui, je suis au courant, Dave m'a débriefé. Pourquoi a-t-il payé un demi-million de dollars pour ça ?

— Pour nous tester, soi-disant. Il voulait savoir s'il pouvait faire confiance à *Deep Impact* pour la suite de la mission.

— Qui est ?

— De dégrader l'image de l'île Maurice sur la scène du tourisme de luxe, pour que les vacanciers lui préfèrent les Seychelles.

— Dur, mon vieux... tu crois que tu vas y arriver ?

Arno ignora le sarcasme.

— Je vais m'y employer, bien sûr, mais j'aimerais que l'on continue à creuser cette histoire de *jet* disparu au-dessus de l'océan Indien.

— Qu'est-ce que tu veux dire ?

— Lambart nous a payé sa mission-test, mais on ne sait toujours pas ce qui s'est joué avec cet avion. Ni pourquoi Louise Lambart était à bord. J'aimerais que tu creuses ça avec Dave. Je voudrais savoir qui est exactement Adrian Lambart, et ce qu'il attend de moi en m'offrant ces vacances au soleil.

— OK, je fais ça.

Puis Julien demanda : « C'est quoi le programme pour la suite ? On se voit bientôt ? »

Arno ne répondit pas. Il ne savait pas encore combien de temps il devrait rester infiltré à l'île Maurice... Ni si son officier-traitant lui permettrait d'en dire plus à Julien sur les détails de sa mission.

Il raccrocha, puis sourit en pensant au matériel dont il allait avoir besoin pour sa prochaine action de repérage. Il fouilla son sac de voyage et trouva ce qu'il cherchait : un magnifique maillot de bain à fleurs.

Vingt minutes plus tard, Arno gara son véhicule de location à proximité du poste de police d'un petit village du nom de La Gaulette. La case nautique se trouvait juste devant lui, à l'ombre d'un magnifique cocotier. Le Morne se déployait, majestueux, sur sa gauche, tandis que l'île aux Bénitiers piquée de palmiers épars s'étendait droit devant.

— Vous devez être Arno, l'apostropha un gaillard vigoureux au bronzage impeccable. Je m'appelle Igor. C'est moi qui vais vous servir de guide pour la plongée.

La poignée de main fut virile et franche. Arno se demanda ce que savait réellement le Mauricien. Adrian avait suggéré cette première opération en précisant que le repérage pourrait se faire avec un de ses contacts sur place. « Ce n'est pas un agent à proprement parler, avait-il ajouté. Igor est acquis à notre cause, mais à son corps défendant, si j'ose dire. Il ne sait rien de mon projet. Il me donne juste un coup de main tant que je finance discrètement son club de plongée. »

Igor aida Arno à s'équiper. « Pour une plongée de trente minutes, nous n'aurons pas besoin de combinaison. Voici un masque, des palmes, ainsi qu'un gilet stabilisateur. » Il vérifia le remplissage des bouteilles et le bon fonctionnement des détendeurs, avant d'embarquer dans une vedette rapide protégée du soleil par un dais de toile.

— On va ancrer le bateau à l'intérieur du lagon, mais on pourra franchir la passe à la nage si vous voulez voir du gros.

Arno voulait voir du gros en effet. Il était même venu pour ça. En réservant sa plongée, il avait précisé être d'un niveau moyen, mais avoir déjà plongé jusqu'à quarante mètres, aux Bahamas.

La reconnaissance se déroula sans difficulté. Côté lagon, le récif était colonisé par une myriade de poissons multicolores cherchant leur nourriture dans les interstices minéraux. Le franchissement de la passe était plus technique à cause du courant puissant qui pénétrait dans le lagon à marée montante. Mais en se plaquant contre les extrémités de la barrière de corail, les deux hommes purent atteindre l'immensité de l'océan Indien. Le fond descendait en pente raide, et au-dessus de leur tête, les rouleaux s'écrasaient avec fracas sur les rochers.

Pour revenir dans le lagon, Arno se laissa simplement porter par les flots montants.

À marée descendante en revanche, et de nuit, ce serait une autre paire de manches.

Seychelles

La pluie nocturne avait lavé la végétation qui vaporisait maintenant un halo de millions de gouttes d'eau en suspension. Une brume d'évaporation accrochait le relief granitique de Mahé.

Adrian débarqua d'un vol régulier en provenance du Moyen-Orient. Ce n'était pas le plus sûr moyen de pénétrer aux Seychelles, mais il s'en fichait : le plus important, ce n'était jamais l'infiltration... c'était l'exfiltration le jour où il en aurait besoin. Pour cette raison, il avait de nouveau choisi les Seychelles pour établir son camp de base. Il pourrait fuir à la seconde où ceux qui le cherchaient mettraient un pied dans le pays. Du reste, Adrian Lambart n'était pas certain qu'ils soient à ses trousses. Mais s'ils le croisaient par hasard, ils mettraient un point d'honneur à lui faire passer un sale quart d'heure.

Mener des actions clandestines, œuvrer pour découvrir les vilains secrets de gens puissants vous attirait immanquablement des ennuis. Et ceux dont vous aviez sauvé les fesses plus d'une fois devenaient des ennemis. C'était navrant, mais Adrian s'en était accommodé depuis toutes ces années. Il avait développé sa propre conception du bien et du mal. Ceux qui étaient censés travailler pour l'intérêt général d'un peuple, qui étaient payés par ce même peuple, les agents des services secrets français de la DGSE, par exemple, perdaient parfois de vue la raison d'être de leur mission. Ils en venaient à travailler non plus pour les intérêts de la France, mais pour protéger des hommes politiques ou des chefs d'entreprise. Ils menaient des actions qui coûtaient un argent indécent au contribuable, simplement pour couvrir l'incompétence ou, plus grave, la malhonnêteté des dirigeants. Dans ce cas, Adrian considérait que ces agents, eussent-ils sur le papier consacré leur vie à la France, basculaient du côté des mauvais, des ennemis, des joueurs qui commettaient une faute en pleine surface de réparation. Il fallait sortir le carton rouge et Adrian Lambart s'était auto-érigé en arbitre international.

L'affaire qui lui avait valu le plus d'ennuis, celle qui était à l'origine de la perte de son avion... et de sa femme... n'était pas pilotée par les Français. Elle impliquait le gouvernement de l'île Maurice, ce minuscule confetti dérisoire isolé au milieu de l'océan Indien, et dont personne ne savait s'il était rattaché à l'Afrique ou à l'Asie. Six ans auparavant, en agissant pour le compte d'un groupe pétrolier français, il avait mis le doigt sur une arnaque de dimension mondiale impliquant quelques hauts dirigeants mauriciens, mais aussi des hommes politiques malaisiens et des hommes d'affaires français. Le moment de s'attaquer à l'ensemble des responsables viendrait. Pour commencer, il allait affaiblir le gouvernement mauricien. L'affaiblir et pourquoi pas, le faire tomber... Comme au *Risk*, ce jeu de société où l'on conquiert des territoires avec des pions.

Adrian venait de placer son premier bataillon de cavaliers sur l'île : Arno de Wilder.

Il emprunta un bateau pour rejoindre Praslin. Le vol de vingt minutes aurait été plus confortable, mais il souhaitait arriver complètement incognito. Il accosta à l'extrémité est de l'île. À un endroit où l'érosion avait creusé une sorte de péninsule pouvant faire penser à une place forte : au nord, la forêt primaire ; partout ailleurs, la mer qu'il était facile de surveiller. Adrian y serait en sécurité pour piloter les actions de son agent de terrain.

Sur le sable blanc parsemé d'éclat de coraux, Adrian adopta la position du lotus. Assis en tailleur, le dos droit et les mains posées sur les cuisses, il médita pendant une heure. Toutes ses pensées foisonnantes, toutes les émotions violentes qui l'empêchaient de respirer, tout cela s'évapora. Il se sentit ancré dans l'instant, cent pour cent concentré sur ce qu'il vivait ici et maintenant.

Il sortit de son étui un téléphone normal en apparence. Un

appareil fabriqué par un des leaders mondiaux de la téléphonie mobile, mais destiné à être parfaitement discret. L'électronique qui le composait était dépouillée à l'extrême, tandis que les logiciels innombrables qui équipaient d'ordinaire les smartphones avaient été effacés et remplacés par un seul : un logiciel de cryptage dont lui seul possédait la clé. Lui et l'autre téléphone du même modèle qu'il avait remis à Arno à Kuala Lumpur.

— Vous êtes prêts à découvrir le lagon mauricien ? demanda Adrian lorsque son agent eut décroché.

— Fin prêt. J'ai déjà effectué une plongée de reconnaissance avec un moniteur. Magnifique… J'ai même vu un banc de tortues ! Il n'y a rien de difficile dans ces eaux-là. Je me sens d'attaque pour plonger seul sans problème. J'y retourne en début de soirée.

— Profitez bien. N'oubliez pas de me raconter vos découvertes. À moins que je ne les apprenne par les journaux, bien sûr…

Adrian raccrocha. Son opération était en route. Cette nouvelle lui procura un profond sentiment de plénitude.

Île Maurice

Une lune dorée presque pleine éclairait le lagon. Au loin, le ressac des rouleaux sur la barrière de corail était suffisamment fort pour couvrir les bruits étouffés en provenance de la plage. Ici, des vacanciers en voyage de noces flirtaient sur le sable, devant leur hôtel. Là, un groupe de jeunes terminait de faire griller des sardines dans un demi-baril coupé dans le sens de la hauteur.

Arno jugea que le calme était suffisant pour se mettre à l'eau. Il partirait directement à la nage. Hors de question de risquer de se faire repérer avec un bruit de moteur. Et puis, il aurait fallu emprunter ou louer un bateau ce qui aurait augmenté le risque. Pour que la surprise soit totale, Arno ne devait pas être vu en train de plonger. Il était équipé cette fois d'une combinaison complète et d'un gros baril noir rempli d'une substance incongrue...

Il faillit éclater de rire : une action de sabotage dont l'objectif était de faire la une des journaux l'amusait furieusement.

Il plaça le détendeur entre ses mâchoires, repéra le cap à suivre pendant quinze minutes, puis s'immergea sans bruit. Adrian lui avait conseillé de ne penser à rien durant cette session de natation dans l'obscurité, de se concentrer sur le battement régulier de ses palmes, et de vérifier toutes les minutes le cap sur sa montre à aiguilles phosphorescentes. L'esprit d'Arno s'activait, pourtant. Il n'avait pas peur, seul dans cette eau sombre, seulement éclairée par les rayons de la lune. Il n'était pas stressé non plus : ce qu'il avait à faire était d'une simplicité enfantine et son entraînement en Malaisie lui avait plus que largement donné la condition physique pour nager une heure. Mais il ne pouvait s'empêcher de penser à Alice. Son Alice... à la fois si extraordinaire et si têtue lorsqu'elle était contrariée. Vouloir donner une chance à tous les nécessiteux de la terre était une noble et belle ambition, mais pourquoi était-elle si intransigeante dès qu'il s'agissait de leur relation ? Arno avait l'impression d'avoir beaucoup changé à son contact ; d'avoir, d'une certaine manière, ouvert son cœur aux autres ; de ne plus agir dans le seul but d'avoir raison, de gagner un combat ou une mission. Pourtant, cela ne suffisait pas à Alice. Elle exigeait de lui la perfection pour être digne de devenir son compagnon à temps plein.

Il se concentra à nouveau sur sa progression. Il jeta un coup d'œil à sa montre : 22 h 30. Il était dans les temps. Encore quarante-cinq minutes avant que la marée ne se remette à descendre. Il faudrait qu'il ait terminé d'ici là.

En atteignant la barrière de corail, il vida presque complètement son gilet stabilisateur et s'assit sur le fond, à l'abri du récif. De l'autre côté, le fracas des vagues éclaboussait les rochers d'une écume blanche. La marée montante remplissait doucement le lagon, protégeant ainsi ses occupants : les petits poissons rayés de jaune et de noir n'étaient pas tentés de s'aventurer au-delà de la barrière et risquer de se faire dévorer par les prédateurs en maraude à proximité de la passe.

Arno dévissa la trappe du baril. Il sortit la première boîte en plastique, un simple récipient comme on en trouvait au supermarché qu'il avait scellé hermétiquement avec du scotch résistant à l'eau. À l'intérieur, la mixture préparée sur les conseils d'Adrian marinait depuis vingt-quatre heures. Pour tester son dispositif, il arrima le premier récipient sur une excroissance à l'intérieur de la passe. Il entoura la boîte de fil de fer souple, puis noua l'extrémité au rocher. À dix mètres sous la surface, il ne voyait pas grand-chose au-delà du halo de sa lampe frontale, mais c'était suffisant pour réaliser cette tâche. Satisfait, il sortit du baril cinq autres boîtes de plastique qu'il accrocha à son gilet avec le fil métallique. Il se coucha une nouvelle fois sur le fond du lagon.

Rampant presque sur le sable, Arno palma vigoureusement pour franchir la passe. Au-delà, la mer était d'un noir d'encre. Il devinait plus qu'il ne voyait des mouvements de poissons autour de lui. À un moment, il eut la sensation d'être frôlé par un requin. Adrian l'avait prévenu : « les squales ne s'attaquent jamais aux plongeurs. Les bulles de votre bouteille et la lumière de la torche les effraient. Le seul moment où vous serez vulnérable, c'est lorsque vous nagerez à la surface, lorsqu'ils pourront vous confondre avec une tortue. » Fort de cette certitude, Arno poursuivit son travail. Sa respiration s'accéléra tout de même un peu.

Il fixa les boîtes à différents endroits du récif, puis effectua plusieurs allers-retours vers le baril. Une fois la zone d'entrée du lagon quadrillée de ses « balises », il s'attaqua à la paroi intérieure. Sur cent mètres de chaque côté de la passe, il fixa toutes les boîtes qui lui restaient. Au total, il arrima près de soixante appâts en trente minutes.

Il accomplit ensuite la tâche la plus importante de l'opération. Retournant à l'endroit où il avait fixé la première boîte, il se saisit d'une chignole à main et perça de minuscules trous dans le couvercle. Il remonta une à une toutes les boîtes arrimées et renouvela la manœuvre. Bientôt, la substance puante commença à se diffuser à l'entrée de la passe. Il ne pouvait rien sentir sous l'eau, mais les requins, eux, devaient déjà avoir repéré l'odeur de thon et de sang de poisson.

L'idée était venue à Adrian en pratiquant la photo sous-marine avec Louise. Pour attirer les plus beaux spécimens de requins et les photographier, ils emportaient toujours ce type de boîtes en plastique remplies de thon. Lorsqu'ils les ouvraient, l'odeur fugace était détectée à plusieurs centaines de mètres par les squales qui se rapprochaient alors pour essayer de trouver d'où venait cette source de nourriture inespérée.

Arno avait fabriqué une sorte de « rail à requins ». Une série de diffuseurs d'odeurs qui ne manquerait pas d'attirer quelques spécimens à l'intérieur du lagon. D'ordinaire, les pélagiques attendaient à l'extérieur de la passe que la marée descendante leur apporte leurs proies. Mais là, attirés par l'odeur de thon mort, et rendus fous de ne pas pouvoir en identifier l'origine, ils allaient pénétrer dans le lagon… et se rapprocher des plages.

La réserve d'oxygène d'Arno était presque épuisée. Il enferma son matériel dans le baril vide, à l'exception de la lampe frontale, des palmes et du masque, puis il dissimula le tout au fond du lagon. Il remonta en apnée et entama sa nage de retour. Pour le moment, la marée montante diffusait l'odeur vers l'intérieur du lagon, mais dans quelques minutes, le courant s'inverserait et les requins tomberaient dans le piège.

Je ne tiens pas à être là lorsqu'ils s'apercevront qu'on les a bernés avec un diffuseur de parfum artisanal, pensa Arno.

Il jeta un dernier regard en arrière, en direction de la passe.

Et il l'aperçut.

La bête devait faire plus de trois mètres. Son dos brun-olive se détacha fugitivement dans le faisceau de la lampe frontale. D'un mouvement puissant de sa nageoire caudale, il contourna Arno et disparut dans l'obscurité.

Un premier requin-bouledogue venait de franchir la passe et pénétrait dans le lagon de l'île Maurice.

Arno ressentit du fond de ses tripes la nervosité de l'animal. Celui-ci n'allait pas tarder à devenir agressif, frustré de ne pas pouvoir identifier l'origine de l'odeur du thon. Il était temps de regagner le bord.

4

LA FIN JUSTIFIE-T-ELLE LES MOYENS ?

Thaïlande, Bangkok

Alice croisa de nouveau Prasert à l'occasion d'un vernissage. Le Thaï ne lui fit pas meilleure impression que la première fois. Toujours tiré à quatre épingles, les yeux injectés de sang, il se comportait en public comme si l'ensemble de l'assistance lui devait respect et déférence. La fille qui l'accompagnait devait être mannequin ou actrice de série télé. Le teint pâle, des cheveux mi-longs lissés comme de la soie, une robe décolletée qui laissait apparaître un tatouage rituel à la naissance de la poitrine, elle était suspendue au bras de son cavalier et toisait l'assistance avec le même mépris que si elle avait contemplé un élevage de cochons.

Le regard d'Alice croisa une nouvelle fois celui de Prasert. Elle y lut la même menace méprisante vis-à-vis de ses activités. Elle prenait un risque insensé en exploitant les charmes de Bim et de Toy, mais elle ne connaissait pas la nature du risque qu'elle courait en ignorant les avertissements de Prasert. Rambai Chumbala pourrait sans doute lui donner des conseils.

Elle s'approcha de l'aristocrate thaïlandaise qui terminait

une conversation avec l'artiste du jour : une plasticienne qui réalisait des collages sur bois ancien de photographies de rue.

— Khun Rambai, vous connaissez ce garçon ? demanda Alice en désignant le playboy thaï à l'autre bout de la salle.

— Prasert ? Bien sûr. Tout le monde le connaît à Bangkok. Il appartient à l'une des familles les plus riches et les plus puissantes de Thaïlande.

— Il est du même milieu que vous ? Je veux dire, il a du sang royal ?

— Oh non... il appartient à la classe dirigeante de ce pays grâce à l'argent. Ses ancêtres viennent de Chine. Ils ont développé un empire dans l'élevage et la pêche de la crevette. Mais lui n'arrive pas à la cheville de son père, dit Rambai avec un voile de nostalgie dans la voix.

— Vous voulez dire qu'il ne travaille pas ?

— Il se contente en effet de dépenser l'argent de sa famille en drogues diverses et en filles.

Alice réfléchit un instant. Pourquoi Prasert la tenait-il pour responsable de sa rupture avec Bim s'il pouvait par ailleurs avoir toutes les filles qu'il voulait ? Y avait-il autre chose derrière ses menaces ?

— L'une des filles qui travaillent pour nous, Bim, était sa petite amie. On dirait qu'il n'aime pas qu'elle me fréquente, dit Alice prudemment.

— C'est plus subtil que cela. Votre projet de fondation de la Seconde chance a vite fait le tour de Bangkok, vous savez. Comme je vous l'ai dit, ça ne plaît pas à tout le monde.

— Mais pourquoi ? La Thaïlande devrait être heureuse que des étrangers s'occupent d'apporter du bien-être aux nécessiteux. Je n'agis pas pour moi !

Rambai soupira. Elle reposa la coupe de champagne qu'elle tenait à la main.

— La Thaïlande est le pays des paradoxes, vous savez. D'un côté, nous voulons que notre peuple soit heureux, mais de l'autre, les dirigeants de ce pays se débrouillent toujours pour se servir en premier. Et pour décider de mesures liberticides dès que quelque chose menace leur pouvoir.

— Vous pensez qu'il me faut l'appui de gens comme Prasert ? Je veux dire, en plus du vôtre.

— Vous serez toujours une étrangère dans ce pays, Alice. Prasert et les autres oiseaux de son espèce ne vous aideront jamais. Le mieux que vous pouvez obtenir est qu'ils tolèrent vos activités. Mais pour cela, il faut qu'ils y trouvent leur intérêt.

Alice perçut le sous-entendu.

— Il faut que je les paye, c'est ça ?

— Payer quelqu'un comme Prasert ne sera jamais dans vos moyens. En revanche, l'aider à obtenir ce qu'il désire en fera sinon un allié, du moins un complice qui ne se mettra pas en travers de votre route.

— Et que désire-t-il que je lui apporte ?

— Il désire s'afficher avec les plus belles filles de Thaïlande. C'est ça qui lui fait ressentir qu'il est un homme puissant et important.

Alice fut parcourue d'un frisson d'écœurement. Elle ne se considérait pas comme l'une des plus belles filles de Thaïlande. Elle savait qu'elle plaisait, qu'elle fascinait même parfois, mais plutôt les occidentaux que les asiatiques, jusqu'alors.

Rambai perçut son trouble.

— Rassurez-vous, Alice, vous n'avez pas besoin de coucher avec lui. Prasert et ses amis de la jeunesse dorée n'aiment pas les *farangs*. Vous êtes très belle, bien sûr, mais ils sont suspicieux à l'égard des Occidentales. Vous leur faites peur avec votre caractère entier et affirmé. Les hommes de mon pays préfèrent les femmes soumises qui prennent soin d'eux jusque dans leurs moindres désirs. Tout comme les hommes occidentaux, je crois, ajouta Rambai avec un sourire pincé.

Alice n'était pas très avancée. Elle devait probablement s'attirer les bonnes grâces de Prasert, mais elle ne savait pas comment s'y prendre. Devrait-elle chercher et rabattre pour lui des filles qui lui serviraient de petite-amie pour un jour ou pour une semaine ? Allait-elle se transformer en madame Claude à la thaïlandaise, juste pour que l'élite de ce pays accepte de la laisser monter sa fondation de la Seconde chance ?

Elle éprouva profondément le besoin de demander son avis à Arno. Elle regrettait de l'avoir envoyé balader. Bien sûr, il l'avait vexée en filant s'occuper de ses affaires à la première occasion, mais en réalité, Arno était un pilier de sa vie. Malgré son cynisme et ses calculs dès qu'il s'agissait de *Deep Impact*, Alice savait qu'elle pouvait compter sur lui. Lorsqu'elle avait été traquée par Étienne Chevalier, Arno avait démontré son attachement et il avait volé à son secours. Il lui faisait également montre de ses sentiments chaque fois qu'ils partageaient du temps à Koh Tao. Si elle était honnête avec elle-même, Alice devait reconnaître que c'était le seul homme qu'elle ait rencontré qui la respectait — qui l'aimait, même — pour ce qu'elle était : une femme idéaliste mais blessée, rendue méfiante et parfois cynique à cause d'hommes abjects qui l'avaient violée à dix-sept ans. Elle ressentait parfois en elle une dose de violence qui l'effrayait.

Elle inspira et expira trois fois puis se dirigea vers Prasert.

— Bonjour miss Alice. Quelle surprise de vous croiser ici !

— Khun Prasert, je voulais m'excuser pour l'autre soir. J'aurais dû vous inviter à boire un verre pour que nous fassions connaissance.

Alice s'exprima en anglais, sans ambiguïté sur ses intentions. Elle ne tenta aucune espèce de séduction et le mannequin filiforme au bras du Thaï n'eut pas d'inquiétude à se faire : elle ne perdrait pas sa place ce soir.

Prasert attrapa une coupe de champagne sur le plateau d'un serveur et la tendit à Alice. « Trinquons à notre rencontre, alors, dit-il avec un sourire rigide. Et dites-moi si vous avez bien compris mon avertissement. »

Seychelles, île de Praslin

Le Mauricien

Une attaque de requins plonge Tamarin dans l'effroi.

C'est vers 17 h 30, hier après-midi, que c'est produit une terrible attaque de requin-bouledogue au large de Tamarin. Jessyca Steward, une citoyenne britannique de quarante ans en vacances à l'île Maurice, a été attaquée par un squale alors qu'elle était sortie sur le lagon en paddle-board. Selon les premiers témoignages, elle a été aperçue depuis le bord, agitant les bras en signe de détresse. Les témoins ont déclaré avoir distingué un aileron de requin tournant autour de la jeune femme. La bête se serait jetée sur la planche, projetant la malheureuse touriste dans l'eau. C'est en tentant de remonter sur l'embarcation que madame Steward aurait été mordue à la cuisse. Le personnel du boat-house de l'hôtel s'est immédiatement porté à son secours et est parvenu à la ramener sur le rivage malgré la grande quantité de sang perdu. Jessyca Steward se trouve actuellement entre la vie et la mort à l'hôpital d'Ebene, où, selon les médecins, son pronostic vital serait engagé.

Une telle attaque de requin est totalement inédite à l'île Maurice, a déclaré le Premier ministre Nadeem Ramchoomun. Contrairement à nos voisins réunionnais, nous n'avons jamais connu de tel drame, car nous sommes théoriquement protégés par un lagon dans lequel les requins ne pénètrent jamais.

Plus d'information à suivre dans nos prochaines éditions.

❄

Adrian Lambart reposa la tablette. Il était satisfait que l'article du *Mauricien* évoque déjà la réaction du Premier ministre. Il espérait que la pauvre touriste anglaise s'en sortirait, bien sûr, mais là n'était pas essentiel. Si cette malheureuse devait constituer une victime collatérale, ce serait regrettable, mais au fond, pas fondamental. Peut-être même que cela permettrait de marquer les esprits plus rapidement. Une action clandestine provoquait souvent des dégâts imprévus. La notion de frappe chirurgicale était une fable inventée par les nations occidentales pour justifier d'actions militaires qui occasionnaient également des victimes civiles... En Afghanistan, en Irak et maintenant en Libye, les armées les plus puissantes du monde utilisaient régulièrement un bazooka pour supprimer une araignée. Une araignée venimeuse, certes, mais une simple araignée.

Il arrivait souvent à Adrian de repenser à ses années passées sur le terrain au service de causes qu'il croyait respectables. À ces missions durant lesquelles, infiltré en territoire ennemi sous une couverture plus ou moins crédible, il attendait le meilleur moment pour frapper sa cible. Sa spécialité n'était pas l'action armée pourtant, c'était la manipulation et le renseignement, et il avait remporté de nombreuses victoires dans ce domaine. Ce qui avait changé au cours des vingt dernières années, c'était le fondement moral qui se dissimulait derrière les objectifs qu'on lui assignait. Jadis, du temps de la guerre froide, les objectifs étaient clairs : lorsque vous apparteniez au camp occidental, avec comme capitaine d'équipe les États-Unis d'Amérique, vous étiez censés lutter contre le communisme. De façon impitoyable, brutale. Il en allait de la survie de l'humanité de la débarrasser de la gangrène Rouge. Mais les choses avaient changé. Depuis la chute du mur de Berlin et l'explosion du bloc de l'Est, la politique de défense des intérêts des nations occidentales était devenue beaucoup moins lisible. Au nom d'un combat contre le nouvel ennemi qu'elles s'étaient dégoté, l'hydre islamiste, ces pays prétendument démocratiques menaient des actions contestables en Syrie ou au Mali. Adrian

Lambart avait participé à certaines de ces opérations au cours de sa carrière d'officier de renseignement privé. Mais il avait plutôt œuvré pour l'autre catégorie d'organisations qui régentaient le monde : les multinationales de l'énergie ou des matières premières. Ces firmes contestaient aux pays leur souveraineté sur certains territoires dans le but de capter à leur profit les richesses naturelles. Adrian avait porté à la connaissance du grand public et des autorités judiciaires de différents pays quelques scandales majuscules dans ce domaine. Puis il avait été trahi par ceux-là mêmes qu'il était censé servir. C'était intolérable pour lui, contraire à son code d'honneur. Alors il avait nourri un plan qui, s'il ne ramenerait pas Louise à la vie, lui permettrait au moins de vivre paisiblement jusqu'à la fin de ses jours, avec les bonnes personnes aux commandes, et les mauvaises en prison.

Adrian était assis à même le sable de la petite anse. À quelques centimètres de ses orteils, des crabes de rivage transparents se disputaient un morceau de crevette morte. Il fixa l'horizon. À deux mille kilomètres en direction du sud, l'agent qu'il avait recruté et infiltré à l'île Maurice poursuivait sa mission de sabotage. Adrian était satisfait de ses débuts. Recruter un agent était toujours un pari risqué. Il fallait trouver les bons ressorts, ne pas se tromper sur les motivations à flatter ou les faiblesses sur lesquelles appuyer pour obtenir son concours. Certains hommes se manipulaient grâce à l'argent, d'autres avec le sexe, Arno de Wilder était d'une autre trempe : comme Adrian, il vivait de l'adrénaline que lui procurait son rôle à faire triompher la justice. Une justice toute personnelle, cela dit… qui provoquait parfois des dégâts collatéraux.

Et par le passé, certains de ces dégâts collatéraux avaient soumis Adrian à une douleur incommensurable et encore vive.

Paris

Julien Vangelis accueillit son visiteur devant la porte de l'ascenseur. Plutôt que de le faire pénétrer par l'entrée principale, ils empruntèrent un accès dérobé qui conduisait directement dans le bureau d'Arno. À l'instar des cabinets de chasse de têtes qui recevaient les candidats importants par l'entrée de service, *Deep Impact* savait se montrer discret lorsqu'ils sollicitaient un indicateur à la notoriété établie. L'homme qui avait accepté de rencontrer Julien était un député français nouvellement élu et ancien membre de la DGSI, la Direction Générale de la Sécurité Intérieure. Il était également membre d'une commission d'enquête sur des soupçons de corruption au sein d'une multinationale française.

— Puis-je vous offrir un café, monsieur le député ?

— Non merci. Je n'ai pas beaucoup de temps, répondit l'homme politique en posant son manteau bleu marine sur le dossier de la chaise.

Les premières recherches de Julien lui avaient permis d'identifier Michel Lefebvre, soixante-deux ans, député des Yvelines, comme un informateur potentiel dans l'affaire qui préoccupait *Deep Impact*. Grâce à ses anciennes fonctions, il avait accès à de nombreuses bases de données et Louise Lambart, citoyenne française présumée disparue, devait bien figurer dans l'une d'elles. Naturellement, Michel Lefebvre ne se serait jamais déplacé si Julien n'avait pas usé d'un subterfuge pour brouiller les pistes : plutôt que de se présenter comme un demandeur d'informations, il avait prétendu détenir des renseignements qui intéresseraient le député dans le cadre de sa commission d'enquête. Il avait conditionné sa coopération au fait de connaître en échange le détail de ce qui était arrivé à Louise Lambart.

— Dites-moi pourquoi madame Lambart vous intéresse ? entama le député.

— Il s'agit de l'épouse d'un des clients du cabinet qui aimerait savoir ce qui lui est arrivé.

Michel Lefebvre se montra sceptique. Il n'était pas né de la dernière pluie.

— Je pense que vous me racontez des histoires. D'après moi, le mari de Louise Lambart sait tout à fait ce qui est arrivé à sa femme.

— Adrian Lambart, peut-être, mais pas *Deep Impact*... Vous m'avez l'air de bien connaître ce dossier, monsieur le député. Vous savez donc que monsieur Lambart possède des intérêts financiers dans de nombreuses entreprises... Il n'est pas surprenant qu'il soit client de notre cabinet. Or, voyez-vous, lorsque nous acceptons une nouvelle mission, nous aimons bien chercher les cadavres dans les placards. Une manière de nous protéger, en quelque sorte.

Lefebvre apprécia la franchise de Julien. Il avait lui-même fait l'essentiel de sa carrière dans la sécurité intérieure et il connaissait la valeur des renseignements que l'on pouvait posséder sur l'ami d'aujourd'hui, qui pouvait devenir l'ennemi de demain.

— Adrian Lambart est un drôle de zouave, en tout cas. Il apparaît dans différentes affaires dont les services secrets français ont eu à connaître, mais je ne peux malheureusement pas vous dire lesquelles. Ce que je peux vous dire en revanche, c'est que sa femme, Louise, a disparu en 2010 au cours d'un trajet en avion entre la Malaisie et l'île Maurice. Elle est portée disparue dans la mesure où l'avion qui la transportait n'a jamais été retrouvé.

— Je peux me permettre de vous demander comment vous savez cela ?

— Vous pouvez vous permettre, mais je ne vous répondrais pas... À moins que les informations que vous m'avez promises soient vraiment de premier ordre.

— Marché conclu, répliqua Julien.

Il se saisit d'un dossier à soufflet dans lequel il avait imprimé un listing qui intéresserait beaucoup le député : la liste des cadres d'une société pétrolière française qui avaient vraisemblablement touché des pots-de-vin. « Voici une trentaine de personnes que je vous suggère d'entendre dans le cadre de votre commission d'enquête », dit Julien. Lefebvre parcourut la liste et nota certains noms surlignés en jaune.

— Comment avez-vous établi cela ?

— L'homme est vaniteux, monsieur le député, il se trouve que lorsqu'il perçoit soudainement une somme d'argent inespérée, il change soit de femme, soit de maison, soit les deux... Nous avons donc scruté les divorces et les transactions immobilières des cadres de cette entreprise au cours des cinq dernières années, dit Julien avec un sourire.

— Astucieux, approuva Lefebvre. Je vous dois donc une confidence en retour.

Le député se leva, prit son manteau et se dirigea lentement vers la porte. Juste avant de sortir, il se retourna :

« Louise Lambart était appointée par les services secrets français... la DGSE, pour être précis. Mais je ne vous ai rien dit, monsieur Vangelis, n'est-ce pas ? »

❄

Julien enregistra l'information. Avant de pouvoir l'interpréter à sa juste valeur, il devait comprendre autre chose : pourquoi, si Louise Lambart était un agent clandestin français, sa disparition dans un *jet* d'affaires au-dessus de l'océan Indien avait-elle été étouffée ?

Il convoqua Dave Lewis. L'américain, sa casquette publicitaire à l'effigie du FBI toujours vissée sur la tête, accourut moins de cinq minutes plus tard.

— Tu crois que tu impressionnes les petites Françaises avec ton look de flic US ? plaisanta Julien.

— Bah, nous sommes fiers de nos forces de l'ordre, voilà tout, répondit Dave avec une moue désabusée. Vous autres les Français, vous faites tout un tas de mystère autour de vos forces d'élite, mais crois-moi, si le RAID ou le GIGN vendaient des *goodies* à leur effigie, ils rencontreraient un grand succès, et la population les respecterait un peu plus.

— Tu as sans doute raison, on va proposer à Arno de racheter la franchise GIGN pour *Deep Impact* !

Dave déboucha une canette de soda et allongea ses jambes sur la table basse.

— Tu ne m'as pas fait venir pour parler produits dérivés, j'imagine.

— Non, en effet. Comment penses-tu que l'on devrait s'y prendre pour savoir ce qui est arrivé au *Worldjet 012* ?

— J'y ai réfléchi depuis mon retour de Malaisie. Je pense que si l'avion s'était dérouté et posé quelque part, nous aurions eu vent de son existence depuis cinq ans.

— Par quel biais ?

— Il y a mille et une compagnies qui ont un intérêt à savoir ce qui s'est passé. À commencer par le constructeur, Dassault Aviation, mais aussi les équipementiers, le fabricant des moteurs, celui de l'électronique embarquée, la société de suivi par satellite... bref, au-delà des contrôleurs aériens qui ont pu éventuellement perdre un zinc qui a délibérément décidé de disparaître, les gens qui recherchent un avion perdu sont nombreux.

Julien prenait des notes. Son cerveau turbinait pour comprendre la logique d'une enquête aéronautique. La disparition du vol MH370 en 2014 demeurait le plus grand mystère de l'aviation commerciale, mais au moins le public avait-il pu constater le déploiement de moyens internationaux consacrés à sa recherche. Pour le modeste *jet* qui les intéressait, la médiatisation avait été contrôlée, mais les intérêts industriels en jeu n'en étaient pas moins importants.

— Donc, si on ne l'a pas retrouvé au sol, quelle est l'hypothèse ? Il s'est abimé en mer ? demanda Julien.

— Je pense, oui. Une autre chose me fait pencher pour cette piste : d'après le type de l'aviation civile malaisienne que nous avons interrogé dans la jungle, il n'y a eu aucun message de détresse émis par les pilotes. Ce qui voudrait dire, soit que les pilotes étaient inconscients au moment de l'avarie, soit que l'avion a été détruit instantanément par un tir de missile, par exemple.

— Soit les deux… commenta Julien. Comment savoir ?

— Je vais me rapprocher du constructeur. Je les connais bien depuis que j'ai été instructeur sur *Falcon* il y a quelques années. Toutes les pièces d'un tel avion sont référencées et tracées. S'il est considéré comme perdu par son fabricant, l'ensemble des pièces sera sorti des registres le même jour de 2010. On peut savoir.

— OK, fais ça. Pendant ce temps, je m'occupe du cas Louise Lambart. Je vais appeler Arno, dit Julien, soudainement excité par cette enquête.

Île Maurice

« La couverture d'un agent infiltré doit être suffisamment crédible pour ne pas être remise en cause par votre nouvel environnement, et pas trop éloignée de votre personnalité pour que la dissimulation ne vous demande pas d'efforts insurmontables », avait expliqué Adrian Lambart.

Arno avait réfléchi à cette question en arrivant à l'île Maurice. Il ne devait pas seulement endosser la peau d'un personnage pendant des mois avant de commencer à agir, il devait mener des actions clandestines dès les premiers jours de présence dans le pays. La première plongée nocturne destinée à poser les appâts à requins avait été suivie de plusieurs autres à différents endroits du lagon mauricien. Chaque fois, l'opération se soldait par un succès spectaculaire : quelques heures plus tard, des requins de différentes espèces, dont les redoutables requins-bouledogues, se mettaient à coloniser le lagon. Il allait falloir maintenant habilement exploiter ces coups d'éclat.

Pour installer durablement sa légende, Arno avait décidé qu'il séjournerait à l'île Maurice pour écrire un livre sur l'histoire d'un peuple particulier et abandonné par l'histoire : les Chagossiens. Les Chagos, un archipel situé au nord-est de l'île Maurice, en direction du Sri Lanka, était historiquement peuplé de quelques centaines de familles de pêcheurs. Rattaché à l'île Maurice, leur territoire avait été pour d'obscures raisons cédé à la couronne britannique en 1965, trois ans avant l'indépendance de Maurice. Le Royaume-Uni avait alors loué l'île principale de Diego Garcia aux Américains pour en faire une base aéronavale stratégique dans cette région du monde. Cette concession s'était accompagnée d'une éviction systématique des Chagossiens qui avaient été dépossédés de leurs terres et de leurs zones de pêche. Plusieurs centaines vivaient depuis à l'île Maurice où ils n'avaient ni bien ni nationalité officielle. « Qu'un écrivain français passe quelques mois à Maurice pour retracer l'histoire de ce peuple paraîtra naturel à tout le monde », avait suggéré Adrian.

Dès lors, la légende d'Arno n'avait pas été difficile à construire. À cause des activités de *Deep Impact*, Arno n'avait aucune existence officielle sur les réseaux sociaux. Il n'était recensé dans aucun annuaire professionnel ni membre d'aucun club qui aurait pu trahir son statut de consultant en intelligence économique. Célibataire, possédant un réseau amical habitué à ce qu'il disparaisse plusieurs mois pour ses affaires, il avait le profil idéal pour une mission d'infiltration. Adrian avait soigneusement passé au crible tout ce qui pouvait être trouvé sur Arno, et il avait décidé qu'il pouvait lui faire confiance. Sa première enquête en Malaisie avait fait office de test et de stage d'intégration.

Un seul point posait problème à Adrian Lambart : les sentiments d'Arno pour Alice Lanzac. Mais il n'avait pas jugé utile d'aborder ce sujet avec son agent. Après tout, même le plus endurci des espions avait le droit d'avoir une vie amoureuse pour peu qu'elle ne compromette pas la mission.

Arno pensait jour et nuit à Alice depuis toutes ses semaines qu'il se trouvait à l'île Maurice. Il aurait voulu s'installer avec elle dans cette villa paradisiaque d'où il préparait ses actions. Il est certain qu'elle aurait adoré les bains de mer matinaux et les promenades sur les longues plages de sable fin. La vue de l'immensité de l'océan doucement agité par la houle l'aurait apaisée. Mais Alice avait coupé les ponts pour se consacrer à son projet. Pour trois mois ou pour toujours, Arno ne le savait pas et cela l'angoissait beaucoup.

Sous couvert de son statut d'écrivain-historien de l'île Maurice, il rencontra Igor plusieurs fois. Le moniteur de plongée était atterré de voir son lagon déserté par les touristes. Dans la journée, on ne décelait aucune activité pélagique, mais dès que le jour déclinait, des dizaines d'ailerons de requin colonisaient le bord de mer. Cela durait depuis des semaines.

— Qu'est-ce qui peut provoquer une chose pareille ? demanda Arno à Igor après qu'ils se furent installés sur des chaises de bois flotté, à proximité de la case nautique du Mauricien.

— C'est inexplicable. D'habitude, les requins maraudent dans des zones où ils peuvent trouver de la nourriture, mais il n'y a rien dans le lagon. Les proies sont beaucoup trop petites pour eux. Pourtant on dirait qu'ils sont attirés par l'espoir de trouver quelque chose...

Arno savait que l'efficacité de ses appâts à requin ne durerait pas éternellement. Il avait estimé que les micro trous percés dans les boîtes diffusaient l'odeur du thon pendant cinq à six jours. Il devait donc recharger régulièrement les pièges, et le faire de nuit avec tous ces squales dans les parages commençait à le rendre nerveux.

— C'est un drame pour le tourisme sur l'île, non ? demanda Arno innocemment.

— Tu parles ! C'est une catastrophe. La touriste anglaise n'a pas survécu à ses blessures, et tous les hôteliers enregistrent des annulations en cascade.

Igor était sincèrement désolé. Son île se vidait de ses visiteurs, et son business de moniteur de plongée était au point mort.

— Les autorités ont une idée pour régler le problème ?

— Aucune ! Nous sommes dirigés par une bande d'incapables ! dit Igor avec virulence. Tout ce qu'ils ont trouvé à faire, c'est de mettre en place une « commission requin » censée prendre des mesures pour repousser les squales.

— Quel genre de mesures ?

— Ils parlent de mettre des filets à l'entrée de chaque passe pour empêcher les requins de pénétrer dans le lagon, mais les pêcheurs s'y opposent : ils ont besoin de pouvoir sortir en mer pour leur activité. Ils ont aussi envisagé de procéder au prélèvement systématique des spécimens qui se rapprocheraient trop du bord.

— Au prélèvement ?

— Tuer des requins... Faire comprendre à leurs congénères que le lagon est dangereux pour eux. C'est ce qu'ils font aux Seychelles, par exemple. Mais ici, les écolos sont trop influents. Ils se sont fait monter le bourrichon par vos collègues réunionnais !

Arno sentait le jeune homme dépité et excédé à l'égard du gouvernement, ce qui était une bonne chose pour la suite du plan. C'était le bon moment pour s'en faire un allié.

— On pourrait contacter un de mes amis journaliste, laissa-t-il planer... pour alerter l'opinion internationale sur ce qui se passe à Maurice. Si je pouvais rencontrer des hôteliers qui souffrent de la situation, je pourrais peut-être convaincre mon ami de faire un papier.

Igor tomba dans le panneau avec une facilité déconcertante. « Ma sœur et mon beau-frère sont hôteliers. Je peux vous les présenter si vous voulez. »

Ils prirent rendez-vous pour le soir même au *Big Willy's*, le restaurant de Tamarin où se retrouvait la communauté « franco » de l'île Maurice.

En fait de papier sur la situation délicate des hôteliers, Arno avait une autre idée en tête. Il fallait d'abord qu'il immortalise une scène qui marquerait les esprits du public. Il laissa Igor à son matériel de plongée devenu inutile et parcourut la plage à la recherche du meilleur angle de vue. Il pénétra dans les jardins d'un hôtel. Quelques touristes, manifestement sur le départ, contemplaient sidérés le spectacle qu'offrait le lagon. Des dizaines d'ailerons bruns fendaient les eaux paisibles, disparaissant parfois sous la surface pour réapparaître quelques mètres plus loin et poursuivre leur ballet sinistre. Arno grimpa sur la chaise à échelle habituellement utilisée par le maître-nageur. Il sortit un appareil photo reflex équipé d'un objectif à grand angle. Le soleil rasant donnait à la surface un aspect mat et opaque, seulement percé çà et là des appendices dorsaux des requins. Parfait, pensa-t-il, oublié le lagon à l'eau cristalline dans lequel on rêve de se baigner ! Le bord de mer mauricien s'était transformé en bassin menaçant envahi de bêtes agressives dont on ne savait pas pour combien de temps elles étaient là.

Arno n'avait plus qu'à envoyer sa série de clichés à son « ami journaliste ».

Thaïlande

Alexeï Planov vivait en Thaïlande à temps plein depuis plusieurs années. Depuis qu'il avait trahi la société pour laquelle il travaillait en Europe, depuis qu'il avait collaboré avec *Deep Impact* pour révéler au grand jour les manœuvres déloyales de son employeur, il profitait de la pension versée par Arno de Wilder en échange de ses confidences de l'époque. Alexeï s'était transformé en informateur rémunéré par *Deep Impact*, mais pas vraiment en agent dormant. Bien que sachant parfaitement où il avait poursuivi sa vie, Arno n'avait jamais refait appel à lui.

Jusqu'à ce matin-là.

Alexeï habitait une petite maison louée à l'année sur les hauteurs de *Bang Tao beach*, sur l'île de Phuket. C'est là qu'il avait été détenu par Étienne Chevalier, c'est là aussi qu'il avait été secouru par Alice et Arno, puis qu'il avait dû laisser filer Chevalier à la demande d'Alice. Il n'avait pas compris pourquoi elle tenait tant à lui donner une seconde chance après ce qu'il lui avait fait, mais il n'avait pas insisté. Il savait que s'il croisait ce type un jour, la tentation de le zigouiller serait grande. Il pourrait toujours dire que c'était un accident.

Sur la terrasse de la maisonnette, protégé du soleil par de jolis palmiers à queue de renard, Alexeï repensait à ce que venait de lui demander Arno de Wilder. « Je ne suis pas tranquille pour la sécurité d'Alice, lui avait-il dit. Elle s'est mis en tête de venir en aide aux malades du sida qui croupissent au temple des Derniers jours, mais elle a besoin d'argent pour ça. J'ai peur qu'elle ne croise des gens peu recommandables en cherchant à financer sa fondation. » Alexeï avait compris. Il vivait en Thaïlande depuis suffisamment longtemps pour savoir qu'il ne fallait jamais interférer dans le business des Thaïs. S'ils étaient accueillants vis-à-vis des étrangers qui venaient dépenser leur argent chez eux, faire des affaires était extrêmement compliqué. Et parfois dangereux.

Alexeï quitta à regret sa maison avec vue sur la mer d'Andaman et prit le premier vol pour Bangkok. Arrivé dans la capitale, il loua une petite chambre à Khaosan Road, l'endroit préféré des *backpackers*, et fila immédiatement dans un autre quartier de la ville : Silom. C'est là que vivait Alice, et c'est là qu'Arno lui avait demandé de commencer sa surveillance. Alexeï savait parfaitement à quoi ressemblait Alice, mais l'inverse était également vrai. Il modifia son apparence à l'aide d'une casquette en grosse toile épaisse et de lunettes de soleil qui lui mangeaient la moitié du visage. Arno avait insisté : « Je voudrais juste que tu vérifies qu'elle ne croise pas de gens dangereux lorsqu'elle est à Bangkok, mais si elle remonte au temple, inutile de la suivre, tu comprends ? » Alexeï avait compris. Il appréciait Arno depuis que celui-ci lui permettait de mener une vie oisive et confortable en Asie. Il se fichait de connaître les raisons pour lesquelles le français voulait faire surveiller Alice. Tout ce qui importait c'était qu'Arno soit content de lui et continue à le payer pour ses services.

Il n'était pas très confortable de stationner des heures durant dans la touffeur moite de Bangkok, a fortiori dissimulé par une tenue longue destinée à cacher ses tatouages reconnaissables. Pour cette raison, Alexeï sympathisa avec les gardiens du condominium qu'occupait Alice. En échange de quelques billets de mille bahts et de deux ou trois paquets de cigarettes, ils acceptèrent que le Russe passe plusieurs fois par jour relever les mouvements autour de l'appartement d'Alice.

Le troisième jour, il apprit que la jeune femme venait de regagner son domicile. Aux dires des gardiens, elle était restée absente une semaine et revenait de la campagne. Alexeï décida de stationner quelques heures dans la loge, devant les écrans des caméras de surveillance qui couvraient les halls et les ascenseurs. En début de soirée, trois jeunes femmes thaïes rendirent visite à Alice. Alexeï n'en crut pas ses yeux : les filles étaient tout simplement sublimes. Maquillées de façon sophistiquée, vêtues de robes incroyablement élégantes et portant sacs à main et bijoux de luxe, elles auraient eu toute leur place dans un défilé de la *fashion week*… ou dans une agence d'*escorts-girls*, pensa Alexeï. Que venaient faire des filles pareilles chez Alice Lanzac ?

Il constata qu'elles passèrent une heure dans l'appartement avant de ressortir toutes les quatre pour s'engouffrer dans un taxi. Alice était tout aussi élégante que ses amies thaïes. Alexeï tendit deux billets de cent bahts à un chauffeur de moto-taxi et lui commanda de filer la voiture. Dans la circulation dense du début de soirée, il n'eut aucun mal à suivre le taxi rose bonbon qui remonta *Silom Road* en direction de la Chao Praya. Il bifurqua à droite vers Rattanakosin, la vieille ville qui abritait le Palais Royal, le Wat Pho, mais surtout un grand nombre de maisons luxueuses appartenant à de riches familles aristocratiques. Le taxi déposa les quatre femmes devant l'une d'elles. Le portail en bois ouvragé était encadré de statues khmères et de torches flamboyantes. Un homme en livrée blanche et une femme vêtue d'une robe de soie magnifiquement brodée accueillirent Alice et son escorte. Ils les firent entrer dans la demeure.

Alexeï allait de surprise en surprise. Il avait connu Alice simple et timide, presque renfermée, et voilà qu'elle paradait en compagnie de mannequins thaïlandaises à l'occasion de ce qui devait être une soirée mondaine courue par le tout Bangkok. Arno n'allait pas en revenir lui non plus lorsqu'il lui raconterait ça ! En tout cas, sa petite protégée ne semblait pas frayer avec des individus douteux. Restait à comprendre ce que faisait Alice dans la haute société thaïlandaise.

Alexeï s'assura les services de la moto-taxi pour le reste de la nuit et se posta à quelques encablures de la fête, fumant cigarette sur cigarette en attendant la suite.

Il commença à avoir une idée de ce qui se tramait lorsque vers vingt-trois heures, il avisa une des filles arrivées avec Alice sortir au bras d'un homme en costume trois pièces qui tirait sur un gros cigare. L'homme affichait un air satisfait et important tout en tenant la fille par la taille. Le couple se rendait sans aucun doute dans une chambre d'hôtel, ou en tout cas dans un endroit où la fille pourrait s'occuper tranquillement de la protubérance qu'Alexeï distingua dans le pantalon du type. Il décida de rester à son poste et trente minutes plus tard, il put observer le même manège avec les deux autres amies d'Alice. Il fut saisi d'une légère crainte en pensant à ce qu'il devrait annoncer à Arno si Alice sortait elle aussi au bras d'un élégant...

Ce ne fut pas le cas.

Cinq minutes à peine après que sa dernière accompagnatrice fût sortie de la réception, Alice apparut à la porte. Seule. Elle fit appeler un taxi et fila tout droit en direction de Silom. Alexeï suivit une nouvelle fois le véhicule pour constater que la jeune femme regagnait son domicile d'où elle ne ressortit pas de la nuit.

Alexeï n'était pas idiot. Il comprit parfaitement ce qui s'était joué à cette soirée. Il était bien placé pour savoir que la beauté et l'absence d'inhibition des filles thaïes étaient un moyen d'obtenir beaucoup de choses dans ce pays. À commencer par de l'argent... Or Arno lui avait touché deux mots du projet d'Alice : faire financer le temple de la Seconde chance. La protégée de son boss jouait donc aux entremetteuses de luxe... aux *mamasan* de gala. Restait à comprendre comment elle s'y prenait exactement, car Alexeï savait aussi que dans ce pays, tout ce qui ressemblait de près ou de loin à du proxénétisme était sévèrement réprimé... ou réservé à quelques caïds locaux souvent de mèche avec la police.

Alice était donc potentiellement en danger, mais pas comme Arno le pensait.

Alexeï fit immédiatement son rapport.

Île Maurice

Arno raccrocha et se prit la tête entre les mains. D'un côté, il était heureux d'avoir eu des nouvelles d'Alice, même indirectement. De l'autre, il ressentit un profond agacement, presque de la colère, à l'idée qu'elle puisse se livrer à des activités illégales dans un but, certes louable, mais pour lequel il aurait mieux valu qu'elle lui demandât son aide. La fin justifie les moyens... Cette devise était la sienne depuis longtemps. Elle était en train de devenir le nouveau mantra de la femme qu'il aimait.

La situation était paradoxale : il aurait dû sauter dans le premier avion pour Bangkok, avoir une discussion franche avec Alice, puis ils auraient décidé du meilleur chemin à emprunter pour son foutu temple de la Seconde chance. Et dans le même temps, il était coincé à l'île Maurice pour une mission confiée par un homme dont il ne comprenait pas non plus les desseins. Arno hésita à appeler Adrian immédiatement.

Puis il se calma. Il contempla le paysage devant lui. Le temps était clément, le ciel bleu azur, parsemé de gros nuages floconneux, promettait une fin de journée calme. Dans un coin de la terrasse, le propriétaire avait planté un arbre du voyageur, une espèce d'herbacée dont la base des feuilles, en forme de coupe, retenait l'eau de pluie. La variété et la beauté de la végétation sous les tropiques étaient sans fin. Elles auraient dû enchanter Arno. Pourtant, il se sentait prisonnier de cette île-confetti perdue dans l'océan Indien. Il se demanda comment étaient les Seychelles en comparaison, ce pays voisin dont Adrian Lambert voulait tant faire un concurrent sérieux de l'île Maurice.

Ses émotions contrastées empêchaient Arno d'être tout à fait concentré sur sa mission. Il le réalisa et se remit au travail.

Il sélectionna les meilleures photos du lagon infesté de requins et en fit un dossier complet qu'il déposa sur un serveur informatique sécurisé. Puis il appela son ami Thomas de Prat.

— J'ai un bon sujet pour toi, dit-il après que le journaliste lui eût demandé où il était encore fourré, en train de manigancer la fin du monde.

— Je suis assez occupé en ce moment, mais dis toujours, réagit Thomas.

Ce dernier était journaliste pour un grand magazine d'actualités. Arno et lui s'étaient rencontrés à l'occasion de l'affaire Lanzac. Thomas de Prat avait commencé sa carrière de journaliste en couvrant le procès de Patrice Chevalier, le violeur d'Alice en 1998. Arno avait tout naturellement fait appel à lui lorsqu'il s'était agi d'identifier, douze ans plus tard, l'homme qui continuait à la pourchasser. Thomas avait enquêté sur les complices de Chevalier à l'époque, et il avait découvert que le responsable des tourments d'Alice était à rechercher du côté des fils des notables amiénois présents le jour du viol.

— Je suis à l'île Maurice où il se passe un phénomène étrange. Je pense que ça peut faire un bon sujet, expliqua Arno.

— Alice est avec toi ?

— Non, elle est restée à Bangkok.

Si Arno était seul à l'île Maurice, où il aurait dû être en train de profiter de doux moments de repos avec Alice, c'était qu'il tramait encore quelque obscure mission de désinformation, pensa le journaliste. Thomas était toujours sur la ligne de crête avec Arno. Son éthique de journaliste et son sens du scoop le conduisaient à vérifier toute information qu'il publiait, à croiser les sources. Il savait que lorsqu'Arno le mettait sur un scoop, c'est qu'il avait une idée derrière la tête. Un intérêt à ce que le journaliste couvre l'affaire. Pourtant, il faisait confiance à Arno. Au nom de leur amitié, le consultant n'aurait jamais tuyauté Thomas sur une info fausse ou invérifiable.

— Je t'écoute, reprit le journaliste.

— Figure-toi que les eaux mauriciennes sont infestées de requins depuis plusieurs semaines ! C'est un phénomène inédit que personne n'explique, ici.

Les reportages animaliers n'étaient pas vraiment la tasse de thé de Thomas. Mais au moins, ne s'agissait-il pas d'une sombre affaire de multinationale corrompue qui l'aurait obligé à prendre parti en rédigeant un article.

— Tu veux que je t'envoie un photographe sous-marin ? demanda-t-il, un rien narquois.

— C'est inutile. J'ai pris quelques photos que j'ai déposées à l'endroit habituel. La presse locale a déjà sorti deux ou trois bricoles, mais si tu te dépêches, tu tiens un scoop pour l'Europe.

Thomas qui connaissait bien son ami lui demanda s'il suggérait un angle particulier pour rédiger son papier.

— Le phénomène est en train de vider le pays de ses touristes. Ils sont paniqués. Je suis sûr que tu peux obtenir un ou deux témoignages terrifiants. C'est un coup dur pour l'hôtellerie, conclut Arno.

Ce n'était pas seulement un coup dur pour l'hôtellerie, Arno le savait. L'image de requins colonisant le lagon de ce pays, jusqu'alors considéré comme une destination d'hiver paisible et luxueuse pour les touristes occidentaux, était en réalité un séisme pour toute son économie, et par voie de conséquence pour sa société tout entière.

Il était temps pour Arno de se fondre plus avant dans la population.

Il quitta sa retraite de luxe et se rendit en voiture au *Big Willy's*. L'établissement bordait la route conduisant du Morne au nord de l'île. Un grand parking de terre battue, une terrasse recouverte de canisses et de feuilles de palmier, et çà et là, des guirlandes lumineuses suspendues à de petits potelets de bois. L'endroit était charmant et incitait aux rencontres amicales entre autochtones argentés. Arno aperçut Igor depuis l'entrée.

Attablé au fond de la salle, il bavardait avec un couple d'amis. Une serveuse d'une vingtaine d'années était occupée à prendre leur commande. Arno s'approcha, et à l'invitation d'Igor, il s'installa à l'emplacement resté libre.

— Arno, je te présente ma sœur Victoria et son mari, David. Les amis, voici Arno. C'est l'écrivain français dont je vous ai parlé ! entama Igor avec enthousiasme.

— Alors comme ça vous écrivez un livre sur l'île Maurice ? demanda David en anglais.

— Je suis passionné par l'histoire des anciens pays du Commonwealth, en effet. Et l'île Maurice a connu des périodes diverses depuis sa découverte par les Portugais au début du XVIe siècle. Vous êtes nés ici ?

— Moi, non. Mais Igor et Victoria sont de purs « francos » ! Ils ne sont pas assez âgés toutefois pour avoir connu les époques qui vous intéressent !

— Bah, je suis ravi de rencontrer de vrais Mauriciens, enchaîna Arno. Lorsque l'on vient en vacances dans votre pays, on est surtout frappé par la gentillesse de votre peuple. Dans les hôtels en tout cas.

La serveuse s'approcha une nouvelle fois et prit la commande du dîner. Arno choisit une pinte de bière, une salade de palmiste et du marlin fumé, puis il observa ses convives pendant que la serveuse faisait le tour de la table. Jenny — s'il en croyait le badge accroché à sa courte robe — en pinçait manifestement pour Igor. Elle lui décocha une œillade explicite, et le frôla plus que nécessaire lorsqu'elle passa derrière lui. Victoria, elle, semblait légèrement en retrait. Elle écoutait respectueusement son mari, mais pour une raison qui échappait à Arno, elle ne paraissait pas ravie d'être ici.

Arno mena habilement la conversation durant toute la première partie du dîner. Il était venu pour mesurer l'impact de sa petite opération « *sharks in the lagoon* », mais il cherchait aussi à connaître l'opinion du jeune couple sur les mesures prises par le gouvernement mauricien. Pour dégrader durablement l'image du pays, encore fallait-il mesurer le degré de popularité de ses dirigeants.

David Paulson avait manifestement les idées tranchées sur le sujet :

— Le problème de ce pays, c'est que le pouvoir économique appartient à notre communauté, mais comme nous ne représentons que trois pour cent des habitants, le pouvoir politique nous échappe. Les Indo-Mauriciens sont beaucoup plus nombreux que nous et ils remportent toutes les élections ! Alors on doit se soumettre à leurs règles stupides.

— Comme quoi, par exemple ? demanda Arno.

— Comme cette loi qui nous interdit d'être propriétaires des terrains de bord de mer sur lesquels sont construits nos hôtels. Nous sommes locataires pour trente ans et lors du renouvellement, nous ne sommes pas à l'abri d'un ministre sourcilleux qui décide de ne pas prolonger notre bail. Sans compter le prix du loyer qui dépend de leur bon vouloir !

Arno mit les pieds dans le plat :

— J'imagine que ces transactions peuvent donner lieu à des problèmes de corruption, non ?

— Oh, ça oui ! s'exclama David. Le Premier ministre actuel, Nadeem Ramchoomun, est le plus grand brigand que le pays ait connu depuis l'indépendance. Il touche de l'argent sur toutes les concessions publiques.

Cette remarque déclencha un signal dans l'esprit d'Arno. Il avait compris qu'Adrian Lambart souhaitait déboulonner l'image de Maurice pour favoriser ses intérêts aux Seychelles, mais il savait aussi que l'homme d'affaires-espion avait enquêté sur des affaires de corruption internationale... et qu'au cours de l'une de ses missions, sa femme Louise, par ailleurs agente des services secrets français, avait perdu la vie entre la Malaisie et l'île Maurice. L'écheveau était compliqué à démêler, en tout cas à cet instant et avec deux pintes de bière dans le nez, mais Arno se nota d'y réfléchir plus tard.

— Quels problèmes vous pose cette histoire de requins dans le lagon ? demanda-t-il pour changer de sujet.

Cette fois, ce fut Victoria qui répondit :

— C'est un désastre. Les clients sur place écourtent leur séjour et demandent à être remboursés. Nous sommes en haute saison. Si nous ne faisons pas le plein dans les prochaines semaines, ce sont tous les bénéfices qui vont s'envoler. On ne pourra pas garder le personnel.

— Que faudrait-il faire, selon vous ?

— Il faut absolument que le gouvernement montre qu'il maîtrise la situation. Qu'il donne une explication à ce phénomène, et qu'il prenne les bonnes mesures pour que les touristes soient rassurés.

— Quel genre de mesures ?

— Qu'il nous autorise à abattre tous les animaux qui pénètrent dans le lagon !

Arno n'était pas sûr que cela rassure les touristes. Ceux-ci ne se baigneraient jamais dans un lagon infesté de requins, bien sûr, mais la culture écolo-bobo des Européens les ferait s'offusquer que l'on puisse résoudre le problème en dézinguant les requins. En outre, la désertion des touristes était exactement le but que poursuivait Arno. Il ne commenta pas la suggestion de Victoria. En revanche, il observa avec attention la jeune femme. Sa peau cuivrée, sa poitrine ferme qui tendait le tissu de sa robe moulante, ses cheveux noirs lissés et coupés à la garçonne, cette légère odeur de vanille et de patchouli qui émanait de son lait corporel... Arno ressentit pour elle un émoi malvenu. Il se concentra sur son plat principal et fit tous ses efforts pour masquer son trouble.

Lorsqu'il regagna sa villa en fin de soirée, Arno constata qu'Alice avait essayé de le joindre. Il n'était pas d'humeur à entamer avec elle une mise au point qui risquait de durer. Il voulait se donner du temps pour déterminer ce qu'il attendait d'elle… et ce qu'il pensait de son entreprise *d'escorting*.

Sur la terrasse, il but un grand verre d'eau pétillante sous le ciel étoilé, puis il plongea nu dans la piscine tiède. Empli de la plénitude procurée par l'eau tout autour de son corps, bercé par le ressac de la mer au loin, conscient de se trouver dans un des endroits les plus paradisiaques de la planète, il ressentit pourtant de façon aiguë la morsure de la solitude.

5

ENTRE DEUX MAUX

Seychelles

« Je crois qu'ils sont en train de s'approcher de la vérité, monsieur », précisa Oscar Watson.

L'ancien membre des troupes d'élite sud-africaines était arrivé à Praslin le matin même. Il avait rejoint son patron en avion puis en bateau, et se tenait à présent droit comme un i devant la cahute d'Adrian. Celui-ci avait passé les derniers jours à s'entraîner physiquement en prévision de la suite de son plan. Malgré les années, il était heureux de constater que ses restes étaient encore honorables. La discipline payait.

— Quelle partie de la vérité ? demanda-t-il en s'épongeant le front avec un vieux chiffon.

— Ils connaissent les liens de Louise, je veux dire... de votre épouse... avec les services secrets français. Et ils savent maintenant que la perte du *Falcon* a volontairement été dissimulée par le constructeur.

— Cela n'a pas d'importance. En faisant appel à un homme qui a monté une officine de renseignement privée, fût-elle économique, je me doutais bien qu'il ne se contenterait pas de mes explications.

Lambart réfléchit quelques instants. La vérité qu'était en train d'approcher *Deep Impact* n'était pas compromettante pour lui. Elle permettrait de comprendre la nature du contentieux qui l'opposait au Premier ministre mauricien, mais en aucun cas, elle ne faisait de lui un « méchant » dont Arno de Wilder voudrait s'éloigner.

— Ce qui m'ennuie, c'est ce Julien Vangelis qui enquête depuis Paris. Il risque d'attirer l'attention de la DGSE. Ces gars-là ne vont pas mettre longtemps à comprendre que je suis derrière tout ça. Il va falloir les mettre au courant.

— Si vous voulez mon avis, monsieur, ils sont déjà sur votre piste. Vangelis et son collaborateur, Dave Lewis, savent que l'avion a été affrété par le gouvernement mauricien. Et que Vincent Weber était à bord avec Louise... euh... avec votre épouse.

— Comment ont-ils appris ça ?

— Ils ont tracé le règlement de la taxe de décollage à Kuala Lumpur. On aurait dû la payer nous-mêmes avec *Worldjet*, mais dans l'urgence, on a commis une erreur à l'époque : on a laissé le client faire le virement.

Adrian réfléchit une nouvelle fois. Il attrapa une noix de coco tombée par terre et caressa sa gangue rugueuse. À l'aide d'une machette posée à côté de lui, il donna quatre coups précis pour ouvrir le fruit. Il se désaltéra de son jus translucide et savoureux.

Cette erreur n'avait pas été la seule qu'il ait commise à l'époque, malheureusement. En pensant à ce qu'avaient découvert Louise et Vincent Weber en Malaisie, il n'aurait jamais dû accepter de louer son *jet* à l'état mauricien.

— Et sur Petro-Malaisie, tu penses qu'ils ont les moyens de comprendre ? demanda Adrian.

— Depuis la France, je ne pense pas. En revanche, votre gars à Maurice, s'il est aussi malin que vous le dites, il va forcément lever le lièvre.

— OK. Je vais rehausser le niveau d'information à donner à de Wilder. Ça t'ennuierait de faire un saut à Maurice, pour le briefer ?

— Si je peux me permettre, monsieur, je n'ai pas besoin de me déplacer. Nous avons quelqu'un sur là bas.

Adrian n'était pas au courant de toutes les manigances de son homme de main. Oscar Watson était un agent particulièrement efficace lorsqu'il s'agissait de veiller aux intérêts opérationnels de Lambart sur le terrain. Pendant des années, son officine de renseignement privée était intervenue dans des pays en guerre pour remonter des filières de financement du terrorisme, ou pour protéger les sites sensibles de multinationales occidentales. Les zones de guerres étaient les terrains de jeu favoris des services spéciaux, publics ou privés. Lambart avait donc conçu son projet dans un pays vierge de tout enjeu significatif justifiant la présence d'agents infiltrés : qui aurait pu imaginer qu'une île isolée au milieu de l'océan Indien, peuplée d'à peine plus d'un million d'habitants, et vivant principalement de la culture de la canne à sucre et du tourisme, puisse intéresser une agence de renseignement ? Adrian avait précisément choisi l'île Maurice pour cela.

Et son fidèle et loyal collaborateur y avait recruté quelques informateurs.

— OK, Oscar. On va briefer Arno de Wilder de cette façon. Néanmoins, je veux continuer à le considérer comme un agent infiltré. Les protocoles avec son officier traitant doivent être stricts. Ton contact à l'île Maurice, il est fiable ?

— Pas suffisamment pour que nous lui donnions tous les détails de notre plan. Mais je me porte garant de son efficacité s'il s'agit simplement d'informer de Wilder. Je peux le manœuvrer pour qu'il délivre les informations que nous souhaitons.

— Parfait. Ah, au fait : quelle est sa motivation ?

— L'idéologie, monsieur. La famille de David Paulson a été chassée de notre pays, il y a longtemps. Les terroristes de l'organisation *Land to Black First* ont tué les siens... Depuis, il voue une haine tenace à toute personne qui menace sa propriété.

Adrian ne trouva pas cela idéal. En matière de recrutement d'agent ou simplement d'informateur, l'argent ou l'engagement patriote étaient de meilleurs ressorts que la haine. Le désir de vengeance engendrait parfois des actions spectaculaires difficiles à contrôler. Mais dans le domaine des actions clandestines, la situation était rarement idéale. Adrian devrait s'en contenter.

Il proposa à Oscar de se détendre de son long voyage depuis l'Europe en le défiant à la nage. Les deux hommes se mirent à l'eau devant la petite anse et crawlèrent en direction du large. Contrairement à l'île Maurice, les Seychelles n'étaient pas bordées d'un paisible lagon. Ils atteignirent bientôt la haute mer où des vagues d'un mètre ralentirent leur progression. À soixante ans passés, Adrian était encore un nageur endurant. Mais Oscar, plus jeune de vingt ans, possédait une condition impressionnante. Il arriva le premier à la bouée et fit demi-tour. Lorsqu'il croisa Adrian encore sur le chemin aller, celui-ci l'attaqua par surprise et le précipita sous l'eau en le tenant fermement par les épaules. Oscar suffoqua. Il crut un moment que son patron voulait réellement le noyer. Puis l'étreinte se desserra et il put reprendre de l'air à la surface. Adrian Lambart souriait : « tu vois Oscar, encore une leçon : il faut toujours se méfier des gens en qui tu as confiance mais que tu humilies sans le vouloir... Je crois que je ne te battrais plus jamais à la course et je suis extrêmement vexé. »

Puis, après un instant : « Bien joué, jeune *Padawan*. Je suis fier de ce que tu es devenu ! Tu peux briefer ton David Paulson, maintenant. »

Île Maurice

La résidence de Victoria et David Paulson était située sur les hauteurs de Tamarin. Au bout d'un chemin gravillonné, elle offrait une vue splendide à cent-quatre-vingts degrés sur la mer. Lorsqu'il lui avait donné l'adresse, David avait indiqué à Arno d'entrer sans autre formalité, aussi, ce dernier franchit-il le portillon métallique puis contourna la maison. Il avisa la varangue occultée de stores à lame en bois précieux, puis il constata que les occupants n'étaient pas encore prêts.

Victoria était allongée sur un bain de soleil au bord de la piscine. À demi nue, ses courbes seulement masquées par un bikini rouge, elle fit à Arno un effet électrique. Même de loin, sa peau hâlée et ses seins généreux étaient terriblement attirants. Gêné de la surprendre dans cette tenue, Arno toussota pour signaler sa présence. Victoria se redressa et lui fit signe de s'approcher. Comme elle ne prenait pas la peine de se couvrir du peignoir de coton posé à côté d'elle, Arno resta debout, ne sachant pas s'il devait lui tendre le vêtement ou supporter la proximité de ce corps splendide offert à sa vue.

— Vous avez pris votre maillot de bain ? demanda-t-elle en dardant ses yeux sombres dans les siens.

— Euh... non, je pensais arriver à l'heure de l'apéritif... Mais je dois être en avance.

Arno éprouva le besoin de chausser ses lunettes de soleil. Il devait mettre de la distance dans ce tête-à-tête embarrassant. Il s'assit sur le bord d'un transat voisin et attendit que la jeune femme décide de ce qu'il convenait de faire.

— Aucun problème. La maison est toujours ouverte aux amis, dit Victoria. David doit être avec Igor dans le garage. Je crois qu'ils bricolent sur le bateau.

— Voulez-vous que je les prévienne de mon arrivée ?

— Ils viendront lorsqu'ils auront terminé. Venez plutôt vous baigner. Je vous prête un maillot, si vous voulez. Nous en avons toute une collection que les amis oublient régulièrement. Je vous indique la buanderie ?

Même si l'envie le tenaillait, Arno ne se vit pas prendre un bain avec Victoria avant d'avoir signalé sa présence à son mari et à son frère. Il se dirigea vers la maison et chercha l'accès au garage. Les deux hommes y étaient en effet, affairés sur un gros moteur dont ils avaient démonté l'hélice.

— Ah ! Arno. Bienvenue chez nous ! dit David Paulson. Nous en avons pour quelques minutes encore. Profitez donc de la piscine. Victoria doit être dans le jardin.

La situation était embarrassante, mais au moins, il avait le blanc-seing du mari, estima Arno. Il enfila un boxer de bain trop grand pour lui et rejoignit la piscine. Il était censé œuvrer en tant qu'agent infiltré pour un projet à forts enjeux, et voici qu'il s'apprêtait à se baigner avec une naïade sublime, avant d'enchaîner vraisemblablement des cocktails alcoolisés.

La situation était absurde.

Plus tard, il ressentit profondément la tension gravitationnelle qui existait entre Victoria et lui. Elle ne suggérait rien d'inconvenant, mais à la manière dont elle le regardait, à la façon de passer avec naturel sa langue sur ses lèvres, il sentit qu'il n'aurait pas fallu grand-chose pour que la situation dérape. Or ce n'était absolument pas souhaitable.

Arno tenta d'éloigner son attirance physique en tenant à Victoria une conversation légère et centrée sur la vie quotidienne à l'île Maurice. Il apprit que si l'existence était douce sous les tropiques lorsque l'on avait de l'argent, un pays en voie de développement à la population au niveau de vie très disparate produisait des inégalités marquées. Et que ces inégalités étaient la source de tensions invisibles pour le touriste de passage, mais bien réelles pour les blancs mauriciens.

Lorsque David et Igor les rejoignirent autour de la table

basse, dans la varangue, la discussion s'orienta sur la situation politique de l'île.

— Vous disiez que vous n'étiez pas satisfait de la gestion du Premier ministre actuel ? demanda Arno au moment où la bonne était occupée à remplir une nouvelle fois les verres de spritz.

— Nadeem Ramchoomun ? Un escroc ! réagit David. Il est en place depuis dix ans et son père était déjà à ce poste juste après l'indépendance.

— Il a des casseroles ?

Il fut difficile de dire qui manipulait qui. Arno avait reçu l'instruction de trouver des Mauriciens à l'opinion politique hostile au gouvernement en place. Adrian Lambart souhaitant avoir des relais pour affaiblir le pays lorsque le moment serait venu. David, de son côté, avait reçu un coup de téléphone de son ami d'enfance en Afrique du Sud. Oscar lui avait signalé la présence à Maurice d'un historien à qui il serait bon de raconter ce qu'il savait des affaires de corruption qui touchaient le Premier ministre. David n'avait pas posé de question sur le fait qu'Oscar soit au courant de sa rencontre avec Arno, mais il avait promis de dire tout ce qu'il savait. « Si les médias peuvent s'emparer de l'histoire et aider à faire tomber Ramchoomun, ce sera une bonne chose ! » avait-il affirmé.

Il raconta l'affaire à Arno.

« Ramchoomun a été élu pour la première fois à la fin des années 2000. Il est le fils de l'homme qui a fait beaucoup pour l'île Maurice depuis l'indépendance. Ramchoomun-père était un dirigeant honnête qui avait en outre une vision pour notre pays. Il a œuvré pour que l'île Maurice fasse partie des pays africains à forte croissance. Il a créé les conditions juridiques d'une place *offshore* de premier ordre. De nombreuses sociétés occidentales ont installé ici une filiale financière pour piloter leurs activités dans l'hémisphère sud. Des pétroliers, des sociétés d'assurance, des distributeurs se sont installés chez nous. Dans le même temps, il a œuvré pour l'éducation de notre jeunesse. Il a créé des bourses pour que les jeunes étudient en Europe. Il a convaincu des écoles hôtelières suisses et françaises d'ouvrir une succursale à Maurice. Malheureusement, il est mort brutalement en 2005 et son fils, Nadeem, lui a succédé.

Nadeem Ramchoomun s'est alors mis en tête que tous les problèmes de l'île Maurice seraient réglés si on avait la chance de trouver de pétrole... »

— Du pétrole sur une si petite île ? demanda Arno d'un air amusé.

— Non, pas sur l'île. Maurice appartient à l'archipel des Mascareignes, une ancienne chaîne volcanique. Il y a très peu de chance de trouver du pétrole avec une telle géologie. En revanche, dans nos eaux territoriales, l'affaire est différente. En direction du nord-est, vers les îles de Saint-Brandon, le plateau continental sous-marin est assez élevé. Il en va de même encore plus au nord, dans une zone que nous partageons avec les Seychelles. Ramchoomun-fils était persuadé qu'il fallait commander des études pour savoir si nous pouvions trouver du pétrole et installer des forages. Il se disait qu'avec un peu de chance, Maurice pouvait toucher le jackpot et enrichir son peuple, à l'instar de ce qu'ont fait les Émirats arabes unis dans les années 60.

— Et alors ? Il a trouvé du pétrole ?

— Il a d'abord fait réaliser des études. Mais au lieu de procéder à de coûteuses explorations géologiques, il a commandé une prospection purement statistique basée sur ce que nous savons des fonds sous-marins. Un rapport a montré que « statistiquement », avec une telle composition des fonds sous-marins et à cette profondeur, il était probable qu'il existât des gisements de pétrole ou de gaz exploitables.

— Mais ça ne vaut rien ! Ça ne permet pas de lancer une phase d'exploitation.

— Bien sûr que non, mais Ramchoomun, qui est un homme pressé, a décidé que cela suffisait pour déclarer au monde que l'île Maurice allait découvrir du pétrole dans ses eaux territoriales. Il a ensuite organisé un appel d'offres pour attribuer la concession.

Arno n'était pas un expert de l'industrie des matières premières. Il savait en revanche que dès lors qu'il était question d'exploiter des gisements ou des mines dans des pays pauvres, la corruption et la prévarication n'étaient jamais bien loin. Il commençait à comprendre ce qui avait pu se passer.

— Il a donc vendu une concession avant même de savoir s'il y avait réellement du pétrole exploitable dans les eaux mauriciennes, commenta Arno.

— Exact. Et il a attribué en 2009 cette concession à Petro-Malaisie pour un montant de cinq cents millions de dollars.

— C'est une somme énorme !

— D'autant plus énorme que nous ne savons toujours pas aujourd'hui si cette concession est véritablement exploitable.

— Petro-Malaisie a accepté de payer ce montant pour un retour sur investissement improbable ?

— Oui, mais l'affaire ne s'arrête pas là...

La nuit était tombée. Victoria alluma de grosses bougies parfumées à la citronnelle. Elle ne se mêlait pas à la conversation entre son mari et Arno, mais continuait à dévorer ce dernier du regard. Igor s'employa à déboucher une bouteille de vin rouge sud-africain : un Shiraz aux notes de cèdre et d'eucalyptus.

— Petro-Malaisie a bien versé cinq cents millions de dollars à la société *Mauritian Oil & Petroleum*, mais personne ne sait ce qu'est devenu cet argent, poursuivit David Paulson. On pense que Ramchoomun en a touché personnellement une partie. Pas directement, bien sûr, mais grâce à un circuit compliqué de transferts internationaux via une multitude de sociétés-écrans.

Arno pensa à Adrian Lambart. L'homme d'affaires était lié

d'une manière ou d'une autre à Petro-Malaisie. C'était en sortant d'un rendez-vous avec la compagnie malaisienne que sa femme et Vincent Weber avaient disparu, à bord d'un avion lui appartenant, de surcroît. Quel était le lien ? Quel était le rôle de Lambart dans cette histoire ? À coup sûr, il y avait quelque chose à découvrir. Restait à savoir si Lambart voulait qu'Arno l'apprenne, ou s'il devait avancer masqué.

Il devait faire le point avec Julien.

Paris

Julien Vangelis n'était pas du genre à se lever aux aurores. Noceur invétéré, il travaillait dur pour *Deep Impact* dans la journée, mais dès le soir venu, il courait les bars à cocktails et les filles jusque tard dans la nuit. Un solide mal de crâne lui enserrait donc les tempes lorsque son téléphone sonna, à cinq heures du matin.

— Jul', c'est Arno. Je ne te réveille pas ?

La question était de pure forme. Il était trois heures de plus à l'île Maurice et Arno se doutait qu'il tirerait son associé du lit à cette heure-ci. Mais la mission ne pouvait pas attendre.

— Ne me dis pas que tu as bouquiné jusqu'à tard dans la nuit, poursuivit-il.

— Pfft, t'es con… Je me suis couché il y a deux heures… Une sacrée fête sur une péniche avec des filles galactiques… Mais je suis toujours disponible pour mon boss préféré ! Que puis-je faire pour vous servir, votre honneur ?

Arno briefa son associé dans son style habituel. Rapide, concis, factuel. Les faits, rien que les faits. « Petro-Malaisie a acheté une concession pétrolière à l'île Maurice. Pour cinq cents millions de dollars, un montant sans aucun rapport avec sa valeur réelle. On ne sait pas ce que la société mauricienne a fait de cet argent, mais on soupçonne un détournement international à travers une kyrielle de sociétés-écrans. Si on fait le lien avec Louise Lambart qui sortait d'un rendez-vous avec Petro-Malaisie lorsqu'elle a disparu, et le fait qu'elle était employée par les services secrets français, on peut penser que la France est impliquée dans cette histoire. »

— Impliquée comment ? La France aurait couvert les détournements ?

— Aucune idée à ce stade. Je pense qu'Adrian Lambart sait quelque chose, bien sûr, mais pour le moment, il m'a interdit tout contact direct avec lui. C'est pour ça que je t'appelle. Pour qu'on cherche de notre côté.

Julien se frotta les yeux. Il regroupa ses esprits embrumés par les agapes de la veille et accusa réception de sa tâche du jour : tenter de découvrir si la France était de près ou de loin mêlée à une histoire de concession pétrolière vendue par l'île Maurice à la Malaisie. Un peu compliqué à cinq heures du matin, mais Julien était encore jeune : son corps acceptait sans difficulté le manque de sommeil et la gueule de bois.

— Ôte-moi d'un doute, Arno. Pendant que j'enquête par moins deux degrés et sous la neige, de quoi vas-tu t'occuper en tongs, dans cet enfer sur terre que constitue l'île Maurice ?

Arno sourit. Encore une fois, il n'était pas malheureux sur le terrain. Il n'avait aucun moyen de désamorcer la pointe de jalousie de son associé, aussi devait-il être franc :

— Lambart veut que je mette sur pieds une autre action de déstabilisation après l'histoire des requins dans le lagon.

— C'est quoi, cette fois ? Des araignées dans les sacs de riz ? Des serpents dans les baignoires ?

— Tu brûles ! dit Arno en riant. Je te promets que tu seras le premier prévenu dès que c'est en place. En tout cas, admets que la première action a produit son petit effet, non ?

— Tu peux le dire ! Je ne sais pas si tu as vu le papier de Thomas de Prat sur l'historique des attaques de requin à travers le monde... C'est la première fois que cela se produit dans un lagon ! Du coup, dans ses conseils aux voyageurs, le Quai d'Orsay a déconseillé les bains de mer à l'île Maurice ! Tu imagines ? D'habitude, il est déconseillé de se rendre dans une zone de conflit armé en Somalie, ou recommandé de se faire vacciner contre la fièvre jaune au Cambodge... Là, il faut, je cite, éviter toute baignade non indispensable dans l'ensemble du lagon mauricien !

Les deux hommes se gondolèrent en imaginant la tête du fonctionnaire des Affaires étrangères qui avait pondu la directive. Au moins, l'effet recherché par *Deep Impact* était-il atteint : plus aucun Français, et même plus aucun Européen, n'envisageait d'aller passer ses vacances à l'île Maurice dans l'immédiat. Le pays se vidait de ses touristes et par conséquent, d'une source essentielle de rentrée financière pour son économie.

— Pendant que j'y pense, dit Julien au moment de raccrocher, que se passe-t-il avec Alice ? Elle m'a laissé deux messages pour savoir si tu étais joignable. Vous vous êtes disputés ?

Arno se rembrunit et ne répondit pas directement.

— Je vais l'appeler, dit-il simplement.

En réalité, il était contrarié. Alice avait voulu se débrouiller toute seule pour ses bonnes œuvres thaïlandaises. Elle se livrait à des activités contestables et elle avait mis de la distance entre eux. Arno ne savait plus sur quel pied danser. Si elle l'appelait, toutefois, c'est qu'elle voulait sans doute se réconcilier. À moins qu'elle ne soit en danger ? réalisa-t-il brusquement.

Cette pensée le glaça. Il s'efforça d'enfouir ses craintes au fond de lui, mais comme chaque fois qu'il était question d'Alice, une sorte d'élan chevaleresque lui commandait de voler à son secours.

À moins que ce ne soit ça que l'on appelle l'amour, se dit-il en reposant son téléphone.

Bangkok

Le capitaine Thanit Kanchanapimaï, du *Royal Thai Police Department*, connaissait bien Alice Lanzac. Il l'avait rencontrée cinq ans auparavant à l'occasion de l'enquête sur la mort d'un touriste australien écrasé par une rame du métro aérien. Ce dernier s'était avéré être un indicateur chargé par un autre homme de retrouver Alice. Kanchanapimaï avait rencontré celle-ci quelques mois plus tard, lorsqu'elle lui avait expliqué les dessous de l'affaire : Étienne Chevalier, l'homme qui était venu la traquer jusqu'en Thaïlande avait été, selon les dires de la jeune femme, mis hors d'état de nuire par Alice elle-même et un homme d'affaires français, Arno de Wilder. Le capitaine n'appréciait pas que des *farangs* se fassent justice eux-mêmes, mais comme il avait de nombreuses affaires à traiter, il avait classé le dossier.

Voici qu'Alice Lanzac lui demandait d'intervenir à nouveau dans une affaire qui ne relevait pas a priori de ses compétences. Il se rendit toutefois à l'endroit indiqué.

Ses collègues de la *Crime Suppression Division* étaient déjà à pied d'œuvre. Un de leur véhicule, gyrophare allumé et portières ouvertes, interdisait l'accès à la *Soi 13*. Thanit présenta sa plaque de police et déclina son identité. Un policier en uniforme l'escorta et lui indiqua une ruelle transversale. L'attroupement était situé quelques mètres plus loin : devant un salon de massage aux néons criard, quatre ou cinq filles légèrement vêtues ainsi qu'une *mamasan* plantureuse discutaient avec agitation en indiquant le premier étage. Kanchanapimaï avisa Alice Lanzac.

— Merci d'être venu, dit celle-ci, encore sous le coup de l'émotion.

Elle avait manifestement beaucoup pleuré.

— C'est vous qui l'avez retrouvée ? demanda Thanit.

— Oui… enfin, je veux dire non, pas directement. J'ai reçu un message m'indiquant qu'elle était ici.

— Quels sont vos rapports avec la victime ?

— C'est… comment dire… une amie. Nous nous connaissons depuis quelques semaines.

Kanchanapimaï intima l'ordre à Alice de rester en bas et il gravit quatre à quatre les escaliers du salon de massage. Dans l'une des pièces habituellement réservées à la clientèle en quête d'une prestation incluant un *happy ending*, une jeune femme thaïe gisait, nue, sur la table de massage. Le visage défiguré par de nombreux coups, elle présentait en outre des contusions sur tout le corps. Thanit Kanchanapimaï s'adressa à ses collègues en train de relever les indices matériels.

— Qu'est-ce qu'on sait ? demanda-t-il au jeune flic impressionné de voir débarquer un officier de la *Royal Thaï Police.*

— C'est la propriétaire qui nous a appelés. Une *farang* était devant sa boutique à l'ouverture, à midi. Elle lui a dit qu'une fille avait été assassinée dans le salon pendant la nuit, que c'était une de ses amies, et que quelqu'un lui avait envoyé un message anonyme pour lui dire qu'elle la trouverait à cet endroit.

— Elle travaille ici ? demanda Thanit en désignant le cadavre.

— C'est le plus bizarre. La *mamasan* dit que non. Elle ne l'a jamais vue.

Kanchanapimaï savait que les filles qui bossaient dans les salons de massage crapuleux allaient et venaient d'un établissement à l'autre. Elles réalisaient parfois leurs prestations directement à l'hôtel, mais les *mamasans* qui les employaient connaissaient parfaitement toutes leurs gagneuses. En outre, le capitaine jugea que la fille n'était pas une habituée de ce type de salon : les vêtements posés sur une chaise devaient lui appartenir, et ils étaient beaucoup trop luxueux pour une masseuse de rue.

— OK, vous continuez à enquêter sur la scène de crime. Moi je m'occupe de la *farang*, dit-il avant de redescendre dans la ruelle.

Un crime commis sur une Thaïlandaise n'était pas de sa compétence. En revanche, interroger une étrangère témoin de près ou de loin d'un homicide faisait précisément partie des attributions de son service : la police touristique. Il indiqua à Alice de le suivre.

Ils prirent place autour d'une table en plastique qu'un vendeur de *street food* venait d'installer. Thanit commanda un café au lait glacé et Alice une bouteille d'eau.

Elle était dévastée. Bim était devenue une amie, et même si elle louait son corps pour de l'argent, Alice avait espéré pouvoir la protéger des risques que présente une telle activité, même en Thaïlande. La veille, Bim devait sortir avec un homme, un ingénieur allemand qui s'était pris de passion pour ses grands yeux en amande et sa peau soyeuse. Elle l'avait déjà vu à plusieurs reprises et ce client complétait chaque fois l'argent qu'il lui donnait par un virement au profit de la fondation de la Seconde chance. Elle n'avait pas de raison de penser que Bim fût en danger.

— Qu'est-ce que vous savez de la victime ? demanda Thanit Kanchanapimaï.

— Je la connais depuis un mois. Elle vit à Bangkok depuis toujours et je sais qu'elle sort beaucoup avec des *farangs*.

— Elle travaille dans un bar ?

Alice choisit de dire la vérité. Thanit lui inspirait confiance, c'est pour cela qu'elle l'avait appelé.

— Non, plus maintenant. Elle rencontre des hommes grâce à moi. Nous sortons beaucoup ensemble... dans la communauté expatriée, notamment.

Thanit avait besoin de clarifier quelque chose avant d'aller plus loin.

— Elle vous donnait une partie de l'argent qu'elle gagnait ?

— Non. Mais elle incitait ces hommes à faire un don à une fondation dont je m'occupe. La fondation de la Seconde chance, une organisation qui vient en aide aux malades du sida.

Alice détailla sans rien cacher l'idée de son entreprise : en tant qu'étrangère dans ce pays, elle trouvait injuste que les malades du sida soient abandonnés par leur famille lorsqu'ils étaient contaminés. Elle trouvait profitable à tout le monde que les clients de la prostitution contribuassent à financer ses œuvres. Une sorte de taxe sanitaire en quelque sorte. Thanit hocha la tête gravement. Contrairement à certains de ses collègues dans la police, il n'était pas raciste. Il reconnaissait la contribution des *farangs* à l'économie de son pays, et c'est pour cette raison qu'il avait été affecté à la division de la police touristique. Pour autant, il savait très bien comment fonctionnait la prostitution. Il fallait être protégé pour pouvoir rester à distance des problèmes.

— Ce que vous faites est noble, mais vous prenez de gros risques, khun Alice. Votre amie est certainement tombée sur un client adepte de relations sexuelles violentes, et personne n'était là pour lui venir en aide.

Alice était consciente de cela. Même si son histoire personnelle lui avait appris que les hommes, même éduqués, pouvaient se livrer aux pires atrocités vis-à-vis de femmes sans défense, elle pensait que les clients qu'elle présentait à ses amies thaïes se comporteraient mieux en pays étranger. En outre, elle possédait une photo de chacun. Elle rechigna toutefois à montrer celle de l'ingénieur allemand à Thanit. Elle craignait que l'agresseur de Bim soit d'une toute autre nature.

— Capitaine, je dois vous parler de quelqu'un, dit-elle dans un filet de voix.

— Je vous écoute.

— Un ancien petit-ami de Bim a essayé de m'intimider plusieurs fois au cours de ces dernières semaines.

— Je vois… vous connaissez son nom ?

— Il s'appelle Prasert. D'après mon amie Rambai Chumbala, sa famille est très riche et son oncle travaille dans la police.

— Je vois, dit une nouvelle fois Thanit Kanchanapimaï. S'il s'agit de l'homme auquel je pense, vous avez un problème qui ne s'arrêtera pas avec la mort de votre amie… Nous allons enquêter sur cet assassinat. Si c'est un étranger qui a fait le coup, je peux vous dire que nous le retrouverons. Si c'est un Thaï, en revanche, je ne peux rien vous promettre. Ils connaissent nos méthodes.

Alice rentra chez elle bouleversée et habitée du sentiment d'être responsable de la mort de Bim. Celle-ci lui avait fait confiance, et Alice avait été incapable de la protéger et de lui offrir une vie meilleure. Pour la première fois, elle se demanda si le jeu en valait bien la chandelle. Si elle était de taille pour une telle entreprise, aussi noble soit-elle.

Il fallait qu'elle parle à Arno.

Île Maurice

Le premier appel d'Alice n'aboutit pas.

Arno était occupé à découper des tuyaux en caoutchouc et à y installer des valves qui allaient bientôt revêtir une grande importance. Le bureau de sa villa était transformé en atelier de plomberie et d'électronique. Il souriait intérieurement en pensant à ce qu'il était en train de préparer : « *Deep Impact*, tous corps d'état », prononça-t-il à haute voix.

Il entendit le second appel, à peine une minute après le premier : Alice !

Cette fois-ci, il décrocha.

— Alice, je suis heureux que tu appelles.

— J'ai besoin de toi, Arno, dit-elle, à moitié en larmes.

— Que se passe-t-il ? Tu as des ennuis ?

La gorge nouée, elle lui expliqua la situation. De la contribution de clients de prostituées au financement du temple de la Seconde chance, à l'assassinat de Bim, sans doute par le milieu thaïlandais qui voulait lui adresser un avertissement. Elle lui parla aussi de Rambai Chumbala et du policier, Thanit Kanchanapimaï, dont Arno avait également fait la connaissance dans l'affaire Étienne Chevalier. La voix de la jeune femme était blanche, entrecoupée de sanglots qu'elle ne parvenait pas à maîtriser.

— Tu as pris des risques insensés ! Pourquoi fais-tu ça ?

— Je ne te demande pas de me juger, Arno, je te demande de m'aider.

Toujours cette froideur lorsqu'elle était bouleversée. Comme si laisser paraître ses émotions la plaçait en situation de faiblesse. Pourtant, au fond d'elle-même, elle savait qu'Arno ne la jugeait pas sévèrement. Il était même le seul à lui pardonner ses phases de repli sur elle qui l'empêchait de lui rendre, même partiellement, ce qu'il lui donnait. Il l'aimait, elle le savait, mais elle était incapable d'en prendre acte avec simplicité.

— Écoute, je peux t'aider, oui. Je veux t'aider, même. Mais le truc, c'est que je ne peux pas quitter l'île Maurice pour le moment. J'ai encore du boulot, ici. Est-ce que tu pourrais me rejoindre quelques jours ? On pourrait prendre le temps de réfléchir à ton problème... et puis parler de nous...

— Pas pour le moment, dit-elle comme à regret. Je dois aller au bout de ce que j'ai commencé en Thaïlande. Et puis, si je pars, qui sait ce qui arrivera aux autres filles.

Arno accusa le coup. Encore une fois, Alice se recroquevillait sur ses préoccupations. Elle sollicitait son aide, mais seulement à la condition qu'il fasse comme elle l'entendait. Cela ne pouvait pas marcher pour lui : il était capable de faire beaucoup pour Alice, mais jamais il ne pourrait accourir au premier coup de sifflet. Son libre arbitre était la chose à laquelle il tenait le plus.

— D'accord, dans ce cas, je te propose de t'envoyer quelqu'un qui te donnera un coup de main en attendant que je termine, ici.

— Qui ça ? Je le connais ?

Il hésita. Comment lui dire qu'Alexeï la surveillait déjà ?

— Oui, tu le connais. Alexeï Planov... Je lui ai déjà demandé de se tenir prêt à Bangkok.

Alice marqua un temps d'arrêt. Elle se souvenait d'Alexeï. Il avait lui aussi été séquestré par Étienne Chevalier. Le Franco-Russe lui avait donné l'impression d'être sans foi ni loi, mais elle devait reconnaître qu'il avait été loyal. Et elle savait en outre qu'il était entièrement dévoué à Arno.

— OK... dit-elle finalement. Et toi, tu penses que tu pourras venir vite ?

Elle ne le faisait pas à dessein, mais lorsqu'elle prenait cette voix apeurée, Arno fondait littéralement. S'il n'avait tenu qu'à lui, il aurait sauté dans le premier avion pour la Thaïlande. Mais il avait une mission à remplir à l'île Maurice. Une mission dont il percevait tout juste les enjeux, mais qui commençait à l'amuser furieusement.

❄

Le soleil avait disparu derrière l'horizon, à présent. La nuit n'était pas encore complète et le ciel rougeoyait de teintes allant du rose à l'orange vif. Par sécurité, Arno attendit une vingtaine de minutes. Lorsqu'il fit suffisamment sombre, il se saisit de son sac à dos posé sur le siège passager et quitta discrètement le véhicule. Même de nuit, le pick-up à cet endroit n'attirerait pas l'attention. Il pouvait tout à fait appartenir à des gens venus dîner au restaurant de Chamarel pour profiter du point de vue remarquable que l'on avait sur le lagon. Il prit à gauche le chemin de randonnée qui conduisait aux gorges de *Black-River*. Il marcha trente minutes le long de la montagne, avant d'emprunter un sentier qui descendait vers le *morcellement* situé sur la commune de Grande-Rivière Noire. En approchant des habitations, il redoubla de prudence : personne ne risquait de circuler à pied à cette heure, mais les chiens des riches habitants du coin pouvaient signaler sa présence. Ses confortables chaussures de trek lui permirent de progresser rapidement. Un léger vent de mer rafraîchissait l'atmosphère et rendit la marche agréable.

Il atteignit la clôture du haut et marqua une pause pour écouter les bruits alentour. Tout était calme. Seul le bruit des vagues au loin, et les voix étouffées de résidents dînant sur leur terrasse, perçaient le silence.

Il chercha le meilleur emplacement pour se mettre au travail.

L'endroit précis ne fut pas difficile à déterminer : dans un trou du grillage, une canalisation en PVC acheminait l'eau potable dans le lotissement. Il remonta la conduite sur deux cents mètres, jusqu'à ce qu'il parvienne à un petit promontoire rocheux. À cet endroit, le tuyau courait le long d'un aplomb qui rendait l'accès difficile. La configuration des lieux était idéale et il se mit à l'ouvrage.

Arno sortit de son sac la section de tuyau bricolée dans son atelier. Le morceau de cinquante centimètres avait exactement le même diamètre que la canalisation d'eau potable, mais il comportait en plus une sorte de robinet comme on en trouvait dans les systèmes d'arrosage automatique. Il sortit la télécommande qu'il fixa derrière un rocher. Elle recevrait ses instructions grâce à une puce GSM, et actionnerait le robinet du tuyau dans un sens ou un autre lorsqu'Arno le déciderait. De la domotique assez rudimentaire, mais suffisante pour son plan.

Il travaillait dans l'obscurité et veillait à rester silencieux. Il mit presque deux heures à remplacer la section de tuyau d'origine par le morceau trafiqué équipé du robinet « d'évacuation ». Il testa ensuite le bon fonctionnement de la valve télécommandée.

Pendant toute l'intervention, les habitants du morcellement ne s'aperçurent pas que l'eau avait été coupée. La canalisation n'alimentait pas directement leur circuit domestique, mais venait remplir des citernes de stockage d'eau potable. Ce système tampon permettait de pallier les coupures d'eau du service public qui survenaient assez régulièrement. Il permettait également de disposer de ressources suffisantes en cas de cyclone.

Arno réalisa qu'il faudrait un long moment avant que les habitants de ce magnifique lotissement ne comprennent que leur alimentation en eau potable avait été sabotée. Ils étaient habitués à des coupures sporadiques mais régulières. Lorsque le manque d'eau se ferait plus pesant, ils penseraient d'abord à accuser la Compagnie des Eaux Mauriciennes.

Arno ramassa ses outils. Il prit également soin de redresser la végétation pliée autour du chantier. Puis il regagna sa voiture en empruntant un autre chemin qu'à l'aller.

❄

Dans les jours qui suivirent, Nicole devint hystérique. Comme beaucoup d'Européennes qui avaient passé leur vie sous les tropiques, elle était habituée à disposer d'une cohorte de personnes à son service. Deux bonnes à plein temps, une troisième qui venait trois jours par semaine faire le repassage, plus un jardiner et un homme à tout faire qui entretenait le reste de la villa. Avec tout ce personnel à son service, elle ne pouvait pas admettre que des problèmes d'intendance puissent lui résister. Elle était déjà en nage dans sa robe légère en lin, et gesticulait en apostrophant toutes les personnes qui passaient à portée de son courroux.

« C'est tout de même un monde, Linda ! Ça fait six fois depuis hier que j'appelle la Compagnie des Eaux et ils ont toujours la même réponse : on a signalé le problème, madame. *Pani pwoblem*. On fait le nécessaire. »

Elle courait maintenant sur le chemin caillouteux en bordure de sa villa. Elle voulait savoir, pour la troisième fois de la matinée, si ses voisins avaient pu être dépannés. Comme elle, ils n'avaient pas été alimentés en eau depuis le week-end, mais ils ne s'en étaient pas aperçus immédiatement. C'est Nicole qui, constatant samedi que son réservoir-tampon ne se remplissait pas, était allée sonner chez eux pour savoir si elle était la seule à souffrir de l'incompétence de la Compagnie des Eaux. Ils avaient constaté ensemble que le problème était général, mais personne ne parvenait à comprendre d'où il venait.

— Un tas d'incapables, je vous dis ! Rien ne fonctionne normalement dans ce pays ! J'ai appelé une nouvelle fois un camion pour être livrée par citerne, mais rien n'y fait. Ils sont *debowdés,* me disent-ils !

Nicole tournait en rond avec son problème d'eau. Elle était loin d'être à court, mais ça la fichait mal vis-à-vis des locataires de ses bungalows de ne pas pouvoir leur fournir l'eau courante. Elle s'était installée dans ce morcellement sur les hauteurs de Grande-Rivière Noire, quelques années auparavant. L'emplacement était magnifique, presque unique à l'île Maurice. Depuis sa terrasse, le panorama s'étendait sur presque deux cents degrés. Sur sa gauche, on apercevait le Morne Brabant, les toits de chaume d'un hôtel de luxe, et enfin, le lagon. À cet endroit de l'île, celui-ci formait une grande étendue prenant selon les moments de la journée toutes les teintes du bleu au vert. Au-delà, une fine lèvre d'écume blanche venait lécher le récif de corail et marquait le début de la haute mer. La vue était tout simplement magnifique et les petites maisons construites pour la location à la semaine se louaient une fortune, quelle que soit la saison. Compte tenu du prix astronomique payé par les touristes-locataires, ceux-ci se plaignaient de manquer d'eau pour remplir les piscines ou pour prendre leur douche en rentrant de la plage. D'autant que depuis quelques jours, les réservations avaient complètement cessé. Depuis cette histoire de requins dans le lagon, les locations saisonnières de Nicole se vidaient aussi sûrement que ses citernes d'eau. Son problème de riche n'en était pas moins insurmontable à ses yeux.

À quelques centaines de mètres de là, Arno s'amusait comme un gamin en actionnant la vanne du tuyau piégé. Il aperçut de loin le camion de la Compagnie des Eaux Mauriciennes et décida que l'approvisionnement en eau devrait être rétabli comme par magie lorsque les techniciens sonneraient à la porte de Nicole. Il fallait qu'ils découvrent le problème le plus tard possible. Ils ne devaient surtout pas penser que tout le réseau d'approvisionnement était détraqué et procéder à une inspection générale des canalisations. Quant aux réparateurs, ils devraient croire que, décidément, ces « francos » se plaignaient toujours pour un oui ou pour un non. La fois d'après, ils mettraient encore plus de temps à se déplacer.

C'est dans ses souvenirs de collégien qu'Arno avait trouvé cette idée. Il se rappelait très bien de l'œuvre étudiée en classe de cinquième : *Jean de Florette* de Marcel Pagnol. Dans le roman provençal du début du 20e siècle, les Soubeyran cachaient à Jean de Florette l'existence d'une source qui alimentait sa terre. Ils espéraient le décourager et le faire partir afin de mettre la main sur son terrain… C'était exactement l'objectif d'Arno : décourager les habitants de ce lotissement de nantis, offrant l'un des plus beaux points de vue de l'île Maurice, et faire baisser la valeur de l'immobilier à cet endroit.

Arno patienta jusqu'à ce que les techniciens repartent. Il laissa passer encore une demi-heure afin que les réservoirs de chaque maison se remplissent partiellement, puis il coupa à nouveau le robinet d'alimentation. Le temps que les citernes se vident, et pour peu que la Nicole-la-folle cesse ses gesticulations un moment, personne ne s'apercevrait de la nouvelle pénurie avant la tombée de la nuit. Et demain, il faudrait rappeler les techniciens et les convaincre que « cette fois je vous assure, il y a vraiment un problème. Les réservoirs sont vides et l'eau ne coule plus dans les tuyaux. »

Île Maurice

Une voiture noire aux vitres opaques patientait devant la villa d'Arno. Celui-ci achevait de nouer une cravate de soie sombre sur une chemise blanche. Son interlocuteur l'avait informé : « Monsieur Ramchoomun accepte de vous recevoir, car il apprécie beaucoup le travail des historiens qui s'intéressent à notre pays. Nous enverrons un chauffeur vous prendre chez vous. La résidence du Premier ministre est difficile à trouver lorsque l'on ne connaît pas l'île Maurice. »

Arno répéta une dernière fois sa mise en condition psychologique — il devait incarner un historien en plein travail de recherche —, puis sortit et monta à l'arrière de la limousine. La température était déjà élevée et l'air saturé d'humidité. Le long de la route, les Flamboyants avaient perdu presque toutes leurs jolies fleurs rouges. En revanche, les étals de lychees étaient encore nombreux. Bientôt, la route côtière laissa la place à une voie sinueuse et étroite. À l'approche de Curepipe, les villages devinrent plus peuplés. D'après ce qu'Arno savait, les Mauriciens préféraient la fraîcheur de l'intérieur des terres au bord de mer colonisé, lui, par les touristes et les « francos ».

Le véhicule pénétra dans l'enceinte d'une ancienne demeure coloniale. Les bâtiments en pierres volcaniques étaient entourés d'hommes armés, protégés du soleil par des abris en bois léger semblables à ceux de la garde Royale britannique aux abords de Buckingham Palace. Pas de doute, les Anglais étaient passés par là, pensa Arno.

Un majordome le précéda dans un petit salon et lui précisa

que le Premier ministre serait à lui dans un instant. Le mobilier était d'inspiration coloniale, lui aussi. De légers voilages blancs flottaient devant les fenêtres ouvertes. La pièce n'était pas climatisée, mais l'air était brassé par de grands ventilateurs aux pales en bois et cannage. Arno pensa à Julien. S'il avait été là, son associé se serait probablement avachi dans le fauteuil club en cuir clair, il aurait posé les pieds sur le guéridon et se serait exclamé : « Dis donc on se croirait dans *Out of Africa*, ici ! ». L'environnement ressemblait en effet à un décor de film.

Arno avisa un portrait d'Élisabeth I trônant sur la cheminée. Comme tous les pays du Commonwealth, l'île Maurice gardait des vestiges de la présence anglaise. Il avisa un téléviseur allumé, posé dans un coin de la pièce. La première chaîne mauricienne diffusait une sorte de feuilleton indien sur fond de mauvaise musique d'instruments à cordes. Il zappa sur la seconde chaîne, toujours mauricienne. Un présentateur engoncé dans un costume bleu pétrole lisait un prompteur manifestement trop loin pour lui et baissait régulièrement les yeux sur ses notes. Arno monta le son :

« ... Personne ne s'explique comment une telle chose a pu arriver. Les habitants de Tamarin ont encore aperçu ce matin deux ailerons de requins qui nageaient tranquillement dans le lagon. Selon les membres de la Wildlife Association qui étudient la faune et la flore de notre belle île, les requins ne sont pas censés franchir la barrière de corail. C'est un endroit bien trop petit pour eux. Un peu comme si un adulte prenait son bain dans une bassine. Des recherches sont actuellement menées pour comprendre ce qui a pu se passer. Dans l'immédiat, les autorités veulent rassurer les touristes et les hôteliers de la baie de Tamarin. Ils affirment que les requins aperçus ne sont pas dangereux. »

Bien sûr... ils ne sont pas dangereux... C'est pour ça que l'un deux a attaqué cette malheureuse Anglaise, pensa Arno. Depuis, plus personne ne mettait un pied dans le lagon et les touristes désertaient le pays.

Quelques instants plus tard, Nadeem Ramchoomun entra dans la pièce.

— Je suis ravi de vous rencontrer, monsieur de Wilder.

— C'est un honneur pour moi, monsieur le Premier ministre.

Nadeem Ramchoomun était un homme chaleureux bien que son apparente bonhommie soit surtout destinée à endormir la méfiance de ses interlocuteurs. Un mètre soixante-dix, un front dégarni rehaussé d'une couronne de cheveux noirs et bouclés, il possédait le type indien de la majorité des Mauriciens. Il scruta Arno quelques instants, puis l'invita à le suivre dans une varangue qui s'ouvrait au rez-de-chaussée, à l'arrière du bâtiment. Un Indien aux cernes prononcés et portant un costume trop grand pour lui les précéda à l'extérieur. Le secrétaire particulier de Ramchoomun, jugea Arno.

La véranda ouverte à la mode créole était meublée de canapés et de fauteuils en rotin blanc. Des rafraîchissements étaient disposés sur une console en bois d'acajou, le long du mur de la demeure. Enfin, de gros brûleurs en terre cuite placés au pied des piliers diffusaient une agréable odeur de vanille.

— Alors comme ça, vous vous intéressez à l'histoire de mon pays ? entama le Premier ministre.

— J'écris un ouvrage sur son évolution depuis l'indépendance, en effet. Sur les nations européennes qui se sont succédées auparavant, tout a été écrit, je crois. J'apprécierais beaucoup de connaître la vision que vous développez pour votre pays, Monsieur. Vous appartenez à une famille qui a beaucoup œuvré, n'est-ce pas ?

Nadeem Ramchoomun n'était pas mécontent de parler un peu de lui et de sa famille.

— Mon père est l'homme qui a bâti le pays, vous savez. Il était très attaché à faire progresser le niveau de vie des Mauriciens. Il était également soucieux que nos différentes communautés se développent en harmonie les unes avec les autres.

— Je crois savoir que c'est lui qui a cédé l'archipel des Chagos à la couronne britannique ?

Ramchoomun fit une moue. Le sujet l'enchantait moins. Il ne se défila pas, toutefois.

— Il a surtout été l'objet d'un chantage des Anglais. Mon père était pressenti pour gouverner le pays après l'indépendance. Les Anglais ont menacé de manœuvrer pour que cela ne soit pas le cas s'il refusait de détacher les Chagos des territoires de l'île Maurice. Alors il a cédé et les leur a vendues pour une bouchée de pain.

— Puis les Anglais se sont empressés de louer Diego Garcia aux Américains pour en faire une base navale, intervint Arno. Ce qui ne devait pas être prévu ?

— En effet, cela nous a causé quelques soucis avec les Chagossiens qui ont été expulsés de leurs îles, et dont certains vivent encore chez nous sans grand espoir de retrouver un jour leurs terres.

Arno devait s'intéresser aux îles Chagos, c'était l'un des sujets de son prétendu livre. Il n'avait pas d'autre objectif que de faire la connaissance avec Ramchoomun, et de se signaler à lui pour obtenir ultérieurement des informations. Adrian Lambart lui avait expliqué que la prise de contact au plus haut niveau faisait partie du travail d'infiltration de tout agent de renseignements. Arno voulut néanmoins en apprendre plus sur la concession pétrolière attribuée à Petro-Malaisie. Ce n'était pas une instruction de Lambart, évidemment, mais cela contribuerait à faire d'Arno un agent double.

Un majordome apporta du thé aux agrumes dans de fines tasses de porcelaine blanche. Arno en profita pour orienter la discussion sur l'avenir de l'île Maurice.

— Depuis le temps que vous dirigez le pays, monsieur le Premier ministre, vous devez avoir une idée précise de ce qui pourrait accélérer son développement, non ?

— Nous nous sommes résolument tournés vers le tourisme

et le fait d'attirer chez nous de riches expatriés qui pourront contribuer à nos recettes en achetant des résidences secondaires. Pour valoriser nos terres, nous avons mis en place des *Integrated Resort Scheme,* des I.R.S. Il s'agit de lotissements de luxe dans lesquels les étrangers fortunés peuvent devenir propriétaires de splendides villas. Cela nous permet d'attirer des sommes considérables qui sont dépensées chez nous.

Arno connaissait le principe. C'est même à ce type d'initiatives que Lambart souhaitait s'attaquer en déboulonnant l'image de Maurice. Il poursuivit :

— J'imagine qu'à court terme, les requins dans le lagon ne doivent pas vous faciliter la tâche !

Ramchoomun fit une moue ennuyée en portant sa tasse à la bouche.

— Vous savez, personne n'a intérêt à voir le tourisme s'effondrer à Maurice. On pourrait imaginer qu'un pays concurrent veuille capter notre clientèle, mais en fait, nous sommes seuls dans notre situation dans cette partie du monde. L'île de la Réunion qui appartient à la France est très complémentaire de notre offre touristique. De plus, nous nous entendons bien avec vos compatriotes. Les Seychelles, elles, ne sont pas assez développées pour nous faire une véritable concurrence. Quant aux Maldives, leur vision politique extrémiste et rétrograde les disqualifie sur le marché des investissements immobiliers de loisir. Non, ce qui m'inquiète, c'est que je sens monter une révolte chez ceux qui vivent principalement du tourisme... Il faudrait que j'aie vite une bonne nouvelle à leur annoncer.

Arno décida de déplacer son cavalier en direction du roi.

— Comme le fait de trouver enfin du pétrole dans vos eaux territoriales, par exemple ?

Ramchoomun marqua sa surprise.

— Vous êtes bien renseigné, monsieur de Wilder. Qui vous a dit que nous étions sur le point d'aboutir ?

— Je n'en sais rien, en vérité. Mais il se trouve que j'étais en

Malaisie dernièrement, et que j'ai appris que leur entreprise pétrolière avait acheté une concession dans votre pays. J'imagine qu'ils n'auraient pas investi si l'exploitation n'était pas certaine...

Le Premier ministre passa de la surprise à la contrariété. Arno changea rapidement de sujet pour ne pas se compromettre. Il eut en revanche la certitude d'avoir mis le doigt sur une affaire sensible.

— Que diriez-vous de me faire rencontrer votre ministre du tourisme ? dit-il pour faire diversion. Qui sait, avec mon expérience dans le domaine, je pourrais peut-être lui souffler l'une ou l'autre idée pour vous aider avec cette histoire de requins.

Les deux hommes furent interrompus par le secrétaire particulier du Premier ministre. L'Indien chuchota quelque chose à l'oreille de son patron, puis Ramchoomun s'excusa :

— Je vais devoir vous laisser, monsieur de Wilder. Les affaires de mon pays m'appellent. On vient de m'informer qu'une manifestation était en train de dégénérer devant le siège de la Compagnie des Eaux mauriciennes.

Seychelles, île de Praslin

« Camp retranché » était le terme qui convenait le mieux pour définir l'installation mise en place par Adrian Lambart sur ce morceau de terre tropicale. Il aurait pu choisir un atoll encore plus isolé — les Seychelles n'en manquaient pas —, mais il avait fallu trouver un compromis entre tranquillité et facilité d'exfiltration à la moindre alerte. Les Seychelles n'avaient pas d'armée, très peu de forces de police, et l'essentiel des habitants vivaient à Mahé, l'île principale. Aucun risque donc que quiconque puisse approcher sans que Lambart s'en rende compte. Au fil des mois, il avait installé une batterie d'équipements électroniques qui lui signalaient tout mouvement d'engin à moteur, nautique ou aérien, à proximité.

L'avantage des cocotiers était leur très grande hauteur : leur feuillage dissimulait parfaitement les antennes dont Adrian avait besoin. Même un drone invisible à l'œil nu n'aurait pas pu rester discret à cause de la signature sonore caractéristique de son moteur.

Adrian Lambart était donc parfaitement tranquille pour peaufiner la suite de son projet.

Pour ce qui concernait ses actifs, il avait appris au fil des ans à se familiariser avec les échanges électroniques furtifs et rapides. « Block Chain », « Bitcoin », « serveurs en cluster », rien de ces technologies modernes permettant aux flux financiers mondiaux de circuler à la vitesse de la lumière n'avait de secret pour lui. Sa fortune était abritée dans une galaxie de sociétés et de fonds d'investissement répartis tout autour du globe, et dont les codes d'accès se trouvaient sur pas moins de deux cents clés USB dissimulées dans autant de barils en plastique immergés au large des plus belles plages du monde. Un empire tropico-financier qui devait lui permettre de réaliser son rêve : prendre le contrôle d'un pays... Comme au *Risk*, le jeu de société qui avait bercé son enfance.

Mais il devait patienter un peu avant de se dévoiler au grand jour : Arno de Wilder n'avait pas encore achevé la phase préparatoire.

Adrian et son bras droit Oscar se livrèrent encore une fois à leur petite compétition de natation, puis ils s'installèrent sur le sable pour profiter de leur petit-déjeuner : du poisson grillé accompagné d'aubergines et de patates douces coupées à la machette.

— Quelles sont les nouvelles de l'île Maurice ? demanda Adrian en piquant un morceau de vivaneau de la pointe de son couteau.

— Positives. De Wilder a rencontré le Premier ministre. Il semble qu'il ait d'autres rendez-vous prévus avec des membres du gouvernement. Par ailleurs, les manifestations prennent de l'ampleur. Paulson m'a dit qu'ils étaient plus de cinq mille hier pour protester contre les problèmes d'approvisionnement en eau. Les leaders ont menacé de s'en prendre aux piscines des résidences privées des ministres si rien n'était fait.

Adrian sourit. Il savait que le gouvernement n'était pas directement responsable de l'entretien du réseau, mais que ce n'était pas cela que l'on critiquait. En réalité, les Mauriciens reprochaient aux édiles de ne jamais avoir conçu un système correct de collecte des eaux de pluie. Dans un pays à la pluviométrie importante, régulièrement soumis aux fortes averses tropicales, il était inconcevable que quatre-vingt-dix pour cent des eaux de pluie repartissent à la mer sans avoir été captées. Lambart poursuivit :

— Tu as d'autres détails sur l'entretien avec Ramchoomun ?

— David Paulson doit rencontrer à nouveau Arno de Wilder. Il lui en dira plus. On dirait qu'ils se fréquentent comme de vieux amis, ces deux-là… À moins que notre agent soit plutôt attiré par les courbes de Victoria…

— Laissons faire, approuva Adrian.

Pour le moment, il n'avait aucune raison de se mêler des relations privées de son agent, fut-il sur le terrain. Tout le système d'Adrian Lambart reposait d'ailleurs sur ce principe : donner des instructions suffisamment précises pour que les pions de sa galaxie incarnassent leur rôle, mais leur laisser la bride sur le cou pour qu'ils interagissent avec naturel dans leur nouvel environnement. Du reste, Arno, David, Victoria et Igor faisaient tous les quatre partie de son projet, mais aucun ne connaissait le rôle des autres, ni même les contours exacts du plan d'Adrian. Ainsi, pour le moment, Arno pensait qu'il voulait dégrader l'image de l'île Maurice pour attirer plus de touristes aux Seychelles… La partie émergée de l'iceberg.

— Comment communiques-tu avec David Paulson ? demanda Adrian.

— Avec *WhatsApp*, monsieur, c'est le plus simple. C'est

chiffré de bout en bout, et par ailleurs, David ne comprendrait pas que je lui suggère un moyen plus discret. À ce stade, il ne fait qu'aider un vieux copain qui cherche à investir à l'île Maurice.

David Paulson pouvait être considéré comme un contact, un indicateur, mais il n'était pas encore à proprement parler un agent. Il favorisait les activités de Lambart, mais ne savait rien de l'objectif final du milliardaire. Du moins, pas encore... Contrairement à Arno qui lui, connaissait partiellement l'objectif et comprenait la nécessité d'être discret.

— Que donnent les écoutes d'Arno de Wilder ? demanda-t-il.

— C'est calme. Il est en contact avec deux personnes seulement. Julien Vangelis, son associé, avec qui il tente de comprendre ce qui est arrivé à votre épouse. Et sa petite-amie, Alice Lanzac, qui a quelques soucis en Thaïlande, on dirait.

Adrian connaissait les sentiments d'Arno pour Alice. Il avait passé au crible toute leur histoire avant de décider de le recruter.

— Est-ce qu'on ne devrait pas intervenir pour aider cette jeune femme ? questionna Adrian. Je ne voudrais pas qu'Arno soit tenté de déserter Maurice pour voler à son secours. Je me méfie de ses élans romantiques...

— Si je peux me permettre, monsieur, il serait préférable de briefer de Wilder sur les enjeux réels de sa mission. S'il comprend pourquoi vous l'avez recruté et ce que vous attendez véritablement de lui, il redoublera d'efforts pour s'acquitter de sa tâche.

— Ah ! L'idéal... soupira Lambart. Je me demande si c'est vraiment la motivation de notre homme.

— Nous ne pouvons pas savoir tant que nous ne l'avons pas confronté à la vérité. Je peux organiser une rencontre si vous voulez.

— Je vais réfléchir, Oscar. En attendant, continue à jeter un œil sur ce qui se passe en Thaïlande, s'il te plaît.

Oscar débarrassa la table du petit-déjeuner. En réalité : un simple torchon posé à même le sable fin. Il rejeta à la mer les restes de poisson et balaya soigneusement leurs traces avec une feuille de palmier. La plage était rendue à son état d'origine et il allait pouvoir s'atteler à sa tâche : surveiller de loin celle qui pouvait faire échouer la mission de leur agent.

Alice Lanzac.

6

SÉPARATION

Bangkok

Alexeï donna rendez-vous à Alice à la station de BTS Saphan Taksin. Sous le pont massif du métro aérien, entre deux marchands ambulants de *street food*, il la retrouva en début de matinée. La jeune femme avait l'air épuisée, les traits tirés et le teint pâle, elle était visiblement marquée par les événements récents. Alexeï lui fit signe de le suivre en direction de l'embarcadère. Il négocia une virée d'une heure dans les klongs avec un pilote de *long-tail boat*. Seuls sur l'eau, dans le dédale de canaux qui faisaient de Bangkok la Venise du Sud-Est asiatique, ils purent discuter sans risque d'être espionnés. Le bruit assourdissant du moteur et de l'hélice accrochés au bout d'une perche empêchait le pilote de comprendre quoi que ce soit à leur conversation. Si tant est qu'il parlât quelques mots de français, ce qui était hautement improbable.

— Je suis content de te revoir, Alice. Ça faisait trop longtemps.

Alexeï roulait toujours les « r » de son gros accent russe. En revanche, sa syntaxe s'était améliorée depuis ces années. Il parlait un français tout à fait correct. Alice aussi était heureuse de le retrouver.

— J'aurais préféré que ça se passe dans d'autres circonstances, nota-t-elle avec regret.

— Le plus important est que je suis là pour Arno et pour toi.

— Oui, Arno m'a dit que tu pourrais m'aider…

— Raconte-moi tout.

Alexeï se garda de préciser qu'il savait déjà pas mal de choses puisqu'il avait suivi Alice à la demande d'Arno.

— J'essaie d'aider les malades du sida à avoir une vie meilleure dans ce pays… entama-t-elle.

Alexeï écoutait en silence.

— J'ai eu l'idée d'utiliser le goût des étrangers pour les Thaïes pour les faire contribuer à une fondation qui améliorera le sort des malades. Mon système commençait à bien marcher jusqu'au moment où l'une de mes filles, Bim, a été retrouvée assassinée dans un salon de massage de Sukhumvit.

— Par un client ? demanda Alexeï.

— Je ne crois pas. Elle avait rendez-vous avec un ingénieur allemand qu'elle avait déjà rencontré plusieurs fois. Il était presque amoureux d'elle.

Alexeï fit une moue septique. Il connaissait la propension des *farangs* à se laisser séduire par les Thaïes essentiellement à cause de leurs prouesses au lit. Dès qu'il s'agissait de se ranger dans une vie plus calme et d'apporter à la fille la sécurité qu'elle recherchait finalement, ils disparaissaient dans la nature. Il en fit la remarque à Alice.

— Peut-être… dit-elle. Toujours est-il que le client a été mis hors de cause. Thanit Kanchanapimaï, le policier avec qui je suis en contact, a interrogé le client. Il dit qu'il a attendu Bim toute la soirée à l'hôtel, puis, que comme elle n'arrivait pas, il a dormi jusqu'au lendemain matin. La sécurité de son hôtel a confirmé.

— Tu sais qui a pu faire ça ?

— J'ai des soupçons sur un homme thaï de la « high so ». Un certain Prasert qui m'a prévenue que je mettais les pieds dans un business dangereux. Mes amis thaïs me le confirment également. Même si mon projet est généreux, ils disent qu'on ne me laissera jamais faire dans ce pays.

— Je peux te confirmer. Depuis que je vis ici, j'ai appris que nous ne sommes jamais que des étrangers, tout juste tolérés... Les Thaïs sont très chatouilleux dès que l'on se mêle de leurs affaires.

— Mais Alexeï, je ne peux pas laisser faire ces choses ! Je voudrais aider ces malades, moi ! Personne ne s'en préoccupe ! Et maintenant, une fille est morte à cause de moi... une fille qui était devenue mon amie.

Sa voix tremblait. Elle s'accrocha au bastingage de l'embarcation pour contrôler son émoi. Alexeï lui laissa le temps de reprendre ses esprits. Ils dépassèrent un énorme train de barges poussé par un minuscule bateau-pilote. L'attelage se dirigeait vers l'embouchure du Chao Praya, tandis que leur esquif s'engagea dans un canal étroit.

— Je trouve que tu es très courageuse, reprit le Franco-Russe. Mais à mon avis, tu devrais t'y prendre autrement pour financer ta fondation.

— Comment veux-tu que je fasse ? Les autorités s'en fichent... et même les riches familles thaïes que je connais s'en fichent !

— Pourquoi tu ne demandes pas à Arno de t'aider ? Il sait comment lever des fonds, non ? Et puis, il a lui-même beaucoup d'argent.

— Je ne veux pas qu'il fasse ça pour moi. Je veux qu'il le fasse s'il se sent vraiment concerné par le sort de ces pauvres gens. J'ai essayé de lui montrer leur souffrance... je l'ai emmené au temple des Derniers jours... Mais il est parti immédiatement pour je ne sais quelle raison en Malaisie. Et maintenant il est à l'île Maurice, dit-elle tristement.

— C'est le problème avec le boss… il ne peut pas imaginer échouer dans une de ses missions. Et s'il crée des dommages au passage, il ne le réalise qu'après.

Alice esquissa un sourire.

— Tu l'appelles « boss », mais pour moi il est censé être un pilier… mon âme sœur… J'espérais qu'il n'aurait pas à choisir entre une mission pour *Deep Impact* et la femme qu'il prétend aimer.

— Alice, il m'a demandé de veiller sur toi et de lui dire ce qu'il pourrait faire pour t'aider. Il me paye pour ça. Il est prêt à tout pour toi… tu le sais bien.

— Alors pourquoi, il ne me le dit pas lui-même ?

— Est-ce que tu lui en laisses la possibilité ? Est-ce que tu es claire sur le fait que tu comptes sur lui ?

Alice se referma. Elle savait qu'Alexeï avait raison. Elle avait toujours un mal fou à exprimer ses émotions, même vis-à-vis d'Arno. Toujours ce sentiment de ne pas être digne d'être aimée par un homme. Toujours ce putain de traumatisme de n'avoir été qu'un corps convoité par d'immondes pervers lorsqu'elle avait dix-sept ans. Elle pensait qu'elle s'en était sortie, mais au fond d'elle, un blocage persistait. Un blocage qui l'empêchait d'apporter à Arno ce dont il avait besoin… L'amour d'une femme.

Île Maurice

Arno rêva d'Alice. Dans son songe, les moments qu'ils passaient ne laissaient planer aucun doute sur la nature de leurs sentiments. Ils étaient tous les deux allongés sur le sable immaculé d'une petite île entièrement entourée d'un lagon calme. Alice portait un maillot de bain vert d'eau et elle lui souriait de ses jolies dents blanches. « Tu es la plus belle étoile que j'ai jamais croisée », lui murmurait Arno avant de s'approcher d'elle pour l'embrasser. Au moment où il avait posé une main sur son épaule, les flots entourant le banc de sable s'étaient agités et de gros nuages noirs et menaçants avaient envahi le ciel. La bouche d'Alice s'était tordue en un curieux rictus de souffrance, et elle avait pointé l'index vers la mer. L'eau avait commencé à envahir leur îlot jusqu'à les séparer l'un de l'autre. Isolé, seul sur son banc de sable, Arno avait vu Alice s'enfoncer dans la mer avec un mauvais sourire comme pour lui dire « tu vois, je ne serai jamais à toi... » Il se réveilla à ce moment précis, et tenta de chasser l'image d'Alice disparaissant dans les flots accompagnée du son crépitant d'une étoile qui s'éteint.

Il sortit du lit et tira les rideaux. Il n'était que huit heures, mais le jour était levé depuis un moment. Il détailla le paysage époustouflant et avisa un bateau de pêcheur immobile sur le lagon. La mer était magnifique, le soleil lui donnant déjà de multiples nuances de bleu. Un petit Cardinal rouge, une espèce endémique assez proche du moineau, vint se poser sur la balustrade. La brise chaude venait caresser sa peau. Une fois n'était pas coutume, le temps était suspendu. Malgré l'agitation intense de sa mission, il goûtait cet instant de grâce qui ne durerait que quelques minutes.

Au loin, le bruit des vagues se brisant sur la barrière de corail, rappelait la particularité de la vie insulaire : l'île Maurice était séparée du moindre de ses voisins par l'immensité océanique qui nourrissait et protégeait ses habitants. Était-ce la raison pour laquelle Adrian Lambart s'en prenait à ce pays ? se demanda-t-il. Parce qu'il était improbable de nos jours d'y mener une bataille navale comme au temps où Anglais et Français se disputaient ce morceau de caillou ?

Sur le lagon, la barque de pêcheur déploya deux petites voiles triangulaires.

Son portable sonna.

— Bonjour, Arno, c'est Victoria. Je suis devant chez vous... Je pensais que je pourrais vous faire découvrir un peu mon île, si le cœur vous en dit. Je pourrais vous montrer des choses utiles pour l'écriture de votre livre.

Partagé entre le désir diffus de passer du temps avec la splendide Victoria et l'intuition que cela ne pourrait conduire qu'à une catastrophe, il accepta néanmoins. Il prit une douche, enfila une chemise en lin bleu ciel et un bermuda blanc, puis chaussa des tennis en toile légère. En sortant, il constata que la jeune femme était toujours aussi séduisante. Vêtue d'une robe légère, protégée du soleil par un large chapeau de paille et de grosses lunettes noires, elle patientait au volant d'une BMW décapotable.

— Je vous fais faire un tour de l'île et je vous montre ses splendeurs ? dit Victoria avec un sourire envoûtant.

Ils commencèrent par un long trajet en direction de la côte est. Victoria emprunta des routes intérieures. Les villages se succédaient et le contraste entre le niveau de vie de la population et le luxe qui régnait dans les villas et les hôtels du littoral, frappa Arno.

— Les conditions de vie des Mauriciens sont assez modestes, non ? demanda-t-il en criant presque pour couvrir le bruit du vent.

— Vous avez raison, l'équilibre est fragile. Globalement, il n'y a pas de grande pauvreté. Mais ce n'est pas grâce au système social étatique ! Tout repose sur la solidarité entre les membres d'une même communauté ou entre les générations d'une même famille. Il n'est pas rare qu'un seul salaire fasse vivre plus de dix personnes. L'argent permet d'acheter ce qui n'est pas produit par la famille elle-même. Le reste des besoins est couvert par la pêche et le troc.

Dans ce type de société, les problèmes survenaient lorsque le système se grippait, pensa Arno.

— Vous n'avez aucune marge de manœuvre pour amortir les problèmes, n'est-ce pas ?

— C'est exactement ça : les pauvres gens qui perdent leur emploi entraînent souvent toute leur famille dans la difficulté.

Depuis que les touristes avaient déserté l'île, l'état ne parvenait plus à aider la population. « Or en ce moment, l'économie se délite à vitesse grand V », précisa Victoria.

Les champs de canne à sucre étaient en pleine repousse. La BMW se faufilait avec aisance entre ces murs végétaux. Victoria conduisait avec souplesse, mais l'équipage qu'ils formaient semblait tout droit sorti d'un magazine de mode et dénotait quelque peu dans les villages rustiques qu'ils traversaient.

Après avoir longé la côte est, ils arrivèrent à proximité de l'aéroport. Arno put constater que les travaux du nouveau terminal avaient été arrêtés. Deux mois plus tôt, lorsqu'il était arrivé, plusieurs compagnies aériennes du golfe Persique se battaient encore pour obtenir des droits de trafic et desservir l'île Maurice sept fois par semaine. Depuis, elles avaient mis leur projet en sommeil et les banques avaient gelé les crédits nécessaires à l'agrandissement de l'aéroport.

À l'extrême sud de l'île, ils empruntèrent à nouveau la route côtière. Le littoral était beaucoup plus sauvage et Victoria proposa de s'arrêter quelques instants sur une minuscule plage de sable blond. « J'aime bien cet endroit, précisa-t-elle. J'aime bien l'idée qu'il n'y a aucune terre au large de cette côte. La prochaine... c'est l'Antarctique ! »

Arno trouva cela charmant. Un vague sentiment de culpabilité l'envahit. Il était censé poursuivre une mission délicate pour le compte de Lambart... et il acceptait une pause romantique avec Victoria, sur une plage-confetti.

Elle se rapprocha de lui, puis sans prévenir, posa sa main sur son torse. Elle empoigna son cou et l'embrassa à pleine bouche. D'abord traversé par l'idée de la repousser, il se laissa faire et lui rendit son baiser. Au bout de quelques secondes, elle rejeta la tête en arrière, lui sourit et retourna vers la voiture. Arno se sentit ridicule d'avoir cédé si facilement, mais plus encore, il se demanda ce que signifiait l'attitude de la jeune Mauricienne qui était par ailleurs mariée. Une fois remontée dans la voiture, elle se comporta comme si rien ne s'était produit.

Ils arrivèrent à nouveau à proximité du Morne.

— En tant qu'historien, vous devez connaître la légende : c'est de là-haut qu'au dix-huitième siècle, des esclaves marrons se sont jetés dans le vide pour échapper à leurs poursuivants, précisa Victoria.

Arno avait lâché prise. Il était à peu près certain que cette histoire était une fable, mais il n'aurait pas servi à grand-chose d'en débattre avec elle. Encore sous le charme de ses lèvres chaudes, il sourit à la jeune femme.

Après la traversée du village du Morne, ils s'engagèrent sur une petite route sinueuse qui contournait la montagne. Le soleil était presque au zénith maintenant, et il cognait très fort sur la casquette d'Arno.

— Faisons une pause dans cet hôtel, dit-elle. On y déjeune très bien. Après ça, je vous ramènerai chez vous. Vous devez avoir plein de choses à écrire au sujet de notre promenade...

Puis, passant d'un sujet à l'autre sans transition : « Vous avez aussi des problèmes d'eau dans votre villa ? »

Il en avait également, en effet, depuis qu'il avait aussi saboté le système à l'endroit où il habitait. Il en gardait juste assez pour remplir ses deux réservoirs et prendre des douches.

— Les gens deviennent fous ! L'eau arrive et se coupe de façon anarchique, poursuivit Victoria. Au début, ils ont compensé en faisant venir des camions pour remplir les citernes, mais lorsque vous avez payé votre maison plusieurs dizaines de millions de roupies, vous êtes en droit d'exiger d'avoir l'eau courante, non ?

Arno demanda où étaient partis les habitants et ce qu'allaient devenir ces maisons.

— La plupart étaient des expatriés, et comme partout dans le pays, ils repartent chez eux. C'est un désastre dans tous les domaines de l'économie. Les hôtels se vident, mais le secteur du textile souffre également beaucoup.

Une autre partie de l'économie mauricienne reposait sur les services aux sociétés offshore. Là aussi, tous les projets étaient à l'arrêt, car les étrangers attendaient de voir comment allait évoluer la situation.

En descendant de voiture, Arno avisa les contreforts du Morne qui s'élevait majestueusement derrière eux. Il constata que tout était carbonisé. Les jardins autrefois luxuriants des villas de luxe étaient devenus de vulgaires champs d'herbe roussie. Les piscines étaient vides, et l'on voyait, ici et là, de grandes lézardes dans leur carrelage bleu.

Arno et Victoria déjeunèrent à l'ombre d'une paillote donnant sur la plage. Le thon blanc était excellent, mais le cœur n'y était pas : le restaurant comme le reste de l'hôtel étaient vides. La jeune femme eut les larmes aux yeux lorsque le serveur apporta l'addition. « Vous êtes les seuls clients de la journée », dit-il tristement.

Peiné face à la détresse de Victoria, Arno proposa de poursuivre leur tour de l'île.

Ils remontèrent en voiture et traversèrent les premières communes de la côte ouest. La Gaulette, Case-Noyale, Rivière-Noire... Tous les villages du littoral semblaient vides. En arrivant à Tamarin, Victoria rangea à nouveau sa BMW le long de la route et entraîna Arno vers le bord de mer.

— Venez, je vais vous montrer quelque chose.

Ils s'engagèrent dans un étroit chemin entre deux villas posées au bord du lagon.

Victoria lui prit la main au moment de franchir un tronc d'arbre tombé en travers du chemin. Mal à l'aise, il la suivit toutefois jusqu'à la plage. Elle enlaça sa taille et regarda au large, comme perdue dans ses pensées. Arno plissa les yeux, il mit quelques secondes à accommoder sa vue aux reflets éblouissants du soleil à la surface de l'eau. Puis il les distingua : des requins-bouledogues... certains devaient faire plus de trois mètres. Le spectacle était saisissant : les squales nageaient dans un mètre d'eau, leur museau aplati et court frôlait le fond, et de temps à autre, ils ouvraient la gueule pour dévoiler une rangée de dents supérieure en forme de triangles menaçants. Arno ne s'expliquait pas qu'ils soient encore dans le lagon après plusieurs semaines. Ses appâts avaient fini de se diffuser depuis longtemps, et la seule explication possible était que les pélagiques eussent fini par trouver agréable de nager quelques heures dans les eaux chaudes du lagon déserté par les humains. La nature reprenait ses droits. La scène faisait penser à celle de ces ours américains venant chercher leur pitance par le portillon soigneusement entretenu d'un arrière-jardin, dans le Maine ou le Vermont.

Le spectacle endormit un instant la vigilance d'Arno. Il fut surpris par la main de Victoria qu'elle glissa sous sa chemise. Il s'écarta brusquement, puis esquissa un rictus et se sentit rougir.

— Vous ne pensez pas qu'il est un peu tôt pour envisager ce type de relation ?

— Je ne vous plais pas ? dit-elle en se renfrognant.

— Ce n'est pas la question, mais vous êtes... comment dire... mariée.

— Oui, c'est vrai... À un homme extrêmement gentil avec moi, du reste... Mais David veut rester vivre à Maurice toute sa vie. Et moi, je voudrais vivre ailleurs. Vous comprenez, j'étouffe sur cette île.

Les pensées d'Arno se brouillèrent. Le magnétisme érotique de Victoria le troublait plus qu'il ne l'aurait voulu. Il ressentit des décharges électriques au contact de sa main sur sa peau...

Mais il avait une mission à terminer, et il ne serait pas malin de se laisser aller à une histoire clandestine avec une femme à qui il ne promettrait jamais de la sortir de son île.

Puis il pensa à Alice... Même séparé d'elle à son initiative, il ne pouvait se résoudre à se considérer comme libre et sans attache.

Victoria perçut sa gêne. Elle rebroussa chemin et remonta en voiture.

— Cette fois-ci, je vous ramène, dit-elle. Il faut que vous ayez le temps d'écrire avant le dîner que nous donnons ce soir à la maison.

Paris

Le bureau de Thomas de Prat se trouvait dans un immeuble anonyme de Boulogne-Billancourt, à quelques encablures du parc des Princes et du stade de Roland-Garros. Bien que salarié d'un grand magazine hebdomadaire, il avait obtenu de pouvoir travailler l'essentiel du temps loin de la salle de rédaction. La presse papier souffrait depuis de nombreuses années de la concurrence d'Internet et de son information gratuite. C'est ce qui avait permis à Thomas de négocier avec son rédacteur en chef la liberté de vendre ses enquêtes à des sites d'information en ligne, à partir du moment où son journal ne les publiait pas en intégralité.

La petite pièce donnait sur une cour intérieure dans laquelle la lumière du jour ne pénétrait presque pas. Elle était meublée d'une planche posée sur des tréteaux, d'un fauteuil à roulettes et d'une armoire à dossiers héritée de l'époque où il travaillait pour le Courrier Picard, à Amiens.

Thomas se servit son troisième café de la journée en réfléchissant à l'enquête en cours. Ce qui faisait la qualité d'un journaliste d'investigation, pensait-il, c'était son aptitude à dérouler le fil d'une affaire à partir d'un élément apparemment sans importance, mais qui dissimulait une histoire beaucoup plus complexe. En l'occurrence, cette invasion de requins à l'île Maurice, opportunément apportée par son ami Arno de Wilder, devait signifier quelque chose de beaucoup plus gros, Thomas en était certain. Le fondateur de *Deep Impact* ne resterait pas sur place plusieurs mois, dans le cas contraire. Il décida d'employer un moyen détourné pour en apprendre plus. Il composa un numéro qu'il connaissait par cœur.

— Bonjour, Julien, dit-il après que l'assistante de *Deep Impact* lui eût passé le seul associé présent dans les bureaux de la Défense.

— Salut, Thomas, quel bon vent t'amène ?

— Arno m'a demandé de publier un papier au sujet de la bizarrerie écologique qui se produit à l'île Maurice... cette histoire de requins dans le lagon...

— Ne m'en parle pas ! Il est planté là-bas depuis des mois pendant que je trime sous la neige.

— Je sais que tu ne peux rien me dire sur la mission de *Deep Impact* à l'origine de ce séjour, mais je me disais que je pouvais peut-être t'aider à fouiller un peu le volet politique, hasarda Thomas.

Julien réfléchit un instant. Thomas était journaliste, il était donc considéré par *Deep Impact* comme une source ou un média à utiliser pour diffuser une information opportune aux affaires du cabinet. Dans le même temps, Julien savait qu'Arno faisait confiance à de Prat. Il existait un *gentleman agreement* entre les deux hommes : Thomas n'ignorait rien des activités de *Deep Impact*, et en échange de son silence lorsque c'était nécessaire, Arno le rémunérait pour des informations sensibles que Thomas lui fournissait. Bien sûr, l'éthique journalistique en prenait un coup au passage... mais ce n'était pas pire que ces journaleux qui publiaient des ragots sur le web sans les avoir vérifiées, pensait Julien. Et puis Thomas était particulièrement bien introduit auprès de différents ministères. Ses contacts étaient toujours utiles.

— On a peut-être un truc qui implique la France, reprit Julien.

— Un sujet sur lequel je peux t'aider ?

— Peut-être... mais pas au téléphone. On se retrouve au bureau ? Trente minutes, ça te va ?

Thomas de Prat sauta dans son Audi TT et fila en direction des bureaux de *Deep Impact*. Un trajet de quinze minutes qu'il persistait à faire dans son cabriolet de célibataire. La moto ou même le métro auraient été plus rapides, mais par attachement à sa première voiture de sport, il préférait écouter de vieux albums sur son lecteur CD, un système antédiluvien qui n'existait plus à l'heure de *Deezer* en Bluetooth.

Il se gara directement sous la tour et fut accueilli par Julien à la porte de l'ascenseur.

— Tu as fait vite avec ton bolide ! dit le consultant.

— Raconte-moi tout, j'ai hâte de savoir ce qui justifie les vacances tropicales de notre ami.

Julien lui donna l'essentiel des détails sur l'affaire. Le vol *Worldjet* disparu entre Kuala Lumpur et l'île Maurice, la présence à bord de Vincent Weber, un ingénieur-pétrochimiste, et de Louise Lambart, un agent présumé de la DGSE. Il lui parla également de la concession pétrolière accordée par Nadeem Ramchoomun à Petro-Malaisie, et enfin d'Adrian Lambart, ce milliardaire sulfureux qui avait confié à *Deep Impact* le soin d'enquêter sur cette histoire, sans que l'on sache exactement quel était son objectif. « J'ai pu interroger un député, Michel Lefebvre, qui connaît bien l'affaire. C'est lui qui a sous-entendu que la France serait mêlée à cette histoire », conclut Julien.

— Je vois, dit Thomas. Je connais bien Lefebvre. S'il dit ça, c'est qu'il y a un lien avec le pétrole.

— Un lien comment ?

— Je ne sais pas encore, mais je sais qui je peux interroger.

❄

Thomas quitta les bureaux de *Deep Impact* et parcourut à peine trois cents mètres sur le parvis de la Défense. Il se présenta à la réception d'une autre tour. Faite de verre et d'acier, elle abritait le siège de la plus grande compagnie pétrolière française : PGF — Pétrole et Gaz de France.

— Monsieur Eichmann, s'il vous plaît, dit Thomas à la réceptionniste coincée dans son tailleur bleu marine.

— Monsieur Eichmann ne reçoit pas sans rendez-vous, dit-elle d'un ton pincé.

— Dîtes-lui que Thomas de Prat souhaite le voir.

Trois minutes plus tard, un homme de soixante ans à l'embonpoint marqué franchit le tourniquet de sécurité. Il fit signe aux vigiles que la situation était sous contrôle et entraîna Thomas vers la cafétéria.

— Ça fait longtemps, se contenta de dire Eichmann en ôtant le badge qu'il portait autour du cou.

— Pas depuis que tu travailles chez PGF, en tout cas, confirma Thomas.

Didier Eichmann était le directeur de la sécurité de l'entreprise pétrolière. Comme souvent dans les industries où intérêts économiques et géopolitiques étaient étroitement liés, ce poste était occupé par un ancien officier des services secrets ou un ancien militaire de haut rang. En l'occurrence, Didier Eichmann avait effectué toute sa carrière dans le renseignement avant de venir pantoufler dans le privé. Thomas l'avait rencontré lorsqu'il était encore fonctionnaire de l'état français.

— On m'a parlé d'une concession pétrolière foireuse à l'île Maurice, entama Thomas, choisissant l'approche directe.

— Oui, et ?

— Tu es au courant ?

— Ça se pourrait. C'est l'objectif de PGF de se tenir au courant de tous les gisements, où qu'ils soient sur la planète.

— Pour celui-ci, on parle d'une somme folle déboursée par Petro-Malaisie pour s'en assurer l'attribution.

— Donc, ça ne nous concerne pas, dit Eichmann.

— En fait, je pense que si... On parle également d'un agent de la DGSE... une femme... qui aurait disparu après avoir visité le siège de Petro-Malaisie, et qui se rendait à bord d'un *jet* privé à l'île Maurice. Si je te dis que cette femme s'appelait Louise Lambart, du moins de son nom officiel, ça t'évoque quoi ?

Thomas observa son interlocuteur. En ex-professionnel du renseignement, celui-ci ne broncha pas. Didier Eichmann savait qu'il existait là aussi une sorte d'accord tacite entre directeur de la sécurité et journaliste. Il pouvait confirmer des informations et demander à Thomas de ne rien publier sans son accord. S'il niait, en revanche, le journaliste serait libre de publier ce qu'il voulait en précisant que l'entreprise avait refusé de commenter. Le mal serait fait, et même en jurant la main sur le cœur que ses informations fussent inexactes, il faudrait se justifier face à la presse, face au grand public, et qui sait, face à un procureur ou un juge d'instruction... Eichmann choisit la première solution.

— OK, Thomas, je te dis ce que je sais, mais tu ne publies rien, d'accord ? Cette histoire n'est pas terminée. Si elle fuite, les dégâts risquent d'être considérables.

— Tu as ma parole.

— À l'origine, PGF a essayé d'investir aux côtés des Malaisiens dans cette concession. Comme il s'agit d'une zone située en plein océan Indien où nous n'avons pas de plates-formes en service, nous ne voulions pas y aller seuls. Le problème, c'est que la concession cédée par l'île Maurice n'avait pas l'air très prometteuse.

— Tu veux dire qu'elle n'était pas rentable ?

— On n'en savait rien, à vrai dire. Les études d'exploitation n'avaient pas été réalisées. Mais les Malaisiens se sont précipités. Pour une raison qui nous échappait à l'époque, ils en ont offert cinq cents millions de dollars, et surtout, ils nous ont mis devant le fait accompli : soit on payait sans discuter la moitié de cette somme, soit ils faisaient affaire tout seuls avec Ramchoomun, le Premier ministre mauricien.

— Vous avez fait quoi ?

— Ce qu'on fait toujours dans ces cas-là : on a demandé aux « services » de nous donner un coup de main...

— Les services ? Tu veux dire la DGSE ?

— Oui, la DGSE à l'origine. Aider les multinationales qui défendent les intérêts de la France dans le monde fait partie de leur mission... Mais ils nous ont répondu qu'ils n'avaient pas d'équipe, ni en Malaisie ni à l'île Maurice. Leurs agents se trouvent plutôt dans les zones de conflit ou dans les pays dans lesquels ils luttent contre le terrorisme islamiste. Inutile de te dire que notre puits de pétrole entre les Seychelles et l'île Maurice, ça leur en chatouillait une sans réveiller l'autre.

— Et donc ?

— On a fait appel à une officine privée. Une de ces agences qui aident les services secrets de presque tous les pays occidentaux en proposant des missions ponctuelles de renseignement sur le terrain.

— Comment s'appelle cette agence ?

— Je ne peux pas te le dire. Elle travaille encore pour nous. Mais je peux te dire qu'elle est dirigée par un homme que l'on connaît bien en France... Lambart.

— Attends, attends... Adrian Lambart ? Le mari de Louise, l'agent de la DGSE ?

Le puzzle se mettait en place. Thomas commençait à apercevoir ce que fichait Arno à l'île Maurice. Même si ce n'est pas du tout ce qu'il lui avait dit lorsqu'il l'avait tuyauté sur cette histoire de requins dans le lagon.

— À l'époque, on ne le savait pas... répondit Eichmann.

Louise avait quitté la DGSE, et Adrian Lambart ne nous avait pas donné l'identité des agents qui effectuaient la mission pour nous.

— Mais vous l'avez appris plus tard ?

— Oui, lorsque l'on a su qui était dans le *jet* qui a disparu.

— Vous savez donc qui a fait le coup ? Les Malaisiens ?

— Ça, je ne peux pas te dire, Thomas. Cette information est classifiée. Moi-même, je ne la connais pas.

Thomas n'insista pas. Il en avait suffisamment appris en trente minutes, et il avait déjà de quoi donner de la matière à *Deep Impact*. Il allait retourner voir Julien Vangelis…

Ou, non, il allait plutôt appeler Arno.

Seychelles

« Monsieur, venez voir, s'il vous plaît. »

Adrian interrompit sa séance de gymnastique et entra dans le petit bungalow de bois. Oscar y avait installé des appareils branchés aux antennes de leur camp retranché. Il avait un casque sur les oreilles et la trace d'un enregistrement sonore oscillait sur l'écran.

— Tu as quelque chose ? demanda Adrian en terminant d'enfiler son t-shirt.

— Oui, mais c'est en français. Je préfère que vous entendiez la version originale. Je vous fais écouter le passage intéressant ?

Presque toutes les conversations d'Adrian se déroulaient en anglais, mais contrairement à son fidèle premier officier, il comprenait parfaitement le français, l'une de ses deux langues natales. « Tu peux y aller », indiqua-t-il.

Les premières secondes de l'enregistrement était silencieuses. Puis la voix d'Arno de Wilder se fit entendre, parfaitement claire.

« Tu dis que Lambart travaille pour le gouvernement français ? »

— […]

— OK, pas le gouvernement, PGF, le groupe pétrolier.

— […]

— Un lien entre Ramchoomun et Petro-Malaisie, alors !

— […]

— Merci, Thomas, je vais réfléchir à un moyen adapté pour que l'on puisse se parler plus longuement. Je te rappelle.

Arno avait manifestement raccroché rapidement. Il devait tourner en rond dans le bureau de sa villa. Adrian esquissa un rictus. Il était à moitié rassuré et à moitié contrarié.

— Il a utilisé quoi pour appeler ce Thomas ? demanda-t-il à Oscar.

— *WhatsApp*, une application qui chiffre les communications. C'est le moyen le plus sûr à la portée du grand public.

Adrian connaissait ça, bien sûr. Les applications et messageries instantanées permettaient depuis plusieurs années de coder les communications vocales. Ainsi, même si le signal d'un appel entre deux personnes était capté, il ne pouvait être décodé que par la clé se trouvant sur le téléphone de l'une des deux… ou sur les serveurs de *WhatsApp*. En revanche, ce codage ne pouvait rien contre le bon vieux micro à l'ancienne dissimulé à proximité de la cible à espionner. En l'occurrence, le bureau de la villa louée par Lambart pour Arno avait été sonorisé.

— On sait qui est son interlocuteur ?

— Thomas, c'est Thomas de Prat, indiqua Oscar. C'est un journaliste et ils se connaissent depuis longtemps. Du reste, c'est lui qui a sorti le premier article sur les touristes qui désertent Maurice à cause des requins.

— On dirait bien que de Prat aide notre ami à se rapprocher de la vérité, commenta Adrian, comme pour lui-même.

Il sortit du bungalow. Dehors, la nature terminait de s'éveiller. Les batraciens nocturnes avaient cédé la place à des oiseaux multicolores qui chantaient pour célébrer une nouvelle journée sous les tropiques. Le soleil avait déjà franchi l'horizon et faisait miroiter la mer. Adrian porta son regard en direction de l'île Maurice. Qu'Arno de Wilder s'approchât de la vérité ne le contrariait pas. Cela avait même tendance à le conforter dans son choix de le recruter. Non, ce qui l'ennuyait, c'est qu'il ne se méfie pas plus de l'éventualité d'être espionné. Adrian avait fait installer des micros dans la résidence louée à Arno, plus pour tester ses capacités de détection que pour écouter réellement ses conversations. Il se demanda s'il ne l'avait pas projeté trop tôt sur le terrain. Avant, en tout cas, qu'il soit parfaitement formé et apte à conduire une mission d'infiltration en parfaite autonomie. En tant qu'officier traitant du français, il devait s'assurer que son agent n'était pas livré à lui-même sans le bon niveau de connaissance, afin de ne pas se griller. Le moment était venu d'expliquer à Arno les enjeux exacts de sa mission, pensa-t-il.

— Oscar, je voudrais que l'on exfiltre de Wilder quelques heures. Il faut que je lui parle. Tu peux te charger d'organiser ça ?

— Oui, monsieur, je m'en occupe.

❄

Oscar avait deux solutions pour mettre en place la rencontre discrète entre Arno de Wilder et son boss. Comme il n'était pas prévu qu'Adrian se rende à l'île Maurice pour le moment, il pouvait les faire se rencontrer soit sur l'île de Réunion, territoire français dont les deux hommes avaient le passeport, soit sur une île désertique et isolée de l'archipel des Seychelles. Il opta pour la seconde solution.

Il y avait un peu plus de deux cents kilomètres entre Praslin et l'île de Desroches, au sud-ouest de leur position. Cela prendrait quelques heures en bateau pour Adrian Lambart.

En ce qui concernait de Wilder, en revanche, le trajet se

ferait obligatoirement en avion. Oscar appela le responsable des vols de *Worldjet*.

Thaïlande

Rambai Chumbala avait les traits fermés. De fines rides au coin des yeux donnaient à son regard un air sévère, presque agressif. La présence d'Alexeï la contrariait profondément.

— Vous avez franchi la ligne blanche, Alice, dit-elle.

— Je suis désolée, khun Rambai, je n'y peux pas grand-chose.

— Vous êtes au contraire responsable de ce drame. Je vous avais prévenue : tant que vos colombes animaient mes soirées, elles démontraient à mes invités les douceurs de l'hospitalité thaïlandaise. Mais l'une d'elles est morte ! Je ne veux pas être mêlée à ça.

Alice se sentit honteuse d'avoir déçu Rambai. Mais en même temps, elle était en colère contre la princesse. Quel était ce pays où l'on fermait les yeux sur l'activité préférée des visiteurs — la douceur de ses filles, justement — et qui se pinçait le nez dès que quelque chose dérapait ? Sans compter les malades du sida qu'on laissait crever comme des animaux dans un temple qui ressemblait plus à un mouroir du moyen-âge qu'à un dispensaire. C'était révoltant. Alice savait pourtant qu'elle ne devait pas faire perdre la face à Rambai. Elle serra les poings au fond de ses poches.

— D'après la police, c'est Prasert qui est à l'origine de la mort de Bim, reprit-elle.

— Cela m'étonnerait qu'il ait fait ça lui-même... L'enquête de police n'ira pas au-delà de ses hommes de main, et vous pouvez être sûre qu'il continuera à parader dans les soirées mondaines. Et qu'il continuera à faire assassiner vos filles, si bon lui semble, dit la princesse avec un air de dégoût.

Alexeï ne disait rien. Il était venu avec Alice pour la

protéger au cas où les choses tourneraient mal, mais il était conscient de son impuissance contre la haute société thaïlandaise. Si l'on voulait réussir dans ce pays, il fallait s'effacer lorsque c'était nécessaire... et s'entourer des bonnes personnes le moment venu. Il se pencha à l'oreille d'Alice. « Viens, on s'en va. On n'obtiendra plus rien, ici. » Alice retint ses larmes. Elle était certaine de bien faire et aurait voulu faire entendre raison à Rambai. Mais Alexeï avait vu juste : elle était grillée à Bangkok.

Ils quittèrent la vieille maison en bois de teck de la princesse thaïe et empruntèrent un bateau-bus qui sillonnait les klongs. Alice pensait à ce qu'était devenu Bangkok depuis son arrivée, la première fois, dix ans auparavant. Se sentir étrangère avait été nécessaire à sa reconstruction. Elle était persuadée qu'elle n'était pas née au bon endroit dans le nord de la France, que si elle était née en Asie par exemple, elle n'aurait pas été violée à dix-sept ans et aurait mené une vie très différente. Pourtant, une fois encore, on lui faisait sentir qu'elle n'était pas la bienvenue. Était-elle condamnée à vivre retirée du monde ? pensa-t-elle. À œuvrer en silence pour les autres comme au temple des Derniers jours ? Elle fut prise de nausée et se pencha par-dessus le plat-bord pour vomir. Pourtant, rien ne vint.

Alexeï posa gentiment la main sur son dos.

— Ça me brise le cœur de te voir comme ça, dit-il de son gros accent roulant.

Alexeï n'était pas un enfant de chœur. Il avait rêvé d'être soldat en Russie et il n'aurait pas hésité à tuer si on le lui avait demandé. Mais Alice et Arno étaient les seuls repères qu'il avait gardés de son ancienne vie. Ancienne vie qu'il avait lui aussi choisi de reconstruire en Thaïlande. C'était un point commun avec Alice et ça le rendait viscéralement attaché à la réconforter.

— Je vais t'aider, Alice. On va la monter ta fondation ! Et

même si le boss est trop occupé pour le moment, lorsqu'il verra ce que tu as fait, il sera fier de toi !

— C'est gentil, dit-elle en contrôlant son envie de pleurer.

Elle s'essuya le visage du revers de la manche. « Que peut-on faire, Alexeï ? »

— On va commencer par bouger. J'ai des appuis puissants à Phuket. Ce ne sera pas la même clientèle qu'ici, mais il y a aussi beaucoup d'argent...

❄

Alice et Alexeï prirent l'avion le lendemain, en compagnie de Toy et de trois autres filles qui avaient accepté de participer au projet. Les Thaïes étaient terrorisées par la mort de Bim, mais ce n'était pas la première fois qu'elles voyaient mourir l'une des leurs sous les coups d'un homme violent. Dans une sorte de fatalisme triste, elles considéraient que cela faisait partie des risques du métier, et que si l'une d'elles mourait, c'est que Bouddha avait décidé qu'elles ne s'étaient pas assez bien comportées dans cette vie-là. Elles étaient rassurées de quitter Bangkok et ses ruelles nauséabondes pour retrouver les plages et les boîtes de nuit de Phuket.

Alexeï loua une maison à côté de la sienne, sur les hauteurs de Bang Tao Beach, et y installa tout le monde. « On sera un peu éloigné de Patong et de la vie nocturne, mais c'est aussi bien pour organiser des soirées privées », dit-il à Alice.

— Je ne sais pas si je vais rester très longtemps, Alexeï. J'ai peur de la réaction d'Arno lorsqu'il apprendra ce que l'on fait.

— Bah bah bah, le boss est un homme d'affaires, lui aussi ! Si on rapporte assez d'argent pour vivre et financer ta fondation, c'est bien l'essentiel, non ?

Alice n'en était pas certaine, mais elle s'impliqua dans l'installation de la petite troupe, ainsi que dans la préparation de la rencontre qui allait tout décider.

— Si l'on veut que nos affaires se développent sans problème, il faut qu'on obtienne la protection d'un homme et de sa famille, ici, dit Alexeï. Je le connais depuis longtemps. Malgré les apparences, ce n'est pas un barbare. Si on lui démontre que notre business lui rapporte au moins autant qu'à nous, il nous accordera sa protection. Il se fait appeler khun Farid, mais il est cent pour cent thaï ! Tu vas voir, c'est un drôle de bonhomme !

Khun Farid s'avéra en effet être un personnage haut en couleur. Thaïlandais à la peau sombre, il devait peser plus de cent kilos. Pourtant, de gros muscles presque entièrement tatoués saillaient de sous sa chemise ajustée. Son regard était dissimulé derrière de larges lunettes de soleil de rappeur. « Khun Farid a perdu son père lors du tsunami de 2004, expliqua Alexeï. Il s'est mis en tête de faire vivre confortablement sa mère et ses trois petites sœurs. Et le moins que l'on puisse dire est qu'elles vivent maintenant dans le luxe absolu : khun Farid règne sans partage sur le monde de la nuit à Phuket. »

Alice était anxieuse à l'idée de fréquenter ce genre d'individus, mais Alexeï la rassura : l'homme tirait sa fortune des prestations de protection qu'il facturait à chaque tenancier de boîte de nuit, à chaque propriétaire de bar, et même aux chauffeurs de taxi qui travaillaient sur une zone allant de Kata Beach à Surin Beach. « Il ne touche pas au business des filles, avait précisé Alexeï, même s'il surveille étroitement que personne ne s'arroge le droit de diriger ce marché. » Grâce à lui, notamment, près de huit millions de touristes venaient chaque année faire la fête et profiter du soleil, de la mer d'Andaman, et des filles de Phuket. Un lupanar à ciel ouvert où les frontières entre fêtards et policiers n'étaient pas toujours très nettes.

Alice fut surprise par khun Farid. Entouré de deux policiers en uniforme, il était attablé dans une modeste gargote en train de déguster un curry jaune traditionnel aux parfums de coriandre et de citronnelle.

— Khun Farid, je vous présente Alice, dit Alexeï avec un rien de cérémonie.

— Enchanté, dit le Thaï. Je suis désolé de vous recevoir aussi modestement.

Il fit un signe aux policiers qui déguerpirent prestement. Puis il héla la serveuse pour qu'elle débarrasse les reliefs du déjeuner. Il détailla ensuite Alice, mais son inspection n'eut rien d'hostile. À peine un peu de curiosité perça de ses yeux sombres lorsqu'il retira ses Ray-Ban.

— Que venez-vous faire à Phuket, lady Alice ? demanda-t-il.

Elle ne sut pas comment se comporter face à cet homme tout droit sorti d'un film de gangsters asiatiques. Son attitude à son égard était civile, aussi pensa-t-elle que le mieux était encore de lui parler avec franchise.

— Alexeï m'a dit que vous verriez d'un œil favorable la cause que nous défendons, dit Alice. Je suis venue vous la présenter.

— Et quelle est cette cause ?

Alice expliqua son projet depuis le début : le temple des Derniers jours, la fondation qu'elle était en train de monter, et la manière dont elle comptait s'y prendre pour la financer durablement. Elle n'omit rien non plus de ses déboires à Bangkok, et de la mort de Bim.

— Je vois, dit khun Farid après avoir fait servir à chacun un verre de rosé français. Vous allez en effet avoir besoin de mes services. Rien de ce qui se passe ici dans le domaine de la fête et de l'amusement n'échappe à mon contrôle. Bien sûr, cela a un coût, mais dans votre cas et puisque votre cause est noble, je vous proposerai une rémunération symbolique.

— Symbolique comment ?

— J'aimerais que soit apposée une plaque à mon nom à l'entrée du temple de la Seconde chance, lorsque vous l'aurez transformé. Disons que j'assurerai votre protection en échange d'un peu de respectabilité.

Il sourit de toutes ses dents blanches récemment refaites. « C'est un bon deal, non ? »

— Pardon de vous poser cette question, khun Farid, mais comment pouvez-vous m'assurer que je ne serais pas ennuyée par la police ou par les membres de la high-so de Bangkok ?

Cette fois-ci le Thaï éclata de rire.

— Je ne peux pas vous le promettre, mais vous constaterez vite que la loi qui prévaut ici est celle du Code civil selon khun Farid ! Les policiers sont mes amis. Vous savez, ce sont des hommes comme tout le monde qui ont des besoins auxquels je pourvois… Quant à ces bourgeois de Bangkok, ils ne mettent presque jamais les pieds ici. Et lorsqu'ils le font, je sais leur rappeler d'aller se faire bronzer à Hua-Hin, et de laisser Phuket au business international.

Une nouvelle fois, Alexeï resta silencieux. Il se contenta de porter un regard attentionné sur Alice, tout en acquiesçant de la tête à chacune des affirmations du Thaïlandais. Alice chercha son regard pour savoir comment accepter la proposition de khun Farid. Devait-elle tendre la main ? Effectuer un *wai* cérémonieux ? Ce fut le Thaï qui scella leur accord. Il porta un toast à ses nouveaux obligés.

— Bienvenue à Phuket, et longue vie à la fondation de la Seconde chance, dit-il en choquant son verre contre celui d'Alice puis d'Alexeï. Vous avez bien fait de venir me voir. Khun Alexeï est un ami depuis longtemps. Je ne connais pas plus loyal que lui. Et lorsque l'on est loyal avec moi, je fais des miracles.

Seychelles, Desroches Island

Le *Bombardier* Q400 bi-turbopropulseur entama sa descente vers sa destination. L'hôtesse invita Arno à vivre l'atterrissage depuis le poste de pilotage, puis elle le sangla sur le *jump-seat.*

— Monsieur Lambart tient à ce que vous profitiez du spectacle, dit le commandant de bord avant de se concentrer sur ses manœuvres.

Arno promena son regard à travers la verrière du cockpit. L'immensité de l'océan Indien était fascinante. À perte de vue, les flots bleus foncés étaient parsemés d'écume blanche et cotonneuse. Le pilote indiqua au loin un minuscule confetti : l'île de Desroches sur laquelle Adrian Lambart avait décidé d'exfiltrer Arno pour quelques heures. « Nous avons besoin de nous parler en face à face avant la grande explication finale, avait-il dit dans un message laissé sur un répondeur. Venez me retrouver dans un endroit calme. J'envoie un avion vous prendre demain matin. » Et de fait, un *jet* d'affaires aux couleurs de *Worldjet* avait attendu Arno à l'aéroport de Maurice-Plaisance. Le vol avait duré deux heures.

L'avion était en descente à présent, ses hélices presque au ralenti. Par une curieuse illusion d'optique, elles semblaient tourner à l'envers. Arno jeta un œil aux différents instruments du tableau de bord. Il n'avait aucune compétence en pilotage et il n'y comprit rien du tout.

La piste, dérisoire ruban gris bordé de cocotiers, apparut au loin, devant l'appareil. Elle traversait de part en part l'île minuscule. Arno jugea qu'il ne devait pas y avoir plus de quinze mètres entre la fin du macadam et le début du lagon. Le pilote fit un passage à basse hauteur pour inspecter le revêtement. Le problème des terrains d'atterrissage en milieu tropical, c'est qu'ils s'abimaient très vite à cause des embruns salés, du sable et du vent, expliqua-t-il. Il remit les gaz à quinze mètres du sol et Arno vit défiler l'île à grande vitesse. Elle devait faire trois kilomètres de long sur cinq cents mètres de large. La piste avait été tracée dans la diagonale pour lui donner la plus grande longueur possible. Au nord de l'aérodrome, cinq ou six bâtiments constituaient les parties communes d'un complexe hôtelier aujourd'hui abandonné. Un chapelet de bungalows s'égrenait sur la côte, à l'endroit où le lagon était le plus bleu. Arno distingua un village de cases qui devait abriter les autochtones travaillant jadis à l'hôtel.

Le pilote effectua un tour complet et vint se présenter une nouvelle fois face à la piste. Quelques instants plus tard, les roues touchèrent le sol et l'avion freina très fort. La rétro-poussée des réacteurs émit un feulement rauque avant que l'appareil ne s'immobilise.

Adrian Lambart attendait Arno sous un modeste abri de bois et de chaume. La version tropicale d'une aérogare de campagne. Le patron de *Deep Impact* descendit l'échelle du *jet* tandis que les réacteurs rugissaient encore.

— Bienvenue à Desroches Island, cria Adrian lorsqu'Arno fut à portée de voix.

— Bonjour, monsieur Lambart. Quel est le programme cette fois ? Stage de survie sur la plage ? Construction de cabanes dans les cocotiers ? Je vous préviens, je déteste pêcher ! Sauf le requin, naturellement...

— J'espère que vous avez apprécié le voyage, en tout cas. Venez, je vais vous faire visiter mon île.

Adrian Lambart était décidément un drôle d'individu. Arno commençait à comprendre qu'il était loin de lui avoir tout dit sur l'étendue de son empire, mais aussi sur le but qu'il poursuivait réellement... et sur ce qu'il attendait de lui.

Desroches Island avait abrité un hôtel, mais les installations étaient inoccupées, à présent. La piscine était vide et aucun employé en uniforme ne se précipita pour leur proposer un rafraîchissement.

— Vous vivez ici ? demanda Arno.

— Pas vraiment. Je séjourne à Desroches lorsque j'ai besoin de rencontrer discrètement les membres de mon équipe.

— Les membres de votre équipe ? Parce que vous me considérez comme l'un des vôtres ?

— Nos destins sont plus liés que vous ne le pensez, Arno, dit le milliardaire en s'installant dans un grand fauteuil en rotin.

L'île semblait déserte. L'équipage du *jet* était resté dans l'appareil et Arno ne vit aucun autre avion ni aucun bateau apparent. Il se demanda comment et avec qui Lambart avait rejoint Desroches.

— Je voulais vous voir seul à seul pour faire le point sur votre engagement à mes côtés.

Arno n'avait pas de réelle raison de se méfier de Lambart. Il trouvait la mission intéressante, et voulait juste en savoir plus sur ses motivations. Pour cela, il devait apprécier jusqu'où son commanditaire était prêt à aller. Et ce qu'il lui cachait.

— Je vais être franc avec vous, Adrian. Je sais que vous ne m'avez pas tout dit en engageant *Deep Impact*... Et cela me pose un problème : je n'ai pas l'habitude d'impliquer ma société dans des missions dont je ne maîtrise pas complètement les enjeux. Vous voyez ce que je veux dire ?

Adrian servit à Arno un jus de coco clair tiré d'un fruit miraculeusement préparé et disposé sur une table basse face à l'océan.

— Vous avez raison, reprit-il. Je ne vous ai pas tout dit. J'avais d'abord besoin de savoir si je pouvais vous faire confiance. J'ai décidé que c'était le cas, et c'est la raison pour laquelle je vous ai fait venir ici. Laissez-moi vous raconter une histoire.

Arno l'incita à poursuivre d'un mouvement de la tête.

« Je sais que vous avez avancé dans votre enquête sur Petro-Malaisie. Cela ne me pose pas de problème... même si j'aurais préféré que vous me demandiez les choses directement. Quoi qu'il en soit, poursuivit le milliardaire en chassant l'air d'un revers de la main, vous avez raison : je nourris quelques griefs personnels à l'égard de Nadeem Ramchoomun, le Premier ministre de l'île Maurice.

Vous savez maintenant que cet homme est corrompu dans l'affaire du gisement pétrolier qu'il a concédé à Petro-Malaisie… Il a vendu une licence dont il n'avait aucune idée de la rentabilité potentielle, tout simplement parce que les études d'exploitation n'ont pas été réalisées. Pourtant, les Malaisiens n'ont pas hésité à investir cinq cents millions de dollars dans l'histoire… Pourquoi ? me suis-je demandé à l'époque. J'ai retracé les flux financiers qui ont suivi cette opération, et je me suis aperçu que l'argent n'était pas allé dans les caisses de l'État mauricien, mais qu'il avait cheminé à travers une cascade de sociétés-écrans jusqu'à des comptes bancaires au nom de différents protagonistes. Ramchoomun, bien sûr, mais aussi de hauts dignitaires malaisiens… et d'autres personnes plus surprenantes. »

Arno réfléchit à toute vitesse. Un lien entre les pièces du puzzle se dessina dans son cerveau. Il interrompit Adrian.

— Ce sont ces autres personnes qui ont attiré votre attention ? Parce qu'elles étaient françaises ?

— En quelque sorte, oui. Parmi elles se trouvaient en effet des cadres de notre champion national en matière d'exploration pétrolière : PGF. C'est cette compagnie qui m'a demandé d'enquêter sur la corruption à laquelle se seraient livrés certains de ses collaborateurs. Et c'est ce que j'ai découvert : PGF avait envisagé un moment de se porter candidat à la licence d'exploitation de Ramchoomun. Ils se sont fait souffler l'affaire par les Malaisiens, et vexés, ont enquêté pour en comprendre la raison. Ils ont ainsi découvert que le gisement était probablement bidon et que l'argent avait servi à enrichir personnellement Ramchoomun et les Malaisiens.

— Je vois… c'est donc votre enquête qui a révélé les malversations du Premier ministre mauricien ?

— Non, je ne suis intervenu que dans un second temps.

Lorsque mon agent a découvert que certains cadres de PGF baignaient également dans l'escroquerie.

— Qui était l'agent qui a levé le lièvre ? demanda Arno.

— Vincent Weber… l'homme qui est mort dans la disparition du vol *Worldjet 012*.

De nouvelles pièces du puzzle s'assemblaient : l'île Maurice avait mis en vente un gisement pétrolifère plus ou moins bidon. Les Malaisiens avaient remporté la concession sans la moindre intention d'exploiter l'affaire. L'argent avait en fait servi à payer des pots-de-vin à différents dirigeants corrompus. Lorsque les Français s'étaient aperçus de la supercherie, Petro-Malaisie avait essayé dans un premier temps d'acheter le silence de quelques cadres au courant… puis avait fait disparaître Vincent Weber…

Une question subsistait :

— Adrian, je suis désolé de vous poser cette question… mais quel était le rôle de votre femme dans cette histoire ? Est-elle une victime collatérale de la disparition de Vincent Weber ?

Le visage de Lambart se figea. Il ferma les yeux un bref instant, puis fixa Arno de ses prunelles bleu acier. « Nous ne sommes pas encore assez intimes pour que je vous parle de Louise, dit-il d'une voix sombre. Mais je peux en revanche vous dire pourquoi j'ai besoin de vous pour prendre ma revanche sur Ramchoomun… »

Arno perçut le bruit des moteurs du bi-réacteur qui redécollait de Desroches. Son séjour ici allait durer.

❄

Le soleil était au zénith, à présent. Malgré l'ombre d'un latanier aux feuilles tombantes, la chaleur était devenue étouffante. Adrian proposa de s'abriter sous un toit qui avait dû être, il y a longtemps, le lobby de cet hôtel fantôme.

— Vous comptez me retenir ici longtemps ? demanda Arno

— Juste le temps de vous expliquer la suite... et de laisser Oscar mener une action cruciale.

Il y avait donc un autre homme avec Lambart à Desroches : Oscar Wilson, son bras droit à l'allure inquiétante. C'était lui qui venait de décoller à bord du Bombardier.

Arno remonta les manches de sa chemise devenue collante et s'apprêta à écouter son hôte-geôlier.

— J'ai décidé de me porter acquéreur du pouvoir de régner sur l'île Maurice, dit Lambart.

La périphrase était étrange. Arno devait-il comprendre qu'Adrian avait l'intention de corrompre lui aussi Ramchoomun et d'en faire sa marionnette ?

— Vous allez dicter au Premier ministre ses décisions ? demanda-t-il.

— En quelque sorte... Voyez-vous, lorsque l'on a beaucoup d'argent, il est très facile de prendre le contrôle d'une île comme celle-ci.

Il embrassa du regard le rivage de Desroches. « Les Seychelles sont un pays pauvre. Ils ont l'habitude de vendre certains de leurs îlots à quelques milliardaires fortunés... C'est comme cela que j'ai acheté ce caillou. Mais je vois plus grand... Je veux m'installer à l'île Maurice dont j'aime profondément l'environnement et la population. Le problème, c'est que je ne peux pas me présenter aux élections comme un Mauricien lambda. Et comme je n'ai pas les moyens militaires de l'annexer par la force, j'ai décidé de la conquérir par la ruse. »

Arno fut estomaqué. Cet homme était tranquillement en train de lui dire qu'il voulait prendre possession d'un pays souverain et indépendant, comme on conquiert un territoire dans un jeu de société. Le problème, c'est que l'on était au vingt-et-unième siècle ! Pas au temps des conquêtes coloniales en bateau à voile, où il suffisait de dépêcher une poignée de marins et un gouverneur ambitieux pour rattacher une île à un empire européen. Il en fit la remarque à Lambart.

— Vous ne trouvez pas mon projet séduisant ? demanda le milliardaire sans se démonter.

— Séduisant, sans aucun doute, monsieur Lambart. Mais réaliste, c'est une autre histoire...

— Vous voyez trop petit, Arno. Développez vos ambitions ! Ne pensez pas que les choses sont irréalisables. En réalité, les choses sont possibles à partir du moment où on les croit possibles. J'ai soigneusement étudié la question, croyez-moi... Et si j'ai fait appel à vous, c'est parce que je pense que vous pouvez jouer un rôle important dans ce projet.

Arno était de plus en plus stupéfait, mais il s'efforça de ne pas le montrer. Certes, il avait la prétention de modifier en profondeur la trajectoire de sociétés, parfois importantes, en manipulant leur image ou en altérant leur valeur grâce à *Deep Impact*, mais de là à s'attaquer à un pays entier... Pourquoi diable Lambart avait-il choisi de projeter sa mégalomanie sur lui ?

— Je comprends mieux le sens des actions que vous m'avez fait mener pour déstabiliser l'île Maurice. J'ai peine à croire en revanche que cela suffira à vous permettre de prendre le pouvoir.

— Encore une fois, Arno, je vous ai recruté parce que je sais que vous êtes un homme de défis... Au-delà de vos doutes légitimes, vous êtes capable de réaliser de grandes choses !

— Comme vous aider à conquérir un pays entier ? Désolé, mais ça dépasse de loin les objectifs que je me suis fixés dans la vie.

— Fadaises ! Vous n'allez pas éternellement continuer à saboter de petites entreprises minables pour que vos amis investisseurs réalisent de confortables plus-values. Vous valez mieux que ça ! Tenez, par exemple, votre fiancée, Alice Lanzac, vous ne pensez pas qu'elle aspirerait à vivre avec vous dans un paradis tropical que vous contribueriez à diriger ?

La méfiance d'Arno fut soudain exacerbée.

— Pardon, mais vous m'avez engagé pour une mission. J'effectue le travail pour lequel vous me payez... En quoi ma vie privée vous regarde-t-elle ?

Adrian Lambart prit une nouvelle fois un air dur. Ses yeux lancèrent des éclairs acérés et les muscles de sa mâchoire se crispèrent. « Vous n'êtes plus tout à fait un homme libre, monsieur de Wilder. Que vous le vouliez ou non, vous êtes devenu un agent au service de ma cause. »

Arno sentit distinctement les intonations d'une menace. Il choisit toutefois de ne pas affronter Lambart. Seul avec lui sur cette île, sans possibilités de s'enfuir ni de se défendre si le milliardaire avait prévu de le contraindre physiquement, il valait mieux jouer l'évitement.

— Que savez-vous d'Alice ? demanda-t-il.

— Je sais tout ce qu'il y a à savoir... À commencer par le fait qu'elle compte beaucoup pour vous, et que vous ferez tout pour éviter qu'il ne lui arrive quelque chose de regrettable en Thaïlande.

Arno sentit un violent spasme s'emparer de ses tripes. L'idée qu'Alice puisse être une nouvelle fois en danger le rendait malade. Il contrôla l'envie de se jeter à la gorge de Lambart et prit un ton faussement conciliant.

— Très bien... qu'attendez-vous de moi ?

Lambart se saisit d'une bouteille de rhum et en emplit deux verres à ras bord. « Bien, voilà qui est mieux... Trinquons à notre ambitieux projet en attendant que mon avion revienne nous chercher. »

Île Maurice

Le Bombardier Q400 se posa à Maurice-Plaisance et roula jusqu'au parking réservé à l'aviation d'affaires. Oscar Wilson en descendit rapidement et s'engouffra dans un véhicule noir aux vitres teintées. Sur la banquette arrière, vêtue d'une robe stricte et d'escarpins assortis, se tenait Victoria Paulson.

— Bon voyage ? demanda-t-elle en anglais.

— Très bon, merci. Comment se porte notre espionne préférée ?

Victoria afficha un sourire crispé. Elle fit signe au chauffeur de démarrer et de refermer la vitre de séparation avec les places arrière.

— Qu'avez-vous fait d'Arno de Wilder ? demanda-t-elle une fois qu'ils roulèrent sur l'autoroute vers la capitale.

— Il marine à Desroches avec le boss. Monsieur Lambart m'a dit que nous n'avions pas de soucis à nous faire en ce qui concernait son dévouement.

Victoria garda le silence. Elle trouvait encore Arno un peu coincé, trop policé et convenu pour jouer aux barbouzes tropicaux. Mais elle garda cette pensée pour elle.

Le véhicule prit la direction du nord. À l'entrée de Port-Louis, il bifurqua à droite vers le centre historique de la capitale. De petits bâtiments de quatre étages en pierre grise cohabitaient avec des constructions plus récentes à l'allure présomptueuse. Une averse venait de se terminer et avait noyé les rues. L'eau s'écoulait à grand-peine dans les caniveaux défoncés et pour certains encombrés de détritus en tout genre. Les services publics d'entretien n'avaient, semble-t-il, pas assez de moyens pour s'occuper correctement le réseau.

La limousine déposa Victoria et Oscar au pied d'un immeuble de deux étages sur lequel flottait le drapeau mauricien. Un planton en uniforme leur fit signe de circuler. « Nous avons rendez-vous avec le Premier ministre dit Victoria en baissant la vitre. »

— Dans ce cas, il faut vous garer sur le parking des visiteurs.

Le chauffeur fit le tour du bâtiment et s'engagea dans une cour intérieure. Entouré de coursives en plein air, l'endroit ressemblait plus à une résidence coloniale qu'à l'hôtel du Premier ministre. Ils se garèrent devant l'entrée des visiteurs.

— La sécurité laisse à désirer, chuchota Oscar à l'oreille de Victoria, tandis qu'il franchissait un portique de détection.

Trois minutes plus tard, ils patientaient dans l'antichambre du cabinet de Nadeem Ramchoomun.

— Je n'ai pas beaucoup de temps, malheureusement, dit celui-ci en gratifiant ses visiteurs d'une poignée de main molle.

— Il était important que l'on vous rencontre, monsieur le Premier ministre, dit Victoria.

— Oui, je sais… les hôtels… la situation économique… Je ne sais plus où donner de la tête, à vrai dire.

— Nous en sommes conscients, mais l'état de notre tourisme est catastrophique. Il n'y a plus aucune arrivée, et les quelques expatriés venus travailler à Maurice quittent maintenant le pays un par un à cause du problème d'alimentation en eau. Que comptez-vous faire, monsieur le Premier ministre ?

Ramchoomun était manifestement à court d'idées. Il avait accepté de recevoir Victoria, car elle appartenait avec son mari à une famille qui possédait plusieurs hôtels. Or le Premier ministre avait besoin du soutien des « francos » pour se sortir de cette crise.

Oscar Wilson lui était inconnu en revanche. Mais il accompagnait Victoria, et à ce titre, Ramchoomun n'avait aucune raison de se méfier.

Il fut donc pris de court lorsque le Sud-Africain s'adressa à lui.

— Vous êtes devenu incompétent pour votre poste, monsieur Ramchoomun.

Le Premier ministre marqua sa surprise. Il fronça ses gros sourcils gris et prit un air offusqué.

— Que dites-vous ? Monsieur… ? Qui êtes-vous d'ailleurs ?

— Mon identité importe peu. Je suis juste arrivé dans votre bureau sans difficulté, ce qui prouve, si besoin était, qu'en plus d'une gestion catastrophique du pays, votre sécurité laisse à désirer.

Ramchoomun fut tenté de décrocher son téléphone et d'appeler à l'aide. Oscar l'en dissuada d'un regard menaçant. Le colosse sud-africain dégageait une impression de force brute dissuasive. Si l'on prêtait attention à ses traits, on pouvait aussi voir les signes avant-coureurs de la brutalité. Aucun doute, cet homme pouvait tuer n'importe qui à mains nues, pensa le Premier ministre.

— Que voulez-vous exactement ?

— Je vous l'ai dit : vous êtes manifestement dépassé par la situation de votre pays, et nous souhaitons que vous acceptiez de le reconnaître.

— Qu'est-ce que vous racontez !? J'ai été élu démocratiquement et les Mauriciens m'ont confié un mandat. Il me reste encore deux ans ! Je compte bien aller au bout de ma mission.

— C'est impossible, monsieur. Vous ne parviendrez pas à rétablir la situation de votre pays sans notre aide… En outre, si vous refusez de nous écouter, nous serons obligés de dévoiler vos combines dans l'affaire Petro-Malaisie.

Ramchoomun accusa le coup. Ce type dont il ne savait rien était manifestement très bien renseigné. Il aurait pu nier farouchement et demander aux policiers présents dans tout le bâtiment de chasser ces visiteurs. Une intuition lui dicta toutefois d'en apprendre plus.

— Je ne sais pas de quoi vous parlez, dit-il pour la forme. Victoria, qui est cet homme ?

— Oscar Wilson souhaite sincèrement vous aider, monsieur le Premier ministre. Il représente les intérêts d'un homme d'affaires qui s'intéresse de près à notre pays. Il souhaite que vous acceptiez de suivre ses conseils à l'avenir.

— Qui est cet homme ? Quels conseils peut-il me donner ? demanda Ramchoomun qui comprenait de moins en moins la situation.

Devant le silence d'Oscar, il posa une nouvelle question : « Que se passera-t-il si je vous fais expulser de mon bureau ? »

Oscar prit le temps de se composer un sourire condescendant.

— Nous serions obligés d'employer des moyens, disons... plus contraignants.

Ramchoomun était partagé entre la colère de se voir menacé par un inconnu, étranger de surcroît, dans son propre bureau, et la crainte que ce type soit vraiment capable de mettre ses menaces à exécution.

— Vous voulez donc que j'écoute les conseils d'un individu que je ne connais pas ? Pouvez-vous me dire sur quoi porteraient ses conseils, afin que je puisse prendre ma décision en parfaite connaissance de cause ?

Décidément, c'était plus fort que lui, pensa Oscar. Cet homme politique confit d'orgueil ne pouvait pas admettre qu'il se trouvait dans une situation délicate. Il allait devoir passer aux travaux pratiques.

— Vous permettez ? demanda-t-il en sortant son téléphone portable.

Sans attendre la réponse de Ramchoomun, il composa un numéro qui décrocha à la première sonnerie. « Le Premier ministre est prêt, vous pouvez tirer le feu d'artifice... »

Trois secondes plus tard, une série d'explosions semblables à de gros pétards résonna dans la cour du ministère. Ramchoomun se rapprocha de la fenêtre. Il put voir la voiture qui avait conduit Oscar et Victoria s'éclairer de petites explosions orange et jaune. Le bruit allait crescendo et bientôt un feu puissant prit à bord du véhicule.

— Si j'étais vous, je m'éloignerais des fenêtres, dit Oscar en s'allongeant sur le sol. Victoria l'imita, puis ce fut au tour de Ramchoomun de comprendre que l'explosion qui allait suivre serait violente.

Les vitres du bureau furent soufflées. Le véhicule fut soulevé sous l'effet de la déflagration, mais curieusement, il resta en un seul morceau et ne projeta aucun débris dans la cour. Il ne prit pas non plus feu.

— Nous maîtrisons parfaitement les explosifs, dit Oscar. Vous pouvez être rassurés, il n'y a aucune victime, et les seuls dégâts sont les fenêtres de votre bureau, monsieur. Nous voulons simplement vous démontrer que vous n'avez aucune expertise en matière de sécurité, et que vous devez écouter nos conseils... Vous avez besoin d'aide, monsieur.

Ramchoomun était terrorisé. Il avait eu peur de mourir et la retombée d'adrénaline le laissait dans un état de sidération qui l'empêchait de regrouper ses esprits.

— Ah, bien sûr, pas un mot aux policiers qui ne vont pas tarder à débarquer pour constater que vous allez bien, compléta Oscar : nous sommes hôteliers et il faut diligenter une enquête pour savoir qui a bien pu s'en prendre à notre voiture garée sous vos fenêtres... Voici la version officielle.

Ramchoomun acquiesça.

7

CONTOURNER LES RÈGLES

Thaïlande, Phuket

Toy enfila le gros peignoir en éponge blanche que l'homme lui tendait. Elle sortait de la douche, la troisième depuis la veille au soir, mais elle avait pris soin de ne pas mouiller ses cheveux lisses et brillants. On ne savait jamais l'effet que produisaient les mauvais shampoings d'hôtels sur les traitements sophistiqués qu'elle payait beaucoup trop cher au coiffeur de *Bangla Road*.

Le client avait eu tout ce qu'il voulait, il fallait maintenant qu'il passe à la caisse. Pas pour elle, bien sûr, l'enveloppe contenant les cinq mille bahts était déjà dans son sac à main. Non, il fallait qu'il devienne membre bienfaiteur de la fondation de la Seconde chance. Il s'était montré intéressé par ce qu'elle lui avait raconté à ce sujet au cours de la nuit, mais à vrai dire, l'homme aurait acquiescé à n'importe quelle suggestion de Toy, tant il était impatient de goûter aux délices de sa peau douce et de ses lèvres soyeuses. Il n'avait pas baisé depuis longtemps et s'était montré ardent. Il avait remis le couvert trois fois. Le parfait pigeon tant que Toy lui promettait de le revoir pendant son séjour en Thaïlande.

— C'est ta première fois avec une *girlfriend* thaïlandaise ? demanda Toy.

— Oui ! Je ne vais pas voir les... enfin je veux dire, je ne suis pas client de prostituées dans mon pays.

Toy était habituée. Toujours cette mauvaise conscience des *farangs* qui couchaient avec elle pour de l'argent. Elle ne s'offusquait pas d'être considérée comme une prostituée par les Occidentaux. Elle savait leur faire oublier la transaction. Leur faire croire qu'elle était leur petite-amie le temps de leur séjour ici, et qu'ils auraient avec elle l'impression d'être de grands séducteurs, bien au-delà des parties de jambes en l'air torrides qui étaient pourtant leur motivation première.

Elle poussa doucement l'homme sur le lit et s'assit à califourchon sur lui. Elle écarta les pans du peignoir et plaqua ses mains sur ses seins. « Tu veux encore faire bang-bang, ou on va prendre le petit-déjeuner ? »

L'homme fut tenté de céder une nouvelle fois aux atours excitants de Toy, mais il avait une partie de golf à honorer. Et puis l'idée de parader dans le restaurant du petit-déjeuner avec une fille tellement sublime ne lui déplaisait pas.

Ils enfilèrent une tenue décontractée et se firent conduire en buggy dans le lobby du *resort* de luxe. Toy désigna au serveur une table à l'écart du buffet. Ils s'installèrent et commandèrent des œufs brouillés accompagnés de toasts de saumon fumé.

L'homme ne remarqua pas la femme occidentale qui sirotait un jus de goyave à la table voisine.

— Oh *darling*, dit Toy à son compagnon du jour, quelle coïncidence... Laisse-moi te présenter une amie.

Elle adressa un grand sourire à la femme qui se leva, puis elle fit les présentations : « Günther, je te présente Alice, une amie française qui travaille pour la fondation dont je t'ai parlé. »

Günther ne se souvenait pas du tout de cette histoire de fondation, mais sa bonne éducation allemande lui fit considérer Alice avec politesse. Il laissa prudemment Toy achever de lui expliquer de quoi il retournait.

« Notre pays est pauvre, tu sais, nous avons besoin de gens comme toi pour nous aider à soigner les malades du sida… Alice est très généreuse, elle donne beaucoup de temps au temple de la Seconde chance. Si tu en as envie, tu peux toi aussi faire un don ! »

Alice scruta le client sans détourner le regard. Ses grands yeux soulignés de fard à paupières noir carbone interdisaient à l'homme de s'échapper. Sa bouche dessinait dans le même temps un joli sourire engageant. Si Günther était comme les autres — et Alice n'en doutait pas —, il voudrait à tout prix garder la face. Ne pas apparaître comme un vulgaire consommateur de prostitution thaïe devant une femme occidentale. Très séduisante, de surcroît.

— Euh, je ne savais pas que la prise en charge des malades reposait sur des initiatives privées, balbutia-t-il

— C'est tout le paradoxe de la Thaïlande, dit Alice. Nous apprécions tous leur sens de l'accueil et leur gentillesse, mais ils se voilent la face lorsque certains contractent une maladie qu'ils estiment honteuse. Il faut les aider à changer de regard sur le sida… que nous contrôlons très bien en Europe, n'est-ce pas ?

Gunther était mal à l'aise. Pris en flagrant délit d'activité prostitutionnelle dès le petit-déjeuner, après une nuit torride qui l'avait rendu accro au sexe avec Toy, il devait se montrer élégant. Alice enfonça le clou.

— Vous savez, je ne juge ni ces filles ni leurs clients. Chacun fait ce qu'il veut de sa vie, et je sais que Toy fait beaucoup pour que vous vous sentiez bien. Mais si vous pouvez nous aider et devenir donateur de la fondation, tout le monde apprécierait grandement...

— Vous pouvez compter sur moi ! dit Günther. J'ai vraiment envie de donner une vie meilleure à Toy ! Si au passage, je peux aider d'autres Thaïlandais, ce sera avec plaisir !

Et voilà, pensa Alice, ce n'est pas très compliqué avec les hommes. Après une seule nuit avec une fille thaïe, ils rêvaient déjà de la sauver de la misère. Il suffisait de faire appel à leur sentiment de culpabilité consubstantiel de leur condition de mâle occidental cabossé par la vie pour qu'ils dégainent le portefeuille. Son idée était vraiment bonne, même si être obligée de circonscrire son activité à Phuket la contrariait.

Alexeï et khun Farid se montraient prévenants avec elle. Le Russe redoublait d'initiatives pour organiser des soirées privées dans des villas splendides qui donnaient toutes sur la mer. Chacune se terminait par un magnifique feu d'artifice où les expatriés et les businessmen de passage à Phuket dansaient jusqu'au bout de la nuit, avant de finir dans les bras de ses « hirondelles ». Quant à khun Farid, il prévenait Alice chaque fois que ses hommes repéraient un nouvel arrivant aux poches profondes, dans l'une de ses boîtes de nuit. Tous deux semblaient s'être pris d'affection pour Alice. Rien en tout cas n'indiquait qu'elle risquât les mêmes ennuis qu'à Bangkok.

Les petits-déjeuners dans les palaces de l'île s'enchaînaient. Chaque fois, Alice relevait les compteurs et félicitait ses hirondelles pour le travail accompli durant la nuit. Elle avait toutefois un problème à régler. Un problème pour lequel khun Farid pourrait lui donner un coup de main.

Alice prit un taxi et se rendit au quartier général du parrain thaïlandais. Dans l'arrière-salle d'un bar de Patong Beach, l'homme d'affaires était attablé avec deux comparses à l'allure patibulaire. Bien qu'il ait passé une partie de la nuit à veiller sur ses business, il semblait particulièrement frais et dispos. Il avalait bruyamment un *Tom yam goong*, une soupe de crevettes à la citronnelle.

— Khun Farid, j'ai besoin d'un conseil, dit Alice joignant les mains devant la poitrine.

— Tout ce que vous voulez, khun Alice. Comment vont vos affaires ?

— Très bien grâce à vous, je dois dire. Mais j'ai un problème : certains de nos contributeurs insistent pour effectuer leurs dons en liquide. Je ne sais pas quoi faire de tout ce cash, et pour tout vous dire, je ne suis pas rassurée de garder cet argent avec moi.

Khun Farid s'essuya la bouche avec un rouleau de papier toilette posé devant lui.

— Je vois... vous pouvez difficilement déposer autant d'argent liquide sur le compte bancaire de votre fondation sans attirer l'attention de la police, en effet. Je peux réfléchir à un moyen de blanchir cet argent si vous voulez.

L'expression était directe et éloquente. Alice prit conscience une fois encore des risques qu'elle prenait. Elle n'avait pas peur des ennuis avec les autorités. Non, ce qui l'inquiétait était que cet argent collecté au prix des acrobaties de ses filles puisse disparaître et ne pas être consacré à la fondation. Elle n'avait pas d'autre choix que de faire confiance à khun Farid.

— Comment pourrions-nous être certains que l'argent profitera bien à mes œuvres ? demanda-t-elle en acceptant un thé que lui présentait un des hommes de main.

— Nous pourrions prétendre que cet argent provient de gains aux jeux...

— Mais je croyais que les casinos étaient interdits en Thaïlande.

— C'est vrai, mais je possède quelques licences de pari sur la *Muay thaï*. Nous pourrions les utiliser.

La *Muay thaï*, la boxe thaïlandaise, était le sport national, ici. Ses combats donnaient lieu à des soirées de paris où l'argent liquide circulait à flots. Bien qu'extrêmement violente, Alice admirait cette discipline traditionnelle. Les combattants subissaient dès leur plus tendre enfance de terribles entraînements au cours desquels de vieux maîtres d'armes leur apprenaient les techniques des coups portés avec les tibias, les coudes et les poings, mais également à supporter la douleur aiguë provoquée par les assauts d'une violence inouïe. Elle assistait parfois à ces combats précédés de danses rituelles qui la fascinaient.

— Quel est le risque que je perde cet argent ? demanda-t-elle.

— Aucun, si vous me le confiez, Alice. Je ferais en sorte que vos gains vous soient versés par chèque que vous pourrez déposer sans crainte sur le compte de la fondation. Si vous êtes inquiète, nous pouvons commencer avec une petite somme.

Alice sortit une enveloppe de son sac. Dix mille bahts feraient l'affaire pour un premier essai. Si elle les perdait, ce ne serait pas un drame. Pour une raison obscure, elle faisait confiance à khun Farid. Le Thaï prit l'enveloppe et la tendit à son adjoint. « À placer ce soir sur le combat des soixante-cinq kilos », dit-il en thaï. Puis s'adressant à Alice :

— Vous pouvez passer récupérer votre chèque de neuf mille bahts demain matin. Votre investissement moins ma petite commission de dix pour cent…

Alice avait trouvé un moyen de blanchir les dons effectués en liquide. Cela la rassura, même si elle ressentit un léger malaise à l'idée de baigner dans des combines à l'évidence illégales. C'était le prix à payer pour concrétiser son projet, pensa-t-elle. La fin justifiait les moyens, comme disait Arno.

Elle ressentit toutefois une certaine réticence à avouer les détails de son organisation à celui qu'elle considérait comme son confident. Plus tellement son homme, à la réflexion, mais un pilier dans son existence, sans aucun doute. Sur un coup de tête, elle chercha à le joindre immédiatement par téléphone.

Sans succès. Son mobile était coupé.

Océan Indien

Les quelques jours passèrent vite sur Desroches Island. Levé avant l'aube, vers six heures du matin, Adrian soumettait Arno à un entraînement physique qui se révéla finalement plaisant. Séance de natation, apnée, découpe de troncs de palmiers… malgré son âge, l'espion était toujours d'une vitalité exceptionnelle. Arno n'avait plus de mal à suivre la cadence, mais il appréciait le repos bienvenu du petit-déjeuner pris sur la plage. À part la sensation d'isolement sur cette île qui l'empêchait d'avoir des nouvelles d'Alice et de *Deep Impact*, il aurait presque trouvé ce séjour régénérant.

— Nous allons rester longtemps ? demanda-t-il à l'issue d'un nième briefing sur la manière dont Adrian Lambart comptait s'y prendre pour s'emparer du pouvoir à l'île Maurice.

— Plus longtemps, maintenant. Mes hommes ont achevé les manœuvres préparatoires. Nous devrions pouvoir regagner Maurice dès demain.

— Nous ? Cela signifie que vous m'accompagnez ?

— En effet. Le moment est venu pour moi aussi de poser le pied en territoire ennemi.

— Je croyais que vous ne pouviez pas entrer sur le territoire mauricien à cause de votre passeport *blacklisté* ?

— C'est pour cette raison que nous allons nous infiltrer clandestinement.

Arno se demanda comment ils allaient procéder. L'île Maurice était entourée d'eau. Le pays ne possédait pas d'armée, ce qui en faisait une particularité singulière pour un territoire qui avait longtemps été le théâtre de batailles navales entre Anglais et Français. Quelques vedettes de garde-côtes et un contingent de huit mille policiers constituaient ses seules forces de défense. Il devait être très facile d'arriver par la mer, se dit

Arno. Lambart avait-il prévu d'éviter de cette manière de passer les contrôles douaniers de l'aéroport ?

— Vous allez voir, vous apprécierez notre entrée sur le territoire, ajouta Lambart.

En fin d'après-midi, tandis qu'il découpait sur un billot un poisson fraîchement pêché, Arno avisa à travers la trouée entre les arbres, les phares d'atterrissage du Bombardier. Une minute plus tard, les réacteurs du *jet* rugissaient en bout de piste.

— L'heure du départ a sonné, dit Adrian en empoignant son paquetage comme toujours prêt.

Arno l'imita, et quelques instants plus tard, les deux hommes étaient confortablement installés à l'arrière du *jet* pour un vol de deux heures. Peu après le décollage, le pilote stabilisa l'appareil à deux cents mètres à peine de la surface de l'océan. Les flots défilaient à une vitesse vertigineuse. Arno eut presque l'impression de pouvoir toucher la crête des vagues. « Votre gars à l'intention de poser cette machine sur la mer ? » demanda Arno à Adrian plongé dans la lecture du journal.

— Il est très bien entraîné, rassurez-vous. Et puis nous n'avons pas le choix si nous voulons échapper à la surveillance.

— On va arriver à Maurice à cette vitesse et à cette altitude ? Vous ne pensez pas que cela va attirer l'attention plus sûrement que si nous transportions des valises de cocaïne ?

— Cessez toutes ces questions, Arno. Nous n'allons pas nous poser à Maurice... du moins pas tout de suite.

Le copilote passa la tête à travers la porte du cockpit. « Je crois que nous avons trouvé une cible, monsieur », dit-il à Adrian. Celui-ci se leva et s'approcha du pilote aux commandes. Le bref échange qui suivit parut complètement incompréhensible à Arno. Il saisit juste que le milliardaire n'avait pas l'intention de projeter l'avion sur une île ou sur un tanker en transit dans la zone.

— Un A340 régulier. Air Austral. Il croise au niveau 360. Direction *Romeo Uniform November*, monsieur.

— Aucune chance qu'il soit direction Zulu Sierra Echo ?

— Aucune, monsieur, il a déjà annoncé ses intentions au contrôle.

— Parfait, on l'intercepte.

Le pilote tira sur le manche et poussa les moteurs à pleine puissance. L'appareil se cabra, plaquant les passagers sur leur siège pendant de longues minutes. Arno eut l'impression qu'ils montaient à la verticale. La mer s'éloigna à grande vitesse, tandis qu'ils traversaient plusieurs minces couches de nuages. Bientôt, le *jet* changea de cap et rétablit une trajectoire horizontale. Par la porte du cockpit restée ouverte, Arno aperçut la silhouette massive d'un avion de ligne quadriréacteur dont les traînées blanches constituaient des rails vaporeux sur lesquels vint s'aligner le Bombardier.

— Qu'est-ce qu'il fout votre gars ? demanda Arno.

Adrian Lambart avait l'air parfaitement décontracté.

— Il se place à l'abri d'un avion de ligne qui transporte ses gentils touristes pour de jolies vacances à la Réunion.

— Vous voulez dire que l'on va se poser à la Réunion, derrière ce monstre ?

— On va le suivre jusqu'à la Réunion, en effet. Dans son sillage, nous sommes à l'abri des radars. Nous n'avons pas d'explications à donner au contrôle aérien, et personne ne saura que nous sommes en route pour Maurice. On va se poser sur un aéroport secondaire de notre cher département d'outre-mer, puis nous emprunterons un autre moyen de transport. Ça va vous plaire, vous verrez.

— Qu'est-ce qui nous empêche de nous poser directement à Maurice, Adrian ?

— Je vous l'ai dit : je ne suis pas le bienvenu. Depuis l'affaire de la Petro-Malaisie, Ramchoomun a placé mon nom sur la liste des *personae non grata* dans son pays. Je ne peux arriver qu'en tant que clandestin.

— Et moi ? J'ai un passeport en bonne et due forme, non ?

— Ah oui ? Et vous avez été contrôlé lorsque vous êtes sorti du pays pour me rejoindre à Desroches ?

Arno réalisa en effet qu'il était directement monté dans le Bombardier depuis le terminal d'aviation générale, quelques jours plus tôt. Aucun douanier n'avait constaté son départ, et il était donc censé n'avoir jamais quitté l'île Maurice. Décidément, la vie d'agent secret ne lui était pas encore familière.

Lorsque l'Airbus d'Air Austral entama son approche vers Saint-Denis de la Réunion, le *jet* suivit sa trajectoire en descente. À environ trente kilomètres des côtes, et tandis qu'ils étaient encore à dix-mille pieds, le pilote bifurqua brusquement à droite et plongea une nouvelle fois tout près des flots. Sans prévenir personne, il atterrit face au sud-est sur l'aéroport de Saint-Pierre/Pierrefonds, tout au sud de l'île.

À peine posé, Adrian salua les pilotes de la main et entraîna Arno hors de l'appareil. À cinquante mètres, un hélicoptère de la gendarmerie française attendait, rotor allumé et portière ouverte. Les deux hommes se courbèrent en deux et coururent jusqu'à l'appareil. Un gendarme leur tendit chacun un casque vert. Ils purent entendre ce que disait l'équipage. « Bienvenue à bord », souffla un homme en civil assis face à eux.

L'*Écureuil* s'éleva rapidement de quelques mètres, et le pilote orienta le nez vers le nord-est. Adrian profita des trente minutes de vol pour briefer Arno. « Nous allons gagner Maurice à la nage, mais rassurez-vous, nous allons être infiltrés tout près de la côte. Nous n'aurons que quelques dizaines de mètres à nager… »

Arno allait de surprise en surprise.

— Les Mauriciens ne vont pas trouver étrange qu'un hélicoptère de la gendarmerie française abandonne deux nageurs à proximité de leurs côtes ?

— Au contraire, dit Adrian en souriant, ce sont eux qui nous ont contactés. Il y a quelques minutes, le CROSS de la Réunion a reçu un appel au secours : un homme parti faire du kitesurf est porté disparu, et les Mauriciens ne disposent pas des moyens de recherche suffisants.

Arno connaissait le fonctionnement des CROSS — les Centres Régionaux Opérationnels de Surveillance et de Sauvetage —, ces organismes présents sur toutes les côtes françaises et rattachés aux préfets maritimes, qui coordonnaient les secours en mer. Il ignorait en revanche qu'il en existât un dans l'océan Indien.

L'hélicoptère approcha rapidement de la côte sud de l'île Maurice. Arno reconnut le rivage sauvage et escarpé à cet endroit. Il avisa sur sa gauche la montagne du Morne derrière laquelle se trouvait sa retraite d'écrivain. Dans le lagon translucide, il put distinguer une colonie majestueuse de raies regagnant le large. Plus loin, il avisa deux tortues de mer sortant la tête de l'eau pour respirer, sans doute intriguées par le bruit de l'hélicoptère. Elles replongèrent instantanément. L'eau sombre parsemée çà et là de récifs affleurants laissa place au bleu-vert du lagon.

À un endroit semblant connu de lui seul, le pilote plaça l'appareil en vol stationnaire. En dessous, dans un cercle de mer brassé d'écume, une nageuse à califourchon sur une planche leur faisait de grands signes. Elle n'avait pas un air paniqué, et Arno se dit qu'elle devait elle aussi faire partie du dispositif.

Un gendarme fit signe à Adrian qui s'équipa d'une combinaison de plongée noire, d'un masque et de palmes. Arno l'imita une nouvelle fois, et bientôt, les deux hommes furent treuillés ensemble dans le sens de la descente. Une fois dans l'eau, Arno put distinguer les traits du kitesurfer imprudent : il s'agissait de Victoria qui, souriante, adressa un salut de la main aux deux Français.

Adrian et Arno s'éloignèrent rapidement vers le rivage, hors de vue de quiconque se serait trouvé sur la plage, tandis que Victoria était remontée dans l'hélicoptère, puis déposée quelques minutes plus tard à proximité d'un club de sports nautiques.

« Voilà, vous venez de réaliser votre première d'infiltration clandestine en territoire ennemi, dit Adrian en se débarrassant de son équipement dans une petite crique isolée. Il ne vous reste plus qu'à reprendre une activité normale en attendant la suite. Vous êtes officiellement un clandestin, à présent, mais n'oubliez pas votre couverture : vous êtes un historien, particulièrement intéressé par la vie politique de l'île Maurice. Et par sa population. »

Paris

À cinquante-huit ans, Jean-Robert Maréchal dirigeait l'un des services les plus secrets de la DGSE. Après un début de carrière dans l'armée de l'Air, où il avait atteint le grade de colonel, il avait effectué quelques années à la direction du Renseignement Militaire, avant d'être promu général et nommé directeur des Opérations des services de renseignement français. À ce titre, il était responsable du mystérieux service Action et de l'ensemble des agents clandestins qui veillaient aux intérêts de la France aux quatre coins de la planète.

Au cours des dernières années, son service avait dû s'adapter à l'évolution de la géopolitique mondiale. Aux affres de la guerre froide et d'un affrontement sans merci avec le bloc de l'Est, avait succédé une lutte plus diffuse contre diverses organisations terroristes. Qu'il s'agisse d'Al-Qaïda, de Daech ou plus récemment de groupuscules qui proliféraient en Afrique subsaharienne, les organisations qui constituaient une menace pour la France — et pour l'ensemble des nations occidentales et démocratiques — étaient légion. Mais la nature même de ces menaces avait changé. La France craignait principalement deux choses : que des attentats soient perpétrés sur le sol français, et que l'on porte atteinte à ses intérêts à l'étranger, que ceux-ci soient économiques, ou humains sous la forme d'enlèvements et d'assassinats.

Le dossier posé sur son bureau ce matin-là n'entrait pas dans la liste des actions prioritaires justifiant la mise en œuvre des moyens de l'État, et par conséquent de l'argent des contribuables. Jean-Robert Maréchal tenait toutefois à le traiter avec le plus grand sérieux. Il n'était pas question de terrorisme islamiste, mais d'une initiative pour le moins hasardeuse qui était le fruit d'un homme envers lequel il avait une dette. Une dette d'honneur issue d'une opération qui avait largement merdé quelques années auparavant.

Maréchal fit venir l'un de ses adjoints dans son bureau. Un homme à l'identité secrète, qui avait lui-même longtemps été infiltré et qui dirigeait à présent le service Action.

— Comment s'est passée l'opération ? demanda le général à l'homme au profil de tueur à gages.

— Rien à signaler. Lambart est entré à l'île Maurice ce matin. Le groupement de gendarmerie a effectué la dépose sans encombre.

— Bien. Je n'aime pas l'idée de le savoir là-bas sans que l'on connaisse tous les détails de son plan, mais on lui devait bien ça.

— C'est vrai. D'autant que l'on n'a personne sur place, monsieur.

— Que voulez-vous, on ne va pas infiltrer un agent sur ce caillou tropical qui n'intéresse personne. Tous les services alliés sont comme nous : on a assez à faire avec tous les fous d'Allah !

— Je suis bien d'accord. Mais on aurait peut-être pu faire différemment il y a cinq ans...

Maréchal était conscient de leur erreur. Mais comment auraient-ils pu faire autrement ? À l'époque, ils ne disposaient pas de suffisamment d'agents formés à l'infiltration sous couverture. Alors, gaspiller ses maigres ressources pour un îlot de quarante kilomètres sur soixante, c'était impossible. Lorsque Didier Eichmann, le directeur de la Sécurité de PGF, avait sollicité son aide pour comprendre ce que fichaient les Malaisiens avec leur histoire de gisement pétrolier mauricien, la DGSE n'avait pas été en mesure d'intervenir. Plus tard, après que la mission eut été confiée à l'officine privée d'Adrian Lambart, les services secrets français avaient bien été obligés d'intervenir... mais il était trop tard. Aucun des deux agents qui avaient péri dans l'accident du *Worldjet 012* n'était sous la responsabilité de Maréchal. Mais Louise Lambart avait travaillé pour lui pendant de nombreuses années. Avant de démissionner pour épouser son milliardaire de mari.

Maréchal se sentait investi d'une responsabilité morale vis-à-vis de la mémoire de Louise, l'excellente espionne à l'allure de mannequin nordique dont il gardait un souvenir ému. Il voulait savoir ce qui était réellement arrivé à ce putain de *Falcon*. Et c'est pour cela également qu'il avait accepté d'aider son mari dans son opération mauricienne dont il n'était pas sûr de comprendre tous les contours.

— Vous avez quelqu'un en Malaisie ? Un agent qui pourrait nous aider à comprendre ce qui s'est passé ? demanda-t-il à son adjoint.

— Malheureusement, non. En revanche, on m'a parlé d'une initiative menée par un cabinet privé chez Dassault Aviation.

— De quoi s'agit-il ?

— Un cabinet en intelligence économique. Il s'appelle *Deep Impact*, monsieur. Monté par un type, Arno de Wilder, qui a dépêché un de ses collaborateurs pour fouiner chez Dassault.

— Et il a trouvé quelque chose ?

— Il pourrait, en effet... mais je vous rappelle que l'accident a été classifié... les informations que détient le constructeur ne peuvent pas être transmises sans votre autorisation.

— Je sais, grands Dieux ! Nous ne nous sommes pas opposés à ce que les Américains abattent le *jet* lorsqu'ils nous ont informés que l'équipage avait perdu le contrôle. À l'époque, nous ne tenions pas à ce que Vincent Weber révèle la corruption des cadres français... Mais si j'avais su que Louise était à bord...

Jean-Robert Maréchal se pinça l'arête du nez. Il hésitait. Au bout de quelques secondes, il prit sa décision.

— OK, dites à Dassault de nous communiquer tout ce qu'ils savent.

Puis se ravisant :

— Non... dites-leur plutôt de transmettre les informations à *Deep Impact*... Au moins, si ça sort, on pourra dire qu'on ne savait pas. Ah, et puis faites-moi un rapport sur cet Arno de Wilder. Je veux savoir pourquoi il s'intéresse à cet accident.

Île Maurice

L'ascension du Morne Brabant lui prit moins de trois heures. Il avait envisagé de l'effectuer en courant, puis s'était ravisé : la marche à travers les sous-bois parsemés de plantes endémiques lui permit de faire le vide. Les images de dizaines de moments heureux lui revinrent en mémoire : son sourire lorsqu'elle remontait d'une plongée avec les dauphins, son visage rosi par le plaisir lorsqu'ils faisaient l'amour, son air concentré de petite fille lorsqu'ils étaient confrontés à un défi à la limite de leurs capacités. Il avait follement aimé cette femme, il l'avait chérie passionnément et goûté avec bonheur chaque moment à ses côtés. Il aurait déplacé des montagnes pour passer avec elle tous les autres jours de sa vie. Elle avait disparu, pourtant, et à bien y réfléchir, il y était pour quelque chose.

De petits arbustes aux fleurs en forme de boucle d'oreille jalonnaient le chemin. Adrian marqua une pause et but plusieurs gorgées d'une bouteille d'eau extraite de son sac à dos. La chaleur était encore supportable, l'effort modéré, mais l'émotion contenue faisait se contracter douloureusement chaque muscle de son corps. Il aurait voulu effectuer ce pèlerinage depuis longtemps, mais la vie l'en avait empêché. La vie, ou plutôt les décisions d'un homme qui lui avait interdit l'accès à ce pays. Nadeem Ramchoomun se pensait le maître de l'île Maurice. Une sorte de gouverneur à vie investi de la mission de régner sur un million trois cent mille habitants. Mais il n'était qu'un sinistre politicien élu au prix de manœuvres douteuses, et qui avait de surcroît volé son peuple. Adrian était décidé à le lui faire payer lorsqu'il en aurait terminé avec ce qu'il s'apprêtait à faire.

Il reprit sa marche rapide et déboucha bientôt sur des contreforts escarpés. La végétation avait disparu, dégageant l'horizon et permettant de contempler le paysage époustouflant de l'océan Indien s'étalant à perte de vue. Arrivé au sommet, il regarda autour de lui. Le vide à ses pieds était vertigineux. D'autres que lui auraient certainement sauté pour échapper à cette vie qui lui avait réservé tant de déconvenues. Mais pas lui. Pas Adrian Lambart, un homme qui avait conçu un plan plein d'audace pour prendre sa revanche sur la vie. Et sur Ramchoomun.

Il sortit une pelle pliable et entreprit de creuser un trou rectangulaire. Comme une petite sépulture dont lui seul connaîtrait l'emplacement. Il tapissa les bords de feuilles d'or puis plaça au fond un minuscule coffret serti de pierres précieuses. Tout ce qu'il lui restait de Louise se trouvait à l'intérieur : une mèche de cheveux, leurs premières lettres d'amour, et un test de grossesse… positif. Lorsque dans un an ou dans un siècle, un des rares promeneurs qui escaladaient le Morne trouverait par hasard son mausolée, il garderait sans doute le coffret, mais il chercherait à savoir à qui appartenaient ces reliques.

Adrian remblaya le trou, puis le couvrit de pierres disposées aléatoirement. Il se redressa, murmura une rapide prière, puis accepta de laisser le chagrin s'emparer de lui. Il pleura de longues minutes, dévasté d'avoir perdu Louise à jamais, mais soulagé de savoir qu'il existait sur cette montagne, face à cet océan qu'elle avait tant aimé et au fond duquel elle reposait, un minuscule signe de son passage sur terre.

Au bout d'un long moment silencieux, Adrian Lambart se reconnecta à la réalité. Il visualisa les prochains événements, ceux qui seraient nécessaires à son projet. Un projet qui allait faire de lui un roi, à défaut d'avoir pu devenir un père.

❄

Quelques kilomètres plus bas, dans la luxueuse villa qui lui servait de planque, Arno était partagé entre plusieurs émotions contradictoires. En regagnant l'île Maurice, il avait beaucoup pensé à Alice. Lorsqu'il avait réalisé qu'il allait encore passer de longs mois ici, il avait imaginé la faire venir. Puis il s'était ravisé : Alice voulait pour le moment mener son existence de son côté. Rien d'autre ne comptait que sa fondation à laquelle elle consacrait toute son énergie. Et puis les jours qui venaient allaient se révéler pleins de dangers qu'il était inutile de lui faire courir.

Il allait se concentrer sur le projet de Lambart. Il serait toujours temps de reprendre contact avec Alice après.

Arno avait décidé de se mettre au service du projet fou d'Adrian Lambart. Non pas qu'il envisageât de passer le reste de ses jours sur cette île, mais l'idée d'être plus fort que le gouvernement d'un pays indépendant, de contribuer à démontrer que même au vingt-et-unième siècle on pouvait conquérir une nation indépendante, l'excitait beaucoup.

Et pour parachever la description de la situation, le projet conquérant d'Adrian n'était pas la seule chose qui l'excitait.

Assise sur le canapé en rotin du salon, vêtue d'une robe blanche qui lui arrivait à mi-cuisses, Victoria s'était une nouvelle fois imposée chez lui sans qu'il parvienne à déterminer ses intentions. Elle terminait une tasse de thé à la vanille qu'il lui avait offert presque contre son gré.

— Alors comme ça, vous connaissez monsieur Lambart ? demanda-t-elle avec une pointe de langueur dans la voix.

— Tout à fait ! Je suis en train... je veux dire, il m'a confié une mission compatible avec mon travail de recherche sur le gouvernement... enfin, sur l'histoire de la cession des îles Chagos au Royaume-Uni...

Arno improvisait. Il ne savait pas ce que Victoria connaissait de leur entrée clandestine à Maurice, et il était en train de se prendre les pieds dans le tapis dans les grandes largeurs. Il faut dire que la proximité de cette femme lui faisait perdre ses moyens. Elle dégageait une sensualité incroyable et en jouait avec une dose de distance et de timidité qui la rendait irrésistible. Arno se demanda si elle jouait un rôle ou si elle avait sincèrement jeté son dévolu sur lui.

— Alors ce que je vais vous raconter va vous intéresser, dit-elle. Un attentat a eu lieu dans la cour de l'hôtel du Premier ministre, la semaine dernière. La presse aurait dû en parler, mais bizarrement l'affaire a été étouffée.

Arno se raccrocha à la conversation et parvint à oublier quelques instants les jambes de Victoria qu'elle croisait et décroisait à intervalles réguliers.

— La révolte gronde dans tous les pans de la société mauricienne, dit-il. J'imagine que Ramchoomun ne tient pas à s'étendre sur des événements qui peuvent l'affaiblir encore plus.

— Vous savez, bientôt ce pays sera dirigé par les Francos... Vous devez le savoir si vous fréquentez Lambart.

Victoria était impliquée dans le complot qui se fomentait. Arno en était sûr depuis qu'il l'avait croisée sur sa planche de Kitesurf. Ses semi-confidences devaient être un moyen de le tester, de découvrir ce que lui savait... Ou bien essayait-elle de lui envoyer un message ?

— C'est une situation intéressante, hasarda Arno. Vous pensez qu'ils parviendront mieux que Ramchoomun et sa clique à relancer l'économie du pays ?

— Sans aucun doute. C'est en tout cas ce que pensent mes amis. Mais je ne suis pas venue vous parler de politique.

Elle se leva et fit glisser la bretelle de sa robe sur son épaule. Les bras le long du corps, elle vint placer son visage à quelques centimètres de celui d'Arno. Cette fois, elle ne prit pas l'initiative de coller ses lèvres aux siennes. Elle sembla attendre qu'il se décide.

Arno était comme figé, ses pensées disparurent au profit d'émotions plus basiques, plus animales. Son cerveau cessa de raisonner et laissa place à une tempête de réactions chimiques : cette femme sublime s'offrait à lui, rien ne s'opposait à ce qu'il la prenne.

Il passa ses mains dans le dos de Victoria pour dégrafer les boutons de sa robe qui glissa le long de son corps. Elle ne portait rien en dessous. Leur respiration s'accéléra, leurs yeux se fermèrent. Victoria s'attaqua à la ceinture d'Arno, tandis qu'il la plaquait contre la console de bois blond. Elle haletait, ses mains parcourant fébrilement le visage d'Arno. Puis, elle colla sa bouche contre la sienne et introduisit sa langue entre ses lèvres. Il la saisit sous les épaules et l'assit sur la console. Son bassin bascula en avant, elle enroula ses jambes autour des cuisses d'Arno, et bientôt le va-et-vient de leurs hanches fusionnées fit monter chez tous les deux, un puissant plaisir. Victoria poussa de petits cris rauques et sourds, comme si elle tentait de contrôler la tempête électrique qui envahissait son bas-ventre.

Lorsqu'ils eurent terminé, Victoria entraîna Arno sous la douche et massa longuement son corps à présent parfaitement détendu. « C'était vraiment très bon », dit-elle en coupant le mitigeur.

— Vous m'avez pris par surprise, Victoria. Cela nous place dans une situation embarrassante, non ?

— Vous n'avez pas beaucoup résisté... vous le regrettez ?

— Ce n'est pas ça, mais... comment dire... vous êtes mariée...

Voilà bien les hommes, pensa-t-elle. Jamais capables de résister à leur désir. Ils ne réfléchissaient qu'après. De son côté, elle savait très bien ce qu'elle voulait : son couple avec David Paulson n'était que de façade. Elle l'avait épousé pour les besoins de la cause, mais au fond d'elle, elle désirait plus que tout quitter l'île Maurice. Et cet Arno de Wilder était exactement l'homme qui lui permettrait de s'échapper. En plus, il baisait remarquablement bien. Ce qui ne gâchait rien.

— Revoyons-nous, dit-elle. J'ai adoré votre façon de me faire l'amour... Nous pourrions passer d'autres bons moments... J'en ai envie, en tout cas.

La carapace d'Arno était sérieusement entamée. Il était censé se fondre dans la bonne société mauricienne pour contribuer au projet d'Adrian Lambart, et voilà qu'il commençait par coucher avec une femme dont il ne connaissait pas vraiment le rôle. Il se sentait confus, faible, ou en tout cas coupable d'avoir perdu le contrôle.

Et puis, il y avait Alice... que devait-il faire vis-à-vis d'elle ? Lui avouer son incartade ? Ou bien leur rupture était-elle déjà consommée ? Ne lui avait-elle pas dit qu'elle aspirait à se consacrer à son projet, et que même si Arno pouvait aider à sa réalisation, elle n'envisageait pas qu'ils forment un couple stable et conventionnel ?

Il ne promit rien de précis à Victoria, se contentant de lui dire qu'il serait heureux qu'elle continue à lui apprendre à décoder la société mauricienne. Après son départ, il fit la seule chose qu'il savait capable d'éloigner ses états d'âme : il se replongea dans sa mission.

Paris

La fin de l'hiver était pluvieuse en Europe, mais cela n'affectait en rien le moral de Jean-Robert Maréchal. Lorsque l'on dirigeait un service secret parmi les plus efficaces du monde, lorsque l'on veillait aux intérêts de la France partout sur la planète, la dernière chose à laquelle on était sensible était bien la météo.

Son interlocuteur du jour semblait avoir décidé de se protéger de la pluie grâce à une casquette à l'effigie du FBI usée jusqu'à la trame. Cela amusa beaucoup l'espion français : qu'un citoyen américain travaillant pour *Deep Impact* ait pu pénétrer au siège de la DGSE avec une casquette des forces de police américaines était à tout le moins incongru. Bien sûr, dans le cadre de la collaboration franco-américaine, ses collègues de la CIA participaient souvent à des briefings ici même, mais ils n'affichaient pas le sigle des services secrets américains.

— Merci d'avoir répondu à mon invitation, monsieur Lewis, dit Maréchal en indiquant un fauteuil à son visiteur.

— C'est normal. *Deep Impact* agit dans le secret des affaires, mais nous n'avons rien à cacher à la DGSE.

— Vous avez donc la nationalité française ? demanda Maréchal qui connaissait déjà la réponse.

— Pas encore, mais c'est en projet. J'ai longtemps travaillé pour le gouvernement américain. Je dois attendre encore cinq ans avant d'être libéré de mes obligations.

— Vos obligations vis-à-vis du FBI ?

— Non. De l'US Air Force. J'étais pilote, mon général.

— ... ce qui vous a amené à enquêter sur le vol *WJ012* ?

— Pas tout à fait... mais je suis sûr que vous savez déjà tout sur cet accident, n'est-ce pas ?

Maréchal savait beaucoup de choses, en effet, et ce qui l'avait poussé à rencontrer Dave Lewis n'était pas vraiment les informations que ce dernier avait collectées auprès de Dassault Aviation. Pour autant, partager lesdites informations en toute transparence permettrait de créer le lien de confiance indispensable pour la suite.

— Dîtes-moi tout de même ce que vous avez appris, monsieur Lewis.

— Je dois dire qu'il n'a pas été facile d'y voir clair. Malgré les excellentes relations que nous avons au plus haut niveau chez Dassault, il semblerait que tout ce qui concerne cet accident ait longtemps été classifié.

Maréchal esquissa un sourire. « C'est vrai », se contenta-t-il de répondre.

— Mais les choses se sont brusquement débloquées il y a quelques jours... Vous y êtes peut-être pour quelque chose ?

Le jeu du chat et de la souris ne pouvait que tourner à l'avantage de la DGSE, les deux hommes le savaient. Dave Lewis essaya tout de même de comprendre le rôle des services secrets français. « Je pense que la DGSE n'est pas impliquée directement dans l'accident, dit-il. Pourtant, vous aviez un intérêt à garder secrètes les informations sur les causes... pourquoi ? »

— Nous allons y venir. Dites-moi plutôt ce qui s'est passé... sur un plan technique, je veux dire.

Dave Lewis se décida à jouer la transparence.

— L'avion a été saboté au départ de Kuala Lumpur, dit-il. Il semble qu'il a subi une avarie extrêmement rare lorsqu'il était à son altitude de croisière.

— Quel genre d'avarie ?

— Une dépressurisation lente : la perte progressive de la pression de l'air maintenue à bord, avec comme conséquence une chute du taux d'oxygène. S'ils ne s'en aperçoivent pas, les pilotes et les passagers perdent connaissance et finissent par mourir d'hypoxie.

— Est-il possible que les pilotes ne s'en aperçoivent pas ?

— Oui, si l'alarme de dépressurisation est mise hors fonction… Les pilotes ressentent progressivement une forme de fatigue, avant de sombrer dans le coma sans même s'en apercevoir. Si l'alarme fonctionne correctement, ils appliquent une procédure simple : ils sortent les masques à oxygène puis descendent à un niveau de vol où l'air est respirable. Mais ce n'est pas ce qui s'est passé, et c'est pour cela que je parle de sabotage.

— Quelles sont les données qui vous permettent de l'affirmer ?

— La température à bord a été enregistrée, puis transmise au centre de surveillance des vols du constructeur. Lors du vol du *WJ012*, elle est progressivement passée de 21 °C à — 54 °C… la température extérieure à cette altitude. Par la suite, les enregistrements ont brusquement cessé. Comme si l'avion s'était soudainement désintégré.

— Qu'est-ce qui peut expliquer ça ? demanda Maréchal qui connaissait également la réponse.

— La destruction de l'appareil par un missile ou sa chute dans l'océan, mon général. Mais cette dernière hypothèse n'est pas logique : compte tenu du kérosène embarqué, le *jet* aurait dû voler beaucoup plus longtemps sur pilote automatique et terminer sa course sur les côtes africaines.

La version officielle voulait que l'avion eût été abattu par les Américains pour éviter qu'il ne menace leur base de Diego Garcia. Mais ce que Maréchal ne savait pas, c'est comment il avait été saboté à l'origine. Il laissa Dave poursuivre.

— Nous savons qu'au moins un ancien agent de vos services se trouvait à bord, Louise Lambart, et que l'appareil a subi des opérations de maintenance à Kuala Lumpur au cours desquelles il aurait été possible de déconnecter l'alarme de dépressurisation et de saboter certains joints secondaires pour provoquer cette dépressurisation. Ce qui nous conduit à nous interroger sur le rôle exact de la DGSE, non pas dans le sabotage, mais à propos de la disparition ultérieure de l'appareil. Que pouvez-vous me dire à ce sujet, mon général ?

— Vous avez fait du bon boulot, monsieur Lewis. Nous sommes convaincus comme vous que l'appareil a été saboté lors de sa maintenance à Kuala Lumpur, donc par les Malaisiens. Et nous savons, comme vous, que ce sabotage est lié à la découverte de Louise Lambart et Vincent Weber : la corruption de hauts dignitaires malaisiens et mauriciens.

— Ce qu'ils avaient découvert à propos des gisements pétrolifères bidons vendus par les Mauriciens ?

— Exact.

— Pourquoi ne pas avoir dévoilé l'affaire ? Ne serait-ce qu'en hommage à Louise Lambart, votre agent.

— Ex-agent, monsieur Lewis. Louise ne travaillait plus pour nous à cette époque. Elle travaillait pour l'agence privée de son mari, Adrian Lambart... que vous connaissez, je crois.

Il n'était plus nécessaire de finasser, pensa Dave. *Deep Impact* devait jouer la partition de la DGSE, les instructions d'Arno avaient été limpides.

— Monsieur Lambart nous a confié une mission de déstabilisation de l'état mauricien. Il entend favoriser le tourisme aux Seychelles où il a des intérêts, semble-t-il.

— C'est bien le problème dans cette affaire, soupira Maréchal. Adrian Lambart a des intérêts que nous ne comprenons pas toujours... Mais surtout, même s'il a longtemps travaillé indirectement pour nous, Adrian Lambart est devenu parfaitement incontrôlable depuis la mort de sa femme... Nous avons besoin de *Deep Impact* pour comprendre ce qu'il fabrique. Nous voulons entrer en contact avec votre patron, Arno de Wilder, qui se trouve à l'île Maurice. Le problème, c'est qu'il est surveillé jour et nuit par Lambart. Il nous faut trouver un moyen discret. Vous avez une idée, monsieur Lewis ?

❄

Lorsque Thomas de Prat travaillait sur une affaire qui promettait d'être sensationnelle, elle occupait ses pensées vingt-quatre heures sur vingt-quatre. Il en oubliait de manger et de dormir jusqu'à ce qu'il soit sûr d'approcher la vérité. C'était sa conception du journalisme : une vocation qui consistait à découvrir ce que d'autres, pouvoirs gouvernementaux, organisations parapubliques ou multinationales, voulaient dissimuler. Pour cela, il pouvait s'appuyer sur un réseau de contacts de premier ordre. Comme pour une enquête policière, il savait que des personnes détenaient un morceau de vérité sans parfois en avoir conscience elles-mêmes. Son job consistait à assembler les différentes pièces du puzzle sans présager de ce que donnerait l'image finale.

En l'occurrence, après que ses amis de *Deep Impact* l'eussent tuyauté sur la disparition d'un *jet* d'affaires au-dessus de l'océan Indien, il avait acquis la conviction que la France était d'une manière ou d'une autre liée à cet accident. Didier Eichmann, le directeur de la sécurité de PGF lui avait confirmé qu'il avait cherché à découvrir ce que fichaient les Malaisiens avec cette concession bidon dans les eaux territoriales de l'île Maurice. Il était devenu clair que de hauts dignitaires malaisiens et mauriciens avaient trempé dans cette histoire de corruption et de pots-de-vin. Restait que cette trop classique histoire de fonds publics détournés, qui se passait à l'autre bout du monde, n'était pas vraiment de nature à passionner le public français. En revanche, le fait que Louise Lambart et Vincent Weber, deux agents clandestins, se soient trouvés à bord du *jet* affrété par le gouvernement mauricien était plus prometteur. Sans compter son ami Arno de Wilder qui était à Maurice depuis plusieurs mois.

Il y avait quelque chose à creuser de ce côté-là.

Thomas décida de rencontrer Dave Lewis. Il enfila une tenue de cycliste, sortit son VTT en carbone flambant neuf, et entreprit d'arpenter les allées du bois de Boulogne. Le collaborateur de *Deep Impact* y avait ses habitudes tous les samedis matins.

Dave ne fut pas difficile à repérer. Outre un cuissard noir et un maillot moulant, également sombre, il portait son éternelle casquette du FBI sous son casque de vélo. Thomas se porta à sa hauteur le long d'une allée qui serpentait près de l'hippodrome de Longchamp.

— Hey, Dave ! Pas de vélo pour tes boss, aujourd'hui ?

Lewis connaissait bien Thomas qui comptait au rang des « amis » de *Deep Impact*. Comme Julien et Arno, Dave savait pratiquer avec le journaliste le jeu du « je te tiens, tu me tiens par la barbichette ».

— Salut, Thomas ! Eh non : Julien doit récupérer de sa soirée d'hier. Quant à Arno, il est toujours à Maurice.

— Ouais, je sais. Il m'a mis sur l'affaire de la concession pétrolière… tu dois être au courant, non ?

Les deux hommes posèrent pied à terre à l'angle d'une allée qui s'enfonçait dans le bois. En soirée, ils auraient risqué d'être pris pour les clients des prostitués, hommes ou femmes, qui pullulaient à cet endroit. Mais à cette heure de la matinée, vêtus des derniers atours à la mode chez les bobos parisiens pratiquant le cyclisme, ils étaient seulement deux amis faisant une pause dans leur chevauchée pédalière. Thomas but à sa gourde, une gorgée de boisson énergisante.

— Tu sais si on peut le joindre ? demanda Thomas. J'aimerais lui dire deux mots de ce que j'ai appris au sujet de l'implication des Français.

Deep Impact et Dave savaient déjà ce que Thomas avait

découvert. Il n'était pas question, en retour, de mettre le journaliste dans la confidence de leurs relations nouvelles avec la DGSE. En revanche, Thomas pourrait bien constituer le moyen d'échanger avec Arno sans éveiller l'attention d'Adrian Lambart.

— Arno doit rester planqué pour le moment. Même nous, on n'a aucun contact avec lui, concéda Dave.

— Vous avez besoin de lui parler ?

— On a toujours besoin de parler au boss ! Mais on pense qu'il est surveillé. On évite les contacts pour le moment.

Dave eut l'intuition que Thomas avait une idée. Il lança une semi-confidence pour le faire parler : « La DGSE aimerait lui parler, mais ils n'ont personne sur place. »

— La DGSE ? Pourquoi ? C'est lié à Petro-Malaisie ?

— On t'en parle dès qu'on le peut, Thomas. Promis. En attendant, si tu arrives à le joindre, peux-tu nous prévenir ?

— Je sais comment le joindre, répliqua le journaliste. À coup sûr. Tu m'en dis un peu plus sur la DGSE et je t'ouvre un canal de communication sécurisé avec Arno. *Deal* ?

Dave Lewis réfléchit quelques secondes puis les deux hommes se serrèrent la main.

Thaïlande, Phuket

Thomas de Prat fit le voyage depuis la France en passant par le Qatar. À l'escale de Doha, il fut rejoint par un homme qui prétendit s'appeler François… François tout court. Pas de nom de famille, pas de métier officiel. Juste une information laconique transmise par l'officier traitant qui avait briefé Thomas à Paris : « François est importateur de fruits exotiques. Sa société est basée au Moyen-Orient, mais il est tout à fait compétent pour vous assister en Thaïlande. » Thomas ne fut pas dupe, il s'agissait d'une couverture, et l'homme était un agent clandestin au service de la DGSE. Mais la suite de ses investigations était à ce prix : accepter de se faire chaperonner par un espion.

Le vol de Qatar Airways se posa directement à Phuket, et les deux hommes s'installèrent rapidement dans un petit appartement loué à leur intention dans un condominium de Patong Beach.

« Lorsque nous aurons rejoint et isolé le contact, vous me laisserez mener l'entretien, d'accord ? » précisa François. Thomas acquiesça et se prépara à retrouver ce « contact » qu'il n'avait pas vu depuis plusieurs années.

Chaque fois qu'il était question d'Alice, le journaliste ne pouvait s'empêcher de penser à cette journée, presque quinze années auparavant, au cours de laquelle il avait admiré le courage de la jeune femme devant la cour d'Assises de la Somme. Tout jeune journaliste, il avait en effet couvert le procès de Patrice Chevalier. Thomas admirait Alice, et si elle n'avait pas choisi de lier son destin à celui d'Arno, il aurait pu facilement en tomber amoureux.

Vêtu de façon décontractée, comme pour une tournée des bars, Thomas et François quittèrent leur logement vers midi. Ils empruntèrent un *songthaew*, un bus collectif aux fenêtres ouvertes qui transportait les touristes d'un bout à l'autre de l'île. Ils se firent déposer à vingt kilomètres au nord, à proximité de la plage de *Bang Tao*. Dans un restaurant de bord de mer abrité du vent par une rangée de cocotiers, Alice était attablée en compagnie d'une dizaine d'hommes au physique inquiétant. Lorsqu'elle aperçut Thomas, elle ne marqua aucune surprise. Elle murmura quelques mots à l'oreille de l'énorme Thaï couvert de tatouages qui lui servait de voisin. Puis elle se leva et vint à la rencontre des deux Français.

— Alors, voici la nouvelle vie d'Alice au pays des boxeurs thaïs ? dit Thomas en serrant la jeune femme dans ses bras.

Elle sourit et balaya la plage du regard.

— Ça me change des hôtels de luxe, dit-elle. Mais Khun Farid et ses hommes assurent ma protection.

Elle adressa un regard à François qui se tenait en retrait. « Vous êtes venus acheter des ananas et des durians ? » Puis elle désigna une table à l'écart, sous une guirlande de lampions multicolores. « Je suis contente de vous voir, Thomas », dit-elle en invitant les deux hommes à s'assoir.

— Comme vous vous en doutez, je ne suis pas devenu rédacteur en chef de « fruits exotiques magazine », dit Thomas. François et moi avons besoin de votre aide... ça concerne Arno.

Alice se renfrogna.

— J'ai pris mes distances avec lui, dit-elle. Je me consacre à un projet qui compte beaucoup pour moi, ici, et lui est accaparé par ses affaires. Je crois qu'il est à l'île Maurice, en ce moment.

— Nous savons ce que vous faites ici, intervint François. Cela ne nous pose pas de problème, mais nous aimerions tout de même que vous nous aidiez.

Alice ne perçut pas réellement de menace, mais plutôt une forme d'avertissement. Comme Thomas l'avait laissé entendre lors de leur conversation téléphonique, son accompagnateur travaillait pour le gouvernement français. Il n'avait aucune autorité pour l'obliger à coopérer, mais il pouvait sans aucun doute se mêler de ses petites affaires thaïlandaises.

— Qu'attendez-vous de moi ? demanda-t-elle calmement.

— Arno de Wilder intervient de façon clandestine à l'île Maurice. C'est la raison pour laquelle il ne donne pas beaucoup de nouvelles en ce moment...

— Je sais cela. Nous étions ensemble lorsqu'il a accepté ce boulot. Ça a commencé en Malaisie. Mais je ne vois toujours pas comment je peux vous aider.

— Sa mission a été commanditée par un homme, Adrian Lambart, dont nous ne savons pas s'il est encore un ami de la France... Nous voudrions que vous persuadiez Arno de travailler également pour nous.

— Je n'ai aucune influence sur les choix d'Arno, réagit Alice. Il mène ses affaires et ses missions comme il l'entend. Désolée, mais je ne peux rien pour vous.

— Alice, je sais qu'Arno ferait n'importe quoi si vous le lui demandiez, intervint Thomas. Je pense que l'inverse est également vrai…

— Mais Arno ne m'a rien demandé, et puis je vous le répète : j'ai mes affaires ici.

À cet instant, une superbe Thaïe d'une vingtaine d'années s'approcha de leur table. Elle se composa un sourire enjôleur et fit mine de s'assoir à côté de Thomas. Alice lança une injonction en thaï et la fille fit aussitôt demi-tour.

— Que lui avez-vous dit ?

— Que vous n'étiez pas intéressés. Toy gagne sa vie avec de riches Occidentaux comme vous, mais je ne crois pas que vous soyez là pour ça. Je me trompe ?

François reprit la parole.

— Écoutez, mademoiselle Lanzac. Nous connaissons vos activités, ici. Nous savons que vous financez vos bonnes œuvres avec l'argent de la prostitution. Comme je vous l'ai dit, ce ne sont pas nos affaires, mais si vous acceptez de nous aider, nous pouvons vous fournir les moyens de lever des fonds, disons… plus légalement.

— Ah oui ? Et comment ? demanda Alice d'un ton sec.

— En recevant une contribution du gouvernement français pour votre fondation, par exemple.

Alice dissimula sa surprise. Elle demanda :

— Et comment ferait la France pour financer une fondation thaïlandaise d'aide aux victimes du sida ?

— Vous avez entendu parler des fonds secrets ? poursuivit François. Plusieurs dizaines de millions d'euros que nos services sont libres d'utiliser comme bon nous semble, dans l'intérêt de la France, naturellement…

François sortit de sa poche une enveloppe épaisse de cinq

centimètres. Comme Alice progressait dans la connaissance des paiements en liquide, elle estima qu'elle devait contenir au moins vingt mille dollars. Après tout, si cet homme était prêt à payer une telle somme simplement pour qu'elle parle à Arno, pourquoi pas, pensa-t-elle.

— Vous voulez que je convainque Arno de travailler pour vous ? demanda-t-elle. C'est ça ? Et comment voulez-vous que je m'y prenne ?

— Ça, c'est votre problème, mademoiselle Lanzac. L'essentiel est que vous portiez à sa connaissance l'ensemble des informations relatives à l'affaire qui nous occupe.

— Vous voulez que je l'appelle, que je lui dise que j'ai été contactée par les services secrets français qui m'ont demandé de lui transmettre une série de renseignements ? Correct ?

— Non Alice, dit Thomas. Par téléphone, François ou l'agence qui l'emploie auraient pu faire ça eux-mêmes. Il faut lui parler en personne. Il faut que vous vous rendiez à Maurice.

8

LA LOI DES ÎLES

Île Maurice

La police mauricienne ne disposait pas de moyens conséquents. Huit mille hommes en tout et pour tout, principalement affectés à la circulation et aux bagarres du samedi soir. Nadeem Ramchoomun pouvait difficilement enquêter sur l'explosion qui s'était produite dans la cour du ministère. Victoria Paulson était impliquée, sans aucun doute, et l'homme qui l'accompagnait devait être le véritable commanditaire. Mais Ramchoomun ne pouvait rien dire.

Son aide de camp, un lieutenant de police d'une trentaine d'années, pénétra dans son bureau. De type indien, l'uniforme décoloré à force d'avoir été lavé et repassé sans précautions, il se figea dans une sorte de garde-à-vous tout droit sorti de Bollywood.

— À vos ordres monsieur le Premier ministre !

— Que savez-vous de Victoria Paulson ? demanda Ramchoomun sans préambule.

— Sa famille possède un groupe prospère, monsieur. Elle

descend d'une lignée de planteurs. La canne à sucre et le rhum leur ont permis d'amasser une jolie fortune jusqu'au début des années 80. Ils se sont ensuite orientés vers l'immobilier. Ils possèdent une dizaine d'hôtels et plusieurs centaines d'hectares de champs ont été reconvertis en lotissements de luxe pour étrangers. Mariée à un Sud-Africain, David Paulson, lui aussi hôtelier.

— Pourquoi alors viennent-ils m'emmerder s'ils ne manquent pas d'argent ?

— Les hôtels sont vides depuis les attaques de requin, monsieur. J'imagine que ces gens ont peur pour leur business.

Ramchoomun comprenait leur préoccupation. Dans son référentiel de priorités, l'argent arrivait tout en haut. Les pots-de-vin qu'il avait perçus tout au long de sa carrière lui permettaient d'être à l'abri du besoin pour plusieurs générations. Les millions dormaient sur des comptes offshore, et lui garantissaient de pouvoir se livrer aux plaisirs de la vie comme bon lui semblait. Il possédait une immense villa à l'île Maurice, un appartement à Londres, un autre à Paris, et même un chalet de quatre-cents mètres carrés dans la station huppée de Saint-Moritz, en Suisse. Pourtant il s'accrochait à son fauteuil de Premier ministre, plus pour disposer des moyens de dissimuler ses malversations que par réel intérêt pour le sort des Mauriciens. Et voilà qu'une bande d'hôteliers « francos » et privilégiés lui demandait de prendre conseil auprès d'un inconnu.

— Mettez-moi Victoria Paulson sous écoute. Et prévenez-moi si vous en apprenez plus sur l'homme qu'elle veut me faire rencontrer.

Le policier eut l'air embarrassé.

— C'est-à-dire... je dois vous dire que notre matériel d'écoute a été dérobé, monsieur.

— Comment ça, dérobé ? rugit Ramchoomun.

— La cellule du commissariat de Port-Louis a disparu...

— Disparu ? Qu'est-ce que c'est que cette histoire ?

L'aide de camp expliqua que les deux fonctionnaires affectés à la surveillance électronique avaient démissionné quelques jours auparavant et qu'ils étaient partis avec tout ce que l'île Maurice comptait de matériel hors d'âge, mais qui aurait permis au Premier ministre de surveiller quelques activistes clandestins.

L'île Maurice était un pays extrêmement fragile sur le plan de la sécurité. Aucune force militaire ni aucun équipement moderne. Comme d'autres pays considérés comme des paradis fiscaux, sa tranquillité reposait sur le fait de proposer à de grands groupes internationaux et à quelques organisations criminelles de placer leur argent à l'abri du fisc de leur pays d'origine. En échange, ces « clients » consentaient à aider Maurice à développer ses infrastructures ou ses services publics. Mais à part quelques radars automatiques offerts par la France, Ramchoomun n'avait jamais songé à demander du matériel policier.

— Monsieur, je pense que vous devriez rencontrer l'homme dont vous a parlé Victoria Paulson, dit le policier. Il faut comprendre ce que veulent ces gens.

— Je vais vous dire ce qu'ils veulent, moi : ils veulent ma place. Mais pour cela, il faudra qu'ils en passent par les urnes. Et les urnes, c'est moi qui les contrôle ! Moi vivant, jamais un Blanc ne dirigera l'île Maurice !

❄

Oscar, David et Igor se retrouvèrent devant le hangar métallique d'un terrain d'aviation. Sur la côte nord-est de l'île, à proximité d'une commune au joli nom de Rivière-du-Rempart, se trouvait l'unique piste privée permettant à un monomoteur à hélice de décoller. Un seul appareil était parqué dans le bâtiment. Il servait d'ordinaire à effectuer des sauts en parachute pour admirer l'île Maurice depuis le ciel.

Le soleil était déjà haut et la chaleur accablante, mais les trois hommes n'avaient pas le choix : pour que leur opération soit couronnée de succès, il fallait qu'elle ait lieu en pleine journée, lorsque les Mauriciens seraient à la plage.

Igor grimpa sur le plateau du pick-up, puis chargea de gros sacs en toile de jute par la porte latérale du Cessna 172. Pendant ce temps, Oscar fit le tour de l'appareil et inspecta les gouvernes sous toutes les coutures. Il vérifia le niveau d'huile et l'intégrité de l'hélice. Chargé comme il serait, il n'aurait pas beaucoup de marge de manœuvre au décollage. Lorsque l'opération fut achevée, les trois hommes poussèrent l'avion hors du hangar et Oscar s'installa aux commandes.

— Tu commences à l'est, puis tu fais le tour par le sud. Selon moi, tu as quarante minutes avant que les flics s'aperçoivent de quelque chose, dit David.

— T'inquiète pas pour les flics, répondit Oscar. On s'est arrangés pour qu'ils restent tranquillement chez eux à manger leur rougail-saucisse... C'est fou le pouvoir des billets verts.

L'ancien militaire sud-africain déroula la check-list prévol. Il avait appris le pilotage dans la brousse namibienne, dans ces grandes étendues arides où l'on pouvait se poser à peu près n'importe où. Le paysage de l'île Maurice était très différent, mais en cas de problème, il pourrait toujours amerrir. Il démarra le moteur, puis roula jusqu'en bout de piste où il tourna le nez du Cessna face au vent.

Quatre minutes plus tard, il survolait le lagon au niveau de Poste Lafayette. Il inclina les ailes vers la droite et stabilisa l'avion à cent mètres au-dessus de l'eau. Sur sa gauche, les vagues de haute mer venaient s'écraser sur le récif. Oscar pensa aux premiers explorateurs hollandais qui avaient découvert ce paradis, et qui avaient dû chercher la passe leur permettant d'ancrer leur escadrille à l'abri dans le lagon. La conquête de l'île Maurice était plus facile par les airs, se dit-il avant de se concentrer sur son opération de « bombardement ».

Il descendit de quelques mètres et se retourna pour ouvrir le premier sac. Au niveau de Poste de Flacq, il aperçut la première trace d'activité humaine. Les touristes ayant déserté l'île, le long ruban de sable blond était occupé par des familles mauriciennes à la recherche de quelques heures de repos dans un week-end estival. Il bascula le sac de jute vers la porte ouverte de l'appareil, et les milliers de petits feuillets s'échappèrent comme une pluie de confettis colorés. L'essentiel finirait dans l'eau, mais certains tomberaient à portée des plaisanciers et ceux-ci découvriraient le message rédigé à leur intention.

À l'instar d'un messager postal parcourant le ciel, Oscar longea la côte est en direction du sud. Sur chaque plage, il renouvela son bombardement informatif. Trou-d'Eau-Douce, l'île aux Cerfs, Blue Bay, chaque anse fut systématiquement traitée par l'opération d'information à destination du bon peuple mauricien. En passant à proximité de l'aéroport international, Oscar aperçut au loin un avion de ligne s'apprêtant à se poser à Mahébourg. Son Cessna de toile et de bois resterait invisible pour les radars de la plate-forme. En outre, il volait beaucoup trop bas pour être aperçu par les agents du contrôle aérien. Il ne s'attarda toutefois pas dans le secteur. Les plages du sud étaient moins fréquentées, aussi Oscar reprit-il ses parachutages lorsqu'il arriva au sud-ouest, à proximité du Morne Brabant.

Partout, les Mauriciens, d'abord incrédules devant ce messager au bourdonnement d'insecte, se précipitèrent sur les tracts qui tombaient à leur portée. En une heure, tous les sacs furent vides et l'ensemble de la population découvrit une information dont ils se doutaient confusément, mais qui était à présent confortée par une photo sans équivoque : on y voyait Nadeem Ramchoomun, leur Premier ministre, jovial, en train de compter des billets de cent dollars étalés sur un bureau en acajou. La photo s'accompagnait d'un article expliquant que Ramchoomun était corrompu depuis de nombreuses années, mais que, plus grave, son enrichissement s'était effectué sur le dos des Mauriciens. « Le Premier ministre est impliqué dans une affaire de pots-de-vin avec la Malaisie », titrait l'article qui donnait tous les détails pour comprendre la vente de la concession pétrolière à Petro-Malaisie, puis le circuit complexe de l'argent qui avait finalement atterri dans les poches de Ramchoomun.

L'article se terminait par une invitation pour tous les Mauriciens « concernés par l'avenir de leur pays », à participer à une réunion d'information sur l'hippodrome de Port-Louis, le lendemain.

❄

« C'est un véritable coup d'État », pesta Ramchoomun en froissant le tract apporté par son secrétaire particulier.

— En général, un coup d'État est organisé par les militaires... mais nous n'avons pas d'armée, monsieur.

— Oui, bon, ne jouez pas sur les mots ! On veut me destituer, c'est bien ça qui compte, merde !

Il fulminait, jetant par terre tout ce qui lui passait à portée de main. Son secrétaire l'implora de ne pas s'énerver pour ne pas faire monter sa tension.

— Que pouvons-nous faire pour empêcher cette réunion publique ? demanda le Premier ministre.

— Nous aurions pu faire appel à la police, mais on me signale de nombreux arrêts-maladie depuis hier. Nos officiers semblent atteints d'un mal qui les empêche de remplir leur mission !

— Arrêt-maladie ! Conneries ! Ce sont des déserteurs, oui ! Il faut les traduire en justice !

— Monsieur, je crains que nous n'ayons pas beaucoup de

moyens d'empêcher ce meeting. Ou alors, il faudrait demander l'aide d'un pays ami. Les Anglais ? Les Français ?

Ramchoomun avait de bonnes relations avec ses homologues occidentaux. Mais ceux-ci avaient d'autres chats à fouetter. Ils n'allaient pas intervenir pour sauver les fesses d'un potentat tropical, corrompu de surcroît. Les services secrets français avaient une longue histoire d'interventionnisme clandestin ayant permis le maintien ou l'accession au pouvoir de dirigeants africains. Mais c'était presque toujours dans des pays appartenant à leur ancien empire colonial. Quant aux Anglais, ils verraient certainement d'un bon œil le changement de gouvernance au sein de leur ancienne possession. Ramchoomun avait beau tourner le problème dans tous les sens, son autorité à l'île Maurice ne tenait plus qu'à un fil.

— Monsieur, peut-être devriez-vous rencontrer l'homme dont Victoria Paulson vous a parlé ? Qui sait si ce n'est pas lui qui est derrière tout ça ? suggéra l'aide de camp, au bout d'un moment.

Île Maurice, le Morne Brabant

Adrian admira le vol gracieux du Cessna au-dessus des plages du sud-ouest. Depuis le sommet du Morne, il contempla cette île qui serait bientôt son royaume. Il se sentit apaisé, seul face au paysage, depuis ce point de vue irréel qui constituerait à jamais un endroit de choix pour ses moments de retraite solitaire. Sans nul doute, sa vie allait changer dans les prochaines heures. La dernière partie d'une vie tout entière consacrée à œuvrer pour les intérêts de pays qui n'étaient pas les siens allait lui permettre de régner sur un état destiné à devenir sa terre. Quelle immense ambition au vingt-et-unième siècle ! Il deviendrait le premier homme à annexer un pays entier sans verser la moindre goutte de sang. Enfin presque, songea-t-il en se rappelant les dégâts collatéraux malheureusement inévitables dans un projet de cette envergure.

Il reposa les jumelles marines qu'il avait jusqu'ici vissées sur les yeux. Il était temps de sortir de l'ombre. D'apparaître au grand jour comme l'homme providentiel qui allait apporter du bonheur à ce peuple de l'océan Indien. Mais avant cela, il devait s'assurer que l'ensemble de ses « soutiens » étaient bien en place... Il devait rencontrer une dernière fois Arno de Wilder, et lui expliquer ce qu'il attendait de lui à présent. Ou du moins : le rencontrer une dernière fois sous ce statut d'officier de liaison qui s'adresse à son agent clandestin.

Adrian entama la descente du Morne en contemplant les reflets bleus de l'océan. Le bleu marine de la haute mer, celui plus clair en bord de plage, et enfin, la teinte émeraude des eaux calmes autour des bancs de sable. Un Cardinal se posa sur une branche basse. Il tenait une brindille dans son petit bec et semblait dire : tu vois, Adrian, il n'est pas compliqué de bâtir son nid ici. Il suffit de le construire pièce par pièce, une étape après l'autre.

À l'approche du morcellement, il marqua une pause et contempla la haie de bougainvilliers rose. Inutile de se cacher, pensa-t-il, l'ensemble d'habitations avait été déserté par ses occupants. La pénurie d'eau potable avait eu raison de la patience des derniers expatriés, désolés de voir leurs jardins roussis par le soleil. Pourtant, bientôt, l'arrosage reviendrait comme par magie et les bananiers et autres palmiers verdiraient à nouveau. Adrian pensa aux familles qui s'installeraient ici.

Il contourna la villa d'Arno et pénétra directement dans le jardin en contrebas. Son agent était attablé à l'intérieur, occupé à rédiger un compte-rendu sur son ordinateur. Bien qu'il n'ait aperçu aucun véhicule garé dans l'allée, Adrian flaira une présence autre que celle d'Arno. À travers la baie vitrée, il avisa un caraco de soie gisant au pied du canapé. Il pénétra dans le champ de vision d'Arno et plaça son index en travers de ses lèvres. L'agent aperçut son officier traitant et sortit sur la terrasse.

— Vous avez de la compagnie ? demanda Adrian en désignant le lit défait et les verres de vin sur la table de nuit.

Arno eut l'air embarrassé. Comme s'il le découvrait, il constata que Victoria avait laissé son intérieur en grand désordre.

— J'ai eu de la visite, en effet, dit-il. Mais elle n'est plus là, maintenant.

— Sans ses vêtements ?

— Elle est descendue se baigner et ne remontera pas avant une heure.

Adrian connaissait la liaison de son agent avec la jeune « franco ». Au moment où leurs ébats avaient déclenché le microphone, il avait écouté les premières secondes. Il estimait que cette idylle permettrait à son agent de mieux supporter la solitude qu'il lui imposait à Maurice. Le seul problème était que Victoria jouait également un rôle dans son plan, mais heureusement, aucun des deux ne connaissait la situation exacte de l'autre dans l'organisation. Cloisonner pour mieux contrôler, toujours le même principe.

— Je vais devoir sortir du bois, dit-il. Je voulais vous briefer une dernière fois sur ce que j'attendrai de vous par la suite.

— Je vous écoute.

— Je vais prendre le pouvoir dans les heures qui viennent. Ramchoomun ne peut plus résister maintenant que son peuple est au courant de ses combines. Nous venons de parachuter une notice explicative sur toute l'île Maurice, sourit Adrian. Dans quelques heures, la population demandera sa démission.

— Et cela vous permettra de prendre sa place ?

— Pas sa place, non. Je ne peux pas devenir Premier ministre sans passer par les urnes ni sans avoir la nationalité mauricienne. Ce que je veux c'est lui sauver les fesses pour qu'il ne puisse pas avoir d'autre choix que de me céder les rênes du pays. Je n'ai pas besoin de devenir Premier ministre, juste d'apparaître comme l'homme providentiel qui protègera l'île Maurice de ses ennemis.

— Vous êtes complètement dingue. Comment pouvez-vous imaginer qu'on vous laissera prendre le pouvoir sans réaction ? Quelle sera la réponse des alliés de l'île Maurice lorsqu'ils apprendront qu'un étranger a renversé le gouvernement en place ?

Adrian Lambart sourit de plus belle.

— Les alliés ? Quels alliés ? Le monde entier se fiche de l'île Maurice, Arno. À part lorsqu'il s'agit de se faire tanner le cuir sur ses plages de rêve, naturellement. Et puis, comme je viens de vous l'expliquer, je ne vais pas apparaître tout de suite. Je me contenterais de donner mes instructions à l'équipe que je mettrai en place. Et qui me sera entièrement dévouée.

— Ôtez-moi d'un doute, vous ne m'avez pas prévu de maroquin ministériel ?

— Ça ne dépend que de vous, cher Arno. J'espère vous avoir convaincu que la vie pouvait être douce, ici.

Adrian désigna l'océan, et au loin, la silhouette de Victoria qui entrait dans l'eau. « Mais finalement, c'est vous qui déciderez de votre participation à mon projet de conquête. Peut-être préférez-vous retourner à vos fonds d'investissement et à la grisaille parisienne. J'ai encore besoin de vous quelques semaines, et je vous paye grassement pour continuer à œuvrer dans l'ombre, mais vous êtes libre de votre avenir. »

Arno fixa l'horizon. Sur le plan intellectuel, l'idée de conquérir un pays en douceur l'excitait positivement. Le cadre de la mission était par ailleurs plus qu'enchanteur. Mais il ne croyait pas vraiment à une issue heureuse pour le plan d'Adrian Lambart. Tôt ou tard, quelqu'un, ici ou en Europe, démasquerait le milliardaire et s'opposerait à lui. Nous étions en 2015, et l'on ne pouvait pas prendre le pouvoir d'un pays libre avec comme seul atout des appuis financiers et quelques hommes de main disséminés dans la population ! En France, par exemple, chaque élection présidentielle se jouait depuis toujours entre les ténors des deux partis politiques principaux. Le prochain Président de la République serait forcément soit le sortant, François Hollande, soit le champion que la Droite allait désigner, sans doute Sarkozy ou Juppé... Aucun autre scénario n'était possible : il fallait beaucoup d'expérience pour diriger un pays.

— Bien sûr, j'accomplirai ma mission jusqu'au bout, dit-il. Puis il faudra que je retourne à mes affaires. Je suis un homme de l'ombre, Adrian. Je suis heureux en coulisses, pas sous les feux de la rampe.

— Vous aurez tout le loisir de voyager, rassurez-vous. J'aurais besoin d'un agent pour représenter les intérêts de l'île Maurice à l'étranger. J'aimerais que ce soit vous... Mais j'imagine que votre décision dépendra de votre histoire avec Victoria ?

Adrian pensait avoir cerné Arno : un homme résolument motivé par les défis, mais capable de tout remettre en cause pour une histoire de cœur. Ne l'avait-il pas démontré lorsqu'il avait volé au secours d'Alice Lanzac ? Lambart connaissait l'histoire par cœur.

— Hélas, pas une demoiselle, dit Arno. Elle est mariée...

— Victoria Paulson est mariée pour les besoins de notre cause. Vous n'avez pas à craindre les réactions de David.

Arno encaissa la nouvelle. Non seulement Adrian connaissait l'identité de son « aventure », mais il contrôlait sans doute David et Victoria Paulson.

— Vous êtes redoutable, Adrian. Aucune manipulation ne vous arrête dans votre conquête du pouvoir.

— Détrompez-vous, le pouvoir n'est pas affaire de manipulation ou de contrôle. C'est une question de maîtrise de l'information. D'ailleurs, je voulais vous prévenir : votre amie, Alice

Lanzac, est sur le point d'arriver à l'île Maurice. Elle prend un vol depuis Singapour ce soir.

La stupéfaction d'Arno monta d'un cran. « Comment le savez-vous ? » articula-t-il difficilement.

— L'information, Arno. Toujours l'information...

Île Maurice, Port Louis

L'hippodrome du champ de Mars était baigné de la douce lumière du jour qui déclinait. De sombres collines pelées se découpaient à l'ouest. Adrian Lambart avait tenu à ce que les courses hippiques se déroulent normalement en fin d'après-midi. C'était un moyen de montrer au peuple mauricien que la vie normale reprenait son cours. Les familles se pressaient de tous les coins de l'île. En bus collectif, en voiture ou en moto, ce furent plus de cent mille personnes qui rejoignirent les tribunes et la pelouse centrale pour assister au spectacle. Le tract leur avait promis un discours historique pour le pays, mais aussi une des courses extraordinaires pour lesquelles les gains seraient triplés par rapport à l'ordinaire. Adrian Lambart avait lui-même assuré la dotation : des dizaines de millions de roupies étaient en jeu.

Le départ de la première course fut donné dans une ambiance joyeuse et survoltée. Les familles indo-mauriciennes s'échangeaient des tuyaux sur les chevaux les plus en forme. Les Sino-Mauriciens consultaient fébrilement le journal hippique relatant les dernières informations, tandis que les « francos » allaient et venaient d'un groupe à l'autre, se mêlant au reste de leurs concitoyens. Ils avaient reçu des instructions précises : le meeting sera un événement d'union nationale. « Nous sommes un seul peuple et notre destin commun va changer. Soyons unis et solidaires. »

Nadeem Ramchoomun arriva dans un véhicule aux vitres sombres. Quelques sifflets fusèrent sur son passage et il fila tout droit vers sa loge accompagné d'un aréopage de femmes en sari indien.

L'homme qui le suivait à bonne distance était lui vêtu d'un costume crème et d'une cravate bleu ciel sur une chemise blanche : Adrian Lambart rayonnait d'assurance. Il n'avait plus qu'à attendre son heure.

Lorsque les cinq premières courses se furent achevées, le speaker avertit la foule qu'un entracte de vingt minutes allait permettre à chacun de se désaltérer avant la suite du programme. Adrian se pencha à l'oreille du Premier ministre :

— C'est le moment, monsieur. Soyez digne.

Ramchoomun s'avança sur le balcon de la loge. Les huées de la foule commencèrent timidement puis se firent de plus en plus fortes. Les Mauriciens n'étaient pas habitués à se révolter violemment, mais le Premier ministre comprit qu'il allait devoir se montrer convaincant. Il se figea devant le microphone posé sur un pied réglé à sa hauteur. « Mes chers concitoyens, commença-t-il en créole, je suis très ému de me retrouver devant vous, aujourd'hui. Vous savez que je suis l'objet d'attaques qui salissent ma réputation… »

La foule gronda, à présent entièrement tournée vers la tribune. Ramchoomun se reprit.

« J'ai commis des erreurs, certes, mais je veux vous dire aujourd'hui combien je crois en l'avenir de notre pays. Combien je pense que si nous restons unis, nous pouvons faire de l'île Maurice une grande nation. Une des plus belles dans cette région du monde. Pour cela, j'ai choisi de nommer un conseil de Défense nationale et d'en confier les rênes à un homme qui possède toutes les qualités pour résoudre nos difficultés. En vertu d'une modification de notre constitution qui a été votée la nuit dernière, ce conseil de Défense aura autorité pour prendre toutes les mesures nécessaires au développement de l'île Maurice. »

Le silence se fit presque complet. Il n'était pas habituel

qu'un homme politique mauricien s'adressât à la population ailleurs qu'à la télévision. Encore moins pour annoncer qu'il s'apprêtait à partager le pouvoir.

« Mesdames et messieurs, mes chers concitoyens, laissez-moi vous présenter l'homme qui va œuvrer à mes côtés dans les années à venir… monsieur Adrian Lambart. »

Une légère confusion s'empara des spectateurs. Ils n'avaient jamais entendu parler de Lambart, aussi tentèrent-ils de distinguer l'homme qui se trouvait aux côtés du Premier ministre. Une soixantaine d'années, les cheveux coupés courts surmontant un visage bronzé et émacié, il dégageait une impression de calme et d'autorité.

« Jupitérien », auraient commenté les journalistes occidentaux.

Adrian s'était préparé à ce moment. Celui où, tirant un trait sur des dizaines d'années de clandestinité et d'actions occultes, il allait devenir un homme public. Il inspira profondément et prit place devant le micro.

« Chères Mauriciennes, chers Mauriciens, dit-il d'une voix grave et forte. Vous êtes un peuple petit par la taille, mais grand par son histoire. Depuis votre pays isolé au milieu de l'océan Indien, vous êtes depuis toujours le symbole de la capacité des peuples à vivre ensemble. Vous venez de tous les horizons, du sous-continent indien, de Chine, d'Europe ou d'Afrique, mais vous constituez une nation harmonieuse au potentiel extraordinaire. »

Adrian savait que c'était largement exagéré, mais la flatterie était le meilleur moyen de faire une première bonne impression. Il poursuivit :

« Nous traversons depuis des mois une période difficile au cours de laquelle notre économie a été mise à mal. À cause de la défaillance de certains, à cause du manque de moyens, également, l'île Maurice est en proie à des troubles qui pénalisent son développement et qui vous font souffrir dans votre quotidien. La désertion des touristes, les ruptures d'alimentation en eau, les problèmes de notre industrie hôtelière et de notre compagnie aérienne qui ont placé nombre d'entre vous au chômage sont autant de difficultés qui seront surmontées pour que nous reprenions notre marche en avant. »

Un murmure d'approbation se fit entendre. La foule commençait à adhérer. Il avait décidé de ne pas parler de lui, de ne pas se présenter à ces femmes et ces hommes qui ignoraient tout de lui quelques heures auparavant. Les semaines à venir seraient l'occasion de diffuser petit à petit les informations qui allaient bâtir sa légende. Pour l'heure, il voulait apparaître comme un homme providentiel, peu importait son passé.

« Entouré d'une nouvelle équipe dont les membres seront choisis parmi vous, je vais m'atteler à résoudre vos problèmes. Je vais le faire grâce aux ressources inestimables dont regorge ce pays. Son climat et ses paysages tout d'abord, qui font envie aux touristes du monde entier. Mais l'heure de la construction d'hôtels, toujours plus nombreux en bord de mer, est révolue. Nous devons attirer des gens qui souhaitent vivre plusieurs années dans notre pays, qui souhaitent y acquérir une villa, y dépenser leur argent, et finalement, y créer des richesses et des emplois. Sur le plan des entreprises ensuite, l'île Maurice est perçue par les Occidentaux comme un paradis fiscal aux circuits financiers occultes. Ce temps-là aussi est révolu : nous allons mettre en place des infrastructures et un cadre législatif qui permettront aux travailleurs indépendants du monde entier de venir exercer leur métier chez nous, apportant ainsi à notre économie leurs richesses et leur savoir-faire… »

Arno écoutait, subjugué, l'intervention d'Adrian. Noyé au milieu de la foule, son carnet de notes à la main, il ne manquait pas un mot du discours de cet homme qui avait ni plus ni moins décidé de devenir le nouveau roi de l'île Maurice. De son point de vue, l'exposé était un poil trop technique pour la majorité des Mauriciens qui ne comprenaient pas grand-chose à l'économie globalisée, mais au moins, Adrian exploitait-il parfaitement les interactions avec la foule. Il jouait des silences, laissait le temps aux spectateurs d'applaudir chaque assertion positive qu'il assénait comme un métronome, et enfin, il donnait l'impression de maîtriser ce qu'il avançait. Le discours dura une demi-heure, et au-delà des mesures économiques, Adrian formula toutes les promesses capables d'enthousiasmer le peuple mauricien : l'amélioration des transports en commun par la construction d'une ligne de tramway nord-sud, la mise en place d'une politique de sport pour tous en vue de la constitution d'une équipe pour représenter dignement l'île Maurice aux prochains Jeux olympiques, jusqu'à la mise en place d'un programme de participation de la jeunesse mauricienne aux formations universitaires européennes par visioconférence. Arno ne put s'empêcher de penser que même s'il était complètement mégalo et absolument inexpérimenté en matière de pouvoir politique, Adrian Lambart avait du panache.

Il sentit une main se glisser dans son dos. Victoria. La jeune femme était encore une fois vêtue de façon sexy. De hautes espadrilles à talon compensé galbaient ses mollets. Son décolleté restait décent, mais mettait avantageusement en avant sa poitrine sublime.

— Ton mari n'est pas là, demanda Arno, soudain inquiet.

— Il est là-haut avec Adrian...

Arno distingua David Paulson aux côtés de Lambart et d'un autre homme qu'il reconnut comme étant Oscar. Ils feraient manifestement partie de la nouvelle équipe dirigeante, songea-t-il.

— Et toi, Victoria, quel sera ton rôle dans cette histoire ?

Elle le fixa bizarrement. Elle était certainement au courant du plan de Lambart, elle avait joué un rôle dans l'infiltration d'Arno et Adrian par la mer. Mais Arno se demanda si elle connaissait vraiment le statut clandestin d'Arno qui devait persister à agir dans l'ombre.

— Je veux quitter l'île Maurice, dit-elle au bout d'un moment. Emmène-moi avec toi, s'il te plaît.

Il l'entraîna à l'écart, près des écuries et de la voie qui permettait aux chevaux de pénétrer sur la piste.

— Et si de mon côté, je souhaite rester à Maurice pour voir ce que Lambart va faire du pays ?

— On ne le laissera pas faire, de toute manière...

— Que veux-tu dire ? Il a l'air de bien s'y prendre pour se mettre la population dans la poche.

— Je ne parle pas des Mauriciens... Je pense aux pays étrangers que cela arrange que l'île Maurice soit dirigée par des politiciens corrompus. Les Anglais par exemple, ou les Français...

— Tu sais quelque chose ?

— Je ne peux rien te dire. Du moins tant que nous serons à l'île Maurice.

Au milieu de la foule, elle regarda vers le balcon où Adrian Lambart poursuivait son discours. Elle tournait à présent le dos à Arno et se colla contre lui. Elle avait envie qu'il la prenne, mais pas là. Ils devaient trouver un endroit calme, à l'abri des regards de ses compatriotes dont beaucoup la connaissaient.

— Suis-moi, dit Victoria, comme mue par une pulsion irrépressible.

Son ventre la brûlait. Elle avait besoin de cet homme sur elle ; qu'il la plaque solidement contre un mur, comme pour l'empêcher de fuir. Qu'il lui impose un plaisir rugueux et sauvage. Leurs ébats augmentaient d'intensité chaque fois, et Victoria pensait qu'elle enfin avait trouvé l'homme qui assouvirait son besoin de sexe intense.

Elle se trompait.

Thaïlande, île de Phuket

Qu'est-ce qui avait pu transformer une frêle jeune femme qui avait passé les quinze dernières années à se remettre d'un terrible viol, en mère-maquerelle cynique à la tête d'un réseau de prostitution ? Cette interrogation taraudait Thomas de Prat. Il avait beau tourner et retourner la question dans sa tête, il bloquait sur cette incohérence : Alice avait choisi le bien pour se reconstruire ; or il semblait qu'elle ait elle aussi décrété que la fin justifiait toujours les moyens.

François, l'agent de la DGSE était reparti au Moyen-Orient après avoir briefé Alice, mais Thomas avait décidé de rester quelques jours en Thaïlande pour enquêter sur les étranges activités de la jeune femme. Il allait rencontrer les filles qui travaillaient pour elle.

Il rejoint Toy au petit restaurant de plage de Bang Tao Beach, à l'endroit où il avait retrouvé Alice la première fois. La jeune Thaïe n'était manifestement pas de service : en tongs, short de sport et t-shirt à capuche, elle déjeunait avec Khun Farid et ses amis. Alexeï Planov les accompagnait.

— On avait dit pas de client ici, annonça khun Farid en jetant un regard méfiant à Thomas.

— Ce n'est pas un client, je m'en occupe, dit Alexeï.

Il se leva et entraîna Thomas à l'ombre d'un palmier gigantesque. Les vaguelettes bleu azur venaient lécher le sable jusqu'au pied de l'arbre.

— Je suis Thomas, un ami d'Alice, dit le journaliste.

— Je sais qui vous êtes. Elle m'a parlé de vous. Et les amis d'Alice sont aussi mes amis.

La poignée de main fut vigoureuse, le regard direct. Thomas se sentit bizarrement en confiance au contact du Franco-Russe assistant-proxénète.

— Je sais aussi ce que vous avez fait pour elle, il y a cinq ans, dit le journaliste. Je suis plus surpris de vous retrouver à ses côtés dans cette... entreprise. Alice court un sérieux danger.

— Il ne faut pas la juger, vous savez. Alice pense que c'est un bon moyen de financer son projet, et de vous à moi, je ne le trouve pas pire qu'un autre.

— Il s'agit de prostitution, tout de même !

Alexeï sourit encore.

— Vous êtes extraordinaires, vous les Français. Toujours les premiers à faire des leçons de morale à la terre entière... à vous mêler des affaires du monde. Vous feriez mieux de balayer devant votre porte avant de décréter que ce qui se passe ici est immoral. Personne ne force ces filles à coucher avec des hommes contre de l'argent, vous savez. Disons qu'elles ne font que monétiser ce capital que la nature leur a donné : un corps de rêve et un tempérament de feu.

Thomas avait du mal à s'affranchir de son éducation traditionnelle et un rien rigide. Pour lui, le commerce du sexe était synonyme d'exploitation de femmes faibles par des hommes sans scrupule.

— Admettons que la prostitution soit une activité librement consentie par ces filles... Mais ce que fait Alice consiste à profiter de leur argent. En agissant comme cela, elle se met en danger ! J'aimerais comprendre ce qui l'a conduite à se lancer là-dedans.

— Écoutez, monsieur le journaliste, si vous voulez rédiger un traité sur la psychologie humaine, et ce qui conduit parfois à de petits arrangements avec la morale, libre à vous. Moi je vous dis que nous sommes plusieurs ici à nous préoccuper de la sécurité d'Alice, et que nous ne jugeons pas la manière dont elle s'y prend pour financer sa fondation.

— Je pense qu'Arno ne verrait pas cela d'un bon œil, s'il était au courant.

— Cessez de penser à la place des autres. Moi-même, je suis au service d'Arno, et quoi qu'il me demande, je l'exécute avec loyauté tant qu'il me paye correctement. Vous pensez qu'il ne se met jamais au service de causes auxquelles il croit ? Quitte à flirter allègrement avec la morale ? C'est son choix, et si on lui fait confiance, il faut le respecter.

— OK, je ne vous convaincrais pas qu'Alice agit dans l'illégalité. Reste que je suis sincèrement inquiet pour elle.

— Alors, détendez-vous et faites tout ce que vous pouvez pour l'aider !

— Comme quoi ?

— Comme profiter d'une ou deux heures avec Toy, par exemple. Vous verrez, elle vous fera découvrir des plaisirs que vous ne soupçonnez pas. Et elle le fera avec le sourire, pour peu que vous contribuiez à la fondation de la Seconde chance.

Alexeï dévisagea Thomas avec bienveillance. Il se demanda comment allait réagir ce type un peu coincé devant la perspective de passer du bon temps avec cette poupée asiatique. Le journaliste était légèrement choqué, mais une voix insidieuse et inattendue lui chuchota de se laisser tenter. Il temporisa.

— Votre ami, le golgoth thaï, a dit « pas de client, ici ». Je ne voudrais pas le contrarier.

— OK, vous pouvez vous décider plus tard. En attendant, venez donc partager une bière fraîche avec nous. Cela vous donnera certainement de la matière pour un article sur le business de la nuit à Phuket...

Thomas passa l'un des meilleurs après-midi de sa vie. Aux bières glacées succéda un défilé de plats thaïs succulents partagés à même la nappe en plastique. Curry de poisson savoureux, poulet sauté aux noix de cajou, émincé de bœuf au basilic, chaque découverte était un enchantement pour ses papilles. Khun Farid s'avéra être un type intéressant. Il expliqua qu'il avait choisi son surnom pour se faire respecter des petites frappes issues des banlieues françaises et qui avaient tendance à considérer Phuket comme leur territoire. « Vous savez, monsieur le journaliste français, précisa-t-il, la Thaïlande est un pays accueillant où l'on se sent vite chez soi... Mais c'est notre loi qui règne ici, pas celle de vos caïds de banlieue. Ils me considèrent comme leur “frère”, mais je suis en réalité leur père. Qu'ils dépassent la ligne jaune et je les remets dans l'avion en dix minutes. Dites-le-leur bien dans votre article. »

Au bout de deux heures de festin et légèrement ivre, Thomas se laissa convaincre de goûter à l'eau translucide et rafraîchissante.

Toy ôta ses vêtements amples pour dévoiler un bikini rouge faisant apparaître la plus grande partie de sa peau ambrée. Ses seins pointaient à travers le tissu, et Thomas pensa qu'il allait avoir beaucoup de mal à garder le contrôle. Lorsqu'elle passa ses bras autour de son cou et qu'elle lui chuchota qu'elle allait s'occuper de lui *for a long, long time*, il bénit le ciel d'avoir de l'eau jusqu'à la taille. Au moins son « embarras » ne serait-il pas visible depuis la plage.

Île Maurice, aéroport de Plaisance

Arno grimpa sur la terrasse de l'aérogare et aperçut le Boeing 777 se poser face à l'est. Au moment de toucher le tarmac, l'avion se cabra et la retro-poussée des réacteurs se mit en marche. Au bout de la piste, l'engin entama un virage à droite et roula jusqu'à s'accoler au terminal. Arno se demanda étrangement lesquelles des manœuvres qu'il avait observées s'étaient déroulées automatiquement, sans l'aide des pilotes.

Il attendit que les passagers débarquent par la passerelle transparente, puis, lorsqu'il aperçut enfin les cheveux blonds d'Alice, il descendit au rez-de-chaussée et se posta devant la porte des arrivées internationales. Son inquiétude monta d'un cran en voyant les premiers voyageurs franchir le sas. Comment allait-elle réagir ? Arno s'était convaincu qu'ils ne formaient plus un couple depuis qu'elle lui avait vertement signifié qu'elle entendait se consacrer à son temple. Et en même temps, elle débarquait à Maurice pour le voir comme il le lui avait suggéré plusieurs semaines auparavant. Son aventure avec Victoria l'embarrassait, mais pas parce qu'il la considérait comme une infidélité. Simplement, il constatait une fois encore qu'il était incapable de dissocier ses relations amoureuses de ses missions. Qu'est-ce qui était le plus important à ces yeux ? Ses amours ou son boulot ? Alice ou Victoria ?

Alice apparut enfin. Elle portait son éternel pantalon cargo et un débardeur blanc dévoilant ses épaules bronzées. Elle se dirigea vers lui sans paraître surprise qu'il soit venu la chercher.

— Salut. Tu as été prévenu de mon arrivée ? dit-elle, un peu sèchement.

— Oui. Des gens ici sont au courant.

Le malaise était palpable. Ils ne se touchèrent pas, et Arno constata tristement que son regard était froid et déterminé. Il connaissait cet air. Celui qu'elle prenait lorsqu'elle luttait pour enfouir au fond d'elle-même ses émotions, positives ou négatives.

— J'ai besoin de te parler, puis je repartirai, dit-elle, glaciale.

— Alice, nous avons plein de choses à nous dire. Que penserais-tu de venir te reposer à la maison avant que l'on discute ?

— Sûrement pas. J'ai réservé un hôtel. Retrouvons-nous là-bas.

Arno refusa de la laisser monter dans un taxi. Il pouvait comprendre qu'elle soit contrariée, ou qu'elle lui en veuille de l'avoir laissée seule en Thaïlande, mais il n'acceptait pas d'être traité avec dédain alors que c'était elle qui voulait cette mise au point. Il saisit le sac de voyage et l'entraîna vers son pick-up. Au cours du trajet, Alice brisa la glace. Elle se lança dans une explication manifestement soigneusement préparée. « Je ne te veux pas de mal, Arno, mais nous ne pouvons pas continuer à vivre comme ça... Nous nous voyons deux ou trois fois par an, et je dois dire que j'apprécie nos moments ensemble. Avec toi, j'ai appris à me sentir bien dans les bras d'un homme... Mais le reste du temps, tu dois vaquer à tes affaires. Tu ne laisseras jamais tomber *Deep Impact*, tu ne viendras jamais t'installer avec moi en Thaïlande. Et du reste, c'est la dernière chose que je te demanderais tant je sais que tu dépérirais loin de tes clients, loin des affaires secrètes qui nourrissent ton cerveau. Tu sais, de mon côté, j'ai besoin d'être utile, de me reconstruire en aidant les autres... Et puis, je ne suis pas faite pour *appartenir* à un homme. J'ai besoin d'indépendance. De solitude et d'indépendance. Tu comprends ? »

Arno fixa le ruban de macadam qui serpentait entre le relief mauricien. Il n'était pas étonné par les propos d'Alice. Du reste, lui aussi avait besoin de liberté et d'indépendance. Il n'avait jamais imaginé une vie de couple conventionnelle avec elle. Il avait besoin de moments de tendresse et de partage avec une femme qui le fascinait, mais il savait qu'ils ne mèneraient jamais une vie normale.

À cause de ce qui lui était arrivé le 12 juillet 1998.

— Je comprends, dit-il. Mais est-ce que cela nous empêche de compter l'un sur l'autre ? D'être chacun un pilier dans la vie de l'autre ? Tu comptes énormément pour moi, Alice.

— Toi aussi, tu comptes pour moi. Je n'oublie pas ce que tu as fait chaque fois que j'en ai eu besoin. Mais aujourd'hui, je veux développer le temple de la Seconde chance... et toi, tu dois aller au bout de ta mission à l'île Maurice. Tu dois découvrir ce qui se trame ici. C'est ta mission, Arno : découvrir ce qui se passe en coulisse dans les affaires du Monde.

Encore une fois, Alice avait raison. Elle lisait à livre ouvert dans la mécanique psychique d'Arno. Elle comprenait son éternel besoin d'appréhender la marche collective des milliards d'individus qui peuplaient la Terre. De ceux qui y vivaient aujourd'hui, mais aussi de ceux qui les avaient précédés... et de ceux qui allaient suivre. Elle poursuivit :

— Tu as une chance unique d'œuvrer pour des choses importantes, Arno. Tu en as les moyens, et aujourd'hui, tu en as l'opportunité. C'est de ça que je suis venu te parler.

Arno ralentit sa conduite. Comme s'il voulait leur donner le temps d'aller au bout de cette conversation avant d'arriver à l'hôtel.

— Que veux-tu dire ? Que sais-tu de ce que je fais, ici ?

— Je sais que tu travailles pour un homme qui s'appelle Adrian Lambart. Que cet homme est à la fois singulier et trouble, et qu'il marche sur les plates-bandes de gens puissants qui ne le laisseront pas faire.

— Comment as-tu appris ça ? demanda Arno, surpris.

— J'ai reçu la visite d'un agent de la DGSE en Thaïlande. Il est venu me voir avec Thomas pour me demander de te convaincre de travailler pour eux.

— Qui eux ? La DGSE ?

— Oui. Mais pas officiellement... Ils veulent définir avec toi comment tu pourrais servir ton pays tout en continuant à diriger *Deep Impact*.

Arno allait de surprise en surprise. Travailler pour les services secrets français, en plus de travailler pour Adrian Lambart et ses rêves de conquête, n'était-il pas incompatible ? Et puis, pourquoi la DGSE avait-elle choisi de le contacter à travers Alice ?

— Ils t'ont suggéré de venir ici pour me recruter ? demanda-t-il en ouvrant de grands yeux.

— En quelque sorte... Ils savent que tu m'écouteras, moi... Surtout lorsque je te dirais qu'en échange de mes services, ils ont promis de financer la fondation de la Seconde chance...

Arno réfléchit rapidement. Les services secrets français avaient besoin de *Deep Impact*, sans doute contre Adrian Lambart. Ils utilisaient Alice, son talon d'Achille, pour le convaincre. Et ils promettaient d'aider la fondation, ce qui ne manquerait pas de rassurer Arno. Ils le savaient.

— Alice, je sais comment tu finances le temple, aujourd'hui. Je trouve ça extrêmement dangereux. Et assez immoral, je dois dire.

Alice afficha un sourire ironique.

— Je ne crois pas que tu puisses me donner de leçon sur ce qui est moral et ce qui ne l'est pas, tu ne penses pas ?

— Je ne te donne pas de leçon, je te dis que je suis inquiet pour toi.

— Cesse de te faire du souci, Arno. Je suis une grande fille, à présent. Et puis je suis très bien protégée à Phuket.

— Alexeï ne suffira pas face aux bandes qui règnent sur le monde de la nuit en Thaïlande.

— Je ne te parle pas seulement d'Alexeï. J'ai fait la connaissance des gens qui contrôlent le business à Phuket.

Alice expliqua son système sans rien dissimuler de la protection que lui apportaient khun Farid et ses hommes. Elle précisa que le malfrat thaïlandais faisait cela pour s'acheter une respectabilité, et que de toute manière, elle pourrait limiter les risques qu'elle prenait si Arno acceptait de travailler pour les services secrets français.

— Que suis-je censé faire ? demanda-t-il.

— Surveiller ton type, Adrian Lambart, et leur transmettre tout ce que tu apprendras de ses plans.

— Mais je suis déjà censé agir dans l'ombre pour faciliter ces plans ! Il va s'en apercevoir.

Alice le regarda avec un air mi-tendre, mi-narquois. « Eh bien, tu vas devenir un agent double, mon cher. »

— Je dois réfléchir. Je suis déjà largement sorti de mon domaine de compétences en acceptant de bosser pour Lambart. Tu savais qu'il avait pris le pouvoir ici, depuis hier soir ?

— En effet. J'ai vu ça dans la presse, en atterrissant.

— Il n'a pas prévu de m'intégrer à son équipe. Du reste, je n'ai pas encore accepté de rester vivre ici. Je dois réfléchir… Tout ça va trop vite.

La voiture approcha de l'hôtel réservé par Alice, sur la côte nord-ouest. Arno sortit de la voie rapide et s'engagea sur une route cabossée qui traversait les champs de canne à sucre. Des Flamboyants, ces arbres aux fleurs rouge vif, jalonnaient les bas-côtés. Leurs ramages se rejoignaient au-dessus de leur tête pour former une voute écarlate.

— C'est très beau, ici, tu devrais réfléchir à t'installer quelques mois, dit Alice.

— Je n'ai pas du tout envie de vivre seul dans ce pays.

— Tu ne seras pas seul. Je suis sûre que tu as déjà rencontré une jeune mauricienne pour te tenir compagnie...

Arno ressentit une pointe au creux de l'estomac. Que savait Alice de sa liaison avec Victoria ? Et comment le vivait-elle ? Elle se chargea de le rassurer.

— Je l'ai su à la minute où je t'ai vu à l'aéroport. C'est la première fois que tu ne me prends pas dans tes bras, même lorsque nous sommes fâchés... Une femme sent ces choses... Mais je ne t'en veux pas : je ne peux pas t'apporter ce qu'une femme apporte d'ordinaire à un homme, alors tu as le droit de coucher avec qui tu veux. Tu ne me dois rien.

— Je suis complètement perdu, maintenant. Je ne sais plus du tout quoi faire, ni pour toi ni pour Victoria... Je ne sais pas non plus quoi répondre à tes commanditaires... Et je ne sais pas comment me comporter avec Lambart et ses délires conquérants.

— Tu as le temps, Arno. On a le temps... Tu connais la phrase de Nietzsche, *deviens ce que tu es* ? Réfléchis à ce que tu veux devenir, vraiment. Et ne te laisse pas contrôler par qui que ce soit. Même pas par moi.

Arno s'arrêta devant le lobby d'un hôtel simple en bordure de plage. Aucun touriste dans les parages, mais un employé en chemise sale qui s'enquit des motifs de leur arrivée.

— J'ai réservé une chambre pour deux nuits. Une chambre simple, précisa-t-elle à l'employé qui dévisageait Arno.

Puis se tournant vers ce dernier avec un joli sourire :

— Tu viens me chercher demain pour me faire visiter ton île ?

Paris

L'équation que devait résoudre Jean-Robert Maréchal était complexe : un changement majeur était en cours à l'île Maurice. Le pays était loin d'être prioritaire pour les intérêts de la France, pourtant la DGSE devait se préoccuper de la situation là-bas pour une raison simple : l'homme qui avait pris le pouvoir était un ressortissant français, ex-agent indépendant au service de la France. Maréchal rédigea une note à destination du ministre des Affaires étrangères. Il hésita sur les recommandations à formuler.

Que se passerait-il si l'opération de Lambart était vue par l'opinion comme un coup d'État fomenté par un citoyen français ? Au fond de lui, Maréchal admirait ce qu'avait fait Adrian Lambart. Affaiblir un pays pour monter délicatement la population contre son dirigeant ; placer discrètement ses pions pour verrouiller l'opinion ; puis, enfin, faire pression sur ledit Premier ministre pour qu'il accepte de se mettre en retrait à son profit. C'était un cas d'école de manipulation douce... Sans compter le choix du pays lui-même : une île isolée au milieu de l'océan Indien, sans frontières à défendre, et sans aucun voisin susceptible de profiter de la faiblesse momentanée de l'île Maurice pour faire valoir ses prétentions hégémoniques. Lambart était vraiment fort. Restait à savoir ce qui animait véritablement un homme qui pourrait vouloir se venger de la DGSE, un service spécial qui avait laissé mourir sa femme...

Louise était une excellente agente, se souvint Jean-Robert Maréchal. C'est lui qui avait suggéré de faire appel à elle lorsque PGF avait eu besoin de comprendre ce que fabriquaient les Malaisiens. Bien sûr, elle avait déjà quitté la DGSE à l'époque, et elle travaillait avec son mari. Mais Maréchal s'était arrangé pour que l'agence de Lambart remportât le contrat et fît intervenir Louise. Il se souvenait des rapports rédigés par son agent : le Premier ministre malaisien était corrompu. Il avait accepté de surpayer une concession pétrolière bidon grâce à de l'argent public, lequel argent avait en grande partie fini dans ses poches ainsi que dans celles de Nadeem Ramchoomun.

Par la suite, la DGSE avait compris que la couverture de Louise était cramée lorsque les Américains les avaient prévenus que l'avion de retour vers Maurice était devenu hors de contrôle. Les pilotes et les passagers étaient sans doute déjà morts à bord. Maréchal avait alors donné son accord pour que l'avion soit abattu. Cela avait obligé les Français à partager toute l'information avec les Américains, mais surtout, cela les avait contraints à garder cette affaire secrète. Aucune enquête officielle n'avait été diligentée pour connaître les raisons exactes de la perte de l'appareil. Si cela avait été le cas, le sabotage des Malaisiens aurait été mis en évidence, et la corruption de leur Premier ministre et de Ramchoomun dévoilée au grand public. D'une certaine manière, la justice aurait été rendue. Au lieu de ça, il avait fallu faire disparaître l'épave du *Falcon* par plusieurs milliers de mètres de fonds. Un sous-marin français avait récupéré les boîtes noires, mais celles-ci ne servaient à rien d'autre qu'à disposer d'un moyen de pression sur la Malaisie et l'île Maurice lorsque le moment serait venu... Quand cela allait-il servir ? Dieu seul le savait.

En attendant, Jean-Robert Maréchal devait composer avec Adrian Lambart qui avait décidé de se venger en conquérant un des deux pays responsables de la mort de sa femme. Et il ne savait pas très bien comment s'y prendre.

Il ferma les stores séparant son bureau du reste des locaux et il finalisa la rédaction de son mémo. Il suggéra au conseiller spécial du ministre des Affaires étrangères de s'intéresser à un cabinet en intelligence économique, *Deep Impact*, avec lequel il proposait de passer un contrat à l'année pour, disait-il, « disposer partout dans le monde d'informations d'ordre économique susceptibles de porter atteinte aux intérêts des entreprises françaises, ou au contraire de favoriser leur expansion ». À la réflexion, l'idée était bonne. Il allait faire d'une pierre deux coups. Il allait s'attacher la loyauté du patron de *Deep Impact* en faisant la seule chose à laquelle ce dernier pourrait être sensible : alimenter son cabinet en missions intéressantes et rémunératrices. Et du même coup, Maréchal allait éloigner Arno de Wilder d'Adrian Lambart, qu'il fallait bien contrôler d'une manière ou d'une autre.

Maréchal conclut sa note en suggérant au ministre de rencontrer lui-même Arno de Wilder. Il fallait le faire rentrer en France sans tarder.

Île Maurice

Victoria appela Arno vers sept heures du matin. « Je dois te voir dès que possible », dit-elle, manifestement en proie à une grande agitation.

Arno sortit sur la terrasse, le téléphone à l'oreille. Le ciel était parsemé de petits nuages cotonneux mais la journée promettait d'être belle.

— Tu ne devais pas participer à une réunion citoyenne avec Lambart ? dit-il pour faire diversion.

— Dans l'après-midi, si. Mais pour le moment, je dois te parler. Igor t'a vu hier à l'aéroport avec une femme. Une Française, m'a-t-il dit...

Le moment était venu de jouer franc jeu.

— Alice est à l'île Maurice, en effet. Je dois passer la journée avec elle.

— Tu ne peux pas me faire ça ! Que fais-tu de notre histoire ? Je ne compte pas, c'est ça ?

— C'est compliqué, Victoria... J'apprécie les moments avec

toi, mais on est partis sur de mauvaises bases. Je te rappelle que tu es mariée.

— J'ai l'intention de quitter David, Arno. C'est avec toi que je veux vivre.

Arno réfléchit. Comment avait-il pu se mettre dans une situation pareille ? Il n'avait pas l'intention de faire de Victoria sa petite-amie, et encore moins de s'installer à l'île Maurice. Comment le lui dire sans qu'elle ne s'emporte violemment ?

— Laisse-moi le temps de réfléchir. Ma vie est compliquée... je dois m'organiser.

— Je croyais que tu avais tout ton temps... Il y a quelque chose que tu ne me dis pas ? Qui es-tu vraiment, Arno de Wilder ?

Arno se crispa. Il percevait le doute dans la voix de Victoria. Il percevait également une forme d'expression théâtrale, comme si elle surjouait l'amoureuse déçue. Quant à lui, il ne maîtrisait manifestement pas très bien son scénario de couverture. Comment avait-il pu se laisser embarquer dans cette situation rocambolesque ?

— Je passe la journée avec Alice, je ne peux pas te voir aujourd'hui, dit-il. Je te propose que l'on s'appelle demain.

Victoria raccrocha brutalement et Arno fut traversé par un sentiment étrange. Elle donnait l'impression de le sonder sur ses intentions plus que de déplorer qu'il ait décliné sa proposition. Il aurait tout le temps pour se pencher sur le problème plus tard, lorsqu'Alice aurait repris son avion, pensa-t-il. Pour l'heure, il devait se dépêcher d'aller la retrouver à son hôtel.

Arno remonta toute l'île Maurice vers le nord. Cinquante kilomètres au cours desquels il put constater que la vie reprenait dans les villages. Des banderoles à la gloire d'Adrian Lambart étaient suspendues aux Flamboyants. Elles proclamaient que l'île Maurice était en marche vers une nouvelle ère de prospérité, grâce au milliardaire. Dans l'euphorie de son discours à l'hippodrome du champ de Mars, Lambart avait promis à chaque Mauricien de devenir propriétaire d'un morceau de terrain pour y construire sa maison. « La terre de ce pays vous appartient, avait-il proclamé. Les programmes immobiliers pour les étrangers seront strictement limités à certaines zones décidées par le gouvernement. Pour le reste, chacun doit pouvoir ancrer sa famille sur un morceau de cette terre qui nous chérissons tous ! » Arno avait trouvé qu'il s'enflammait un peu vite, puis il s'était souvenu qu'Adrian demeurait profondément choqué par la déconvenue des habitants des îles Chagos, expulsés de chez eux lorsque la Grande-Bretagne avait loué leurs îles aux Américains. Il y avait chez cet homme une dose d'idéalisme doublée hélas, d'un cynisme froid dont Arno ne connaissait pas les limites. Il n'avait toujours pas décidé s'il pouvait travailler pour un homme pareil.

Il traversa Port-Louis et constata là encore que l'effervescence était à son comble. Les étals du marché débordaient de victuailles en tout genre, jusqu'aux abords de la route nationale. Partout, des familles aux vêtements colorés charriaient de gros sacs de provisions et de babioles. La prospérité revenait, même si Arno pensait qu'elle n'était qu'apparente.

— Bien dormi ? demanda Alice qui attendait à l'ombre d'un magnifique arbre du voyageur.

— Pas beaucoup... Mais je suis heureux de te voir.

Elle grimpa dans le pick-up et ouvrit la fenêtre. « Ça t'ennuie de couper la clim ? » dit-elle en posant ses pieds sur la console du tableau de bord.

Arno prit la route de Grand-Baie. La canne à sucre coupée permettait une vue splendide sur le littoral.

— Ça ressemble à la Thaïlande, n'est-ce pas ? demanda-t-il.

— Plus ou moins. Les espèces végétales ne sont pas les mêmes. Et puis, il y a ce lagon qui donne une couleur différente au bord de mer. Tiens, au fait, j'ai entendu parler des attaques de requins...

— L'île Maurice a connu pas mal de déconvenues, en effet. C'est pour ça que je suis là, tu sais ?

Elle le regarda en coin, narquoise.

— *Pour ça*... Tu veux dire pour régler les problèmes, ou pour les provoquer ?

Comme il ne répondit pas, elle poursuivit :

— Tu devrais sérieusement songer à la proposition des Français, Arno. Tu as besoin de te consacrer à des missions qui ont du sens. Je ne suis pas certaine que ton milliardaire mégalo ait des intentions très honnêtes.

— Parce que tu crois que les services d'espionnage sont toujours animés d'intentions louables ?

— Ils sont censés œuvrer dans l'intérêt de la France, en tout cas. Rien ne permet de penser qu'ils ne s'acquittent pas de leur mission honnêtement.

— Tout comme Lambart, je te ferais remarquer. Il a l'air préoccupé de l'avenir du peuple mauricien.

— Je pense surtout qu'il se préoccupe de ses propres intérêts. Et de son appétit de pouvoir.

Arno ralentit à l'approche d'une petite église blanche surmontée d'un toit rouge. Un panneau en bord de route indiquait le nom de l'endroit : Cap Malheureux.

— C'est curieux comme lieu d'implantation d'une église, remarqua Alice. Comme si les endroits de culte étaient destinés aux gens malheureux.

— Les religions ont été inventées pour ça. Pour donner aux gens une raison d'espérer face à la finitude de leur existence.

Alice rigola.

— Tiens, je croyais que tu avais été élevé dans la foi chrétienne, monsieur l'aristocrate ?

— Ça ne m'empêche pas de porter un regard objectif sur mes origines, répliqua Arno, sérieusement.

Ils firent halte et Arno entraîna Alice vers le bord de mer. Une pelouse éclatante entourait l'église, bordant un mince bandeau de sable parsemé de petits rochers de granit. Le lagon était bleu-vert à cet endroit. Au loin, la silhouette longiligne de l'île Plate barrait l'horizon. Ils s'assirent sur le sable et Alice posa sa tête sur l'épaule d'Arno. Ils restèrent silencieux, serrés l'un contre l'autre comme tant de fois sur d'autres plages du Monde. Ils se sentaient profondément comme les deux moitiés d'un même « tout », mais leur « couple » — ou plutôt leur duo — ne ressemblait à aucun autre.

Au bout d'un moment, Alice rompit le silence.

— J'ai un message pour toi, dit-elle. Les services secrets t'attendent à Paris dans deux jours. Il est temps que tu choisisses ton camp, Arno.

— Je vais réfléchir, dit-il en époussetant le sable resté collé sur son pantalon. La chose qui m'aiderait à prendre ma décision serait de savoir ce que tu veux faire, toi.

— Je te l'ai dit : je veux me consacrer à mes malades en Thaïlande. Et financer le temple de la Seconde chance.

— Ça t'aiderait donc que j'accepte la proposition de la DGSE ?

— Bien sûr. Mais ne le fais pas pour moi. Fais-le si tu penses que c'est une bonne chose pour toi.

Ils firent le tour de la petite église blanche. Sur cette île aux multiples religions pratiquées avec ferveur, l'édifice catholique était de loin le plus harmonieux. Posé sur cette plage, avec son clocher de tuiles rouges, il semblait indiquer le cap à la petite communauté de chrétiens pratiquants. L'endroit avait pourtant été affublé de l'épithète « malheureux », pensa Arno. Pourquoi fallait-il que chaque croyance, chaque conviction, chaque engagement dussent systématiquement être modérés par un concept contradictoire ? Il aurait adoré pouvoir s'engager dans un combat unique, pour une cause à laquelle il croyait à cent pour cent. Comme Alice... Hélas, ni le projet d'Adrian Lambart ni la France ne méritaient qu'il se consacrât à leur idéal dévoyé. Quel que soit son choix, il devrait composer avec leurs faces sombres. C'était l'histoire de sa vie. L'histoire de la vie, tout simplement, pensa-t-il.

— OK, je vais aller écouter ce que ces gens veulent me dire, dit-il en passant son bras autour des épaules d'Alice. Promets-moi d'être prudente lorsque tu seras de retour en Thaïlande... Je tiens à toi, tu sais ?

— Moi aussi, je tiens à toi. Je mourrais s'il t'arrivait quelque chose.

À l'endroit où était garé leur véhicule, Arno ne vit pas la BMW arrivée peu après eux.

À l'intérieur, Victoria n'avait pas manqué une miette de la scène.

9

PANIQUE À BORD

Île Maurice

Des kermesses furent organisées dans tous les villages du pays. Les voitures garées le long des rues sans trottoir formaient de longues haies métalliques indiquant le chemin conduisant aux festivités. Sur les parkings des supermarchés, on montait des estrades sur lesquelles se produisaient des groupes de *sega tipik*. L'ambiance était gaie et joyeuse, l'air s'emplissait de senteurs de curry au piment et de vindaye de poisson. Adrian Lambart avait déclaré la journée fériée et consacrée à célébrer le retour prochain de la grandeur de l'île Maurice.

L'affaire des requins dans le lagon était réglée. Un scientifique marin, fort opportunément apparu sur l'île, avait déclaré que les squales avaient été attirés par les rejets sauvages d'ordures. Il avait suffi de faire intervenir une société de nettoyage appartenant comme par hasard à Lambart, pour que les troubles cessent. Quant aux problèmes d'adduction d'eau, ce serait bientôt de l'histoire ancienne grâce au chantier gigantesque initié pour construire des bassins de captation des eaux de pluie. Dans l'esprit des Mauriciens, Adrian Lambart était un homme providentiel. Il allait placer l'île Maurice sur le chemin du développement.

David Paulson, le nouveau ministre du Tourisme, saluait la foule à travers les vitres ouvertes d'un SUV flambant neuf. Son beau-frère Igor lui servait provisoirement de chauffeur. Il parcourait les plages, descendant de voiture chaque fois pour adresser quelques mots aux fêtards. « Les touristes seront bientôt de retour, affirmait-il sans relâche. Il faudra leur montrer ce que signifie l'hospitalité à la mauricienne ! » Les habitants exprimaient leur gratitude en offrant au nouveau ministre de nombreux verres de rhum arrangé.

À l'autre bout de l'île, dans une grande propriété située à quelques encablures de Grand-Baie, Victoria s'entretint avec Oscar Watson.

L'ancien militaire sud-africain était occupé à faire absorber une mixture de sa composition à un chien errant ramassé sur une route.

— Vous allez voir, c'est spectaculaire, dit-il.

— Ça va le tuer ? demanda Victoria, légèrement inquiète.

— Non, il va juste être malade comme un chien — pardonnez-moi le jeu de mots — avant de sombrer dans une léthargie qui va durer plusieurs heures. La substance végétale sert à faire vomir, et, couplée au somnifère, la victime a l'impression de s'endormir pour lutter contre le malaise. Lorsqu'elle se réveille, elle ne se souvient de rien et se porte comme un charme. Je l'ai dosée pour que l'effet dure une vingtaine d'heures...

Le pauvre animal commença à trembler de tous ses membres, il se coucha sur le flanc et régurgita d'abondants flots de bile. Bientôt, les vomissements cessèrent et le chien sembla sombrer dans un coma agité.

— Le plus important est de s'assurer qu'il reste bien sur le flanc, dit Oscar. Pour ne pas qu'il s'étouffe si les vomissements le reprennent.

— Mais pour nos victimes, cela risque de poser problème !

— Non, rassurez-vous, là où ils se trouveront, ils seront rapidement pris en charge.

Victoria ne put s'empêcher d'être effrayée. Jusqu'alors, elle pensait être au service d'un homme calculateur et méthodique. Elle s'apercevait qu'il n'hésitait pas à recourir à des méthodes violentes pour arriver à ses fins. En l'espèce, il avait expliqué qu'il voulait neutraliser deux hommes pour les empêcher de faire leur métier pendant quelques heures.

Il lui avait demandé de trouver un complice intégré à la population mauricienne et capable de remplir discrètement cette curieuse mission d'empoisonnement provisoire.

❄

Devi travaillait à l'aéroport de Maurice-Plaisance depuis dix ans. Elle avait commencé comme agent d'enregistrement et son boulot consistait à accueillir les passagers avant leur embarquement. Consciencieuse et travailleuse, elle avait gravi les échelons et avait finalement été promue superviseuse. Les horaires étaient parfois pénibles, car les avions pouvaient partir tard, et il n'était pas rare qu'elle travaillât deux heures dans la matinée puis qu'elle reprenne son service en fin de soirée. Elle se battait pour concilier son travail avec une vie de famille compliquée à cause des soins que nécessitait sa petite fille handicapée. C'est d'ailleurs en grande partie pour elle qu'elle avait accepté le boulot proposé par Victoria Paulson.

Après leur rencontre, Devi était rentrée chez elle avec l'équivalent de trois mois de salaire en petites coupures dans un sac de toile. Elle l'avait dissimulé dans un renfoncement de sa salle de bain, juste derrière le chauffe-eau. Victoria lui avait également donné des fioles et lui avait promis un autre sac d'argent liquide dès qu'elle se serait acquittée de sa mission. Devi n'avait pas posé de questions. Elle avait besoin de cet argent.

Les traitements de sa fille coûtaient de plus en plus cher, or la sécurité sociale mauricienne était quasiment inexistante. Elle espérait que les choses allaient changer avec le nouveau gouvernement. En attendant, elle devait se débrouiller seule et cette mission constituait un coup de pouce providentiel.

On ne lui demandait ni de dissimuler une bombe dans un bagage ni de passer de la drogue, simplement de mettre du colorant dans la nourriture pour réaliser un test de sécurité. Rien de compliqué ni d'illégal. « C'est une mission secrète : nous devons tester la sûreté des plateaux-repas servis aux pilotes, lui avait dit Victoria. Les réactifs sont incolores, mais au contact de la salive, l'un se teintera en bleu et l'autre en rouge. Nous voulons vérifier que les pilotes mangent bien des aliments différents, car dans le cas contraire, ils courent le risque de s'intoxiquer ensemble lors du vol ». Devi avait gobé cette histoire. Depuis le temps qu'elle travaillait à l'aéroport, elle connaissait cette règle des plateaux-repas différenciés. Victoria avait achevé de la rassurer en buvant devant elle une fiole du produit incolore. Sa langue était devenue bleue, mais rien d'autre ne s'était passé.

Devi fixa les flacons sous son aisselle avec du sparadrap. Dans le vestiaire, elle revêtit sa tenue de travail aux couleurs de l'aéroport, puis elle sortit de sous son gilet le badge magnétique à son nom. Il lui permettait de circuler en zone sous douane. Elle franchit le portique de sécurité et montra son laissez-passer à l'agent qu'elle connaissait par ailleurs. Les fioles en plastique ne firent pas sonner le dispositif, et elle progressa sans difficulté. Elle monta à l'étage supérieur du salon réservé aux passagers de *business class*, puis se dirigea vers l'office dans lequel le personnel préparait les snacks. Personne ne s'étonna de sa présence.

Par souci d'économie, l'aéroport vieillissant de Maurice ne disposait que d'une chambre froide pour la conservation des denrées alimentaires. L'espace comportait une seule porte et était divisé en deux par un grillage métallique. D'un côté, on entreposait les plats destinés aux services de restauration de l'aéroport, tandis que de l'autre, la société de *catering* aéronautique stockait les plateaux-repas embarqués à bord des avions.

Un camion de « *Plaisance Catering* » arriva et les agents déchargèrent les conteneurs. Au moment où elle se glissa dans l'un d'eux, Devi ressentit une petite montée d'adrénaline. Les agents firent rouler le conteneur dans la chambre froide puis refermèrent la porte.

Devi était seule dans la pièce, à présent. Elle disposait de quelques minutes avant que les agents reviennent pour transborder la nourriture dans l'avion.

Elle identifia les plateaux grâce au numéro de vol indiqué sur les chariots. Elle chercha ceux destinés aux pilotes, puis sortit les fioles dont elle aspira le contenu avec deux grosses seringues médicales. Elle vida la première dans un roulé aux épinards, essuya soigneusement la goutte résiduelle afin de ne laisser aucune trace de colorant à la surface, puis elle renouvela l'opération avec les autres plateaux.

Sa tâche terminée, elle quitta sans bruit le local, se débarrassa des fioles et des seringues dans une poubelle, puis regagna son poste.

L'opération avait duré à peine dix minutes.

En route

Les pilotes étaient sanglés sur leur siège, dans le cockpit du Boeing 777 d'Air Mauritius. Matt Bogaert, le commandant de bord, serait en fonction pour le décollage. Il effectuerait la manœuvre, puis superviserait le vol pendant quatre heures, avant d'aller se détendre dans la cabine de repos située juste au-dessus de la *business class*. Sur les vols de plus de huit heures, l'équipage était composé de trois pilotes qui se reposeraient quelques heures à tour de rôle.

« MK050, vous êtes autorisés au décollage, piste quatorze, vent dans l'axe pour dix nœuds. »

Matt poussa les commandes des moteurs à pleine puissance. La météo était excellente, aussi l'avion accéléra-t-il doucement jusqu'à atteindre le point de non-retour. « *Vi one* », prononça automatiquement la voix électronique du cockpit. V1, la vitesse au-delà de laquelle, même en cas de panne de l'un des moteurs, le pilote devrait décoller coûte que coûte, faute d'avoir assez de longueur de piste pour freiner l'avion. Matt tira sur le manche.

Dix minutes plus après, l'avion atteignit vingt mille pieds et mit le cap au nord-ouest. Il ne restait plus qu'à monter à trente-six mille pieds, l'altitude de croisière, puis l'essentiel des manœuvres serait terminé avant la descente sur Paris, onze heures plus tard.

❄

À l'arrière, confortablement installé en *business class*, Arno terminait son petit-déjeuner.

Quitter Alice avait été plus difficile qu'il ne l'imaginait. Elle devait s'envoler pour la Thaïlande quelques heures après lui et leur dernière soirée avait été tendue. Ils avaient discuté jusque vers vingt-trois heures, puis la jeune femme avait décrété qu'elle avait besoin d'une bonne nuit, seule dans sa chambre d'hôtel. Arno l'avait quittée sur la promesse qu'elle redoublerait de vigilance une fois retournée à Phuket. Il n'aimait définitivement pas l'idée de la savoir frayer au milieu de cette faune interlope, fût-elle protégée par Alexeï.

Arno pensait aux rêves et aux objectifs qu'il s'était fixés lorsqu'il était adolescent. Après la mort de sa mère, il avait été élevé par son père dans la certitude d'avoir un jour un rôle à jouer dans ce monde en bouleversement. Il ne pensait à aucune vocation en particulier, mais il n'imaginait pas se contenter d'une existence banale, dans laquelle le travail serait le moins pénible et le plus rémunérateur possible. Curieusement, dans ce tableau fait de « devoirs » et de « talents à faire fructifier », il n'avait jamais vraiment intégré l'amour d'une femme ou la construction d'une famille.

L'avion atteignit les côtes de la Somalie après quatre heures de vol. À dix kilomètres au-dessus d'un des endroits les plus pauvres de la planète, Arno termina son déjeuner sur un verre de Dom Pérignon millésimé, le champagne servi aux passagers de *business class*.

Il se leva pour aller aux toilettes à l'avant de l'appareil et croisa le commandant qui quittait le poste de pilotage pour monter dans sa cabine de repos. Une hôtesse débarrassait les plateaux-repas servis aux pilotes.

❄

Pravesh était en place droite dans le cockpit. C'était le plus jeune des deux co-pilotes et il effectuerait l'atterrissage à Paris. Il venait de terminer son quart de repos et il resterait dans le poste de pilotage pendant toute la durée du vol.

Censé être en pleine forme, il transpirait pourtant à grosses gouttes. Il n'avait encore rien dit à Stéphane, le second co-pilote, quand il sentit une terrible nausée le submerger. Ses intestins se contractèrent violemment.

« Air Mauritius 050, vous êtes autorisés pour le niveau de vol trois-cent-soixante. Vous reporterez au point *taco* ».

Le contrôle aérien d'Addis-Abeba venait de leur donner une instruction. Pravesh était censé collationner le message, mais il ne le fit pas. Son collègue se tourna vers lui et le visage qu'il aperçut lui glaça le sang : Pravesh avait du mal à respirer, son teint était cireux, presque livide.

— Pravesh, ça va ? demanda Stéphane. Putain, vieux, tu n'as pas l'air en forme !

Le Mauricien fut incapable de répondre. Il se crispa dans un rictus de douleur et vomit une première fois dans le sac en papier dont il avait réussi à se saisir.

Stéphane appela le poste de repos à l'aide de l'interphone : « Capitaine, on dirait que Pravesh est souffrant. Vous pouvez venir ? »

Au même moment, Helena, la cheffe de cabine principale frappa à la porte du cockpit. Stéphane actionna l'ouverture électrique.

— On a un problème avec le capitaine, monsieur. Il est pris de crampes d'estomac. Il m'a envoyé vous prévenir.

À cet instant, Helena avisa Pravesh affalé en arrière sur son siège. Il avait perdu connaissance et un liquide poisseux coulait de la commissure de ses lèvres.

— OK. Je vais nous détourner vers l'aéroport le plus proche, décida Stéphane. En attendant, faites-vous aider pour transporter Pravesh dans la cabine de repos.

La situation était grave : deux des trois pilotes étaient hors d'état de piloter. Avec un seul homme dans le poste, les procédures opérationnelles étaient claires : il fallait se poser le plus rapidement possible.

— On prévient les passagers ? demanda Helena.

— Pas pour le moment. Revenez me voir dès que vous aurez sorti Pravesh. Et demandez au micro si nous avons un médecin à bord.

Stéphane n'avait jamais eu ce genre de situation à gérer. En professionnel accompli, il se saisit de son manuel des procédures d'urgence et de la carte aéronautique de la région. Il fallait déterminer rapidement où poser le Boeing « triple 7 » et ses deux cent quatre-vingts passagers.

❄

Helena était une jolie Suédoise de trente-deux ans. Elle travaillait pour la compagnie depuis quatre ans. Auparavant, elle avait sillonné le monde comme hôtesse de l'air pour Emirates, avant de rencontrer son mari pilote de ligne qu'elle avait suivi chez Air Mauritius. Elle fit preuve de sang-froid, et à l'aide du steward de la *business class*, elle sortit Pravesh du cockpit. Ils parvinrent à hisser le copilote inerte dans la cabine de repos.

« Mesdames et Messieurs, votre attention s'il vous plaît. Si un médecin se trouve à bord, il est prié de se présenter au personnel de cabine à l'avant de l'appareil. »

Un homme se manifesta rapidement et Helena le conduisit au chevet des deux pilotes terrassés par le mal mystérieux. Sans établir de diagnostic précis, il détermina qu'ils souffraient probablement d'une intoxication alimentaire sévère. Leur pouls était irrégulier et ils avaient perdu connaissance.

Helena retourna voir Stéphane, à présent seul aux commandes du Boeing. La porte du cockpit était verrouillée pour des raisons de sécurité et elle frappa vigoureusement.

Rien ne se produisit.

Elle renouvela l'opération en prenant soin de montrer son visage à la caméra de sécurité.

Toujours rien.

La situation devenait effrayante.

Helena s'appuya contre la paroi et essaya de regrouper ses esprits. Deux pilotes sans connaissance et un troisième qui ne répond plus : ce cas de figure sortait largement du cadre des procédures que la compagnie lui avait enseignées. Elle était la seule à connaître l'étendue du problème, et il ne fallait surtout pas que la panique gagne les passagers.

L'avion n'avait manifestement pas changé de trajectoire au cours des dernières minutes. Stéphane n'avait donc pas entamé le déroutement vers l'aéroport de dégagement. C'était à la fois inquiétant et rassurant. Inquiétant, car le seul pilote restant aurait dû initier ce déroutement immédiatement. S'il ne l'avait pas fait, c'est qu'il était peut-être lui aussi inapte à piloter ce foutu appareil. D'un autre côté, il était rassurant de savoir l'avion sur pilote automatique. Helena avait quelques minutes pour agir.

Mais elle n'avait pas la moindre idée de ce qu'il fallait faire. Par automatisme, elle ouvrit la porte des toilettes et vérifia que tout était en ordre. Puis elle réalisa la futilité de son geste et fut prise d'un profond vertige. Au même moment, l'avion entra dans une zone de turbulence. Théoriquement, les pilotes auraient dû enclencher le signal invitant les passagers à regagner leur place. Mais une nouvelle fois, rien ne se produisit. Comme si personne ne se trouvait aux commandes de l'appareil...

Helena jugea qu'elle devait dissimuler le problème aux passagers. Elle s'empara du micro sur la console de commande de la cabine et délivra le message adéquat.

« Madame, Monsieur, nous traversons actuellement une zone de turbulence. Veuillez regagner votre siège et attacher votre ceinture. »

Puis elle s'assit sur un strapontin et ferma les yeux.

Le médecin redescendit de la cabine de repos.

— Mademoiselle, je ne sais pas ce qu'ils ont attrapé, mais c'est sérieux. Je ne pense pas que leur vie soit en danger, mais il faudrait les hospitaliser rapidement. Est-ce que le pilote a déterminé où nous allons nous poser ?

— Je vais voir, répondit Helena pour gagner du temps.

Elle laissa le médecin remonter vers Pravesh et Matt, puis, prise de panique, elle éclata en sanglots. « Je ne peux pas dire aux passagers que nous n'avons plus de pilotes... je... je ne sais pas quoi faire. On va mourir... s'il vous plaît, aidez-moi », implora-t-elle à voix basse, suppliant un Dieu ou une fée imaginaire. Il fallait qu'elle demande de l'aide. Mais à qui ?

Elle maîtrisa à grand-peine sa panique, puis décida de se

tourner vers les hommes qui voyageaient en *business class*. Ils étaient seuls dans un espace isolé du reste des passagers, elle pourrait leur parler sans alerter les autres voyageurs.

Elle écarta le rideau de séparation et se dirigea vers l'homme assis au siège 1 A.

❄

À travers le hublot, Arno regardait les terres arides d'Afrique de l'Est défiler dix kilomètres plus bas. D'après la carte, le vol MK050 passait à l'ouest de la mer Rouge. Ils devaient être en train de survoler l'Éthiopie et ils n'allaient pas tarder à entrer dans l'espace aérien du Soudan.

— Excusez-moi monsieur, je voudrais vous parler s'il vous plaît ?

— Je vous en prie, répondit Arno mécaniquement.

Cette hôtesse avait manifestement un problème, pensa-t-il. Elle était blême et tremblait de tout son corps.

— Je ne sais pas quoi faire, ni si je fais bien de m'adresser à vous...

Elle hésitait. « Nous avons un gros problème avec les pilotes... ils sont malades... enfin, je ne sais pas vraiment ce qu'ils ont, mais ils ne répondent plus... »

Arno ne comprit pas ce qu'elle disait, mais à l'évidence c'était sérieux. La première chose à faire était d'éviter une panique générale. Il ne s'agissait manifestement pas d'un détournement et il n'y avait aucun terroriste identifié à bord. Il fallait garder la situation sous contrôle.

— Qu'attendez-vous de moi ? demanda-t-il à Helena.

— Je... je ne sais pas... que peut-on faire ?

Arno ferma les yeux en cherchant une idée. « Appeler un ami », réussit-il à formuler en son for intérieur. Le problème était qu'il se trouvait dans un avion de ligne lancé à pleine vitesse, dix kilomètres au-dessus de la terre, dans le ciel azur de l'Afrique... pas pratique.

Une idée surgit toutefois.

Il saisit sa carte bancaire et la glissa dans la télécommande de l'écran vidéo. Arno s'était toujours demandé à quoi servait ce système de télécommunication par satellite que l'on trouvait dans les avions de ligne, mais que personne n'utilisait jamais. Il calcula mentalement : ils étaient partis depuis près de quatre heures et il devait être treize heures à l'île Maurice, donc dix heures du matin en France. Il composa le numéro de *Deep Impact.* Personne ne répondit. Au bout de quelques minutes, il parvint à joindre Julien directement sur son portable.

— Arno ? Tu as une voix de robot, tu es sur la lune ?

— Pas loin Jul', chuchota-t-il. Peux-tu joindre Dave Lewis ? Très vite !

Par chance, Dave se trouvait dans les bureaux de *Deep Impact.* Il ne mit pas deux minutes à prendre la communication dans la salle de réunion.

— Dave, j'ai un sérieux problème. Je suis sur le vol Air Mauritius en route pour Paris. Une hôtesse vient de m'avertir que les trois pilotes étaient HS.

Arno lui expliqua ce qu'il savait de la situation. Il lui indiqua que seuls l'hôtesse, un steward et le médecin étaient au courant de la catastrophe. L'ancien pilote évalua la situation en un éclair.

— Première chose : comment te sens-tu Arno ? demanda Dave de son accent américain.

— Ça va. Je n'ai pas bougé de mon siège pour le moment. Je t'avoue que ça fait un drôle d'effet de savoir que ce foutu zinc est sans pilotes.

Dave Lewis était qualifié sur plusieurs modèles de Boeing. Il avait été formé à faire face à presque toutes les situations d'urgence. Il savait également que le gouvernement US et les compagnies aériennes américaines, profondément traumatisés par les événements du 11 septembre 2001, avaient mis en place des procédures pour traiter le cas d'un avion sans pilotes. Il savait que si les autorités s'apercevaient que le vol MK050 se trouvait hors de contrôle, elles le feraient encadrer par des chasseurs prêts à l'abattre au moindre danger.

Dave décida dans un premier temps de gérer la situation seul avec Arno.

— OK, avant toute chose, je dois m'assurer que nous allons pouvoir continuer à nous parler. Je vais identifier la liaison satellite que l'on utilise et nous allons intervenir auprès de l'opérateur pour la sécuriser.

Il donna rapidement ses instructions à Julien et reprit la conversation avec Arno

— La seconde chose à faire est d'aller dans le cockpit pour évaluer la situation précisément. Est-ce que la porte est fermée ?

— L'hôtesse me dit qu'elle est fermée, oui.

— OK. Il y a un code pour rentrer. Théoriquement seuls les pilotes le possèdent. Demande tout de même à l'hôtesse si elle le connaît. Dès que tu seras à l'intérieur, tu me rappelles. Il y a un autre téléphone satellite à gauche du siège du commandant de bord.

Arno se leva et fit signe à Helena. Elle était en train de détourner l'attention de l'autre passager de *business class* pour l'empêcher d'entendre ce qu'Arno chuchotait au téléphone. L'homme remit son casque sur les oreilles et se replongea dans son film. De ce côté au moins, il n'y aurait pas de problème. Elle suivit Arno.

— Helena, dit-il en avisant le badge nominatif épinglé sur sa blouse, nous allons traverser des moments difficiles... Je vais faire de mon mieux pour nous sortir de là. Je m'appelle Arno de Wilder. Je fais un métier particulier qui me permet d'avoir des contacts capables de nous aider... même ici.

L'assurance d'Arno le surprit lui-même. Il doutait de ses

capacités à faire quelque chose d'utile, mais il avait une foi inébranlable dans l'équipe de *Deep Impact*. Il n'était pas certain qu'une solution existât, mais si elle existait, ils la trouveraient ensemble. Dans l'immédiat, il devait rentrer dans le poste de pilotage. Le plus vite possible.

— Helena, reprit-il, il faut absolument garder le calme dans l'avion et faire en sorte que personne ne se doute de quoi que ce soit. Pouvez-vous assurer le service normalement ? Et interdire tout accès au poste de pilotage. Inventez une histoire de pilote-instructeur, de contrôle en vol, ou ce que vous voulez, mais même vos collègues ne doivent se douter de rien. Vous comprenez ?

La jeune femme acquiesça. Elle avait l'air paniquée.

— Demandez aussi au médecin de rester auprès des pilotes. Prévenez-moi si la situation évolue de ce côté.

Arno repoussa le rideau qui masquait la porte du poste de pilotage et avisa le clavier de déverrouillage. « Vous connaissez le code d'accès au cockpit ? » demanda-t-il.

— Les pilotes utilisent généralement l'année d'arrivée de l'appareil dans la flotte d'Air Mauritius. 2004 pour celui-là.

Pas très sécurisé, mais au moins, pas compliqué à retenir, pensa Arno. Il composa le code et la porte se déverrouilla dans un cliquetis lugubre.

Il fut d'abord saisi par l'odeur fétide et la vue du pilote allongé par terre. Ce dernier avait abondamment vomi. Il respirait, mais poussait des râles sourds, ignorant ce qu'Arno lui disait. Il allait falloir évacuer celui-là aussi.

Arno releva la tête et sentit une vague de terreur l'envahir. Une terreur semblable à celle que l'on éprouve lorsque l'on se souvient de façon fulgurante qu'on est sorti de chez soi en laissant le gaz allumé. Devant lui, les deux sièges étaient vides. Le tableau de bord était composé de dizaines de boutons et de molettes, mais également d'écrans digitaux qui diffusaient des informations absolument incompréhensibles. Au-dessus de sa tête, il avisa encore un nombre incalculable de boutons-poussoirs et de *switchs*. Enfin, les panneaux de la verrière laissaient passer un soleil éclatant. À part le caractère effrayant de l'absence de pilote, le spectacle était magnifique. Arno marqua un temps d'arrêt et prit la pleine mesure de la situation : il devait agir avec calme et méthode pour avoir une chance de s'en sortir.

Il trouva le téléphone satellite et joignit à nouveau Dave.

❄

Pendant la première heure de communication, l'Américain s'attacha à mettre Arno en confiance. Il devait être persuadé qu'il était capable de ramener l'appareil et ses passagers à bon port. Pour cela, il devait comprendre que le pilotage d'un avion de ligne en conditions normales consistait essentiellement à surveiller des systèmes et à changer le paramétrage du pilote automatique enclenché depuis le décollage. Bien sûr, si un imprévu se produisait, il y avait fort à parier qu'un amateur, même soigneusement coaché à distance par Dave, serait incapable de rétablir la situation. Mieux valait ne pas y penser pour le moment.

Le Boeing 777 d'Air Mauritius volait en palier rectiligne et le plan de vol était intégralement programmé dans l'ordinateur de bord. Au-dessus de l'Afrique, les contacts avec le contrôle aérien étaient rares, aussi personne ne s'était-il encore aperçu qu'il n'y avait plus de pilotes aux commandes du vol MK050 « Maurice — Paris ».

Dave se procura le dossier météo et constata qu'aucune situation délicate ne se présenterait d'ici l'arrivée à Paris. Il lui restait à organiser les choses pour qu'Arno parvienne à effectuer des tâches habituellement dévolues à des pilotes rigoureusement formés et possédant des milliers d'heures de vol.

En Américain pragmatique, Dave vit le verre à moitié plein :

il valait infiniment mieux un tandem Arno aux commandes et lui à la radio… qu'un cockpit verrouillé sans pilotes en fonction.

La première montée d'adrénaline passée, Arno commença à ressentir les effets de la peur. Il entrait dans une phase propice à échafauder tout un tas de scénarii noirs. Était-il possible à un novice absolu de poser un mastodonte de trois cents tonnes ? Allait-il pouvoir gérer les passagers et les membres d'équipage qui ne se doutaient encore de rien ? Et surtout : comment allaient-ils vivre les six ou sept heures qui les séparaient de l'arrivée à Paris ? Ne devait-il pas demander à Dave s'il avait une idée pour qu'ils se posent le plus vite possible ? S'il devait mourir lors de l'atterrissage, autant que ce soit rapidement…

Arno suggéra de prévenir les autorités et la compagnie aérienne de la situation.

— Non, dit Dave. Un avion sans pilotes est considéré comme un danger, surtout depuis le 11 septembre. L'armée de l'air d'un des pays que tu survoles pourrait ordonner à ses chasseurs-bombardiers de décoller. Le risque est trop grand qu'un de ces dingues fasse abattre ton avion.

Devant le silence d'Arno, il poursuivit :

— Si tu fais ce que je te dis, tu es tout à fait capable de poser ce foutu tas de ferraille, Arno. Fais-moi confiance.

C'est un débat que le pilote américain avait souvent eu avec ses collègues, tout au long de sa carrière : est-ce qu'un pilote du dimanche, à l'heure des jeux vidéo et des simulateurs de vol, était capable de piloter un avion de ligne ? C'était d'ailleurs le fantasme stupide de beaucoup d'amateurs : se trouver dans un avion commercial sans pilotes à bord et parvenir à sauver tout le monde !

La réalité était plus nuancée : une fois l'avion en l'air après le décollage, il était en effet possible de surveiller le pilote automatique et d'effectuer quelques manœuvres simples. En revanche, il était impossible de faire face au moindre problème technique ou au moindre imprévu météo. Il serait également impossible de prendre une décision d'urgence telle que celle de modifier sa trajectoire ou de remettre les gaz en cas d'atterrissage avorté. Il fallait que tout se passe bien à l'extérieur de l'avion.

À cette condition, Arno réussirait à terminer le vol sans encombre.

Dave expliqua à Arno les étapes du déroulement du vol. Il détailla les informations nécessaires qui se trouvaient sur les quelques écrans et cadrans du tableau de bord.

Arno était assis sur le siège de gauche théoriquement dévolu au commandant de bord. Sur les ordres de Dave, il tourna une petite molette qui fit successivement apparaître les paramètres liés aux moteurs, aux trajectoires, et surtout, au suivi de la navigation programmée sur le GPS.

L'avion ne bougeait pas du niveau de vol trois cent soixante, trente-six mille pieds, environ onze kilomètres d'altitude. Sa vitesse était de neuf cent vingt kilomètres-heure par rapport à la masse d'air. Comme il subissait un fort vent de face à cette altitude, le GPS indiquait en fait huit cent cinquante kilomètres-heure par rapport au sol. À ce rythme, le vol n'allait pas tarder à quitter le Soudan pour entrer dans l'espace aérien égyptien. Les choses allaient se compliquer : au-dessus de la Somalie, de l'Éthiopie et du Soudan, Arno n'avait pas eu à échanger avec les contrôleurs aériens.

La situation lui sembla soudainement encore plus effrayante. Le reste d'adrénaline qui s'écoulait dans ses veines le quitta brusquement. Il réalisa l'étendue des difficultés et l'énormité du problème. Dans les films, le héros était toujours capable de piloter n'importe quel type d'avion, pensa-t-il. James Bond ou Indiana Jones se trouvent toujours tôt ou tard confrontés à un « méchant » qui saute d'un avion avec le seul parachute disponible. Alors, le « gentil », qui ne sait rien faire d'autre que se battre ou tirer au révolver, est comme par enchantement capable de faire voler, et plus fort encore, atterrir, ce putain d'avion !

Arno constata qu'il n'était pas dans un film. Était-ce un mauvais présage ou pas, il faisait défiler dans son esprit le début de sa vie. Trente-huit années au cours desquelles il avait petit à petit développé de grandes qualités intellectuelles. Curieux de tout, il adorait apprendre et raisonner. Les débats d'idées, surtout lorsqu'il pouvait faire valoir les siennes, souvent iconoclastes, lui permettaient de se sentir vivant. C'était d'ailleurs un facteur de motivation pour sa mission actuelle : un pays qui s'effondre presque entièrement, saboté par un milliardaire mégalo... Il avait un rôle historique à jouer dans cette affaire rocambolesque. Ça le passionnait.

Et puis il y avait Alice, la femme qui faisait battre son cœur. Il pensa à elle de façon fugace et sentit une boule d'angoisse enserrer sa poitrine. Il se pencha en arrière sur le fauteuil de pilotage et dut s'y reprendre à deux fois pour réprimer un sanglot de panique.

— Arno, tu es toujours là ? fit la voix lointaine et métallique de Dave dans son casque

— Oui...

— On va répéter les procédures à dérouler dans les prochaines heures, OK ? Il n'y a rien d'insurmontable, mais il faut que tu les appliques. On va d'abord prendre contact avec le contrôle aérien. Pour ça, tu vas mettre le haut-parleur du cockpit à fond. Je dois entendre tout ce qu'ils te diront.

Arno manipula les boutons conformément aux instructions de Dave. Il transpirait abondamment sous l'effet de la panique qui montait encore.

Les échanges avec le contrôle aérien se déroulèrent bien. Arno se contenta de prononcer de courtes phrases en anglais sous la dictée de Dave. Il fallait quelques secondes supplémentaires pour que le contrôleur reçoive sa réponse, mais personne ne s'aperçut de rien. Arno demanda à plusieurs reprises l'autorisation de changer de cap, et une ou deux fois d'altitude.

Dave était fier de son élève : il suivait scrupuleusement ses consignes.

Pour placer Arno dans des conditions optimales de concentration et de mobilisation de ses ressources, Dave décida de ne jamais faire allusion à la situation des trois vrais pilotes de l'avion. S'ils sortaient du coma, ils le sauraient bien assez tôt. En attendant, il fallait éviter qu'Arno soit distrait par l'espoir qu'on vienne l'aider.

Il était seul aux commandes de ce foutu Boeing, et il devait être convaincu qu'il le poserait à Paris grâce à son sang-froid et aux instructions de Dave.

Île Maurice

Alice reçut l'appel de *Deep Impact* dans la voiture qui la conduisait à l'aéroport. Elle éclata en pleurs. L'énormité de l'information que venait de lui transmettre Julien dépassait tout ce qu'elle avait pu imaginer. Deux cent quatre-vingts passagers dans un avion sans pilotes lancé à pleine vitesse au-dessus de l'Afrique... La catastrophe était inéluctable et Arno n'y pouvait rien. Arno... son Arno... Elle l'avait convaincu de se rendre en France, et voilà qu'il allait mourir. À cause d'elle.

Julien tenta de la calmer comme il put. L'angoisse qui la submergeait paraissait incontrôlable. La situation était folle et Alice se demanda si quelqu'un l'avait provoquée. La DGSE avait-elle tendu à piège à Arno ? Ou bien à quelqu'un d'autre qui se trouvait à bord ? En tout cas, il n'y avait aucun doute sur les intentions terroristes de cette manœuvre. Il ne s'agissait plus seulement de guerre économique.

— Alice, je ne peux rien te dire de plus, dit Julien. Tu dois faire confiance à Arno, il va s'en sortir. Dave m'a dit qu'il était calme, et que techniquement, ce qu'on lui demande est à la portée d'un adolescent de quinze ans.

— Mais c'est une situation démente, hurla-t-elle. Tu imagines un avion de ligne sans pilotes ? Il faut prévenir quelqu'un !

Julien hésita. L'affaire prenait une tournure quasi militaire ; or tout ce qu'il savait jusqu'à maintenant était qu'Adrian Lambart avait fait appel à *Deep Impact* pour s'emparer du pouvoir à l'île Maurice. Mais leur champ d'action était strictement lié au business : Julien n'avait aucune idée de la manière de faire intervenir des forces spéciales. Du reste, il n'était pas certain que celles-ci puissent faire quoi que ce soit.

— Je vais rester ici, je dois savoir qui a fait ça, dit Alice entre deux sanglots. Je suis sûre que c'est lié à ce que m'a demandé la DGSE.

— C'est-à-dire ?

— Ils voulaient que je convainque Arno de les rencontrer... C'est... c'est pour ça qu'il est sur ce vol. C'est horrible Julien... c'est de ma faute !

— Alice, essaie de te calmer. Les services secrets ne peuvent pas être responsables de cette saloperie. S'ils en avaient voulu à Arno, ils l'auraient attaqué plus discrètement... ils n'auraient pas pris le risque de tuer des centaines de passagers !

Elle se blottit contre la portière. Le chauffeur jeta des coups d'œil inquiets dans le rétroviseur. Alice réalisa que si la France n'était pas à l'origine du problème, le coupable ne pouvait se trouver qu'ici, à l'île Maurice. Et qu'elle était certainement elle-même en danger. Malgré son désir de savoir qui avait fait le coup, elle devait se mettre en sécurité le plus vite possible. Elle devait monter dans son avion et retourner en Thaïlande.

Une minute plus tard, elle cessa de pleurer. Toute émotion disparut de son visage. Une fois de plus, elle réussit à enfouir son angoisse au plus profond d'elle-même.

À l'aéroport, un homme au look de surfeur l'observa

procéder aux formalités d'enregistrement. Lorsqu'elle eut franchi le portique de sécurité et pénétré en zone sous douane, il décrocha son téléphone.

— C'est bon, la fille quitte l'île Maurice, dit Igor à sa sœur.

En route

Arno était épuisé. Seul dans le cockpit du Boeing 777, il luttait depuis près de cinq heures pour ne pas céder au découragement. Heureusement, Dave se révéla être un instructeur incroyablement efficace, tenant littéralement la main de son élève par l'intermédiaire du téléphone satellite de bord. Lorsqu'il sentait que la détermination d'Arno flanchait, il occupait son esprit en se lançant dans de longues explications sur le pilotage et les systèmes de navigation d'un avion de ligne.

— Arno, il faut que tu comprennes que tout est conçu pour que ce foutu appareil vole tout seul. Je t'ai déjà parlé des drones militaires américains qui interviennent en Afghanistan ? Eh bien, ils sont pilotés par des types enfermés à des milliers de kilomètres de leur théâtre d'opérations, depuis un bunker souterrain et à l'aide de joystick d'ordinateur. Les pilotes de drones sont recrutés parmi les as des jeux vidéo ! Ce n'est pas une blague !

La seule raison qui empêchait les constructeurs aéronautiques de se lancer dans un projet d'avion de ligne sans pilotes, expliqua-t-il, était la peur de l'opinion publique. Personne n'était encore prêt à voyager dans un appareil sans personne aux commandes. Mais on y viendrait. « Regarde, il y a déjà des métros ou des trains sans conducteur. Dans le cas de ton Boeing 777, absolument toutes les manœuvres peuvent être faites automatiquement jusqu'à ce que l'avion soit immobilisé après son atterrissage à Roissy. La seule chose qui différencie un avion de ligne d'un drone, c'est que ces actions automatiques ne peuvent pas être commandées depuis l'extérieur de l'appareil. Voilà pourquoi tu es indispensable à la fin de ce vol. Mais tu vas y arriver, mon pote ! » conclut le pilote américain.

Arno fit venir Helena dans le cockpit. L'hôtesse le surprenait par le remarquable sang-froid dont elle faisait preuve, une fois passée sa panique initiale. Il lui expliqua que la situation était sous contrôle grâce à *Deep Impact*, et qu'il allait réussir à poser cet avion. Dave gagna également sa confiance en lui disant quelques mots à travers la radio de bord. Helena s'employa à rendre le service aux passagers irréprochable. Elle maintint ses collègues hors du cockpit et décréta qu'elle ne prendrait pas de pause jusqu'à l'atterrissage à Paris.

Le vol MK050 survolait à présent les côtes italiennes. Il restait une heure quinze avant l'atterrissage. En traversant l'espace aérien suisse, ils passèrent cinq ou six kilomètres au-dessus des Alpes. Arno constata que le trafic se densifiait sérieusement.

Dave lui expliqua comment lire le radar de bord qui détectait les avions volant à proximité. Arno distingua de nombreuses « traces » accompagnées de chiffres et de signes indiquant l'altitude relative des autres avions par rapport au Boeing, ainsi que leur vitesse. C'était fascinant. « Les règles de niveau de vol permettent que deux avions en sens contraire soient séparés par au moins trois cents mètres », expliqua Dave. « Il n'y a aucun risque de collision sauf dans les phases de changement d'altitude. Voilà pourquoi tu dois être attentif aux échanges radio qui concernent les vols dans ton voisinage. »

En outre, les avions étaient guidés par des GPS ultras performants, ils naviguaient sur des sortes de rails virtuels. « Un avion qui te croise sur la même route aérienne passera exactement à ta verticale. Tu le verras sans difficulté et je te conseille de profiter du spectacle ! C'est magique. »

Arno but une gorgée d'eau, puis se replongea dans le briefing de Dave. Il l'avait soigneusement noté pour le cas où la communication par satellite serait interrompue.

« Pour la procédure d'atterrissage, tu seras pris en charge par le contrôle aérien environ trente minutes avant l'heure prévue. Ils vont t'indiquer les manœuvres à accomplir. La première sera d'entamer ta descente, disons vers vingt-mille pieds dans un premier temps. Tu accuseras réception de l'instruction et tu afficheras vingt-mille sur l'écran du pilote automatique. En fonction de ce qu'ils diront, on ajustera également la vitesse. Mais souviens-toi qu'il vaut mieux être légèrement trop lent qu'en survitesse, lors de la descente. »

Arno regarda à l'extérieur de l'appareil. Le spectacle était féérique. Ils survolaient les derniers massifs alpins. Les sommets enneigés brillaient sous les assauts d'un soleil qui commençait à devenir rasant. Des vallées entières étaient plongées dans l'ombre, tandis que d'autres étaient envahies par de délicats nuages cotonneux aux contours marqués. Légèrement sous le Boeing, Arno avisa un avion qui arrivait en sens contraire. La vitesse de rapprochement était de presque deux mille kilomètres-heure, mais il put apercevoir les pilotes dans le cockpit. Au moins eux étaient-ils deux.

Dave pensait à tout pour soulager la charge de travail d'Arno. Il devait parer au risque que leur liaison satellite pût s'interrompre à tout moment, et qu'il faille alors qu'Arno se débrouille tout seul.

« Entre le moment où tu entameras la descente et l'arrivée à Roissy, tu seras pris en charge par quatre services de contrôle différents. Tu seras avec Genève au moment de la descente et ils te demanderont de passer successivement avec Reims-Approche, Paris-Approche, en enfin Roissy. Je te donne les fréquences de ces services. Note-les dès maintenant. Ça t'évitera du stress lorsque le contrôle te les dictera »

Dave appela les services de la météo de Roissy. Il apprit que le vent dominant soufflait de l'ouest. Cela faciliterait les choses : en arrivant depuis l'est, le vol MK050 n'aurait pas à manœuvrer longuement au-dessus de Paris pour se présenter face à la piste en service. Il pourrait se poser « droit devant ».

« Lorsque tu auras paramétré le cap et l'altitude, le plus délicat sera d'adapter ta vitesse aux différentes phases. Je vais t'envoyer les vitesses du manuel d'exploitation du Boeing 777. Il te suffira de les afficher sur le pilote automatique, au fur et à mesure. Tu verras la manette des gaz bouger. Laisse-la libre de ses mouvements. Tu es toujours là ? »

Arno appela une nouvelle fois Helena dans le cockpit. Il se retint de lui demander des nouvelles des pilotes. Ils allaient commencer la descente et il ne fallait pas qu'il se raccroche à l'espoir de voir l'un d'eux recouvrer la santé et venir à son aide.

Il devrait poser ce foutu zinc tout seul.

— Vous allez devoir faire les annonces aux passagers selon vos procédures habituelles. Je serais incapable de vous donner la moindre instruction dans ce domaine, mais pour le reste, soyez tranquille, on maîtrise la situation.

Helena tenta de s'en persuader. Elle était impressionnée par le calme de cet homme qui ne savait même pas piloter un avion lorsqu'il s'était réveillé ce matin. Elle remarqua tout de même les larges auréoles de transpiration sur sa chemise, ainsi que les traits blancs, presque cyanosés, qui zébraient son visage.

— Vous allez tenir le coup ? On va s'en sortir ?

Il ne répondit rien.

« Durant les dernières minutes du vol, lorsque tu seras vers cinq ou six mille pieds, le contrôle te donnera la *clearance* d'atterrissage. Il te demandera d'intercepter le *glide*, c'est le système radar qui part de la piste et qui guidera l'avion à la fois dans l'axe et sur la bonne pente de descente. Sur l'écran principal de contrôle du vol, tu dois voir une sorte de croix. Elle devra être centrée sur le petit symbole de l'avion. Si tu enclenches la fonction “approche” du pilote automatique au bon moment, la croix restera centrée sans problème. Si jamais l'une des barres de la croix se tire en haut, en bas, à droite ou à gauche, il te faudra remettre les gaz. Dans ce cas... »

Dave interrompit ses explications. Il réalisa ce qu'une remise des gaz impliquait lors de l'atterrissage d'un avion de ligne sur l'un des aéroports les plus actifs du monde... C'était une responsabilité folle, mais il n'y avait pas de plan B : Arno devrait réussir son approche du premier coup.

« Une fois aligné sur la piste et sur le bon plan de descente, tu n'auras plus que deux choses à faire : sortir le train d'atterrissage et mettre le sélecteur de freinage sur la bonne position. Dès que les roues toucheront le tarmac, l'avion freinera automatiquement jusqu'à ce qu'il s'immobilise en bout de piste. Tu m'as compris ? »

❄

Julien écoutait religieusement les explications de Dave. L'américain avait réussi à le convaincre lui aussi que la manœuvre était à la portée d'Arno. Pourtant, il savait qu'une fois l'opération terminée, qu'elle soit couronnée de succès ou au contraire qu'elle s'achève par un crash terrible, les choses ne feraient que commencer pour *Deep Impact*. En admettant que tout se passe bien, Julien devait anticiper deux conséquences au moins de cet acte héroïque.

La première était que l'avion allait théoriquement s'arrêter en bout de piste à l'issue de la procédure automatique *d'autobrake*... Mais après ? Comme ramener l'appareil à son point de stationnement et débarquer les passagers comme si de rien n'était ? Ils n'avaient pas encore parlé de cette phase du vol avec Dave, mais Julien sentait bien que rien n'était prévu. Surveiller le pilote automatique d'un Boeing 777 jusqu'à son atterrissage était une chose, mais manœuvrer ce monstre de métal sur le tarmac d'un aéroport international saturé de trafic serait sans nul doute une autre paire de manches.

La seconde conséquence était directement liée à la première : à un moment ou à un autre, la compagnie aérienne, le contrôle aérien, ou encore les autorités de l'aviation civile seraient mis au courant de la situation. Il fallait que ça soit le plus tard possible, mais une multitude de personnes allait apprendre *« qu'après que les trois pilotes d'un vol d'Air Mauritius se soient trouvés paralysés par une sévère intoxication alimentaire, un homme avait réussi à poursuivre le vol, puis à poser l'appareil sans encombre à Paris ».* Ce type serait acclamé comme un héros. Il serait interviewé, passerait à la télé, ferait la une de Paris-Match et de toute la presse d'actualité... À lui la gloire des médias et les propositions de livres et de films sur son aventure.

Tout cela était incompatible avec les activités de *Deep Impact.*

Julien s'éloigna et passa un coup de fil au député Michel Lefebvre, l'ancien patron de la DGSI.

Paris

« Putain ! Qu'est-ce que c'est que ce bordel ? »

Pourtant formé comme tous les officiers à conserver son calme en toutes circonstances, le colonel Jean-Benoît Langevin était abasourdi par ce qu'il entendait. Il dirigeait la brigade de la gendarmerie des Transports Aériens basée à Roissy. Placée sous la supervision de la Direction Générale de l'Aviation Civile, son unité spécialisée exerçait ses missions sur les plates-formes aéroportuaires. Elle veillait notamment à prévenir les détournements et les actes de terrorisme visant des avions civils.

— Depuis quand êtes-vous au courant ? éructa-t-il.

À l'autre bout du fil, Michel Lefebvre était calme.

— Depuis quelques minutes, colonel. Je ne peux pas révéler mes sources. Je peux juste vous dire que les pilotes sont toujours à bord, et en vie, mais qu'ils ne sont pas dans le cockpit. Selon mes informations, l'homme aux commandes est qualifié pour poser l'avion.

— Comment ça, « qualifié » pour poser l'avion ? Il est pilote votre gars, ou pas ?

— C'est plus compliqué que ça. D'après ce que l'on sait, le Boeing a entamé sa descente et son approche conformément à la procédure entrée dans le pilote automatique. Nous suivons ses paramètres de vol, seconde par seconde.

— Nous aussi on suit ses paramètres, bordel ! Mais on ne connaît pas ses intentions !

À gauche du colonel Langevin, un pupitre et une chaise étaient occupés par un contrôleur aérien. Il possédait les mêmes informations et les mêmes possibilités de communiquer avec les avions en vol que s'il s'était trouvé en haut de la tour de contrôle. Le gendarme l'interrogea du regard.

— MK050 est stable à dix-mille pieds. Il est au cap trois-zéro-cinq et ne va pas tarder à intercepter l'axe de la « vingt-six droite ». Il devrait virer de quarante-cinq degrés à gauche dans une minute trente, environ.

Langevin ferma les yeux. Il devait décider s'il pouvait laisser ce foutu Boeing continuer son atterrissage, ou bien s'il devait ordonner de l'abattre.

Michel Lefebvre avait pris contact avec Roissy à peine dix minutes auparavant. L'appel de Julien Vangelis l'avait attrapé au moment où il s'apprêtait à rejoindre l'Assemblée nationale pour une session de nuit. Son passé d'agent de renseignements lui avait permis de juger de la gravité de la situation, et, retrouvant ses réflexes, il avait immédiatement imaginé un plan destiné à éviter une catastrophe plus grande encore. L'appareil pouvait constituer un danger pour la sécurité de la région parisienne et il fallait éviter que les militaires ne décident de l'abattre par précaution. En outre, l'identité de l'homme aux commandes l'avait convaincu qu'il ne s'agissait pas d'un terroriste voulant écraser l'avion sur un objectif particulier. Fort de cette certitude, il avait fait appel à son réseau et trouvé les coordonnées du colonel Langevin.

Si je le laisse s'aligner sur la piste, on ne pourra plus rien faire dans le cas où il déciderait de s'emplafonner l'aérogare, estima Langevin.

— Dites au pilote de se mettre en attente « en hippodrome », lança-t-il à l'adresse du contrôleur.

— MK050 de Roissy Approche, interrompez votre manœuvre, maintenez le cap au trois-zéro-cinq pour un virage à cent quatre-vingts degrés dans deux minutes.

— …

Dave entendit l'instruction à travers le téléphone. Depuis quelques heures, Arno avait pris l'habitude d'attendre que son « instructeur » lui dicte la phrase à répondre à chaque message du contrôle aérien.

— Arno, ne dis rien pour l'instant. Je dois réfléchir. Qu'est-ce qu'indique la carte sur ton écran ?

— J'approche de l'axe de la piste. Les pointillés de la trajectoire commencent à tourner à gauche.

Sa voix tremblait.

— OK. Ils veulent te faire patienter. Ils hésitent sur la conduite à tenir. Ils ne savent pas s'ils peuvent te laisser poser l'appareil.

— Mais qu'est-ce que je peux faire d'autre, Dave ?

L'ancien militaire américain connaissait parfaitement l'autre alternative.

— Est-ce qu'il y a des appareils à proximité ?

— Non je ne vois rien. Qu'est-ce que je fais, Dave ? Je commence sérieusement à flipper.

Dave hésita également. Les militaires avaient certainement fait décoller des chasseurs pour abattre l'avion s'il devenait dangereux. D'un autre côté, ils ne pouvaient pas faire ça dans l'axe des pistes de Roissy. Mais quelle serait leur réaction si Arno désobéissait aux ordres et continuait son approche ?

— MK050 de Roissy Approche, vous me recevez ? Interrompez la manœuvre ! Maintenez le cap au trois-zéro-cinq pour un virage à cent quatre-vingts degrés dans deux minutes.

« Impossible ! » se dit Arno. « Ça fait huit heures que je suis dans cette situation de fou, et ils me demandent un truc que je ne comprends pas. Je ne vais jamais y arriver ». Il tourna la molette du pilote automatique jusqu'à afficher deux-cent-soixante. L'appareil s'inclina doucement à gauche et entama un virage vers la piste.

— Je me pose, Dave. Je n'en peux plus.

— Mon colonel, MK050 continue son approche et s'aligne sur la piste vingt-six, nota le contrôleur aérien.

— OK, il n'y a plus qu'à prier pour qu'il veuille vraiment se poser...

Le colonel Langevin prit ses jumelles et scruta l'axe de la piste. Il aperçut deux avions en approche avec leurs phares d'atterrissages allumés. Plus loin et un peu plus haut, il lui sembla distinguer le Boeing d'Air Mauritius. Comme Michel Lefebvre le lui avait proposé, il demanda à être mis en relation téléphonique avec l'instructeur qui guidait le type à bord de l'avion.

— Colonel Langevin à l'appareil. Me confirmez-vous que vos intentions ne sont pas hostiles ?

— Affirmatif, colonel, lui répondit un homme à l'accent américain. Demandez à vos contrôleurs d'autoriser l'atterrissage du MK050. C'est une situation de *Mayday*.

— Qui êtes-vous ? Quelle est la situation à bord ? demanda Langevin.

— On n'a pas le temps pour les explications ! Autorisez ce putain d'avion à se poser, ou vous serez responsables d'une terrible catastrophe.

Dave avait masqué l'autre téléphone pour ne pas qu'Arno entende sa conversation avec le colonel. Il reprit pour son « pilote » :

— Arno, dès que tu es dans l'axe, affiche trois-mille-cinq-cents pieds sur l'indicateur d'altitude et verrouille le pilote automatique sur « approche ». Il continuera à descendre tout seul. C'est super Arno. Tu te débrouilles comme un chef.

Dans le cockpit, Arno tremblait de tout son corps. Tout se passait pourtant comme le lui disait Dave, mais il trouvait anormal que le contrôle aérien ne lui parle plus. Droit devant, il distingua vaguement la zone de l'aéroport. Il y avait encore de petits nuages filandreux entre l'avion et le sol.

— Au-dessus de ta tête, à droite, il y a la commande des phares d'atterrissage. Tu la vois ?

— Oui c'est bon, je la mets sur « *on* ».

— Parfait. Tu vas maintenant sortir le train d'atterrissage comme je t'ai indiqué tout à l'heure. C'est OK ?

L'énorme Boeing fut légèrement secoué par des turbulences, mais il continua à descendre majestueusement, comme guidé vers le seuil de la piste par des rails invisibles. Conformément aux instructions, les passagers avaient rangé leurs affaires et s'étaient attachés sur leur siège. Helena en revanche, était au bord de l'évanouissement. Elle hésita à entrer dans le cockpit. Elle voulait savoir si une catastrophe se préparait ou s'ils allaient s'en sortir.

À travers ses puissantes jumelles, Langevin vit les phares d'atterrissage du Boeing s'allumer. Encore quelques instants et il pourrait distinguer le pilote derrière le pare-brise.

— OK, autorisez-le à se poser, dit-il à l'adresse du contrôleur.

— MK050 de Roissy Approche, vous êtes autorisés, option vingt-six droite.

Un silence, puis Arno collationna l'autorisation.

Jean-Benoit Langevin ordonna d'interrompre toutes les manœuvres jusqu'à ce que le Boeing soit posé et arrêté. Il déclencha la procédure d'urgence, ce qui provoqua le départ de six camions de pompier et de huit ambulances, tous gyrophares allumés, pour l'extrémité de la piste vingt-six. Il sortit en trombe du PC.

Le colonel remonta le taxiway dans une estafette de gendarmerie. Un vacarme de réacteur assourdissant se produisit sur sa droite. Un Airbus A320 qui précédait le Boeing venait de remettre les gaz sur ordre de la tour de contrôle. Il se poserait plus tard.

Rien n'entravait plus l'atterrissage de l'avion fou.

À bord, Arno fut à son tour saisi d'une angoisse paralysante. Il avait sorti le train, enclenché le freinage automatique et gardait les yeux rivés sur l'écran devant lui. La croix était bien alignée sur les repères décrits par Dave. Tout se déroulait normalement, et il n'avait paradoxalement plus rien à faire dans cette phase critique. Il essaya de chasser les pensées parasites qui l'envahissaient. Que se passerait-il dans quelques minutes, lorsque cette phase d'action et de stress intense s'achèverait pour laisser place aux recherches d'explications et de responsables ? Il serait sans doute considéré comme un héros, mais ça ne l'arrangeait pas du tout. Ni pour l'avenir de *Deep Impact* ni pour la suite de sa vie tout court.

La piste s'allongea devant le nez de l'appareil. Il descendait toujours, parfaitement aligné sur l'axe. Une voix métallique retentit : « *five hundred* ». Arno aperçut au loin les gyrophares des camions et des véhicules légers stationnés de part et d'autre de la piste. Plus largement, l'activité de l'aéroport ne semblait pas s'être interrompue pour accueillir cet atterrissage si particulier. Il est possible qu'ils ne sachent rien, mais je ne peux pas courir ce risque, pensa-t-il.

« *Four hundred* »

— Dave, je retourne à l'arrière. À plus tard… j'espère. Merci pour tout ce que tu as fait. Terminé.

Arno enjamba le fauteuil du pilote. Il tituba en franchissant l'entrée du cockpit. Helena était assise sur le strapontin de l'équipage, juste à côté de la porte avant gauche de l'avion. Elle le regarda passer stupéfaite.

— C'est bon, on se pose, parvint-il à souffler dans un sourire épuisé.

Au moment où il s'affalait dans son siège de *business class*, les seize roues du train d'atterrissage central entrèrent en contact avec le tarmac. Presque aussitôt, le nez de l'appareil s'abaissa et le système de freinage et de rétro-poussée se mit en marche. Vingt secondes plus tard, le Boeing 777 s'immobilisa en bout de piste. Les passagers attendirent que l'avion bifurque vers la droite pour emprunter le taxiway qui les mènerait vers la passerelle de débarquement.

Mais rien ne se produisit.

Pour la première fois, un avion de ligne venait de se poser à Roissy sans aucun pilote dans le cockpit. C'est ce que constata Jean-Benoit Langevin.

Ses jumelles étaient braquées à travers le pare-brise sur les sièges vides des pilotes.

10

CHOISIR SON CAMP

Roissy-Charles de Gaulle

Une fois le Boeing 777 arrêté en bout de piste, les passagers s'agitèrent sur leurs sièges et commencèrent à regarder à travers les hublots. L'obscurité était sur le point de tomber, mais le temps était encore clair. Les voyageurs assis du côté gauche de l'appareil aperçurent les gyrophares des véhicules d'intervention clignoter sans bruit. Au siège 1A, Arno tenta de reprendre ses esprits. Il ressentait un vide abyssal dans chacune des cellules de son corps, comme lorsque l'on vient d'accomplir un exploit sportif et que les conséquences de celui-ci commencent à se présenter à la porte de votre esprit. Sauf que dans son cas, les conséquences ne devraient être ni la gloire ni les hourras du public. Il ralluma son téléphone portable.

La voix d'Helena se fit entendre dans les haut-parleurs : « Mesdames et messieurs, bienvenue à Paris où il est actuellement 19 heures, heure locale, et où la température est de 16 degrés. Nous espérons que vous avez effectué un agréable voyage en notre compagnie. À la suite du malaise d'un des pilotes, nous allons devoir procéder à une évacuation sanitaire urgente. Rassurez-vous, tout va bien, mais nous vous demandons de bien vouloir rester assis à votre place en attendant que notre avion puisse regagner son emplacement de stationnement. »

Arno se retourna et constata que le rideau de séparation avec la classe économique était tiré. Les passagers ne pouvaient pas voir ce qui se passait à l'avant. Tout le monde aperçut en revanche la camionnette qui accolait un escalier mobile à l'appareil. Helena déverrouilla la porte et aussitôt trois équipes de brancardiers pénétrèrent dans le Boeing. Le médecin leur indiqua la cabine de repos de l'équipage, et trois minutes plus tard les pilotes étaient évacués sur des civières. Arno put voir leurs yeux, ouverts, et percevoir leur respiration qui bien que difficile, n'en était pas moins bien réelle. Les trois hommes étaient en vie.

Arno n'avait toujours pas bougé de son siège. Il faisait défiler les SMS reçus pendant le vol. Il constata qu'Alice lui avait écrit quatorze fois. Il envisagea de l'appeler immédiatement pour la rassurer, mais il fut interrompu par un homme au physique banal qui venait de pénétrer dans l'appareil.

— Arno de Wilder ? Je suis Paul Courteline de la sécurité intérieure. Nous allons vous évacuer maintenant pour vous éviter d'être confronté aux autres passagers. Vous voulez bien me suivre ?

Arno comprit que *Deep Impact* n'était pas resté sans réactions depuis plusieurs heures. Julien avait anticipé qu'une fois l'avion posé, les autorités allaient devoir donner des explications au sujet de ce vol mouvementé… Ne serait-ce que parce que l'appareil était toujours immobilisé en bout de piste, ses réacteurs au ralenti. Il valait mieux en effet qu'Arno soit exfiltré discrètement pour éviter que son rôle dans ce sauvetage n'apparaisse immédiatement.

Il rassembla ses affaires et suivit l'agent Courteline. En sortant, il croisa le regard d'Helena. Elle avait les larmes aux yeux et lui murmura un « merci » silencieux. Toute l'angoisse accumulée était en train de quitter son corps et les syndromes post-traumatiques n'allaient pas tarder à apparaître. Paul Courteline s'adressa à elle :

— Qui d'autre que vous et le médecin est au courant de ce qui s'est produit ?

— Un steward, monsieur. Nous avons géré la situation à trois... je veux dire, avec Arno de Wilder.

— Parfait. Venez également avec nous. C'est mieux pour votre sécurité.

Comme Helena hésitait à abandonner ses passagers et son avion au reste de l'équipage, il précisa : « Un pilote est déjà en route pour effectuer le roulage jusqu'au débarquement. Vos collègues ne sauront rien d'autre que le fait que l'un des pilotes a été victime d'un malaise, et que vous l'avez accompagné lors de son évacuation. En route ! »

L'agent, Helena et Arno s'engouffrèrent dans un van noir aux vitres teintées. Dix minutes plus tard, sans même avoir franchi de contrôle douanier, ils faisaient route vers Levallois-Perret et le siège de la DGSI.

Île Maurice

« Vous êtes une belle bande de salopards ! »

Victoria exsudait la colère par tous les pores de sa peau. Ses jolis yeux bruns lançaient des éclairs qui auraient anéanti son interlocuteur s'ils avaient été électriques. Rehaussée d'escarpins à talons et vêtue d'un tailleur blanc, elle avait tenu à faire ce détour sur la route de Port-Louis.

— Cessez de vous mettre en colère. Tout le monde est sain et sauf, c'est bien l'essentiel, non ?

— Vous m'avez utilisée pour votre plan immonde ! C'est dégueulasse !

— Écoutez, Victoria, personne ne vous a obligée à coucher

avec votre *frenchie*. Ce n'est pas de notre faute si vous vous êtes attachée. Je vous avais prévenus, Igor et vous, on ne fait pas d'omelette sans casser d'œufs.

Victoria ne savait pas si elle devait sauter à la gorge d'Oscar ou si elle devait laisser son frère s'en charger. David, son mari, était dans le coup depuis le début, elle en était certaine. Par solidarité avec Oscar et son patron, il ne lèverait pas le petit doigt.

— Vous avez prétendu que vous vouliez neutraliser trois personnes pour les empêcher de faire leur métier durant quelques heures... Je ne savais pas que vous parliez de pilotes de ligne ! Et sur un vol qu'a pris Arno, de surcroît ! Vous êtes complètement malades !

— Vous connaissez nos ambitions depuis le début, vous savez que nous faisons tout cela pour le bien du peuple mauricien. Vous et Igor étiez d'accord pour nous aider, non ? Et vous n'avez rien trouvé à redire lorsque nous vous avons prévenue que de Wilder allait également jouer un rôle.

— Mais pourquoi vous en êtes-vous pris à un avion d'Air Mauritius ? Vous auriez pu tuer des centaines de passagers !

Oscar demeurait calme comme l'eau d'un puits. Adossé au mur de la varangue, il regardait la jolie Mauricienne s'énerver en pensant que les hommes qui l'avaient mise dans leur lit avaient sacrément de la chance. Il savait que parfois, lorsque l'on manipulait des gens, ils sortaient de leurs gonds en s'apercevant qu'ils avaient été le jouet de projets qui les dépassaient largement. C'était le cas de Victoria, mais comme tous les autres, elle n'allait pas tarder à se calmer. Et puis Adrian allait bientôt lui expliquer en personne les dessous de cette opération.

— Vous savez, Victoria, Arno de Wilder a été très utile au déclenchement de tout ça, dit-il pour la faire patienter. C'est lui qui a attiré les requins dans le lagon... C'est lui aussi qui a saboté le système d'alimentation en eau. Alors la dernière chose que nous voulions est qu'il meure dans cet accident d'avion.

— Ç'aurait pourtant pu être le cas si ce foutu vol ne s'était pas posé normalement.

— Il y avait un risque, oui, mais tout s'est bien terminé, finalement. On ne sait pas comment, d'ailleurs...

Victoria avait réalisé l'objectif de l'empoisonnement en regardant par hasard le journal télévisé. Les chaînes francophones faisaient état d'un appareil d'Air Mauritius qui était resté immobilisé de longues minutes en bout de piste, lors de son atterrissage à Paris. On avait expliqué aux passagers qu'un ou plusieurs pilotes avaient fait un malaise, et qu'il avait fallu les évacuer à peine l'avion posé. Elle avait compris que les fioles remises à Devi n'avaient pas seulement servi à terrasser ces hommes avant le décollage : elle était responsable de l'empoisonnement de trois pilotes en vol !

Puis elle avait réalisé qu'Arno se trouvait à bord.

Oscar lui proposa un verre de jus d'ananas.

— Monsieur Lambart va tout vous expliquer dans un instant. Vous serez libre de vous forger votre propre avis sur nos intentions. On va faire de cet endroit un putain de beau pays, vous savez ? conclut le Sud-Africain.

La limousine aux vitres sombres d'Adrian Lambart franchit le portail de la luxueuse propriété à cet instant. Victoria le regarda s'extraire du véhicule et s'avancer vers elle avec un grand sourire. Il n'y a pas à dire, il avait beaucoup d'allure.

— Ah ! Madame Paulson, je suis heureux de vous voir, dit Lambart en esquissant un baisemain. Je sors d'une réunion avec votre mari. Je peux vous dire que nous avançons à grands pas dans la nouvelle organisation juridique du pays !

— Est-ce que vous êtes devenu fou, monsieur Lambart ? Ce que vous m'avez demandé de faire a failli tuer des centaines de personnes.

Adrian prit le temps de dénouer sa cravate. Il prit place

dans un des fauteuils du salon de jardin et se servit un grand verre d'eau.

— Vous n'y êtes pas du tout, dit-il. Nous avons en effet monté une opération destinée à évaluer ce qui se passerait si un avion de notre compagnie nationale se retrouvait sans pilotes à bord... mais nous avions un homme capable de rétablir la situation.

Victoria manqua s'étrangler.

— Quoi ? Vous voulez parler d'Arno de Wilder ? Mais il n'est même pas pilote !

— Lui non, mais certaines personnes de son entourage ont pu lui venir en aide. Considérez que nous l'avons en quelque sorte mis à l'épreuve. Le fait est qu'il s'en est très bien sorti...

— Vous êtes définitivement cinglé ! Que se serait-il passé s'il n'avait pas pu « rétablir la situation », comme vous dites ?

— Nous avions un plan B, Victoria. Nous aurions administré aux pilotes l'antidote du produit toxique que vous leur avez fait ingérer... et ils auraient repris le contrôle de l'appareil. Je vous le répète : nous avons de grands projets pour l'île Maurice. Cela nécessite de pouvoir compter sur des femmes et des hommes capables de faire face à toutes les situations. Je suis content de savoir qu'Arno a brillamment passé le test que nous lui avions concocté. Tout est bien qui finit bien. Et lorsque monsieur de Wilder reviendra à l'île Maurice, il sera acclamé comme un héros. Vous devriez être heureuse : c'est un peu votre héros à vous.

Victoria tenta de se calmer. Elle était satisfaite que la classe politique poussiéreuse et corrompue de son pays ait été remplacée par Lambart et son équipe. En revanche, elle constatait que ceux-ci ne reculaient devant rien pour parvenir à leurs fins. Ils n'avaient pas hésité à mener des actions clandestines et dangereuses. Elle en fit la remarque.

— Vous savez, répondit Lambart, les affaires du monde ne se dirigent pas seulement à coup de promesses électorales et de banquets champêtres. Il faut parfois démontrer sa force en coulisse. Ne serait-ce que pour dissuader nos ennemis de s'en prendre à nous. *Si vis pacem, para bellum* — qui veut la paix prépare la guerre —, c'est la devise de votre ami, je crois. Eh bien, c'est aussi la nôtre... Pour cette raison, je suis persuadé que notre collaboration avec *Deep Impact* est promise à un bel avenir.

Levallois-Perret, siège de la DGSI

La salle de réunion était chichement meublée. Quelques tables banales disposées en U, des chaises bancales pour certaines, et un tableau blanc sale à force d'avoir été effacé. Le seul élément qui rappelait un tant soit peu les locaux d'un service spécial était l'alignement d'écrans vidéo sur le mur du fond.

Paul Courteline pénétra dans la pièce avec un plateau de café et de sandwichs en tout genre.

— Vous devez être fatigué, monsieur de Wilder. Je suis désolé de vous imposer cet interrogatoire, mais mes collègues de la DGSE souhaitent vous parler immédiatement.

Arno était épuisé, en effet, et il ne cessait de rejouer dans sa tête les événements de ses vingt-quatre dernières heures. Depuis qu'il avait accepté, à la demande d'Alice, de rentrer en France, jusqu'à ces heures passées dans le cockpit du Boeing pour tenter de poser ce monstre de tôle et d'acier. Il aurait adoré retourner chez lui, prendre une douche et dormir deux jours non-stop. Mais puisque les services secrets étaient venus à lui et l'avaient exfiltré de l'appareil, autant en finir tout de suite.

— Je suis prêt à répondre à vos questions, dit-il. Pourrais-je auparavant appeler une amie pour lui dire que je vais bien ?

— Vous pourrez le faire lorsque nous aurons terminé. Nous voulons coordonner avec vous la version que vous raconterez à l'extérieur.

Deux hommes et une femme firent leur entrée dans la salle de réunion.

— Voici mes collègues des services extérieurs, dit Courteline. Je les laisse se présenter.

— Je m'appelle Jean-Robert Maréchal, dit le premier homme, un soixantenaire avenant et sympathique. Je suis directeur des Opérations à la DGSE. Bravo pour ce que vous avez réalisé, monsieur de Wilder. Peu de personnes, y compris au sein de nos agents, auraient été capables d'un tel sang-froid. Je dois avouer que, lorsque nous avons demandé à vous voir, nous ne pensions pas que votre arrivée serait aussi rocambolesque.

— J'ai eu beaucoup de chance... et comme vous le savez certainement, j'ai été aidé par un homme de mon organisation.

— Dave Lewis, oui, nous sommes au courant. Nous savons aussi que vous dirigez *Deep Impact*, et ce que vous faites nous intéresse à plus d'un titre. Quoi qu'il en soit, vous êtes ici à présent, et je vous en remercie.

Arno savait que ce moment arriverait. Lorsqu'il avait créé *Deep Impact*, un cabinet d'intelligence économique qui œuvrait en secret pour le plus grand bonheur de ses clients, il se doutait que ses missions intéresseraient tôt ou tard les services secrets. Si elles s'étaient longtemps cantonnées à la sphère politique, les activités d'espionnage étaient à présent étroitement liées au monde des affaires. Ainsi en allait-il de la mondialisation : les grandes multinationales pesaient parfois plus que les états dans la marche du Monde. Les imbrications entre business et géopolitiques étaient étroites, et cela n'était pas près de s'arrêter.

— Que puis-je faire pour vous ? demanda Arno en avalant un morceau de sandwich au poulet.

— La situation à l'île Maurice nous préoccupe, dit Maréchal. Le pouvoir a été pris par un homme que nous connaissons bien, et qui par certains côtés, nous inquiète. Nous aimerions que vous continuiez à collaborer avec lui pour mieux le surveiller.

— Adrian Lambart ? C'est en effet un de mes clients. Mais puisque vous le connaissez, vous savez qu'il n'est pas né de la dernière pluie. Je ne pense pas qu'il se laissera contrôler par quelqu'un comme moi qui n'a aucune expérience en matière d'action sur le terrain.

— Ne vous sous-estimez pas, monsieur de Wilder. Vous êtes tout à fait capable de recueillir les informations dont nous avons besoin en continuant à exercer votre métier. Nous ne vous demandons pas de tout abandonner pour devenir agent clandestin.

Arno avait besoin de connaître le contexte dans son ensemble. Pourquoi la France s'intéressait-elle à l'île Maurice ? Parce que Lambart y avait pris le pouvoir, ou parce qu'il s'agissait d'un pays proche de l'île de la Réunion, territoire français voisin de Maurice ?

— Comment vos services voient-ils le projet de Lambart ? demanda-t-il.

— Plutôt bien, pour être honnête. Nous ne sommes pas la CIA, nous ne cédons pas à la tentation d'avoir un avis sur la manière dont chaque pays du monde doit être gouverné. Si le peuple mauricien est heureux d'être dirigé par Lambart, *that's fair enough*. En revanche, nous voudrions être certains qu'Adrian n'a pas en tête d'autres projets qui pourrait nuire aux intérêts de la France.

— D'autres projets comme quoi ?

— À ce stade, nous devons vous en dire un peu plus sur Adrian Lambart.

La femme qui accompagnait Maréchal prit la parole. Elle ne se présenta pas, mais Arno comprit qu'elle n'était pas agente de terrain. Elle devait être analyste ou quelque chose comme ça.

« Adrian Lambart a de nombreuses fois travaillé pour nous,

dit-elle. Il est notamment intervenu au cours d'une mission contre la Malaisie. Vous connaissez ce pays, monsieur de Wilder, vous savez que ses dirigeants sont notoirement corrompus. Il y a cinq ans, le Premier ministre de l'époque s'est servi de la réponse à un appel d'offres de concession pétrolière organisée par l'île Maurice pour détourner de grosses sommes d'argent à son profit. Pour éviter que cela ne s'ébruite, il a été obligé d'arroser au passage de nombreux autres acteurs. »

— Dont Ramchoomun, le Premier ministre mauricien, intervint Arno.

— Oui, mais pas seulement. Il a également versé de grosses commissions à des cadres de PGF... Pour qu'ils se taisent.

— Et Adrian Lambart l'a découvert ?

— Pas Adrian... Louise, son épouse qui a aussi été l'un de nos agents. Elle était sur le point de dévoiler l'implication des Malaisiens, ainsi que des cadres français, lorsque l'avion qui la ramenait à Maurice s'est abimé en mer.

— Le vol *Worldjet 012*... je sais, Adrian m'a demandé d'enquêter sur ce crash. C'est comme cela que nous sommes entrés en relation, dit Arno.

— Le problème est que nous avons été mis au courant de tous les détails de l'opération, mais qu'il a été décidé d'étouffer l'affaire plutôt que de la rendre publique.

— Comment ça ?

Maréchal reprit la parole.

— Nous avons appris que l'avion avait été saboté dans les ateliers d'entretien de Kuala Lumpur... de minuscules trous dans les joints de la porte... Cela a provoqué une dépressurisation lente qui a échappé aux pilotes. L'alarme de pression avait également été sabotée, et ces malheureux ont sombré dans le coma sans rien pouvoir faire... Lorsque les Américains de Diego Garcia s'en sont aperçus, nous les avons incités à abattre l'avion au-dessus de l'océan Indien, plutôt que de le laisser achever sa course sur une terre hostile d'Afrique de l'Est.

— Pour que les restes de l'appareil et de ses passagers ne tombent pas entre les mains de n'importe qui, remarqua Arno.

— Exact. Nous avions un sous-marin sur zone qui a pu récupérer les boîtes noires, mais surtout les ordinateurs et les dossiers de Louise Lambart. Si Adrian l'apprenait, il chercherait certainement à mettre la main dessus.

— Mais pourquoi, s'il était au courant de la mission et de ses enjeux ?

— Précisément parce que les enjeux ont changé en cours de mission : à un scandale immédiat impliquant une grosse entreprise française, nous avons préféré conserver un atout secret pour faire pression sur la Malaisie, plus tard… Ce choix a été effectué au plus haut niveau de l'état et nous avons été obligés de l'appliquer. Malgré l'attachement et la reconnaissance que nous devions à Louise.

L'esprit d'Arno était embrumé par la fatigue. Il devrait réfléchir à tout ça à tête reposée. Comme toujours dans une affaire d'espionnage, les intérêts en jeu étaient complexes et les raisonnements tortueux. Il ne serait pas capable de choisir son camp ce soir.

En revanche, il voulait parler à Alice sans tarder. Il fallait que ces agents secrets tordus lui concèdent au moins ça.

Thaïlande, Phuket

L'avion d'Alice se posa à Singapour en début de matinée. De là, elle emprunta un vol à bas coût pour Phuket et rentra directement dans sa villa du bord de mer. Ni Alexeï ni ses « gagneuses » n'étaient dans le coin, aussi put-elle prendre une douche avant de réfléchir à la suite des événements. Elle avait appris par les médias que le vol d'Arno s'était finalement posé sans encombre à Paris, mais tous ses messages étaient restés sans réponse. Même Julien de *Deep Impact* ne répondait plus au téléphone, à présent.

Une glaçante sensation de solitude l'envahit. L'absence d'Arno lui pesait au-delà de ce qu'elle voulait bien admettre. Ces dernières années, et plus encore ces derniers mois, Alice avait pensé qu'elle pouvait mener seule sa mission. Venir en aide aux malades du SIDA abandonnés par les leurs, dans un pays qu'elle considérait comme le sien, était en réalité un défi plus compliqué qu'elle ne le croyait. Elle avait fait de son mieux pour s'intégrer dans la société thaïlandaise si différente de sa culture, elle était parvenue à s'attacher la protection de khun Farid et de ses hommes pour donner un nouvel essor à son entreprise de levée de fonds, mais elle ressentait cruellement le manque d'une épaule solide sur laquelle s'appuyer lorsque le découragement pointait.

Par automatisme, Alice alluma son ordinateur et consulta ses mails. Elle constata que l'un d'eux émanait de sa banque et faisait état d'un virement important au profit de la fondation de la Seconde chance. Bien supérieur aux contributions habituelles des clients de Toy et de ses consœurs, il provenait d'une société basée à Hong-kong. S'agissait-il du montant promis par les services secrets français en échange de son aller-retour à l'île Maurice ? Elle devait parler à Arno le plus vite possible. Elle décida de tenter de le joindre à nouveau dès que le jour serait levé en Europe.

❄

En réalité, Alice n'eut pas à attendre aussi longtemps.

Au milieu de la nuit, tandis que Maréchal et ses sbires le débriefaient encore et encore sur ce qu'il avait appris de Lambart à l'île Maurice, Arno cessa brutalement toute collaboration. « Je veux parler à Alice Lanzac avant d'aller plus loin », dit-il avec conviction.

— Entendu, concéda Maréchal. Mais auparavant, nous

devons nous accorder sur une version acceptable de ce qui s'est passé dans cet avion.

Le portable d'Alice sonna tandis qu'elle se préparait une infusion à la citronnelle.

— Arno ! Enfin ! dit-elle, en retrouvant le sourire. Tu m'as fait une de ces peurs !

— Tout va bien, Alice, j'ai vécu un vol agité, mais tout s'est bien passé, finalement.

— Julien m'a dit que les pilotes avaient fait un malaise.

Arno marqua un silence puis se racla la gorge. Comme un code secret entre eux, Alice comprit qu'il ne parlait pas librement, et que ce qu'il allait lui dire était une version « officielle » qu'il lui demandait de croire sans poser de questions. Pour le moment…

— Les avions modernes sont équipés de systèmes qui leur permettent de se poser tout seuls. Comme j'étais dans la cabine de *business class*, j'ai été témoin de l'incident et j'ai pu assister à la fin du vol sous pilote automatique. C'était impressionnant, mais ça s'est finalement bien passé ! Il ne faut rien dire à personne, Alice. Les autorités vont donner une explication… comment dire… moins effrayante pour le public. Il ne faudrait pas que des millions de personnes aient peur de prendre l'avion à l'avenir. Tu comprends ?

Alice comprenait, oui. Elle savait que l'industrie aérienne et son essor dépendaient principalement d'un mythe selon lequel l'aviation était le moyen de transport le plus sûr. C'est pour ça qu'il était toujours difficile de connaître les véritables raisons d'un crash. La compagnie, le constructeur, voire le fabricant des moteurs se rejetaient sans cesse la responsabilité pour bien souvent arriver à une conclusion qui arrangeait tout le monde : l'accident avait été causé par une regrettable erreur humaine. Alice laisserait les médias s'emparer de l'affaire si ça leur chantait. Pour elle, l'essentiel était qu'Arno soit sain et sauf… et qu'elle puisse lui parler.

— Est-ce que tes nouveaux amis sont contents que tu sois venu les rencontrer ? demanda Alice en se doutant que lesdits nouveaux amis étaient juste à côté.

— Tout s'est bien passé, oui. Ça devrait déboucher sur de nouvelles missions pour *Deep Impact*.

— Je suis contente pour toi. Tu vas retourner à l'île Maurice ?

Arno perçut la tristesse dans la voix d'Alice. Il prit sa décision dans l'instant.

— L'île Maurice attendra. Je veux venir te voir en Thaïlande. Et t'apporter mon aide pour le temple de la Seconde chance.

Alice ne douta pas de la sincérité de cette déclaration. Elle était moins sûre en revanche que ses « nouveaux amis » ne laissassent Arno batifoler en Asie. Il devait avoir un rôle primordial à jouer sur la marche du monde, à présent, pensa-t-elle avec amertume. Elle ne fit aucun commentaire et se contenta de souhaiter à Arno un bon repos et beaucoup de courage pour servir la version officielle de l'incident du vol MK050.

Arno tint tête à Jean-Robert Maréchal. Quelle que soit la forme que prendrait leur collaboration, quels que soient leurs projets pour *Deep Impact*, Arno avait besoin de faire un break et de disparaître du monde des affaires pour quinze jours. L'agent secret fit valoir que les services français finançaient à présent « la petite entreprise de votre protégée du bout du monde », et que la collaboration d'Arno ne pouvait pas attendre. Mais celui-ci eut le dernier mot : si la France voulait s'attacher ses services, ils devraient accepter le principe de ses parenthèses asiatiques en compagnie d'Alice. C'était non négociable.

Thaïlande, île de Koh Tao

Une longue pirogue à moteur filait vers le continent. Son pilote, protégé du soleil par une sorte d'auvent en tissus délavé, maniait la perche du gouvernail avec une dextérité étonnante. Ses orteils accrochés à la barre, il slalomait entre les récifs affleurants. Sur l'un d'eux, Arno, muni d'une canne à pêche rudimentaire, le regarda passer. Les deux hommes se saluèrent de la main, puis Arno replongea dans sa contemplation silencieuse de la surface de la mer.

Il était arrivé depuis trois jours, mais déjà les bienfaits de la nature et de la méditation solitaire se faisaient sentir. Obtenir deux semaines de repos avant de reprendre sa contribution à la bonne marche du Monde avait été difficile. Mais finalement, Maréchal et ses associés de *Deep Impact* avaient jugé bénéfique pour lui de s'envoler vers la Thaïlande après ce qu'il avait vécu. De surcroît, l'enquête sur le vol MK050 étant toujours en cours, tout le monde avait préféré qu'Arno ne soit pas en France lorsque les autorités commenceraient à interroger tous les passagers.

Il avait été plus difficile, en revanche, de convaincre Alice de le retrouver à Koh Tao, comme les autres fois. Leur petite maison sur pilotis semblait bien vide sans elle. Pourtant, il savait que rien ne serait plus jamais comme avant. Ces derniers mois avaient définitivement cabossé leur lien, et il leur fallait à présent réinventer la suite de leur relation.

Alice arriva sur l'île à bord d'un bateau régulier de transport de touristes. Vêtue de son éternel pantalon à poches kaki et d'un débardeur blanc, elle arborait une mine bronzée et reposée. En retrouvant Arno, elle plaqua fugitivement son visage contre son torse, puis s'écarta rapidement et posa un baiser sur sa joue.

— J'ai vraiment eu peur, dit-elle en essayant de contrôler l'émotion dans sa voix.

— Moi aussi, je peux te dire… mais je suis là, maintenant. Tout ça est derrière moi.

Alice savait que ce n'était pas tout à fait exact : quand, comme Arno, on touche à des intérêts supérieurs, quand on a à connaître des manigances de gens puissants et riches, on est jamais tout à fait tranquille. Elle avait elle-même choisi de s'expatrier en Thaïlande de nombreuses années auparavant pour fuir des personnes qui ne la laisseraient jamais en paix. Elle était parvenue à trouver une forme d'apaisement, mais cela s'était fait au prix d'une solitude la plupart du temps.

— Tu as combien de temps à me consacrer cette fois ? demanda-t-elle avec une pointe de résignation dans la voix.

— Commençons par quinze jours. Mais je te promets de tenir compte de ce dont tu as besoin avant de repartir. On va prendre un petit-déjeuner ?

Juste après le ponton de débarquement, à l'endroit où le va-et-vient des touristes et de marchandises était incessant, ils s'installèrent dans un restaurant de plage protégé du soleil par une toile de plastique bleu. Arno demanda un café au lait sucré, tandis qu'Alice commanda une soupe de crevettes épicées.

— Tu es devenue une vraie Thaïe, à présent. Tu manges du poisson au petit-déjeuner.

— C'est presque mon pays, tu sais. J'espère que j'en aurais un jour la nationalité.

Arno ne répondit rien. Il se contenta de hocher la tête, puis de fixer l'horizon. Au bout d'un moment, il commenta :

— C'est un magnifique endroit pour se retirer de nos vies démentes, en effet. J'adorerais y passer plus de temps... avec toi... ajouta-t-il.

— Tu n'es pas fait pour cette vie-là, j'espère que tu en as conscience. Tu n'es pas encore prêt à renoncer à la perspective de peser sur les affaires du Monde. D'ailleurs, si tu m'expliquais en quoi va consister ton nouveau rôle ? Qu'est-ce que les Français t'ont demandé de faire ?

Elle disait les Français, comme elle aurait dit les Chinois, ou les Russes. Des peuples étrangers pour elle.

— Si je le décide, ils sont prêts à confier à *Deep Impact* des missions de renseignement économique partout dans le monde. Ils m'ont même proposé de racheter le cabinet si j'acceptais de travailler en exclusivité pour eux. Mais je ne suis pas certain d'avoir envie de ça.

Une serveuse s'approcha pour demander s'ils avaient besoin d'autre chose. Alice lui répondit qu'elle reprendrait bien encore un peu de soupe. Arno la complimenta sur son Thaï. Elle le parlait couramment, à présent. Elle précisa qu'elle le lisait également très bien, et que d'ici dix ou douze mois, elle l'écrirait correctement.

— Tu as le temps d'étudier, avec toutes tes activités ?

Alice sourit pour la première fois.

— Tout est une question de priorité, Arno. Mes « affaires » tournent toutes seules à Phuket, grâce à Alexeï et khun Farid. D'autant que la fondation de la Seconde chance est maintenant financée par tes employeurs... J'ai reçu un virement très important. Il ne me reste plus qu'à commencer les travaux au temple. J'espère pouvoir installer la climatisation dans les salles communes dès le mois prochain. Tu as envie de m'aider ?

— Je dois réfléchir à ce que je vais faire, Alice...

— À moins que tu ne préfères t'investir dans un hôtel à l'île Maurice, dit-elle, moqueuse.

— Cette histoire avec Victoria là-bas, c'était une erreur. Je suis désolé.

— Tu n'as pas à t'excuser, Arno, je te l'ai déjà dit, je ne suis pas comme les autres. Je ne crois pas être capable de t'apporter ce qu'un homme attend d'une femme... Nous avons passé de très bons moments ensemble. Et tu m'as fait découvrir avec patience des choses, comment dire... intimes... Je sais à présent qu'il existe au moins un homme qui est capable de respecter la femme qu'il désire. Mais je crois que tu es une exception. Et puis, je dois être franche, je n'y prends que très rarement du plaisir... Je veux plus que tout que tu fasses partie de ma vie, mais je ne pense pas pouvoir devenir ta femme... Il nous faudra inventer autre chose.

Arno savait confusément cela. Il n'était pas parvenu à mettre de mots sur leur relation, leur couple, leur association... Quelle que soit la manière dont on pouvait qualifier leur « duo », il savait qu'il ne ressemblait à aucun autre au monde. Il sut gré à Alice de l'avoir exprimé.

— La vie est longue, Alice. Nous avons encore beaucoup de temps pour définir la nature exacte de notre lien. Qu'en penses-tu ?

— Je pense que je t'aime profondément, Arno. De toute mon âme... Mais comme je ne suis pas capable de me donner à toi sans condition, je ne peux pas t'interdire de construire ta vie avec une autre.

Des larmes pointèrent à la commissure des yeux d'Alice. Elle ne chercha pas à les dissimuler. Arno sentit également sa gorge se serrer. Elle ne s'était jamais livrée à de telles confessions et celles-ci le bouleversaient.

— Je ne veux pas te perdre, Arno... Mais parce que je t'aime, je dois te laisser libre de devenir ce que tu es.

Le téléphone d'Arno sonna à cet instant. Il jeta un œil à l'écran, hésitant à interrompre cette parenthèse d'intimité qu'ils n'avaient jamais connue auparavant.

« Adrian Lambart »

Arno fut sur le point d'enfoncer la touche rouge du téléphone, mais Alice interrompit son geste.

— Prends cet appel. On a toute la vie pour poursuivre cette discussion, dit-elle dans un sourire triste mais sincère.

Arno s'éloigna de leur table et vissa son portable à l'oreille.

❄

« Vous avez réalisé un véritable exploit. Vous avez sauvé la réputation d'Air Mauritius et même de l'aviation commerciale en général ! Quand revenez-vous à l'île Maurice pour fêter ça ? »

— Pas tout de suite, Adrian. Vous devez savoir que la version officielle ne fait pas mention de mon... comment dirais-je... intervention... Le vol MK050 s'est posé automatiquement à la suite de l'indisposition de ses pilotes.

— Ah la version officielle ! Elle permet de garder intacte la réputation de fiabilité des avions de ligne, en effet. Mais que se passerait-il si le public apprenait que c'est vous qui avez posé cet avion ? Que sans l'intervention d'un citoyen courageux qui ne connaissait rien au pilotage, un vol commercial rempli de gentils touristes se serait vraisemblablement écrasé en Afrique ? Vous êtes un héros, Arno, et paradoxalement, il vaut mieux cacher cette réalité.

Arno ne sut pas dire si Lambart était sincèrement admiratif, ou bien s'il formulait une menace à peine voilée. Dévoiler à l'opinion son rôle dans cet invraisemblable sauvetage provoquerait sans nul doute plus de complications que de bénéfice dans la vie d'Arno. Une chose était certaine, le milliardaire-agent-secret avait réussi son pari de prendre le pouvoir à l'île Maurice. Il s'était offert un pays... et Arno l'avait aidé dans son défi.

— Personne n'a intérêt à ce que mon rôle soit connu, dit Arno. Vous ne le souhaitez pas non plus, n'est-ce pas ? Après tout, il s'agit d'un vol de votre compagnie nationale.

— Cela dépendra du camp que vous choisirez. Je peux faire de vous un héros de différentes manières, vous savez ? Vous pouvez apparaître comme le premier civil à avoir posé un avion de ligne sans aucune formation de pilote... Un exploit inédit, mais probablement sans lendemain, du moins en ce qui vous concerne. Ou bien, nous pouvons garder votre héroïsme secret, et vous deviendrez à jamais aux yeux de quelques puissants initiés, un agent clandestin de premier ordre. L'histoire se souviendra bien plus glorieusement de vous dans ce second cas de figure.

Arno devait réfléchir. Adrian Lambart lui proposait sans ambiguïté de rentrer en clandestinité à son service. La conséquence d'un refus serait sans doute le dévoilement de la vérité au sujet du vol MK050, et la mise sous les projecteurs des médias d'Arno de Wilder, homme d'affaires français devenu un héros de l'actualité. Il fallait réfléchir à tout ça, et très vite : que dire aux services secrets français ? Que répondre à Lambart ? Que promettre à Alice ? Arno était à la croisée des chemins. À l'un de ces points d'inflexion de l'existence qui obligent à une série de choix lourds de conséquences.

Curieusement, cela ne l'angoissa pas. « Deviens ce que tu es », avait dit Alice, paraphrasant une antienne nietzschéenne. Il allait s'y atteler, et cela commençait par profiter de quelques jours de repos sur l'île paradisiaque de Koh Tao.

— Si on allait plonger ? dit-il à Alice en revenant à leur table.

Elle avait craint qu'Arno ne lui annonce qu'il repartait déjà. Elle le dévisagea longuement, constata le grand sourire qui barrait son visage, puis, comme pour se rassurer définitivement, elle demanda :

— Je t'ai pour moi toute seule, aujourd'hui ?

— Pour au moins quinze jours, Alice. On a besoin de passer du temps ensemble.

ÉPILOGUE

« Paris — **Le mystère du vol MK050**

Atterrissage mouvementé pour les 280 passagers du vol Mahébourg — Paris. C'est vers 16 h 30, mardi dernier, que s'est posé d'une bien étrange manière le vol MK050 de la compagnie Air Mauritius. Tandis que le Boeing 777 en provenance de l'île Maurice semblait avoir réussi son atterrissage, les passagers ont eu la surprise de voir plusieurs estafettes de pompiers ainsi que des ambulances se rapprocher de l'appareil. Au lieu de bifurquer vers son point de stationnement, l'avion est resté immobile de longues minutes en bout de piste, interrompant de fait tous les mouvements sur cette partie de l'aéroport Roissy Charles de Gaulle.

Le personnel de bord a prévenu les passagers que les pilotes avaient été victimes d'un malaise et qu'ils devaient être évacués avant même le débarquement au terminal 2 F. De fait, trois hommes ont été extraits de l'avion sur des civières, aussitôt prises en charge par le service sanitaire de l'aéroport. Selon le médecin qui les a examinés, les trois pilotes d'Air Mauritius ont été victimes d'une sévère intoxication alimentaire et auraient perdu connaissance quelques heures après le décollage. Les procédures en vigueur au sein de toutes les compagnies aériennes exigent que les pilotes ne mangent pas les mêmes plats, afin, précisément, d'éviter ce genre d'incident. La société de catering responsable de l'approvisionnement des avions en plateau-repas à l'aéroport de Maurice-Plaisance a déclaré que ces procédures avaient été parfaitement respectées pour ce vol. Personne ne s'explique pour le moment comment les trois pilotes ont pu se trouver hors d'état de piloter, d'autant qu'aucun autre passager ne semble avoir été victime des mêmes symptômes.

Le plus inquiétant dans cette étrange histoire demeure la manière dont le vol s'est déroulé après le malaise des pilotes. Le vol MK050 a en effet poursuivi normalement sa route sans que personne ne se rende compte qu'il n'y avait plus de pilotes dans le cockpit. Aucun contrôleur aérien n'a signalé le moindre écart ni le moindre problème de communication au cours des 8 heures que le vol a mis pour remonter l'Afrique, la mer Méditerranée, et enfin l'Europe avant son arrivée à Paris. Le personnel de bord ainsi que les passagers que nous avons interrogés ont déclaré n'avoir rien constaté d'anormal. "La cheffe de cabine principale nous a simplement avertis que les pilotes ne souhaitaient pas être dérangés sur ce vol de contrôle. Aucun de nous n'est entré dans le poste de pilotage", a déclaré Kevin, un jeune steward de 28 ans. Le doute subsiste sur ce qui s'est réellement passé dans le poste de pilotage depuis que l'on a appris que ni la cheffe de cabine principale — une hôtesse suédoise du nom d'Helena — ni le médecin qui s'est porté au secours des pilotes n'ont pu répondre à nos questions. Ces deux témoins clés ont eu "besoin de se reposer après ce vol mouvementé", a déclaré un porte-parole de la compagnie mauricienne.

Du côté de ladite compagnie justement, on explique que l'appareil a tout à fait pu se poser normalement sous pilote automatique. "L'ensemble de la route ainsi que les altitudes et les vitesses pour toute la durée du vol sont programmés avant même le décollage. Si personne ne touche à rien et que l'avion ne rencontre aucun problème, le vol peut tout à fait aller jusqu'à son terme et atterrir normalement", a déclaré ce même porte-parole. Reste que personne n'explique comment les différents services du contrôle aérien n'ont pas détecté que personne n'accusait réception de leurs messages radio.

Du côté des autorités françaises, on semble également vouloir maintenir le secret sur ce qui s'est passé à bord. La gendarmerie de l'air basée à Roissy se refuse à tout commentaire. Quant à Aéroports de France, la société qui gère la plate-forme, et qui est responsable de la sécurité au sol, ils nous ont déclaré que l'enquête sur l'incident était entre les mains du BEA, le Bureau d'Enquêtes et d'Analyses responsable des investigations relatives à l'aviation civile.

Un drame a été évité de justesse et tout le monde semble convenir que l'avion s'est posé automatiquement. Pour autant, nous sommes convaincus à Paris-Match que les autorités dissimulent une partie de la vérité. En effet, nous avons appris de source sûre et exclusive qu'un homme bien connu des services secrets français se trouvait à bord de ce vol...

Pourquoi ? Quel a pu être son rôle ? Et pourquoi nous livre-t-on une histoire de pilote automatique comme seule explication ? Autant de questions auxquelles nous promettons à nos lecteurs d'apporter des réponses au fur et à mesure de notre enquête. À suivre, donc...

Thomas de Prat pour Paris-Match. »

❄

« Il fait chier, Thomas », dit Arno en reposant sa tablette.

— Tu lui as dit que tu étais à bord ?

— Moi non, mais Julien ou Dave chez *Deep Impact,* lui ont certainement lâché l'info.

— Tu devrais l'appeler, non ?

— Pas maintenant, Alice. Je t'ai promis quinze jours... Et puis on a encore du pain sur la planche, ici.

Arno ajusta ses gants de chantier et enclencha le moteur de la bétonneuse. La dalle du nouveau pavillon du temple de la Seconde chance devait être sèche pour ce soir.

Alice détourna un regard embué de larmes, émue par cet

homme qui s'acharnait à tenir la promesse qu'il lui avait faite. Elle savait qu'il retournerait bientôt à ses affaires et à ses missions secrètes. Mais pour l'heure, il se consacrait quinze heures par jour à ses malades qui eux aussi avaient besoin d'une seconde chance.

Elle lui en était infiniment reconnaissante.

(à suivre)

VOUS AVEZ AIMÉ CE ROMAN ?

Recevez une nouvelle inédite gratuite et restez informés des autres parutions de Pierre Schreiber en vous inscrivant sur : www.pierreschreiber.com

Vous pouvez vous procurez dès maintenant ses autres romans.

L'HORLOGER

Une série de « détective thriller » dans laquelle un ancien gendarme d'élite aide sa fille, enquêtrice à la section de Recherches de Marseille, à résoudre des mystères complexes.

Plongez dans cette série passionnante qui compte déjà des dizaines de milliers de lecteurs.

Découvrir tous les tomes de l'HORLOGER sur AMAZON

Déjà 5 épisodes (série en cours)

- HORS-CIRCUIT (juillet 2022)
- COULISSES MORTELLES (janvier 2023)
- FAUX-SEMBLANT (octobre 2023)
- JUSTICE CLANDESTINE (juin 2024)
- AFFAIRE CLASSÉE (novembre 2024)

DEEP IMPACT

(série d'aventure et d'espionnage)

Un homme d'affaires que rien ne destinait à devenir espion, va petit à petit quitter les voyages en business-class pour servir les intérêts de son pays.

Voyagez aux quatre coins de la planète dans cette série profondément humaine.

Découvrir tous les tomes de DEEP IMPACT sur AMAZON

5 épisodes (série en cours)

- CHOISIR DE VIVRE (décembre 2020)
- DEVIENS CE QUE TU ES (juin 2021)
- HÉRITAGES (mars 2022)
- DETOURNEMENT (mai 2023)
- CANAL HISTORIQUE (Juin 2025)

THRILLERS PSYCHOLOGIQUES

Découvrir la collection THRILLERS PSYCHOLOGIQUES sur AMAZON

- QUELQU'UN SAIT (novembre 2020)
- LE PRIX À PAYER (novembre 2021)
- UNE DERNIÈRE CHANCE (février 2024)

Mail : contact@pierreschreiber.com
Site : www.pierreschreiber.com

facebook.com/pierre.schreiber.auteur
instagram.com/pierre_schreiber_auteur

REMERCIEMENTS

L'idée de ce roman m'est venue au cours d'un vol de nuit entre l'île Maurice et la France. Tandis que je dormais paisiblement, légèrement assommé par deux ou trois rhums arrangés, j'ai été tiré du sommeil par une agitation dans le *galley* avant. Sans autre raison que l'effervescence de mon cerveau de romancier, je me suis alors demandé s'il était possible que les pilotes aient été victimes d'un malaise... Il ne s'agissait fort heureusement que d'une discussion exaltée entre la cheffe de cabine et l'un de ses stewards... Peu importait en réalité, car dès l'atterrissage, je me suis enquis des coulisses de la conduite d'un avion de ligne auprès de mes amis pilotes. Que Pierre-Laurent et Bertrand soient ici remerciés de m'avoir éclairé sur les possibilités — que chacun jugera réalistes ou non... — de poser un Boeing 777 sans pilote aux commandes.

Je veux aussi adresser mes plus sincères remerciements à mes fidèles « lectrices et lecteurs de la première version ». On les appelle souvent des « bêta-lecteurs », mais pour moi, vous êtes évidemment tout sauf bêta... Merci Christelle, Patricia, Virginie, Valérie, Alexandre et Laetitia de traquer les imperfections de mon texte, version après version. Votre soutien est précieux. Toutes les erreurs qui resteraient ne pourraient être que de mon fait.

Je nourris également une reconnaissance toute particulière pour Brian Merrant, le génial concepteur de mes couvertures. Merci Brian pour nos échanges, merci pour ta gentillesse, et bravo pour ton talent.

Un immense merci du fond du cœur aux lectrices et aux lecteurs qui me suivent maintenant par milliers. *Deviens ce que tu es* est le troisième roman que je publie, et lorsque je me suis lancé dans la carrière d'auteur indépendant, j'étais loin de me figurer la joie que je ressentirais lorsque l'un de vous m'adresse un message pour me dire qu'il prend plaisir à suivre l'épopée de mes personnages à travers le monde. Merci, mille fois merci.

Printed in France by Amazon
Brétigny-sur-Orge, FR

32599737R00195